딸기 쇼트케이크 살인사건
STRAWBERRY SHORTCAKE MURDER

해문

딸기 쇼트케이크 살인사건

조앤 플루크

해문

STRAWBERRY SHORTCAKE MURDER
Copyright ⓒ 2001 by Joanne Fluke
Korean translation copyright ⓒ 2006 by Haemoon Co., Ltd.
PUBLISHED BY ARRANGEMENT WITH KENSINGTON
PUBLISHING CORP.NY,NY USA and SHIN WON AGENCY CO., KOREA.
All rights reserved.
이 책의 한국어 판 저작권은 신원에전시를 통한 저작권자와의 독점계약으로 해문출판사에 있습니다.
저작권법에 의해 한국 내에서 보호를 받는 저작물이므로 무단전재와 복제를 금합니다.

등장인물

한나 스웬슨	'쿠키단지' 라는 베이커리 카페 운영
모이쉐	한나의 고양이
안드레아 토드	한나의 여동생, 부동산 중개인
빌 토드	위넷카 카운티 경찰서 경사, 안드레아의 남편
딜로어 스웬슨	한나의 어머니
마이크 킹스턴	위넷카 카운티 경찰관이자, 빌의 상사
노먼 로드	레이크 에덴의 치과의사
리사 허먼	한나의 조수이자 파트너
보이드 왓슨	조단 고등학교 미식축구팀 코치
다니엘 왓슨	보이드의 아내
클래이튼 하트	하트랜드 제분회사의 사장
루시 리차드	레이크 에덴 저널의 리포터
메이슨 킴벌	KCOW의 프로듀서
클레어 로저스	'부 몽드' 의 주인
리차드 바스콤	레이크 에덴의 시장

한나는 '와장창' 하는 소리에 놀라 잠에서 깼다. 지금은 한밤중이고, 그녀는 혼자 살고 있다. 그런데 집 안에 누군가 있다!

한나는 침대에서 벌떡 일어나 손에 잡히는 대로 집어들었다. 제일 먼저 잡힌 것은 그녀의 오리털 베개. 그다지 든든한 무기가 아니라는 건 잠에서 덜 깬 몽롱한 와중에도 알 수 있었다. 빨리 정신을 차리고 행동을 취해야만 한다. 그때 또다시 소리가 들려왔다.

주방 쪽에서 나는 소리였다. 침입자는 리놀륨 바닥에 무언가를 질질 끌고 있었다. 한나는 문틈으로 빠끔히 머리를 내밀고 어둠 속을 살폈다. 하지만 보이는 것이라곤 창문에 비치는 희미한 그림자뿐이었다.

불을 켤 수는 없었다. 불빛에 그녀가 노출될 수도 있으니 말이다. 한나는 재빨리 문을 닫은 다음, 론 라살르의 살인범이 찾아온 줄 착각했던 날 밤 이후 침실 구석에 세워두었던 야구방망이를 잡아 쥐었다. 감사하게도 론 라살르 살인사건은 무사히 해결되었고, 살인범은 지금 철창살 안에 갇혀 있다.

두 손에 야구방망이를 단단히 쥐고 복도를 걸어가는 동안에도 주방 쪽에선 여전히 소리가 나고 있었다. 용기가 부족한 사람이라면 그 자리에 돌처럼 굳어서 911에 전화를 걸었겠지만, 용감무쌍한 한나로서는 자신의 집에 침입한 도둑을 가만히 지켜볼 수만은 없었다. 그저 옷장 속에 숨어 누군가 와주기만을 하염없이 기다리는 성격이 못되었다.

다행히 어둠 속에서도 실내 구조를 훤히 알고, 두터운 카펫 덕분에 발걸음 소리도 나지 않았다. 동네 야구대회 때보다 조금 더 실력을 발휘한다면, 그리고 거기에 약간의 운만 따라준다면 쥐도 새도 모르게 범인의 머리를 칠 수 있을 것이다.

주방 창문에 걸린 블라인드 사이로 들어오는 희미한 빛 속에 검은 그림자는 보이지 않았다. 탁자 아래에도 위협적인 물체는 없었다. 주방으로 들어서는 순간 한나의 귓가에 무슨 소리가 들려왔다. 그녀의 발걸음이 조심하지 않을 만큼 미약한 소리였다.

무언가를 야금야금 씹어대는 소리. 아니, 세상에 어떤 도둑이 한밤중에 남의 집에 들어와 야식을 즐긴단 말인가?

한나는 두 손에 여전히 야구방망이를 움켜쥔 채 소리가 나는 쪽으로 몸을 기울였다. 하지만 긴장도 잠시, 냉장고 옆 구석에서 한 쌍의 노란 눈을 발견하고는 안도의 한숨을 내쉬고 말았다.

모이쉐였다. 개박하(꿀풀과의 다년초) 항아리를 찬장 아래 내려두고 잔 것이 화근이었다. 오렌지색 고양이 룸메이트가 개박하든 뭐든 마음대로 오작거리며 가르랑거리게 내버려둔 채 한나는 다시 침실로 돌아왔다.

혼을 내도 소용없다. 상황은 이미 벌어졌고, 한나의 야단쯤이야 모이쉐에게는 대수롭지 않은 일이기 때문이다. 녀석은 고양이고, 고양이에게는 고양이만의 습성이 있게 마련이다.

'휴, 아침에 주방 청소부터 해야겠군.'

다시 침대로 돌아가 눈을 붙인 지 얼마 지나지 않아 알람이 울렸다. 한나는 시계를 쳐다보았다. 새벽 6시였다. 한나는 평소보다 더 맹렬한 기세로 알람을 끄고는 침대 옆 스탠드를 켜고 크게 하품을 했다.

언제 침실로 돌아온 건지 한나의 등 뒤에는 모이쉐가 베개 위에 한껏 웅크리고 앉아 가르랑거리고 있었다. 어쩐지 목이 불편하더라니, 또 모이쉐에게 베개를 빼앗기고 말았다. 한나는 깊은 한숨을 내쉬고는 수없이 많은 일과가 쌓여 있는 하루를 시작했다.

어젯밤엔 위넷카 카운티 경찰서 형사과의 경장인 마이크 킹스턴과 레이크 에덴 호텔에서 열리는 파티에 갔었다. 그리고 거의 자정이 넘어서야 겨우 집으로 돌아올 수 있었다.

"이리 나와, 모이쉐."

한나는 어느 날 갑자기 나타나 자신의 베개를 독차지해버린 못난이 고양이를 안아 올리고는 침대 옆에 두었던 모카신(바닥이 평평한 노루 가죽신)을 신고 주방으로 향했다.

커피야말로 매일 아침 이맘때 한나에게 가장 필요한 것이다. 미리 타이머를 맞춰놓았으니 지금쯤이면 향기로운 커피가 따뜻한 김을 피어올리고 있을 것이다.

12월의 아침 하늘은 마치 캄캄한 밤처럼 어두웠다. 새벽빛을 보려면 아직 한 시간 반이나 더 기다려야 했다. 한나는 망설임 없이 형광등을 켰다. 형광등 불빛에 안 그래도 하얀 주방이 더 환하게 빛났다.

그때 전화벨이 울렸다. 이렇게 이른 시간에 전화할 사람은 한 사람밖에 없다.

수화기를 향해 손을 뻗으며 한나가 말했다.

"좋은 아침이에요, 엄마."

예상대로 엄마는 마이크와의 데이트에 대해 시시콜콜하게 물었다.

엄마가 원하는 대로 가능한 한 자세하게 털어놓으며, 한나는 머그잔 가득 따른 커피를 한 모금 꿀꺽 삼켰다.

'앗, 뜨거워!'

하지만 카페인이 내리는 축복을 생각한다면 이 정도 고통쯤은 아무 것도 아니다. 한나는 지난밤 마이크가 운전하는 차를 타고 레이크 에덴 호텔에서 하트랜드 제분회사가 주최하는 디저트 경연대회 참가자들이 준비한 뷔페를 즐겼고, 식사 후에는 하트랜드 제분회사 사주인 클래이튼 하트의 연설을 들었고, 돌아오는 길에 카페에 들러 오늘 구울 쿠키 반죽을 해놓았다.

"그게 다예요, 엄마. 마이크는 매너도 좋았고, 재미있었어요."

한나는 어깨와 귀 사이에 수화기를 끼고는, 두 손으로 빗자루를 잡아 간밤에 산산조각이 나버린 항아리 조각들을 쓸기 시작했다. 당연한 얘기지만, 개박하는 한 잎도 남아 있지 않았다.

모이쉐는 무엇이든 남김없이 먹어치운다.

한나는 아까부터 그녀의 발목 언저리를 비비고 있는 모이쉐를 위해 크런치를 꺼내 주며 엄마에게 대꾸했다.

"아뇨, 엄마. 마이크는 결혼 얘기 같은 건 꺼내지 않았어요. 앞으로도 그럴 거구요."

재활용품점에서 구입한 가필드가 그려진 사료그릇에 크런치를 쏟아 부으며 한나는 천장을 향해 눈을 굴렸다.

여자란 무릇 서른 살이 되기 전에 결혼해야 한다고 굳게 믿고 있는 엄마는 아직 결혼 생각이 없는 한나를 잠시도 가만히 두지 않았다.

한나는 엄마를 도무지 이해할 수 없었다. 한나의 인생에서 하필이면 지금 같은 때 결혼이라니, 물론 앞으로도 결혼 결심은 쉽사리 하지 못할 것이지만 말이다.

"있잖아요, 엄마……."

한나는 최대한 차분하게 말했다.

"혼자 사는 것도 괜찮아요. 카페도 한창 잘 되고 있고, 내 아파트도 있고, 친구들도 있잖아요. 잠깐만요, 모이쉐한테 물 좀 주고요."

한나는 수화기를 탁자 위에 내려놓고, 수도꼭지를 틀어 그릇의 가장자리까지 물을 듬뿍 담아 모이쉐의 사료그릇 옆에 내려놓고는 녀석에게 살짝 귓속말을 했다.

"이제 슬슬 아이 얘기가 나올 때야. 내가 선수를 쳐야겠지."

"난 아기 갖는 일에 그렇게 목매지 않아요, 엄마."

한나는 수화기를 다시 고쳐 잡았다.

"저한텐 예쁜 조카가 있잖아요. 카페도 운영해야 하고, 출장서비스도 다니려면 바빠서 어차피 좋은 엄마도 되지 못할 거예요."

끊임없이 되풀이되는 말씨름.

한나는 다시 커피를 따르며 엄마의 이야기를 듣는 둥 마는 둥 했다.

새로운 것도 없었다, 모두 귀에 못이 박이도록 들은 얘기들이다. 배 아파 낳은 자식과 조카가 같을 수는 없다. 넌 네 인생에서 정말 중요한 게 무엇인지 모르고 있다. 자기 아이를 품에 안는 것보다 더 큰 기쁨은 세상에 없다, 등등. 엄마의 잔소리가 쏜살같이 흘러간다는 생체 시계에 대한 얘기에 이르렀을 때, 한나는 사과 모양의 시계를 올려다보았다.

이런, 이만 전화를 끊어야 하지만 쉬운 일이 아니다. 엄마는 중간에 전화를 끊는 걸 싫어하시니 말이다.

"이만 나가봐야 해요, 엄마. 한 시간 내로 학교에 가야 하거든요."

역시 바쁘다는 말로 엄마의 전화를 끊을 순 없었다.

어떻게 마이크 킹스턴 같은 남자가 결혼에 관심이 없다고 생각하느냐는 엄마의 핀잔 섞인 잔소리에 지쳐버리고 만 한나는 결국 엄마에게 동의하고 말았다. 하지만 마이크의 아내가 세상을 떠난 지 이제 겨우 2년이 지났을 뿐인데, 그에게 지금 당장 재혼할 생각이 있을 리 없다.

그때 엄마가 불현듯 레이크 에덴의 총각 치과의사 노먼 로드의 이야기를 꺼냈고, 한나는 절망 섞인 한숨을 내뱉었다. 절친한 사이인 노먼의 어머니, 캐리 부인과 엄마는 노먼이 아버지가 운영하던 병원을 맡기 위해 레이크 에덴으로 돌아온 날부터 어떻게 하면 한나와 노먼의 관계를 연인 사이로 발전시킬 수 있을지 틈틈이 기회만 엿보고 있었다.

"엄마, 두 분 다 지금 시간 낭비하고 계시는 거예요."

엄마가 노먼의 인간성에 대해 장황하게 늘어놓기 전에 한나가 재빨리 선수를 쳤다.

"저도 노먼이 좋아요. 착하고 똑똑하고 재미있는 사람이죠. 하지만 저흰 그냥 좋은 친구 사이일 뿐이에요. 앞으로도 그럴 거구요."

하지만 역시 엄마에게는 먹혀들지 않았다. 할 수 없이 한나는 동생인 안드레아가 가르쳐준 방법을 써먹기로 했다.

수화기의 버튼을 살짝, 여러 번 누르며 이렇게 말하는 것이다.

"전화 상태가 안 좋아요. 전화가 끊기면 카페에서 다시 전화할게요."

그런 후, 한나는 뭔가를 말하는 척하면서 중간에 전화를 툭 끊어버렸다. 그리고 몇 분간 전화기를 바라보았지만 벨은 다시 울리지 않았다.

한나는 만족스러운 미소를 지었다.

아무도 일부러 끊은 것을 눈치채지 못할 거라던 안드레아의 말이 사실이었다.

샤워를 마친 한나는 낡은 청바지와 허리 부분이 꽉 조이는 스웨터를 꺼내어 입었다. 베이지색 스웨터에는 빨간색으로 '쿠키 있어요?'란 글씨가 새겨져 있었다. 한나는 빨간색을 좋아했다, 비록 그녀의 머리카락 색과는 어울리지 않았지만.

한나는 모이쉐의 사료그릇을 채워주고, 진짜 연어로 만든 크런치 몇 개를 던져준 다음 서둘러 지하 차고로 향했다. 그리고는 붉은 애플캔디 빛의 트럭에 훌쩍 올라탔다. 트럭은 2년 전, 한나가 카페를 처음 열었을 때 구입한 것이다.

한나는 페인트 공에게 특별히 부탁해서 양쪽 문에 황금색으로 '쿠키단지'라는 글자를 칠해 넣었다. 그리고 'COOKIES'라고 쓰인 장식용 번호판까지 달았다. 요모조모로 장식한 트럭은 광고 효과도 좋았다. 레이크 에덴의 유일한 회계사인 스탠 크래머조차 그녀에게 광고비용에 대한 세금을 매겼을 정도였다.

한나가 트럭을 몰고 차고를 막 빠져나가려던 순간 어디선가 외치는 소리가 들렸다. 아래층 이웃인 필 플랫닉이 그녀를 향해 손을 흔들며 트럭 앞의 뭔가를 가리키고 있었다. 그러더니 한 손으로 가만히 있으라는 제스처를 취하며 트럭 앞으로 다가와 차고 벽과 연결되어 있는 차내용 히터의 전기선을 뽑아주었다. 트럭 범퍼에 전선을 감아주는 필을 바라보며 한나는 고마움의 인사로 고개를 끄덕였다.

매년 겨울마다 이렇게 전기선 몇 개는 꼭 끊어먹곤 한다. 충전을 위해 플러그에 미리 연결해둔 사실을 종종 잊어버리기 때문이다. 다행히 오늘은 필 덕분에 가련한 전기선이 목숨을 건졌다.

경사로를 지나 미끄러운 새벽길 위로 올라서는 트럭의 차창 밖으로 밤새 쌓인 눈들이 매서운 바람에 가볍게 날리고 있었다. 카드를 꺼내어 차고 입구에 내려진 바 앞에서 창문을 내리는 순간 얼음장같이 차가운 바람이 트럭 안으로 휙 불어 들었다.

한나는 부르르 몸을 떨며 털 장식이 달린 옷깃을 세웠다. 밖은 영하 7℃도 안 되는 것 같았다. 올드 레이크 로드로 접어들어서야 차 안에 훈훈한 히터의 공기가 감돌기 시작했다. 따뜻해지려면 5분 정도 더 기다려야 한다.

털 장식의 옷깃은 여전히 세운 채였지만, 한나는 한쪽 손의 가죽 장갑을 벗고 차 뒤쪽으로 손을 뻗어 쿠키 꾸러미 하나를 집었다. 쿠키 꾸러미는 어제 카페에서 팔고 남은 것들이었다.

한나는 하루 이상 지난 쿠키는 팔지 않았기 때문에 카페 문을 닫고 나면 그것들을 모두 모아 꾸러미에 담은 뒤 트럭 뒷좌석에 놓아두곤 했다. 물론 이렇게 남은 쿠키도 버리는 일은 없다.

길을 가다가 동네 꼬마들을 만나면 곧잘 나누어주곤 하기 때문이다. 어린 아이들은 이런 한나를 '쿠키 언니'라고 부르며, 한나가 주는 쿠키를 맛있게 받아먹곤 했다. 쿠키 한 조각의 위력은 대단하다. 공짜 쿠키를 먹은 아이들이 집으로 돌아가 엄마에게 쿠키 언니네 카페에 가서 쿠키를 사달라고 조르기 때문이다.

올드 레이크 로드와 데일리 에비뉴의 교차로에서 적신호를 받아 차를 세우며 한나는 어제 팔고 남은 설탕 쿠키를 오물거렸다.

근처 코지 카우 데일리 앞에서는 피트 넌크가 트럭 옆에서 오늘 배달물을 확인하고 있었다. 마침 신호가 바뀌어 차를 출발시키며 한나는 피트를 향해 경적을 울렸다. 피트는 성실한 배달부였지만 한나는 여전히 론이 그리웠다.

10분 후, 한나는 조단 고등학교에 도착했다. 역시 아침 7시는 교사와 학생들 모두에게 이른 시간이다. 덕분에 한나는 강당 바로 앞의 명당자리에 차를 주차할 수 있었다. 이중문 앞에 걸린 커다란 녹색 배너가 이곳이 하트랜드 제분회사가 주최하는 디저트 경연대회장이라는 사실을 알려주고 있었다.

"좋은 아침이에요, 한나."

문을 밀고 안으로 들어서려는 한나를 레이크 에덴의 교통 단속원인 허브 비즈먼이 미소로 맞아주었다.

"딱 맞춰 왔네요."

한나도 미소를 지으며 트럭에서 가져온 쿠키 꾸러미를 건넸다.

"그야말로 새집에 헌 가구를 선물하는 꼴이지만, 당신에 제일 좋아하는 당밀 쿠키예요."

"새집에 헌 가구요?"

허브는 잠시 혼란스러워하더니 이내 웃음을 터뜨렸다.

"이제 알겠어요. 경연대회 참가자들이 나를 시식가로 선발할 거란 말이죠?"

"당연히 그렇게 되지 않겠어요? 허브만큼 적합한 사람도 없잖아요."

"맞는 말이에요."

허브는 내심 기뻐하는 것 같았다.

"자리를 비우면 안 되지만, 하트 씨가 당신이 오면 들여보내 주라고 했으니, 내가 불을 켜줄게요."

강당 안으로 들어선 한나는 그만 깜짝 놀라고 말았다.

조단 고등학교는 한나의 모교인데다가 강당이라면 지금까지 여러 번 왔었지만, 오늘의 강당은 완전히 다른 모습이었다.

넓은 무대 위는 주방설비를 갖춘 네 개의 구역으로 나누어 칸막이가 세워졌고, 그 아래로 늘어진 전기선과 수도관 등은 대회가 끝나자마자 금방 치울 수 있도록 잘 정리되어 있었다.

조단 고등학교의 교장인 퍼비스 씨가 요구한 조건이 바로 절대 무대를 훼손해서는 안 된다는 것이기 때문이다. 한나는 무대 위로 올라가 주방설비를 살펴보았다. 새 싱크대와 개수대가 갖춰진 네 개의 주방은 모두 똑같았다.

냉장고는 낮은 소리로 윙윙거렸으며, 오븐은 반짝거렸고, 구역마다 주방용품들이 완벽하게 구비되어 있었다. 하트 씨는 대회가 끝나고 나면 이 모든 설비와 용품들을 조단 고등학교에 기증하겠다고 약속했으며, 여름방학 동안 학교의 카페테리아와 주방도 새롭게 고쳐주겠다고 했다. 조단 고등학교의 영양사인 에드나 퍼거슨은 마을 사람들에게 이 사실을 자랑하고 다녔다.

네 개의 주방설비를 모두 살펴보는 데 시간이 걸렸지만 다섯 명의 심사자 중 심사위원장으로 선발된 한나로서는 모든 설비들이 똑같이 갖춰져 있는지 엄중히 확인할 필요가 있었다. 설비들이 모두 잘 작동하는 것을 확인한 후, 한나는 허브에게 작별인사를 하고 다시 트럭에 올랐다. 7시 30분, 서둘러 카페로 가 조수인 리사와 함께 8시면 구름같이 몰려들 손님들을 맞을 준비를 해야 한다.

카페 주차장에는 이미 리사의 차가 세워져 있었다. 차창 위로 두꺼운 얼음이 얼어 있는 것을 보니 꽤 일찍부터 카페에 나와 있었던 모양이다. 한나가 카페 안으로 들어섰을 때 리사는 막 오븐에서 쿠키 틀 두 개를 꺼내고 있었다.

리사는 틀을 선반 위에 올려놓은 뒤 앞치마에 딸린 타월에 두 손을 닦았다. 똑같은 앞치마인데도 한나가 입으면 무릎 위로 껑충 올라왔지만, 아담한 체구의 리사는 앞치마에 걸려 넘어지지 않기 위해 허리 부분을 몇 번이나 접어야만 했다.

"안녕, 한나. 차내용 히터 선 꽂는 거 잊지 않았죠?"

"물론이지. 그나저나 도대체 몇 시에 나온 거야, 리사?"

"5시에요, 한나는 대회 준비 때문에 바쁠 것 같아서요. 쿠키는 이미 다 구웠어요, 커피도 끓여놓았고요."

"고마워."

한나는 벽 고리에 웃옷을 벗어 걸어놓고 회전문을 지나 홀로 나갔다.

그때 불현듯 리사가 모이쉐에게 선물했던 개박하 사건이 생각나 뒤를 돌아보며 말했다.

"모이쉐가 개박하를 너무 좋아해. 글쎄, 오늘 새벽에 그걸 다 먹어버렸지 뭐야."

"밖에 꺼내놓았어요?"

"응, 실수로."

꼭두새벽부터 야구방망이로 무장한 채 복도를 엉금엉금 기다시피 했다는 이야기는 하지 않는 게 좋겠다.

"딸기는 어때? 잘 익었어? 아님 얼려놓은 걸 쓰는 게 좋을 것 같은데……."

"잘 익었어요. 이제 어떻게 해야 제대로 키울 수 있는지 방법을 알았거든요. 이제부턴 겨울마다 딸기를 키울 거예요. 냉장고에 넣어두었으니까 한 번 맛보세요."

"아니, 괜찮아."

한나가 거절했다.

"내가 유일하게 알레르기가 있는 음식이 바로 딸기거든. 어쨌든 온실이 효과가 있었나 보네?"

"일단 딸기하고 토마토는 그래요, 올해 키운 건 그 두 종뿐이니까. 아버지가 BLT(베이컨과 상추, 토마토를 넣은 샌드위치)를 너무 좋아하세요. 글쎄, 겨울엔 토마토가 나지 않는다는 사실도 잊어버리신 거 있죠."

"아무튼 아버지를 위해 그런 생각을 하다니 정말 기특해."

리사의 아버지 잭 허먼이 알츠하이머병을 앓고 있기에 그녀는 대학 입학 장학금을 포기하고 마을로 돌아와 아버지를 돌보기로 했다. 안타까운 일이지만, 리사는 그 결정에 대해 한 번도 후회한 적이 없었다.

케케묵은 디자인의 둥근 등을 켜고, 카운터 뒤에 있는 거대한 커피포트에서 커피 한 잔을 따른 후, 한나는 이틀 전에 구워놓은 케이크를 확인하기 위해 다시 제빵실로 돌아왔다.

네 개의 케이크는 모두 비닐랩과 몇 겹의 호일로 잘 싸여 있었다. 한나는 날카로운 주방용 칼로 케이크를 두 조각 잘랐다. 그런 후 케이크를 다시 랩과 호일로 잘 덮은 다음, 스테인리스 작업대 앞 의자에 앉아 있는 리사에게 가져갔다.

"아침으로 케이크를 먹는 게 정말 좋아요. 꼭 귀족이 된 듯한 기분이 들거든요."

리사가 한 입 베어 물고는 천천히 음미했다.

"음, 최고예요. 한나는 어때요?"

한나도 맛을 보며 고개를 끄덕였다.

"이보다 더 맛있을 순 없겠어. 숙성하기는 이틀이 딱 좋은 것 같아."

"갓 구웠을 때도 맛있었지만, 그때보다 지금이 훨씬 더 좋은 것 같아요. 부드러운 게 마치 치즈 없는 치즈 케이크 같다고나 할까?"

리사의 평가에 한나는 기분이 좋아졌다.

오늘 밤 카메라 앞에서 만들어야 하는 딸기 쇼트케이크 준비는 이제 거의 완벽에 가까웠다.

"밀도 때문이야, 냉장고에 넣으면 매일 조금씩 밀도가 증가하거든."

"아무튼 오늘 방송을 타면 히트 칠 거예요."

리사는 남은 조각을 순식간에 먹어치우고 자리에서 일어섰다.

"문 열 시간 됐어요, 한나. 제가 열까요?"

"내가 할게. 리사는 토카스 서클 크리스마스 파티에 쓸 쿠키 장식을 마저 끝내야 하잖아."

한나는 회전문을 지나 홀로 나왔다.

오늘 밤 카메라 앞에 설 생각을 하면 벌써 떨리기 시작했다. 이 모두가 하트 씨의 아이디어였다. 그리고 한나를 포함한 마을 사람들은 하트 씨를 위해서라면 뭐든지 해주고 싶은 마음이었다. 마을 사람 모두가 올해 처음 개최되는 하트랜드 제분회사의 디저트 경연대회를 매년 열리는 연례행사로 만들고 싶어했기 때문이다.

어쨌든 디저트 경연대회는 고요한 겨울잠에 빠져 있던 레이크 에덴을 흔들어 깨웠다. 여름 한 철 관광객들이 물밀듯이 빠져나간 뒤 조용하던 마을은 대회 참가자들과 그 가족, 그리고 관람객들의 도착으로 다시금 활기를 되찾고 있었다.

레이크 에덴 호텔의 주인인 샐리와 딕 래플린 부부는 비수기에도 호텔을 열 수 있게 되어 매우 기뻐하고 있었으며, 그 외에도 레이크 에덴에서 크고 작은 가게를 갖고 있는 사람이라면 뜻밖의 행사로 인한 매출 상승효과를 행복하게 만끽하고 있었다.

마을 사람들이 경제적으로 들떠 있는 이때 하트 씨는 목수며, 배관공이며, 관람객들을 강당으로 안내할 안내원까지 모든 사람을 마을에서 고용했다. 이에 바스콤 시장은 어제 전화로 한나에게 하트 씨가 앞으로 계속 우리 마을에서 대회를 개최했으면 좋겠다는 바람을 이야기했던 것이다.

나흘 동안 열릴 대회를 광고하기 위해 한나는 학교 강당에서 진행될 KCOW 방송국의 지역 뉴스에 출연하기로 결심했다. 레이크 에덴 사람이기도 한 KCOW의 프로듀서 메이슨 킴벌은 한나에게 뭔가 알록달록한 것을 만들면 좋겠다고 제안했다, 이를테면 딸기 쇼트케이크 같은.

사실 케이크를 구울 만한 시간적 여유가 없기 때문에 한나는 미리 구워놓은 케이크를 선보여야 할 것이다.

한나의 딸기 쇼트케이크가 전파를 타면 사람들이 케이크 만드는 법을 알기 위해 화면에 뜬 번호로 전화를 할 것이고, 그러면 메이슨의 방송을 얼마나 많은 사람이 시청했는지 알 수 있을 것이다.

'닫았음' 표지판을 '열었음'으로 뒤집어 놓자마자 전화벨이 울렸다.

리사가 받겠지? 한나는 긴급하게 들려오는 벨 소리를 무시한 채, 잠긴 문을 열고 아까부터 밖에서 기다리고 있던 손님들을 반갑게 맞았다.

오늘의 첫 손님은 한나의 제부인 빌 토드와 그의 상관인 마이크 킹스턴이었다. 하트 씨와 메이슨 킴벌이 그 뒤를 이었고, 안드레아도 그녀의 네 살배기 딸 트레시와 함께 카페 안으로 들어섰다.

윤기나는 금발을 끈으로 높게 올려 묶은 안드레아는 그녀의 일주일치 급여와 맞먹는 고급스러운 감색 정장을 입고 있었다. 패션잡지에서 막 빠져나온 듯한 세련된 모습에 한나는 잠시 질투를 느꼈지만, 이내 따뜻하고 절친한 미소를 지었다. 외모로는 도저히 안드레아를 따라갈 수 없었다. 이건 이미 고등학교 시절부터 단념한 것이었다.

한나의 두 여동생인 안드레아와 미셸은 여전히 아름다운 미모를 자랑하는 엄마를 많이 닮았다. 아빠의 껑충한 키와 곱슬곱슬한 빨간 머리를 물려받은 사람은 한나뿐이었다. 다행히 트레시도 제 엄마의 미모 유전자를 물려받아 예뻤다. 찰랑찰랑한 금발이 마치 미니 사이즈의 안드레아를 보는 것 같았다.

한나에게는 언제나 귀여운 조카가 우선이었다. 트레시를 의자에 앉히고, 우유와 쿠키를 가져다준 후에야 손님들에게 다가가 주문을 받기 시작했다. 한창 주문받기에 열중하고 있는 한나의 눈에 리사의 모습이 들어왔다.

하트 씨에게 블랙커피 한 잔과 레전시 생강 쿠키 두 조각을 주문받은 후, 한나는 리사에게 다가갔다.

"무슨 일이야?"

리사는 아무에게도 들리지 않을 만큼 낮은 목소리로 대답했다.
"로드 박사님이 전화하셨는데, 아주 급한 일이래요. 얼른 들어가 보세요."

한나는 리사에게 카운터를 맡긴 다음 서둘러 제빵실로 들어갔다. 차분한 성격의 노먼은 '응급'이라는 단어를 가볍게 쓸 사람이 아니었다.

탁자 위에 리사가 내려놓은 수화기가 보였다.

한나는 심호흡을 크게 한 번 한 후, 수화기를 집어들었다.

"안녕, 노먼. 급한 일이라면서요?"

"럿지 씨가 매복치(치관의 전부 혹은 대부분이 잇몸에 묻혀 있는 이) 때문에 병원에 왔었는데, 아주 안 좋은 일이 있었어요."

노먼의 음성은 매우 심각했다.

온갖 음울한 상상들이 한나의 머릿속을 스쳐 지나갔다.

노먼은 한나가 빌을 도와 두 건의 살인사건을 해결한 사실을 알고 있었다. '죽음'이란 단어에 익숙해져 버린 한나였던 것이다.

설마 럿지 씨가 진료의자 위에서 죽은 건 아니겠지? 근데, 럿지 씨가 누구지?

어디선가 들어본 듯한 이름이지만 확실하게는 생각나지 않았다.

"럿지 씨가 누구예요?"

"어젯밤 레이크 에덴 호텔에서 만났을 거예요. 회색 머리에 큰 키, 마르고, 약간 리카르도 몬탈반(유명한 라틴계 영화배우)을 닮은 사람이에요."

어젯밤 한나는 수없이 많은 사람을 만났었다. 이름은 잘 생각나지 않았지만, 노먼의 설명을 듣고 나니 어렴풋이 기억이 났다. 그는 분명 이번 대회 심사자 중 한 명이었다.

22

"럿지 씨에게 무슨 일이 생겼어요?"

"그저 이를 하나 뽑는 거였어요. 어차피 뽑아야 했거든요. 그런데 마취에 부작용 반응을 보이더니 상황이 더욱 심각해졌어요. 피가 멎질 않는 거예요."

수화기를 잡은 한나의 손가락에 힘이 들어갔다.

"설마, 그래서 그가……, 죽었어요?"

"죽어요?"

한나의 반응에 노먼은 깜짝 놀라며 말했다.

"당연히 죽진 않았죠. 하지만 대회에 심사자로 참가하진 못할 거예요. 적어도 일주일 동안은 죽만 먹어야 할 테니까요."

스웬슨표 딸기 쇼트케이크

    12조각으로 만들 거예요. 파운드 플러스 케이크와 싱싱한 딸기 세 상자, 그리고 한나표 휘핑크림 프레쉬가 필요하답니다. ('크렘 프 레쉐' 라고 발음하면 모두들 당신이 불어에 능통하다고 생각할 걸요)

파운드 플러스 케이크

    오븐을 163℃로 예열하세요. 그리고 틀은 중앙 놓습니다.

재료

녹인 버터 1과 1/2컵 / 백설탕 2컵 / 계란 4개 / 바닐라향 1티스푼
베이킹파우더 1/2 티스푼 / 밀가루 2컵(절대체에 치지 마세요)
사우어 크림 1컵(가벼운 맛을 원한다면 플레인 요구르트도 괜찮아요)

만드는 법

    파운드 플러스 케이크는 반드시 48시간 동안 숙성시켜야 하니 이틀 전에 미리 만들어 둡니다. 케이크를 충분히 식힌 다음 비닐 랩과 알루미늄 호일로 싼 후, 냉동시켜 두었다가 써도 됩니다.

  1. 이 요리법은 케이크 2개 분량이고, 한 개로 6명 정도가 먹을 수 있어요. 9인치짜리 둥근 팬에 버터와 밀가루를 골고루 펴 바릅니다.(스프레이로 된 쇼트닝 오일은 사용하지 마세요. 효과가 없거든요)

  2. 믹서에 녹인 버터와 설탕을 넣고 잘 섞어줍니다.(손으로 섞어도 상관없지만, 무척 힘들 거예요) 그런 다음 계란을 한 개씩 넣고 거품이 날 때까지 저어줍니다. 사우어 크림과 베이킹파우더, 바닐라 향을 넣고 다시 한 번 잘 섞어준 다음 마지막으로 밀가루를 한 컵씩 넣습니다. 그리고 반죽이 부드러워질 때까지 치댑니다.

  3. 반죽을 팬에 넣고 163℃ 오븐에서 45분~50분 정도 구워줍니다.(케이크의 윗부분이 황금빛의 먹음직스러운 색으로 변할 때까지 구워야 해요) 반죽이 다 구워진 후, 팬에 놓고 20분 정도 식힌 다음 칼로 가장자리를 떼어준 다음 틀을 뒤집어 빼냅니다.

  4. 구워진 케이크가 완전히 식으면, 비닐랩으로 단단히 쌉니다. 마지막으로 호일로 싼 다음 냉장고에서 48시간 동안 보관했다가 먹기 전에 꺼내 되, 미리 비닐랩을 벗겨 놓진 마세요.

딸기

이것도 미리 준비해야 해요. 세 상자 분량의 딸기를 깨끗이 씻어 꼭지를 떼어냅니다. 크고 예쁜 딸기 12개를 따로 보관하고, 나머지는 모두 얇게 썰어둡니다. 딸기가 너무 신 것 같으면 설탕을 조금 뿌려주세요. 역시 단단히 포장해서 냉장고에 넣습니다.

샤나포 휘핑크림 프레쉬

만들어 두면 몇 시간은 괜찮습니다. 미리 냉장고에 보관하세요.

재료

흑설탕 1/2컵(마지막에 장식용으로 뿌려 줍니다) / 백설탕 1/2컵

사우어 크림 1/2컵 / 걸쭉한 휘핑크림 2컵

만드는 법

크림에 백설탕을 넣고 봉우리가 설 수 있을 정도의 찰기가 생길만큼 섞습니다.(주걱으로 떠보세요) 그런 다음 사우어 크림을 넣고, 믹서기의 제일 낮은 속도로 섞어줍니다.

본격적으로 딸기 쇼트케이크 만들기

만드는 법

   파운드 플러스 케이크를 6조각씩 잘라 디저트 접시 위에 놓습니다. 그리고 위에 얇게 썬 딸기를 얹습니다. 만들어 놓은 크림으로 군데군데 동그랗게 장식합니다. 그리고 그 위에 흑설탕을 뿌려줍니다. 썰지 않고 따로 보관한 딸기들로 마무리 장식을 합니다. 자, 이제 손님들에게 내가도 좋습니다.

노먼과 캐리 부인 그리고 엄마를 대접하기 위해 만들었답니다.
파운드 플러스 케이크는 하나만 사용하고,
다른 하나는 냉동실에 보관했죠.
엄마를 위해 크림은 반으로 줄이고 대신 딸기를 더 많이 얹었답니다.

　일기예보가 흘러나오는 동안 한나는 크림이 담긴 그릇에 백설탕을 넣고 열심히 휘저었다. 뜨거운 조명 때문에 크림이 묽어지지 않을까 걱정이었다. 봉우리가 솟을 만큼 크림에 충분히 찰기가 돌자 한나는 재빨리 사우어 크림을 섞었다.
　사우어 크림은 휘핑크림이 찰기를 유지하는데 도움을 준다. 그릇 안으로 막 손가락을 집어넣으려던 한나는 문득 자신이 지금 카메라 앞에 서 있다는 사실을 깨닫고는 얼른 숟가락으로 맛을 보았다.
　그리고는 리사가 집에서 직접 재배한 딸기를 케이크 위에 얹고, 잘 섞은 휘핑크림으로 동그랗게 장식을 한 후, 마지막으로 예쁜 모양의 딸기 하나를 케이크 중앙에 놓고, 그 위로 흑설탕 가루를 뿌렸다.
　한나의 오리지널 창조품, 스웬슨표 딸기 쇼트케이크가 드디어 완성된 것이다. 이제 뉴스 진행자들에게 선보일 때만 기다리면 된다. 그때 한나가 지금까지 만나본 사람들 중 가장 활기가 넘치는 조그마한 키에 몸집이 거대한 연출 감독이 한나에게 준비 신호를 보냈다.
　기상캐스터가 예보를 마치자마자 조각같이 잘생긴 앵커 척 윌슨이 시청자들을 향해 '월드 뉴스' 코너 다음에 하트랜드 제분회사 주최의 디저트 경연대회에 대한 소식을 전할 테니 채널을 고정하라는 소식을 전했다.

케이크가 담긴 쟁반을 집어드는 한나의 심장은 쿵쾅쿵쾅 뛰기 시작했다. 비록 리허설 때 연습해 보았지만, 빈 쟁반을 드는 것과 케이크가 놓인 접시와 포크들이 담긴 쟁반을 드는 것은 확실히 달랐다.

한나는 최대한 밝은 미소를 입가에 걸고, 메이슨이 '카퍼 테이프(미국에서 많이 쓰이는 접착력이 좋고, 떼어도 자국이 남지 않는 테이프)'라고 설명했지만 한나의 눈에는 그저 평범한 끈끈이 테이프로만 보일 뿐인 접착제로 고정해 놓은 온갖 잡다한 선들에 걸려 넘어지지 않게 조심하면서 뉴스 진행자가 앉아 있는 데스크까지의 길고 꼬불꼬불한 통로를 걸어갔다.

그리고는 역시 메이슨이 마지막까지 주의를 주었던 환한 미소를 지으며 진행자들 각자에게 케이크가 담긴 접시를 나눠주었다. 진행자들이 '오', '와', '호' 등의 감탄사를 내뱉으며 케이크를 맛보는 동안 한나는 스튜디오 한쪽에 조용히 서 있었다.

그때 척 윌슨이 철 지난 딸기가 얼마나 비싼지에 대해 이야기를 꺼냈고, 한나에게 어디서 딸기를 구했느냐고 물었다. 한나는 미소를 지으며 그녀의 조수인 리사 허먼이 온실에서 직접 키운 것이라고 대답했다.

이번엔 척의 보조 진행자인 디-디 휴즈가 쇼트케이크 한 조각이 얼마의 칼로리인지를 물었고, 한나는 잘 모르겠지만 다이어트를 하는 사람이라면 디저트는 먹지 않을 테니 칼로리 같은 건 그리 중요하지 않을 거라고 대답했다.

그때 스포츠 뉴스 리포터인 윙고 존스가 프로 무대를 뛰고 있는 운동선수들에게 매 경기 전 사기충천을 위해 스웬슨표 딸기 쇼트케이크를 먹여야 한다며 썰렁하고 유치한 멘트를 던졌고, 이에 입가에 걸어두었던 한나의 미소가 잠시 흐려졌지만, 애써 그것도 좋은 생각이라며 적당히 얼버무렸다. 진행자들 중 틀에 박힌 칭찬의 멘트를 읊지 않은 사람은 기상캐스터인 레인 필립스뿐이었다. 그는 케이크가 모두 없어질 때까지 말없이, 그리고 열심히 먹기만 했다.

뉴스가 끝나자 한나는 가져온 주방기구들을 챙기기 위해 무대에 딸린 주방으로 돌아갔다. 오븐을 열어 보았지만, 안은 허바드 할머니(미국의 유명한 동화책 주인공)의 찬장처럼 텅텅 비어 있었다. 굽지 않은 케이크는 이미 에드나가 어디론가 치운 모양이었다.

남은 재료들로 반씩 차 있는 그릇들을 모두 가져가느라 곡예 아닌 곡예를 부리느니 남은 것들을 한데 모아 가져가는 것이 편하겠다는 생각에 한나는 케이크 위에 남은 딸기 조각들을 올리고, 역시 남은 크림을 듬뿍 바른 뒤, 장식용 딸기들까지 전부 얹고 여분의 흑설탕을 모두 뿌렸다. 그런 후 케이크용 용기에 넣고 뚜껑을 닫은 뒤, 사용한 기구들과 그릇을 가져온 운반대에 담아 무대 뒤쪽으로 질질 끌고 갔다.

"정말 멋졌어, 언니."

강당 문 앞에서 안드레아가 기다리고 있다가 한나가 운반대로 옮긴 기구와 그릇들을 주방 선반 위에 올려놓는 것을 도와주었다.

"고마워."

안드레아의 칭찬에 고마워하며 한나는 조카를 찾아 주변을 두리번거렸다. 하트 씨에게 대회 심사자 중 한 명이 참석하지 못하게 됐다고 전하자 그가 레이크 에덴 의회의 회원들 이름이 적힌 쪽지가 들어 있는 유리그릇 속에서 새 심사자를 뽑는 역을 트레시가 해주면 좋겠다고 제안한 것이다.

"트레시는 어디 있어?"

"아직 메이크업중이야. 끝나는 대로 빌이 데리고 올 거야."

"떨고 있는 건 아니지?"

안드레아가 고개를 저었다.

"전혀, 오히려 신났어. 트레시 나오는 부분 녹화해줄 거지, 언니? 빌이 집에서 나오기 전에 예약녹화를 해두긴 했지만, 혹시 모르니까 하나 더 필요해."

"두 개 더 갖게 될 거야. 나는 물론이고, 엄마도 녹화하실 테니까."

"엄마가?"

안드레아의 눈썹이 치켜 올라갔다.

"엄마는 녹화를 어떻게 하는지도 모르셔. 전에 우리 집 TV가 고장 나서 엄마한테 영화를 녹화해 달라고 부탁했었는데, 두 시간이나 헤매시지 뭐야."

한나는 손을 뻗어 안드레아의 어깨를 토닥거렸다.

"진정해, 안드레아. 리사도 녹화할 거고, 우리 카페 단골손님들도 녹화할 거야. 그러니 걱정 안 해도 돼. 내가 보장할게."

"부디 그러길 바라. 트레시의 TV 첫 출연인데, 혹시 유명한 프로듀서가 방송을 보고 우리 트레시를 스카우트 할지도 모르잖아. 대부분의 아역 스타가 그렇게 탄생하는 거래."

한나는 뉴스 진행자들이 바보 같은 멘트를 주고받을 때 지었던 억지웃음을 또다시 지어 보였다. 유명한 프로듀서가 KCOW 같은 따분한 지역 방송국의 방송을 지켜볼 리가 없다.

"뭐가 이렇게 오래 걸리지? 트레시한테 한 번 가봐야겠어."

안드레아가 문을 나가려다 말고 돌아서서 말했다.

"대회 시작 전에 머리 좀 다시 손질해. 조명을 받으니까 더 꼬불꼬불해보여."

카메라가 심사자들을 한 명씩 훑는 동안 한나는 어색하고 불편한 기색을 감출 수 없었다. 물론 누군가에게 스카우트될 걱정은 하지 않아도 된다. 어느 프로듀서가 멀대같이 큰 키에 얼굴엔 밀가루나 묻히고 다니는 노처녀를 눈여겨보겠는가. 하지만 트레시만큼은 정말 예뻤다.

한나는 예쁜 조카를 둔 것이 너무나 자랑스러웠다. 트레시는 조명 불빛에 금발을 반짝이며 제법 의젓하게 상자 안으로 손을 넣어 쪽지 하나를 꺼냈다.

"고마워요, 트레시."

쪽지를 건네주는 트레시를 하트 씨가 사랑스럽게 쳐다보았다.

"설마 아빠 이름을 뽑은 건 아니겠지, 트레시?"

그러자 트레시가 고개를 도리도리 흔들며 말했다.

"아빠는 의회에 있지 않아요, 하트 아저씨. 우리 아빠는 위넷카 카운티 경찰서의 형사예요."

"형사가 무슨 일을 하는지 알고 있니, 트레시?"

하트 씨가 물었다.

"네, 형사는 범인을 잡으러 다녀요. 누군가 죽으면 아빠가 단서를 모아서 범인을 잡아요. 그리고 재판이 있을 때까지 감옥에 가둬요."

하트 씨는 깜짝 놀란 듯했지만, 애써 미소를 지어 보이며 말했다.

"정말 똑똑하구나, 트레시. 자, 이제 새로 뽑힌 심사자가 누구인지 이름을 불러야 할 텐데, 넌 아직 학교에 다니지 않지?"

"전 유치원에 다녀요, 하트 아저씨. 유치원이란 학교에 가기에는 아직 어린 아이들이 가는 곳이에요. 그래도 전 읽을 줄 알아요. 쪽지를 주시면 거기 뭐라고 쓰여 있는지 읽어 드릴게요."

이제 카메라는 놀란 표정으로 트레시에게 쪽지를 건네주는 하트 씨의 얼굴을 클로즈업하고 있었다. 한나는 트레시가 접힌 종이를 펴고 하트 씨를 향해 조용히 단어를 읽어주는 모습을 지켜보았다.

결과를 들은 하트 씨가 드디어 이름을 발표했다.

"새 심사자는……, 보이드 왓슨 씨입니다."

관객석의 불이 들어오고 모두 조단 고등학교의 수석코치 보이드 왓슨을 향해 손뼉을 쳤다. 보이드 옆에는 그의 누나인 메리안도 있었지만 그의 아내 다니엘의 모습은 보이지 않았다. 한나는 다니엘의 불참이 안 좋은 일 때문이 아니기를 기도했다.

몇 달 전, 한나는 왓슨 코치가 상습적으로 다니엘을 폭행한다는 걸 알게 되었다. 하지만 다니엘은 경찰에 신고하는 걸 원치 않았고, 한나는 보이드가 또다시 다니엘을 때리는 일이 일어나지 않도록 빌에게 은밀히 그를 감시해달라고 부탁해 두는 수밖에 없었다.

보이드가 한나 옆자리에 앉자 하트 씨는 대회 참가자들을 소개한 후, 한창 준비중이던 디저트의 마무리를 위해 그들을 다시 무대 위 주방으로 돌려보냈다. 참가자들이 썰고, 장식하고, 접시 위에 그들의 작품을 조심스럽게 얹는 동안 하트 씨는 대회의 진행방식에 대해 설명했다.

준결승에 출전하는 사람은 모두 12명인데 다들 치열한 지역예선을 뚫고 올라온 사람들이었다. 이들 중 네 명은 이미 오후에 경연을 마쳤고, 그들이 만든 디저트는 해당 심사자들에게 선보여졌다.

심사자들이 맛을 평가하는 동안, 참가자들과 그 가족들의 긴장된 얼굴이 카메라를 통해 관객들에게 비쳐질 것이고, 평가 조율이 끝나면 점수가 매겨지고 각 심사자들이 맛에 대해 평가를 하게 될 것이다. 최종 우승자가 발표되면, 행운의 주인공은 토요일 밤에 열릴 결승전에 출전하게 된다.

마침내 참가자들이 완성된 디저트를 가져오고, 한나는 카메라가 다른 곳으로 돌아가자 기다렸다는 듯 보이드에게 물었다.

"다니엘은 어디 있어요?"

"집에요."

보이드는 포크 한가득 체리 파이를 베어 입으로 가져가며 말했다. 하지만 맛을 보는 그의 표정은 그다지 행복해 보이지 않았다.

"우리 어머니가 만든 거랑 똑같군. 너무 달아, 이가 모두 썩어버리고 말겠어."

한나도 맛을 보고는 보이드의 말에 동의했다.

"경연장에 오기 싫다고 하던가요?"

"우리 어머니가요?"

"아뇨, 다니엘이요."

재빨리 점수를 매기고 다음 디저트인 땅콩 패스트리로 시선을 옮기며 한나가 대답했다.

"그 사람, 아파요."

"많이 아파요?"

한나는 보이드의 얼굴에 혹시 죄책감이 서리지 않았는지 유심히 살폈다. 하지만, 그는 완벽하게 태연했다.

"그냥 감기예요. 그것 때문에 약을 엄청나게 먹었거든요."

땅콩 패스트리 조각을 맛보던 보이드가 얼굴을 찌푸렸다.

"이것도 어머니가 자주 만드시던 메뉴 중 하난데, 시나몬이 이렇게 많이 들어간 건 정말 별로예요."

한나도 얼른 한 조각 베어 물었다.

이번에도 보이드의 말이 맞았다. 시나몬과 육두구(향신료의 일종)의 씨가 너무 많이 뿌려져 땅콩의 순수한 맛이 나지 않았다.

점수를 매긴 후 한나는 세 번째 디저트 접시를 향해 고개를 돌렸다. 이번에는 오렌지 케이크였다.

"병원에는 데려갔어요?"

"필요 없다고 해서 못 데려갔어요. 다니엘은 병원 가는 걸 끔찍하게 싫어하거든요."

대답 대신 한나는 오렌지 케이크 조각을 베어 입에 넣었다.

다니엘이 왜 병원을 싫어하는지 조금은 알 것 같았다. 왜 아픈지, 어떻게 해서 아픈지, 의사들이 온갖 질문을 해댈 것이다.

"이건 너무 쓰네."

보이드가 오렌지 케이크를 저만치 밀어내고, 네 번째 디저트를 집어 들었다. 한나도 맛을 보고는 한숨을 내쉬었다. 이번에도 보이드가 옳았다. 오렌지의 하얀 껍질이 너무 많이 들어갔다.

"나쁘지 않네요."

마지막 디저트, 레몬 타르트를 맛본 보이드가 말했다.

"아니, 이게 제일 나아요. 물론 그다지 비교할 만한 것도 없었지만."

한나는 이내 레몬 타르트를 베어 물었다.

껍질은 얇고 바삭바삭했으며, 내용물은 톡 쏘는 맛과 함께 달콤함이 어우러져 일품이었다. 고민할 필요없이 오늘의 승자는 레몬 타르트였다. 네 개의 디저트에 대한 보이드의 평가는 정확했다.

한나는 여전히 보이드가 싫었지만(그는 너무 오만하고 거칠다), 그의 평가만큼은 높이 사 주고 싶었다. 카메라에 빨간불이 들어오더니 다시 한 번 심사자들을 비추었고, 이내 심사평이 시작되었다.

심사위원장인 한나는 제일 나중이었기 때문에 다른 심사자들의 평을 가만히 경청했다. 심사자들의 평가는 빈틈없이 정확했고, 세 번째 심사자까지 모두 레몬 타르트를 최고로 꼽았다. 다음은 보이드 차례였다.

보이드가 디저트에 대해 한나에게 했던 말들을 되풀이하는 동안 한나는 가만히 그를 지켜보았다. 그러다 문득 그의 선수 중 한 명이 보이드에 대해 했던 말이 떠올랐다.

'코치는 얘기할 때 마치 직접 보는 것처럼 말한다니까요.'

하지만 이번 그의 평가는 그렇게 훌륭하지 못했다. 아니, 너무 가혹했다. 칭찬의 내용도 포함되어 있었으면 좋았을 것이다. 자신의 차례가 되자 한나는 우선 모든 참가자들이 보여준 노력과 수고에 감사하며, 모두가 지역예선을 거쳐 올라온 실력자들임을 관객들에게 다시 한 번 인식시켰다.

한나는 각각의 디저트에 대해 나름대로 칭찬했지만 이미 다른 심사자들의 평가, 특히 보이드에 의해 참가자들은 상처를 받을 대로 받은 상태였다. 결국 결승 진출자에게 주어지는 파란 리본은 제 주인을 찾았고, 대회가 모두 끝난 뒤 한나는 보이드와 함께 무대에서 내려왔다.

"조금만 더 좋게 얘기했어도 좋았잖아요, 보이드. 참가자들의 기분을 상하게 할 필요까진 없었다고요."

무대 뒤편에 들어서자마자 한나가 꾸짖듯이 말했다.

보이드는 의아하게 한나를 바라보았다. 한나가 왜 화를 내는지 도무지 모르겠다는 표정이었다.

"이런 대회장에서 감정 같은 게 그렇게 중요해요? 그저 이기고, 지고를 가르는 데 말 한마디, 한마디에 설탕 칠을 할 필요 없잖아요. 우승, 아니면 패배죠."

예상치 못한 대답에 한나는 잠시 말을 잃었다.

내일 밤에 열릴 또 한 번의 대회 전에 보이드의 생각을 바로잡아 주어야 한다. 하지만 어떻게 하면 좋을지 방법이 생각나지 않았다.

한나는 일단 집에 가서 생각을 정리한 다음 내일 아침 전화로 다시 이야기하는 것이 좋겠다고 마음먹었다.

'그래, 우선은 평화를 유지하자.'

"딸기 케이크 만드는 거 봤어요."

보이드가 화제를 돌렸다.

"직접 대회에 출전하지 못하다니 안타까워요. 한나가 나갔으면 일등은 떼어 놓은 당상이었을 텐데."

그때 한나에게 좋은 생각이 떠올랐다. 아픈 다니엘에게는 요리하는 수고 없이 간편하게 먹을 수 있는 뭔가가 필요할 것이다.

"보이드?"

"네?"

"쇼트케이크가 조금 남았는데, 집에 가져갈래요?"

뜻밖의 제안에 보이드는 놀란 듯했다.

"좋아요. 다니엘도, 나도 딸기 케이크를 얼마나 좋아한다고요."

"잘 됐네요. 보이드는 남다른 미각을 지니고 있으니 내가 만든 케이크도 먹어보고 평가해줘요."

한나는 집에 가져가려고 따로 담아두었던 케이크를 가져와 그에게 건넸다.

"카페의 새 메뉴 개발에 한창 고민중이거든요."

보이드는 플라스틱 뚜껑 아래로 비치는 싱싱한 딸기들을 흘끗 바라보며 씩 웃었다.

"딸기는 전부 다니엘에게 먹여야겠어요. 감기에는 싱싱한 과일이 좋다고 하잖아요. 고마워요, 한나."

멀어져 가는 보이드를 바라보며 한나는 고개를 저었다.

보이드가 다니엘을 끔찍이 사랑하는 사실에는 의심의 여지가 없었다. 하지만 그녀를 때리는 일은 여전한 것 같았다. 다니엘 역시 그의 폭행에 괴로워하면서도 여전히 그를 사랑했다.

한나는 그 둘의 이상한 애정을 이해할 수도 없었고, 이해하려고 노력하고 싶지도 않았다. 그저 그 애정이 신문을 화려하게 장식하는 비극적인 사건으로 끝나지 않기만을 바랄 뿐이었다.

"나 왔어, 모이쉐."

발목을 감는 오렌지색 뭉치를 안아 올리며 한나가 말했다.

모이쉐는 언제나 집으로 돌아오는 한나를 반갑게 맞아주었다. 특히 오늘처럼 늦게 들어오는 날에는 더욱 그랬다. 한나는 녀석이 자신을 보고 싶어했기 때문이라고 믿고 싶지만, 아마도 그녀가 없으면 사료그릇을 채워줄 사람이 없기 때문인 것이 더 큰 이유일 것이다.

한나는 모이쉐의 볼을 살살 긁어주며 말했다.

"일단 옷부터 갈아입을게."

'부 몽드'에서 클레어가 직접 골라준 사랑스러운 모카색 드레스를 옷걸이에 걸고 낡은 파자마와 스웨터를 걸친 다음 한나는 자신이 종종 '집의 심장'이라고 부르는 주방으로 걸어갔다. 그녀는 컷글라스 디저트 접시에 모이쉐를 위한 요구르트를 부어주고, 자신의 몫으로는 냉장고 밑 칸에 보관했던 백포도주 한 잔을 따랐다.

그런 후, 거실 소파에 앉아 녹화해둔 테이프를 보았다. 이미 내용을 훤히 알고 있는 지역 뉴스는 생각보다 흥미로웠고, 스튜디오 한쪽에 그림처럼 서 있는 자신의 모습을 보는 것 또한 신선한 충격이었다.

그렇게 나쁘지 않았다. 특히 그녀가 입고 있는 '쿠키단지'라는 빨간 글씨가 새겨진 흰색 앞치마는 흐뭇하게도 카메라 앵글에 매우 잘 잡혔다. 스탠 크래머가 보았다면 좋아했을 것이다. 이미 한나의 앞치마를 광고비 명목으로 공제했기 때문이다.

브라운관에 비치는 자신의 모습과 행동 하나하나를 자세히 뜯어보았지만 다행히 흠잡을 데가 없어 보였다. 케이크를 만들 때도 재료를 빠뜨리지 않았고, 믹서와 압설기도 프로처럼 능숙하게 다루었다. 물론 한나는 프로다. 하지만 이렇게 자신이 프로라는 깨달음은 종종 한나에게 즐거운 충격으로 다가왔다.

척 윌슨의 질문이 나오기 전까지 모이쉐는 TV에는 통 관심이 없었다. 하지만 한나의 목소리가 흘러나오자 녀석은 그릇에서 머리를 들고 귀를 쫑긋 세웠다.

한나는 모이쉐를 쓰다듬어 주기 위해 손을 뻗었지만 녀석은 그녀의 손을 피해 뒤로 물러났다. 모이쉐는 꼬리를 바짝 세우고 잠시 한나를 쳐다보다가 목 깊은 곳에서부터 울어대기 시작했다.

"이건 그냥 테이프야, 모이쉐."

한나는 리모컨을 들어 일시정지 버튼을 눌렀다.

디-디 휴즈의 얼굴과 함께 한나의 입 벌린 모습이 화면 속에 그대로 멈췄다. 소리가 멈추자 모이쉐는 TV 위로 날듯이 올라가 핼러윈에나 어울릴법한 위협적인 자세를 취했다. 곤두세운 털에 녀석의 몸집이 평소의 세 배나 부풀었다. 무언가 녀석을 화나게 한 모양이었다.

한나는 잠시 의아해하다가 이제 알았다는 듯이 옆자리 쿠션을 톡톡 두드리며 모이쉐를 불렀다.

"어서 내려와, 모이쉐. 난 지금 TV에 있는 게 아니라 지금 여기, 소파에 있어."

하지만 모이쉐는 들은 척도 하지 않았다.

한나는 자신의 생각이 맞는지 확인해보기 위해 테이프를 앞으로 돌렸다. 다시 한나의 목소리가 흘러나오자 역시나 모이쉐는 TV 화면과 소파 위에 앉은 한나를 번갈아 바라보며 울어대기 시작했다.

"알았어, 알았어."

모이쉐를 위해 TV 소리를 최대한 낮추며 한나가 중얼거렸다.

테이프가 돌아가는 내내 녀석이 이렇게 울어댄다면, 어차피 TV 소리는 하나도 들리지 않을 것이다. 대회 부분이 잘 녹화됐는지 확인하기 위해 빨리감기 버튼을 막 누르려는 찰나 전화벨이 울렸다.

한나는 수화기를 집으며 시계를 쳐다보았다, 10시였다. 아마 트레시의 데뷔 무대가 잘 녹화됐는지 확인하려는 안드레아의 전화일 것이다.

"한나! 집에 있어서 정말 다행이에요! 나……, 나, 다니엘이에요."

"어머, 다니엘."

모이쉐가 한나의 무릎 위로 뛰어올랐다. 비디오테이프 따위로 자신을 혼란스럽게 만든 한나를 황송하옵게도 벌써 용서한 모양이었다.

"감기는 좀 어때요?"

"한나……, 제발! 지금 우리 집에 와줄 수 있어요? 달리……, 달리 전화할 사람이 없었어요."

"무슨 일이에요?"

한나는 최악의 상황을 머릿속에 떠올렸다. 마지막으로 다니엘의 집에 갔을 때, 그녀의 눈은 심하게 멍들어 있었다.

"보이드 일이에요?"

"네, 더 이상은 말할 수 없어요. 제발, 한나!"

"진정해요, 금방 갈게요."

한나는 전화를 끊고 모이쉐를 무릎에서 내린 다음, 지갑과 파카를 챙겼다. 다니엘의 음성은 몹시 떨리고 있었다. 아마도 이번에는 그녀를 사랑하고, 아껴주고, 보호하겠다는 맹세를 무참히 깨뜨린 남편을 경찰에 고소해야 할지도 모르겠다.

15분도 채 지나지 않아 한나는 다니엘의 집에 도착했다.

만약 보이드가 집 안에 있다면 굉장히 당황스러운 상황이 될 것이다.

어쩌면 위험할 수도 있고.

빌은 가정폭력 건으로 인한 출동처럼 끔찍한 일도 없다고 말했었다.

벨 소리에 문이 열리고 다니엘이 한나를 안으로 잡아끌었다. 그녀를 바라보는 다니엘의 눈빛은 마치 금방이라도 익사할 것 같은 사람의 그것과 똑같았다.

"도대체 무슨 일이에요, 다니엘?"

한나가 등 뒤에서 문을 닫았다.

이런 상태의 다니엘을 이웃들에게 보여서 좋을 것이 없었다. 그녀는 울고 있었다. 눈은 멍이 들었고, 얼굴빛은 백지장처럼 창백했다. 금방이라도 쓰러질 것 같은 모습이었다.

"보, 보이드요."

다니엘이 숨 가쁘게 단어를 뱉어냈다.

"그……, 그 사람, 지금……, 차고에 있어요."

"안내해요."

주방을 지나 차고로 향하며 한나는 다니엘의 팔을 부축했다.

처음에는 무엇이 잘못됐다는 것인지 알 수 없었다. 두 대의 차가 각자의 자리에 주차되어 있었으며, 작업대 위의 형광등에 불이 들어와 있었다. 바닥에 떨어진 몇 군데의 기름 자국을 제외하면 차고는 나무랄 데 없이 깔끔했다.

아마 두 대의 차 중 하나에서 기름이 새는 모양이었다. 작업대 위에 걸린 나무 보드에는 연장들이 줄지어 걸려 있었는데, 연장의 윤곽을 따라 파란색 선이 그려져 있었다. 그런데, 연장 하나가 비었다.

그제야 한나의 눈에 다니엘의 차 바닥에 떨어져 있는 망치 하나가 들어왔다.

한나는 빛 아래에서 반짝이고 있는 망치를 바라보았다. 아마 보이드가 차 수리를 위해 쓰고는 제자리에 갖다놓지 않은 모양이다.

"그이는……, 그이는 저기 있어요."

다니엘이 이끄는 대로 보이드의 그랜드 쉐로키로 다가가면서 한나는 자신이 준 플라스틱 케이크 용기의 뚜껑이 차 밑, 뒷바퀴 부근에 떨어져 있는 것을 보았다.

뚜껑을 따라 시선을 옮기던 한나는 놀라 입을 벌렸다.

조단 고등학교 미식축구팀의 수석 코치가 끈적끈적한 휘핑크림과 뭉개진 딸기 위에 엎어져 있었다.

우습게도 순간 한나에게는 버린 케이크가 아깝다는 생각이 들었다.

한나는 보이드에게 더 가까이 다가섰다. 순간 그녀는 목으로 올라오는 무언가를 힘겹게 삼켜야 했다.

콘크리트 바닥의 붉은 반점은 뭉개진 딸기에서 나온 것이 아니었다.

그건 바로 보이드의 부서진 두개골에서 나온 것들이었다.

그는 죽었다. 의심의 여지가 없었다.

저렇게 많은 피를 흘리고도 살아남는 사람은 없을 것이다.

빌은 나이트 박사님을 도와 보이드의 시체를 들것으로 날랐다. 시체는 부검실로 보내질 것이다. 나이트 박사님은 마을의 유일한 외과의사이자, 위넷카 카운티 소속 검시관까지 겸하고 있었다.

나이트 박사님은 언제나 정신없이 바쁘기 때문에 누군가 의사들이 한가하게 골프 여행을 한다는 말을 꺼내면 불같이 화를 내곤 했다.

한나는 마이크가 다니엘에게 몇 가지 질문을 하는 동안 거실에 함께 있었다. 마이크의 팔을 잡고 부디 다니엘과 같이 있게 해달라고 부탁했던 것이다. 지금 다니엘에겐 의지할 친구가 필요했다.

"녹화하는 동안 TV로 대회를 지켜봤어요."

커피 테이블에 물잔을 내려놓는 다니엘의 손이 몹시 떨렸다.

"대회가 끝난 다음에는 케이블에서 하는 영화를 봤는데, 도중에 잠이 들었어요. 감기약을 먹어서 몹시 졸렸거든요. 그래서 침실로 올라가야겠다고 생각했어요."

마이크가 고개를 끄덕였다.

다행히 그는 다니엘을 많이 배려하고 있었다.

"그런데 당신은 계속 소파에 있었군요?"

"네, 보이드가 올 때까지 기다려야 한다고 생각했어요. 항상 그렇게 하거든요. 제가 먼저 올라가기라도 하면, 그는 항상……, 화를 냈어요. 무슨 뜻인지 아시죠?"

한나는 마이크를 쳐다보았다.

그도 한나를 향해 살짝 고개를 끄덕였다.

보이드가 화가 나면 어떻게 하는지 그들 모두가 알고 있었다.

시커멓게 멍이 든 다니엘의 눈이 모든 걸 말해주고 있지 않은가.

"눈은 언제 그렇게 된 겁니까, 다니엘?"

마이크의 음성에 긴장감이 돌았다. 끓어오르는 분노를 참느라 꽤 애쓰고 있는 듯했다.

한나가 마이크에게 다니엘의 문제를 이야기했을 때, 그는 부인을 때리는 남자는 도저히 용서할 수 없다며 무척 노여워했었다.

"어제였어요. 보이드가 점심을 먹으러 집에 들러서는, 제게……, 제게 몹시 화를 냈어요."

"병원에는 안 갔나요?"

"네, 어떻게 치료해야 하는지 웬만큼은 알고 있거든요. 그리고 보이는 것만큼 심하진 않았어요. 이젠 별로 아프지도 않구요."

마이크가 한나를 향해 경고 섞인 시선을 보냈다.

그 시선은 한나에게 방해하지 말라고 말하고 있었다.

마이크는 다시 다니엘에게 고개를 돌렸다.

"누군가 내 눈을 그렇게 만들었다면, 난 몹시 화가 났을 겁니다. 당신은 보이드에게 화가 나지 않았나요?"

"아니요, 그이가 얼마나 괴로워하는지 잘 알고 있으니까요. 그리고 나중에는 후회하며 미안해하거든요. 그이가 얼음팩을 가져와 찜질도 해줬어요."

마이크가 또다시 한나를 쳐다보았다.

한나는 입을 굳게 다물었다.

보이드 왓슨은 짐승 같은 가정폭력범이었지만, 다니엘은 그런 그를 경찰에 고소하려 하지 않았다. 이 일이 공개되어 보이드가 고통을 겪느니 차라리 자신이 계속 학대당하는 것이 낫다는 게 이유였다. 남편에게 학대받는 대부분의 아내는 이런 일이 벌어지는 건 자신이 남편에게 맞을 짓을 했기 때문이라는 잘못된 생각을 한다.

이제 보이드는 죽었다.

다니엘은 더 이상 폭력의 두려움 속에서 살지 않아도 될 것이다. 비록 끔찍한 죽음을 반기는 것은 아니지만, 한나는 자신의 친구를 두려움에 떨게 한 남자의 죽음에 큰 슬픔을 느낄 수 없었다.

"그럼, 오늘 밤 무슨 일이 있었는지 다시 한 번 말씀해주시죠."

다니엘을 안심시키려는 듯 따뜻한 음성으로 마이크가 말했다.

"당신은 소파에서 잠이 들었다고 했죠?"

"맞아요."

"깼을 때가 몇 시였습니까?"

"잘 모르겠어요. 영화가 끝나 있었으니까 9시 30분이 지났을 거예요. TV를 끄고 보이드를 불렀는데, 대답이 없었어요. 그래서 전 그이가 이미 돌아와 침실로 올라갔나보다고 생각했어요. 그래서 그의 차가 있나 확인하러 차고에 갔던 거예요."

마이크가 살짝 얼굴을 찌푸렸다.

"침실로 올라가지 않고요?"

"네, 너무 피곤해서 계단을 올라갔다 다시 내려오기가 싫었거든요. 그냥 차고를 확인해보는 것이 더 편하다고 생각했어요."

"차고 문을 열었을 때, 정확히 무엇을 보았는지 말씀해주시죠."

"그게……, 무척 어두웠어요. 그래서 작업대 위에 달린 등을 켜자 그이 차가 보였어요. 그래서 전 보이드가 먼저 자러 올라갔구나, 생각했죠. 근데 밖으로 통하는 차고 문이 열려 있어서 제가 문을 닫았어요."

"차고 문은 열려 있는데, 불은 꺼져 있었다고요?"

다니엘이 고개를 끄덕이며 말했다.

"어제 전구가 나갔거든요. 그이가 갈아 끼우겠다고 했는데, 아직 손보지 않았어요. 그렇게 문을 닫고 돌아서는데 바닥에 떨어진 망치가 보였어요. 그때 뭔가 잘못됐다는 걸 알았죠."

"어째서입니까?"

"그이는 연장을 몹시 아끼거든요. 그래서 항상 나무 보드에 가지런히 정리해두죠. 쓰고 난 다음에는 당연히 제자리에 가져다 두고요. 어렸을 때부터 항상 그렇게 교육받았대요."

"남편분의 연장을 사용한 적이 있습니까?"

"한 번도 없어요."

다니엘이 깜짝 놀라며 대답했다.

"제게 필요한 연장들은 그이가 따로 사줬어요. 전 그걸 주방 서랍에 두고 써요."

한나는 고개를 끄덕였다.

만약 다니엘이 보이드의 연장을 사용하고 나서 그걸 제자리에 가져다 두지 않는다면 어떤 일이 벌어졌을지 충분히 상상이 되었다.

"그럼, 보이드의 망치는 어떻습니까? 혹시 만졌습니까?"

"네. 한 번도 사용해본 적은 없지만, 망치가 제자리에 걸려 있지 않은 걸 보이드가 보면 또 화를 낼 것 같아서 무서웠어요. 그이는……, 그이는 모두 저 때문이라고 할 테니까요. 그래서 얼른 망치를 집었는데, 망치가……, 끈적끈적했어요."

다니엘이 살짝 몸을 떨었다.

"제 손을 쳐다보고는……, 그대로 떨어뜨리고 말았어요."

"망치에 피가 묻어 있다는 것을 알았습니까?"

"모르겠어요, 잘 기억이 안 나요. 그이 차로 다가갔는데……, 보이드가 보였어요. 그이가 바닥에 쓰러져 있었어요."

"그래서 어떻게 했습니까?"

"무릎을 꿇고 맥박을 살폈는데, 아무것도 느껴지지 않았어요. 그래서 인공호흡을 하려고 했어요. 그이의 몸에 아직 온기가 남아 있었거든요. 그래서 혹시라도……."

다니엘은 숨죽여 흐느끼며, 떨리는 숨을 내뱉었다.

"하지만, 소용없었어요. 그이 옆에 멍하니 주저앉았어요. 도, 도저히……, 믿을 수가 없었어요! 그리고는 주방으로 달려가 한나에게 전화를 걸었어요."

마이크가 미처 묻기도 전에 한나가 대답했다.

"전화벨이 울렸을 때 시계를 봤는데, 10시였어요. 다니엘의 전화를 받자마자 여기로 달려왔어요. 벨을 눌렀을 때는 10시 15분이였구요."

"알았습니다."

마이크가 수첩에 메모를 한 후, 다니엘을 향해 고개를 들었다.

"혹시 그 밖에 기억나는 건 없습니까? 무슨 소리 때문에 잠에서 깼다던가, 아니면 골목에서 차 소리를 들었다던가?"

다니엘은 잠시 생각하더니 고개를 저었다.

"없던 것 같아요. 제가 무슨 소리에 깼는지 모르지만 그게 뭐였는지는 생각나지 않아요."

"한 가지 얘기할 게 있습니다, 다니엘."

다니엘을 바라보는 마이클의 얼굴에 동정심이 어렸다.

"남편분이 당신에게 무슨 짓을 했는지 알고 있습니다. 그리고 분명 당신은 그런 남편을 무서워했을 테죠. 제 말이 맞습니까?"

"네."

다니엘이 인정했다.

그녀의 뺨을 타고 눈물이 한 방울 톡 떨어졌다.

"보이드가 당신을 때렸을 때, 혹시 그에게 대항한 적이 있습니까?"

"오, 아니요!"

다니엘이 화들짝 놀라 대답했다.

"그건 상황을 더욱 안 좋게 만들 뿐이에요. 보이드가 절 일부러 때리는 것이 아니라는 걸 알고 있으니까요. 그이는 절 사랑해요. 그저 자기 자신을 통제하지 못할 뿐이에요."

마이크가 팔을 뻗어 다니엘의 어깨를 감쌌다.

"그가 당신을 사랑했는지도 모르겠지만, 동시에 당신을 아프게 했습니다. 학대받는 많은 아내들이 더 이상 참을 수 없는 지경까지 이르게 되면 일부는 가출을 하기도 하고, 일부는 남편에게 대항하기도 합니다.

당신도 큰 위협을 느꼈다면 망치로 자신을 보호했을 겁니다. 그건 정당방위죠."

"무슨 말인지 알겠어요."

다니엘이 힘들게 침을 삼켰다.

"하지만, 그게 아니에요. 제가 차고에서 보이드를 발견했을 때, 그는 이미 죽어 있었어요. 누군가 그를 죽인 거예요. 제가……, 제가 그런 게 아니에요!"

다니엘이 또다시 흐느꼈다.

마이크는 커피 테이블에서 휴지를 한 장 뽑아 그녀에게 건네주었다.

"알겠습니다. 그저 당신이 설사 그렇게 했다고 하더라도 아무도 당신을 비난하지 않을 거라는 사실을 알려주고 싶었을 뿐입니다. 정말 그것뿐이에요."

사건의 정황들을 머릿속에 차곡차곡 쌓으며 한나는 혼란스러웠다.

살인도구에는 다니엘의 지문이 묻어 있고, 그녀의 옷에도 온통 보이드의 피가 묻어 있었다. 또한 그녀는 화요일 점심에 보이드가 자신을 때렸다고 말했고, 그녀의 멍든 눈이 그 사실을 증명해주고 있었다.

상습적으로 학대받는 아내가 남편에게 대항하기란 그렇게 쉬운 일이 아니라는 걸 잘 알고 있지만, 보이드가 살해당하는 걸 직접 본 목격자는 없다, 적어도 지금까지는. 게다가 모든 정황들이 다니엘이 보이드의 망치를 집어 그의 머리를 내려쳤다는 가설에 힘을 실어주고 있었다.

"당신은……, 당신은 절 믿죠, 그렇죠?"

마이크를 올려다보며 다니엘이 물었다.

마이크는 자리에서 일어나려다 말고 그녀를 가볍게 안아주었다.

"그럼요, 믿습니다."

한나는 안도의 한숨을 내쉬었다.

마이크는 가볍게 거짓말을 할 사람이 아니었다.

그는 분명 다니엘의 말을 믿고 있을 것이다. 하지만 그랜트 서장님은? 올해는 선거가 있는 해이고, 왓슨 코치의 살인사건은 레이크 에덴 저널에 머리기사로 실릴 것이다. 만약 그랜트 서장이 다니엘이 범인이라고 믿게 된다면, 마이크에게 더 이상의 수사 진행은 불필요하니 멈추라고 명령할 것이다.

한나는 마이크를 쳐다보았다.

마침 마이크도 한나를 바라보고 있었다.

'혹시 내 생각을 읽은 것일까? 어서 그에게 얘기해야 한다, 빠르면 빠를수록 좋다.'

"충격이 크죠, 다니엘?"

마이크가 앉았던 자리로 옮겨 앉자 한나가 다니엘을 위로했다.

"좀 쉬어요."

다니엘이 이미 눈물로 흠뻑 젖은 휴지로 눈가를 닦아내며 말했다.

"그럴 수······, 그럴 수 없어요. 보이드의 친척들에게도······, 전화를 걸어 알려야 하고, 또······."

"오늘은 이미 늦었어요."

한나가 다니엘의 말을 막고 나섰다.

"아침에 해요, 내가 도와줄게요."

소파에 기대앉은 다니엘은 한결 안정돼 보였다.

"고마워요, 한나. 하지만 쉬지 못하겠어요. 눈을 감을 때마다 그이의 얼굴이 떠올라서……, 그 피로 얼룩진!"

"생각하지 말아요."

전혀 도움이 되지 않는다는 걸 한나도 알고 있었지만, 무슨 말이라도 해주고 싶었다.

"내가 따뜻한 초콜릿을 만들어 줄게요. 마시면 기분이 좀 나아질 거예요."

"정말 고마워요, 한나. 하지만 집에 초콜릿 믹스가 다 떨어졌어요."

"그럼, 코코아는 있어요?"

"아마……, 찬장 어딘가에 있을 거예요."

"그럼, 설탕은요? 우유는?"

"설탕은 통에 있고, 우유는 냉장고 안에 있어요."

"그럼, 그것들로 초콜릿 믹스를 만들어 볼게요. 이렇게 직접 만드는 게 오히려 더 맛있어요."

"내가……, 내가 요리에는 소질이 없어서요. 그걸로 어떻게 믹스를 만들어요?"

한나는 미소를 지었다.

적어도 다니엘의 생각을 보이드에게서 멀어지게 했으니 다행이다.

"언제 시간 내서 가르쳐 줄게요. 지금은 소파에 다리를 죽 뻗고 누워서 쉬어요. 얼른 기운을 차려야죠."

"그럴게요."

애써 밝게 대답하는 다니엘의 음성은 여전히 가늘게 떨렸고, 얼굴에는 회색빛의 음울한 그림자가 져 있었다.

"고마워요, 한나."

한나는 소파 뒤편에 걸쳐져 있던 모포를 다니엘에게 덮어주었다.

"쉬고 있어요, 다니엘. 금방 돌아올게요."

한나의 신호에 마이크가 그녀 뒤를 따라나섰다.

그녀가 찬장을 열고 재료들을 꺼내는 동안 마이크는 물끄러미 한나를 지켜보았다.

요리에 소질이 없다던 다니엘의 말은 결코 지나친 겸손이 아니었다.

찬장에 있는 모든 것, 감자, 햄버거, 참치 통조림, 푸딩, 1분 완성 밥, 심지어 커피와 차까지 모두 인스턴트뿐이었다.

"무슨 생각이에요?"

마이크가 물었다.

우유를 데우기 위해 냄비를 불에 올리다 말고 한나가 고개를 들어 마이크를 쳐다보았다.

"무슨 생각이냐니, 뭐가요?"

"따뜻한 초콜릿 말이에요."

"간단해요."

한나는 우유가 냄비 바닥에 들러붙지 않게 계속 냄비를 저었다.

"다니엘은 지금 심한 감기를 앓고 있어요. 아마 제대로 먹지도 못했을 거라구요. 지금 그녀에게는 설탕의 당분과 칼로리가 필요해요. 또 초콜릿 속에 들어 있는 카페인과 엔도르핀은 기분을 진정시켜주는 데 도움이 될 거예요."

"그게 아니라, 왜 나를 주방에서 보자고 했느냐는 말입니다."

"아."

한나는 냄비에 설탕과 코코아를 섞은 다음 뜨거운 우유를 부었다.

"따로 할 얘기가 있거든요. 따뜻한 초콜릿은 핑계죠."

"무슨 얘기죠?"

"다니엘이 염려가 돼요. 지금 그녀는 지칠 대로 지쳐 있어요. 설마 오늘 밤 바로 그녀를 경찰서로 데리고 갈 건 아니죠, 그렇죠?"

마이크가 고개를 저었다.

"나도 지금 뭐가 중요한지 정도는 알아요. 어차피 다니엘은 몸이 좋지 않아 더 이상 질문에 답하지도 못할 겁니다."

한나는 설탕이 녹아 코코아가 걸쭉해질 때까지 냄비를 저었다.

"내가 함께 있는 게 좋겠어요. 다니엘의 어머니는 플로리다에 살고 계시고, 가까이 사는 친척이라고는 아무도 없으니까요. 이런 때 혼자 둘 수 없어요."

"다니엘은 여기 있지 않을 겁니다. 나이트 박사님께 여쭤봤는데, 마침 병원에 병실 하나가 비었다고 하시더군요. 그녀를 그곳으로 데려가려고 생각하고 있어요."

한나는 뜨거운 우유에 코코아를 넣고 휙휙 휘저었다.

보이드의 시체를 부검실로 옮기고 난 직후, 나이트 박사님은 다니엘의 상태를 검진했다.

"다니엘의 상태가 그렇게 심각한가요?"

"아뇨, 하지만 일단은 아무하고도 접촉하면 안 되니까요. 그러기에 병원만큼 좋은 곳이 없죠. 내일 아침 날이 밝는 대로 다시 심문할 생각입니다."

한나는 젓던 손을 멈추고는 깜짝 놀라 마이크를 쳐다보았다.

"다니엘이 용의자예요?"

"배우자는 항상 용의선상에 오르죠."

애써 한나의 시선을 피하며 마이크가 말했다.

"그러다 타겠어요."

한나는 다시 냄비를 휘저으면서 마이크가 한 말에 대해 생각해보았다. 아직도 궁금한 것이 많았지만, 우선 다니엘을 병원으로 데려다 준 다음에 얘기하는 것이 좋겠다.

"내가 다니엘을 병원까지 데려다 줄까요?"

"아뇨, 빌이 경찰차로 호송할 거예요."

한나는 깜짝 놀라 그를 쳐다보았다.

"뒷좌석에요? 범인처럼?"

"물론 아니죠, 다니엘은 체포된 것이 아니니까요. 구급차를 부를 수도 있겠지만 내 생각에는 빌과 함께 가는 것이 그녀한테 더 편할 것 같아서요. 난 그저 절차를 밟고 있을 뿐이에요, 한나."

한나는 제일 큰 머그잔에 완성된 따뜻한 초콜릿을 따랐다.

"그럼, 출발 전에 마시고 갈 수 있도록 빨리 갖다줘야겠네요."

"좋은 생각입니다. 지금 빌이 골목을 수색하고 있는데, 곧 돌아올 거예요."

주방을 나서려다 말고 한나가 멈춰 섰다.

"여기 일이 다 끝나면 우리 집에 좀 들르겠어요?"

"늦을지도 모르는데, 왜요?"

마이크가 장난스럽게 눈썹을 치켜뜨며, 짓궂은 미소를 지었다.

"그저 정보를 좀 얻고 싶을 뿐이에요."

"오."

마이크의 눈썹이 제자리를 찾아 돌아갔다.

"늦어도 새벽 1시까지는 가도록 할게요. 하지만 해줄 수 있는 얘기는 그다지 많지 않을 겁니다. 수사는 기밀이니까요."

"괜찮아요. 그럼, 주류점에 들러 맥주 몇 병 사놓을게요. 시원한 스프링 익스포트(맥주 브랜드), 좋죠?"

"좋습니다."

새치름한 미소를 애써 감추며 한나는 머그잔을 들고 거실로 나왔다.

마이크는 결국 모든 걸 얘기하게 될 것이다. 아직까지 그걸 깨닫고 있지 못할 뿐.

"도대체 뭘 먹이는 겁니까? 돌덩이?"

자신의 무릎 위로 '쿵' 하고 뛰어내린 모이쉐를 내려다보며 마이크가 말했다.

"엄청나게 많은 고양이 크런치요. 녀석은 항상 배고파하거든요."

모이쉐를 안아 소파 뒤로 넘기며 한나가 대답했다.

"다니엘은 좀 괜찮아요?"

마이크가 맥주 몇 모금을 삼켰다.

"괜찮아요, 박사님 말로는 그저 심한 감기일 뿐이라는군요. 그래도 앞으로 며칠간은 더 지켜봐야 할 것 같다고 하시더군요. 박사님이 진정제를 먹였으니, 밤새 잘 수 있을 거예요."

"잠이야말로 지금 그녀한테 가장 필요한 거죠."

한나가 와인을 홀짝이며 말하고는 마이크에게 주류점에서 산 양파맛 프레첼 봉지를 건넸다.

"혹시 목격자는 찾았어요?"

"아직."

"골목에서 뭐라도 나왔어요?"

마이크는 고개를 저으며, 프레첼을 와작와작 씹었다.

"이거, 정말 맛있네요."

"바이에른(프레첼의 일종)이에요."

한나는 심호흡을 한 번 하고, 그대로 돌진했다.

"사실대로 말해줘요, 마이크. 설마 상황이 다니엘에서 불리하게 돌아가고 있는 건 아니죠, 그렇죠?"

"그게……, 그녀에게 좋지 않은 정황 증거들이 하나 둘 늘어나고 있어요."

"살인도구에 묻어 있는 그녀의 지문과 옷에 묻은 보이드의 피, 그리고 그녀의 멍든 눈 말인가요?"

"거기에 부족한 알리바이도 한몫하죠. 다니엘은 당신에게 전화하기 전에는 누구와 만나지도, 얘기하지도 않았어요. 내가 그녀에게 솔직하게 털어놓을 기회를 줬다는 건 한나도 알 거예요. 그를 죽인 사실을 인정하기만 한다면, 정당방위를 인정받을 수 있어요. 그녀에게 유죄를 선고할 배심원은 아무도 없을 겁니다."

"하지만 그건 그녀가 정말로 그를 죽였을 경우죠."

한나가 프레첼을 한 입 베어 물었다.

'딱딱한' 프레첼이라고 불리는 데는 다 그럴 만한 이유가 있었다. 이 사실을 노먼에게 알려주면 좋겠다. 크리스마스 선물로 환자들에게 바이에른 프레첼을 선물한다면 빠른 시간 안에 모두 치과를 찾게 될 테니 말이다.

"만약 보이드를 죽인 게 다니엘이 아니라면?"

"그럼, 다른 누군가가 그랬겠죠."

마이크가 명확하게 짚어주었다.

"다니엘의 말을 모두 믿는 줄 알았는데요."

"그녀를 믿습니다."

마이크는 프레첼을 씹으며 뭔가 생각에 잠긴 듯하더니 말을 이었다.

"다니엘은 진실을 얘기하고 있어요······. 다만, 그녀가 믿고 있는 그대로의 진실이죠. 도중에 정신을 잃어 지난 일을 기억하지 못하는 것일 수도 있고."

"지금 다니엘이 남편을 죽여 놓고도 기억하지 못한다는 거예요?"

"가능한 일이에요, 한나. 다니엘 자신도 당시 매우 졸렸다고 말했잖아요. 게다가 그때 그녀는 독한 감기약까지 복용한 상태였습니다. 마치 꿈을 꾸는 것처럼 몽롱하고 혼란스러웠을 거예요."

"말도 안 돼요."

한나가 고개를 저었다.

"다니엘이 내게 빨리 와달라고 했을 때, 목소리가 조금 불안하긴 했어도 단어 하나하나 정확했다구요. 그리고 내가 도착했을 때도 제정신이었어요."

"그랬을지도 모르죠."

마이크는 조금도 동요하지 않는 눈치였다.

한나는 한숨을 내쉬었다.

"그럼, 잠시만이라도 다니엘이 보이드를 죽이지 않았다고 가정해봐요. 그럼, 당신은 다른 용의자를 찾아야야겠죠, 그렇죠?"

"그럼, 정식 수사절차를 밟아야 하겠죠. 그래도 잡히지 않는다면……, 그랜트 서장님은 빨리 사건을 종결시키길 바랄 겁니다."

"그렇죠."

한나가 눈동자를 굴렸다.

"선거가 얼마 남지 않았는데 미해결 사건을 남겨두고 싶진 않겠죠. 그러니 다니엘이 한 짓이라고 몰아세우는 편이 다니엘의 결백을 증명하는 것보다 훨씬 쉬울 거예요. 하지만 새로운 증거가 나타나기 전까지 서장님 마음대로 사건을 종결시킬 수는 없어요, 그렇죠?"

"맞습니다."

마이크가 얼굴을 찌푸리기 시작했다.

"저기, 한나. 여기저기 질문을 하고 다닐 생각이라면 그만둬요. 사건은 검증받은 전문가들에게 맡기라구요."

한나를 염려하는 마이크의 마음은 그녀도 잘 알고 있었다.

그래서 마음속에서 불쑥 솟아오르는 항변을 꾹꾹 누르며, 최대한 차분하고 이성적으로 말하려고 노력했다.

"하지만 검증받은 전문가들이란 정식 수사절차를 밟는 것밖에 모르잖아요. 그건 당신 입으로 말한 거예요. 게다가 지금 다니엘에겐 결백을 증명할 수 있게 도와줄 사람이 필요해요."

"말이야 쉽죠, 한나."

마이크의 말은 여전히 한나의 귓가에 걱정스런 타박으로 들렸다.

"사건에 말려들지 말아요. 만약 정말로 보이드를 죽인 사람이 다니엘이 아니라면, 범인은 아직도 이 주변에 있을 겁니다."

"그렇겠죠, 그런데 그게 왜요?"

"만약 당신이 증거를 하나씩 모아 범인의 뒤를 쫓고 있다는 걸 범인이 알게 된다면, 순식간에 위험에 빠질 수 있어요."

마이크가 한나의 손을 잡았다.

"당신은 내게 중요한 사람이에요, 한나. 당신은 레이크 에덴에서 유일한 내 친구죠. 만약 당신에게 무슨 일이라도 생긴다면, 어떻게 해야 좋을지 모르겠어요. 그러니 사건에 절대로 개입하지 않겠다고 나와 약속해요."

한나는 오랫동안 아무 말도 하지 않았다.

마이크에게 거짓말을 하고 싶진 않았다. 그렇다고 다니엘에게 도움이 절실히 필요한 지금 무관심하게 있을 수만은 없었다.

그래도 우선은 마이크를 안심시켜야 한다.

"한나?"

최대한 순진한 표정을 지으며 한나가 그를 쳐다보았다.

"걱정하지 않아도 돼요, 마이크. 당신 자리를 넘보진 않을게요."

"내 자리?"

마이크가 웃기 시작했다.

"내 일을 당신이 할 수 있을 거라고 생각해요?"

"당연히 아니죠. 당신이 입고 있는 제복을 좀 보라구요."

마이크가 의아한 눈초리로 한나를 쳐다보았다.

"이게 뭐가 어때서요? 고동색 셔츠랑 황갈색 바지 제복이 얼마나 카리스마 넘쳐 보인다구요."

"마이크한테야 그렇죠. 내 머리카락은 어떻게 하구요?"

마이크가 한나를 잠시 쳐다보더니 킬킬대며 웃기 시작했다.

"그렇군요, 고동색 셔츠와 빨간 머리는 어울리지 않는군요."

"맞아요. 그러니 당신 자리는 안전해요, 마이크. 게다가 난 쿠키 굽는 일이 더 좋다구요. 적어도 내 오븐에서 시체가 나오는 일은 없을 테니까. 오븐 얘기가 나와서 말인데, 보이드가 디저트 경연대회에 메리안과 함께 왔었어요. 혹시 그가 메리안을 몇 시에 집에 데려다 줬는지 알아봤어요?"

"네, 보이드의 죽음을 알리러 그녀의 집에 갔었거든요. 경찰 일을 하면서 제일 난감한 순간이 바로 그런 때죠."

"사랑하는 사람이 죽었다는 소식을 전하는 일이 그리 쉽진 않겠죠."

"그래요. 빌의 제안에 따라 소식을 전하기 전에 질문부터 했는데, 그렇게 하길 정말 잘했어요."

"왜요?"

"얘기를 듣자마자 정신을 잃어, 병원으로 데려가야 했거든요."

"저런."

한나는 신음소리를 내며 말했다.

메리안과 다니엘은 결코 좋은 사이가 아니었다. 그 둘을 같은 병원에 입원시켰다니, 이건 굵은 삼베자루에 고양이 한 마리와 쥐 한 마리를 같이 넣은 셈이다. 특히 보이드를 죽인 사람이 다니엘이라고 메리안이 믿게 된다면 상황은 더더욱 어려워 질 것이다.

"설마 같은 병실에 있는 건 아니겠죠?"

"아니, 복도의 양쪽 끝 방에 따로 입원해 있어요. 그리고 문제가 생길 경우를 대비해서 다니엘의 병실 앞에 경찰을 배치해 두었어요."

"그녀의 안전을 위해? 아니면 수사 진행절차 중 하나이기 때문에?"

"둘 다예요."

마이크가 순순히 인정했다.

"그런 줄 알았어요. 보이드가 몇 시에 메리안의 집에서 나왔대요?"

"8시 20분쯤 커피라도 마시고 가라고 붙잡았지만, 다니엘이 아무것도 못 먹고 있기 때문에 8시 30분까지는 집에 들어가 봐야 한다고 했답니다."

"만약 보이드가 8시 20분에 집으로 출발했다면, 그는 8시 30분에서 10시 사이에 살해된 거로군요."

"맞아요. 나이트 박사님이 보이드의 간을 검시해보았는데, 부위를 제대로 열 수 없었답니다."

"간을 어떻게……?"

순간 한나는 말을 멈췄다.

"아, 말하지 말아요. 알고 싶지 않아요. 이웃들은 뭐라고 해요? 뭘 봤거나 들은 사람이 아무도 없대요?"

"아무도."

"골목길에선 나온 게 없나요?"

한나가 물었다.

"그저 타이어 바퀴 자국뿐이었어요. 그것도 모두 주변 이웃들의 것이었구요. 어떤 것이 새로 난 자국인지 분별하기도 어려워요. 게다가 차고에서 우리가 찾은 거라곤 살해도구와 당신의 케이크를 담은 용기뿐이었어요. 지문감식이 끝나는 대로 용기는 가지고 가도 좋아요. 근데 이 프레첼 더 있어요? 정말 맛있군요."

한나는 주방에서 새 프레첼 봉지와 함께 차가운 맥주 몇 캔을 더 갖고 나왔다.

"여기 있어요, 이것도 양파맛이에요."

"잘 됐군요! 난 양파맛을 좋아하거든요."

마이크가 봉지를 향해 손을 뻗다 말고 망설이며 물었다.

"한나도 좀 먹을 거죠?"

"아마도."

그가 무엇 때문에 그러는지 알 것 같았지만 확실히 해두고 싶었다.

"왜요?"

"양파냄새는 지독하잖아요. 특히 상대편 사람이 손도 안 대고 있으면 곤란해요."

"나랑 자려고 하지만 않는다면 괜찮아요."

마이크는 소파에 몸을 쓰러뜨리며 큰소리로 웃었다.

"이래서 당신이 좋아요, 한나. 언제나 생각한 그대로를 말하니까요."

한나는 내뱉은 말을 모두 주워 담고 싶은 심정이었다.

마이크와의 섹스라니, 말도 안 된다. 평범한 연인들의 사랑놀이는 한나에겐 머나먼 나라의 이야기였다.

물론 대학시절 조교와 깊은 사랑에 빠진 적이 있지만, 끝은 비참했다. 한나는 또다시 사랑에 빠지기 전에 적어도 지난날의 아픈 과거가 되풀이하지 않을 거란 확신이 필요했다.

"그냥 이렇게 프레첼이나 먹고, 맥주를 마시면서 조촐한 잠자리 담화나 해보는 건 어때요?"

"좋은 생각이네요, 각자의 잠자리에서 말이죠."

한나가 마이크의 애매모호한 가정형을 바로잡아 주었다.

"오."

살짝 미간을 좁히며 마이크가 말했다.

"좋아요, 한나. 당신이 정 그렇다면."

한나는 뭔가 더 말하고 싶었지만 꾹 참았다.

그녀가 바랐던 건 그런 것이 아니었지만 결국 그렇게 되어버리고 말 터였다. 적과의 동침은 사절이다.

지금 마이크는 한나에게 적이었다.

30분 후, 마이크가 집으로 돌아가고 한나는 내심 흐뭇했다.

마이크에게 거짓말을 하지도 않았지만, 그렇다고 보이드의 살인사건에 대해 알아보고 다니지 않겠다는 약속도 하지 않았으니 말이다.

 다음날 아침, 잠에서 깬 한나는 부스스한 모습으로 주방에 들어가 이미 커피메이커에 따뜻한 커피가 내려져 있는 것을 보고는 전기 커피메이커와 타이머를 가동시킬 수 있게 해준 토마스 에디슨에게 감사했다. 4시간밖에 자지 못한 사람에게 커피는 필수였다.
 한나는 입천장이 데일만큼 뜨거운 커피를 한 모금 삼키고는 미소를 지었다. 이른 아침의 카페인만큼 좋은 것도 없었다. 그녀가 막 두 번째 커피를 따르려 할 때 전화벨이 울렸다.
 "멋지군, 정말 정확해."
 전화기를 쏘아보며 한나가 중얼거렸다.
 그녀는 전화를 받기 위해 거실을 가로지르면서 문득 전화란 참 편리한 물건이긴 하지만, 그렇다고 해서 존경하는 위인 리스트의 바닥을 차지하고 있는 알렉산더 그레이엄 벨(전화기를 발명한 사람)의 순위를 끌어올릴 마음은 조금도 없다는 생각이 들었다.
 엄마일 것이다, 이렇게 일찍 전화할 사람은 엄마밖에 없었다. 하지만 다른 급한 일일수도 있으니, 새벽 6시에 울려대는 전화는 무조건 받아야 했다.

"한나?"

"네, 엄마."

한나가 얼굴을 찡그렸다.

'그냥 자동응답기가 받게 내버려두는 건데.'

"방금 KCOW에서 하는 아침 뉴스를 봤는데, 보이드 왓슨이 죽었다는 걸 알고 있었니? 게다가 경찰에서는 타살을 의심한다는구나."

"네, 엄마."

한나는 전화기를 들고 모이쉐의 먹이가 있는 찬장으로 갔다.

그리고는 찬장 문의 번지코드(양쪽에 멈춤 갈고리가 있는 고무줄)를 풀고, 크런치 박스를 꺼냈다. 고정장치는 꼭 필요했다. 문을 단단히 고정해두지 않으면 한나가 집으로 데리고 온 바로 다음날 찬장 문 여는 법을 터득한 모이쉐가 크런치를 모두 먹어버릴 테니 말이다.

"아니, 너. 오늘 아침 라디오를 들은 건 아닌 것 같구나."

엄마가 놀라며 말했다.

"네, 어젯밤에 알았어요."

"오? 빌이 얘기해줬니?"

"아뇨."

당신의 과년한 딸이 또 다른 살인사건 현장에 있었다는 사실을 엄마가 알게 된다면 어떤 반응을 보일지 뻔했다.

한나는 아직 마음의 준비가 되어 있지 않았다.

"잠깐만요, 엄마. 모이쉐한테 밥 좀 주고요."

"좀 기다리라고 하면 안 되니?"

"제 발목이 어떻게 되든 상관없다면요."

한나는 수화기를 내려놓고 발목으로 달려드는 모이쉐를 발로 살짝 밀어냈다.

방랑생활을 너무 오래한 탓일까, 녀석은 밥 때가 되면 유난히 더 흥분하곤 했다. 모이쉐의 사료그릇에 크런치를 부어주고, 깨끗한 물을 담아준 뒤 한나는 다시 수화기를 집어들었다.

"말씀하세요."

"빌이 얘기해준 게 아니면 어떻게 알았니? 마이크가 말해준 거냐?"

테이블 앞에 앉은 한나는 이제 어떻게도 피해갈 수 없다는 사실에 괴로워했다. 살인사건에 대해 이미 알고 있었다고 얘기한 게 화근이지. 자, 이제는 그 값을 치러야 한다.

"마이크가 말해준 것도 아니에요. 다니엘이 어젯밤에 저한테 전화를 했었어요."

"그 애가 왜 너한테 전화를 한 거니?"

엄마의 음성에 놀라움이 묻어났다.

"왜냐하면 전 다니엘의 친구니까요. 달리 연락할 사람이 없었대요."

"그럼, 다니엘이 보이드가 죽었다고 말하디?"

"당시 다니엘은 무슨 얘길 할 상황이 아니었어요. 그냥 제게 자기 집으로 와달라고만 했어요. 그리고 전 보이드를 보자마자 빌과 마이크에게 연락을 한 거구요."

"결국 네가 또 다른 시체를 찾아냈단 말이로구나."

엄마는 마치 저주의 주문을 외우듯이 한 마디, 한 마디 또박또박 발음했다.

"제발 그만둬라, 한나. 조심하지 않으면 마을의 모든 남자들이 너를 재앙을 몰고 다니는 여자로 생각하게 될 게다."

"그리고 재앙의 여자에게는 아무도 구혼하려 들지 않을 거구요?"

"농담 한 번 잘하는구나."

한나의 우스갯소리에 심각했던 엄마가 웃음을 터뜨렸다.

"넌 정말 재미있는 아이야, 한나. 네가 외모에 조금만 더 신경 쓴다면, 분명 그 누구보다 예뻐질 수 있을 거다. 난 도무지 이해가 안 되는구나. 도대체 왜 넌……."

"진정해요, 엄마."

한나가 끼어들었다.

"어젯밤 일이 궁금하지 않으세요?"

잠시 침묵이 흘렀다. 지금 엄마는 고심중인 것이다.

엄마에게 잔소리보다 중요한 일은 없었다. 하지만 친구들에게 떠벌리고 다닐 수 있는 신선한 얘깃거리의 유혹이야말로 엄마에겐 감당하기 어려운 것이다.

"당연히 궁금하지. 어서 말해 보거라, 애야."

"보이드는 차고 바닥, 그의 그랜드 쉐로키 옆에 쓰러져 있었어요. 누군가 그의 머리를 망치로 내려쳤어요. 바닥은 온통 피로 흥건했구요."

"그렇게 그림 그리듯이 자세히 얘기할 필요는 없다."

엄마는 소름끼친다고 했지만, 자신의 얘기가 단어 하나 빠짐없이 그대로 다른 사람들에게 전달될 것이란 사실을 한나는 잘 알고 있었다.

"다니엘이 충격이 컸겠구나?"

한나는 잠시 망설였다.

그럼, 남편의 두개골이 산산조각 난 채 죽어 있는 것을 두 눈으로 직접 본 아내가 괜찮을 수 있을까?

"다니엘은 지금 상태가 굉장히 안 좋아요. 안 그래도 심한 감기에 걸려 디저트 경연대회에도 참석하지 못했는데, 참혹하게 죽은 보이드의 시체까지 봤으니 충격이야말로 이루 다 말할 수 없겠죠. 빌이 어젯밤에 그녀를 병원으로 데리고 갔어요."

"불쌍한 것! 그럼, 메리안은 어떠니? 그 애는 제 동생이랑 아주 가까운 사이였거든. 걔들 엄마가 바깥 일로 바빠서 메리안이 보이드를 거의 키우다시피 했다지?"

"메리안도 병원에 있어요. 마이크가 말하길 보이드에 대해 소식을 전해줬더니 그 자리에서 정신을 잃었대요."

"내가 병문안을 가야 할까? 메리안은 우리 레전시 로맨스 클럽 회원이기도 하고, 지난번 토카스 서클 모임에서도 내 옆자리에 앉았었는데 말이다."

엄마는 아빠가 돌아가신 후 열정을 쏟으며 활동했던 12개도 넘는 모임들 중 두 군데의 이름을 언급했다.

"다니엘을 잘 알진 못하지만, 위로의 말을 해주고 싶구나."

한나는 병원에서 다니엘와 메리안 사이를 오가며 사소한 얘깃거리를 수집하고 다닐 엄마의 모습이 상상이 되었다.

"면회가 허락되는지 잘 모르겠어요, 엄마. 그냥 카드 정도만 보내는 게 어때요?"

"물론 그래야지. 하지만 카드만 보내면 너무 성의가 없잖니."

"그럼, 모임 회원들하고 의논해서 꽃다발이라도 보내세요. 아마 다니엘과 메리안이 고맙게 생각할 거예요."

"그거 정말 좋은 생각이구나. 당장 준비해야겠다. 아참, 어젯밤 TV에 아주 예쁘게 나오더구나. 녹화하려고 비디오에 예약녹화를 해놨는데, 작동이 안 되지 뭐냐. 비디오가 고장 난 모양이야."

한나가 '씩' 하고 웃었다.

엄마의 비디오는 지극히 말짱했다.

"녹화도 안 됐는데, 제가 예쁘게 나온 지는 어떻게 아셨어요?"

"캐리가 녹화했단다. 디저트 경연대회가 끝나고 같이 우리 집에 갔었는데, 캐리가 집에 가서 녹화한 테이프를 가져 왔단다. 그래서 같이 봤지. 트레시도 정말 귀엽더구나."

"네, 정말 그랬어요."

한나는 커피를 마시면서 어떻게 하면 통화를 빨리 끝낼 수 있을까 고심했다.

"어쨌든 우리 마을에서 또다시 살인사건이 일어나다니 믿을 수가 없구나! 이게 다 TV 탓이야. TV의 폭력성이 사람들에게 나쁜 영향을 주는 거란다. 그래, 경찰이 용의자는 찾았니?"

한나는 부디 행운이 자신과 함께 하기를 기도하며 거짓말을 했다.

"잘 모르겠어요, 엄마."

"그러니? 뭔가 들은 얘기가 있으면 내게도 좀 일러주려무나. 이제 그만 끊어야겠다, 얘야. 캐리한테 전화해서 꽃다발 보내는 걸 좀 도와달라고 해야겠다."

전화를 끊으며 한나는 슬쩍 미소를 지었다.

엄마의 전화를 짧게 끝낼 수 있는 비법을 드디어 알아냈다. 그저 엄마에게 할 일을 얘기해주면 된다. 그러면 엄마는 오늘처럼 마음이 급해져 당장 전화를 끊고 작업에 착수할 것이다.

한나는 샤워를 마친 후 창문 밖에 걸려 있는 온도계를 확인하고는 몸을 부르르 떨었다. 수은주가 영하 12℃보다 더 아래로 내려가 있었다. 오늘도 무척 추운 하루가 되겠군.

한나는 깨끗한 청바지 한 벌을 꺼내 입고 옷장을 열어 긴 소매의 스웨터를 골랐다. 그녀의 친구들이 쿠키와 관련된 거라면 뭐든 사다 그녀에게 선물했기 때문에 가슴에 글자가 새겨진 티셔츠와 스웨터라면 거리에서 장사해도 될 정도였다.

그중 몇 개의 문구는 재미있고 달콤하기도 하지만, 두어 개는 말도 안 될 정도로 바보 같았다. 어떤 것을 입을까 고민하던 한나는 금박으로 '행복이란 초콜릿칩을 한 입 베어 무는 것'이라는 문구가 새겨진 파란색 스웨터를 꺼냈다.

옷장 문을 닫으며 한나는 거울을 흘끗 비춰보았다. 피곤해보였다. 눈 밑에는 다크서클까지 있었다. 하지만 어쩔 수 없었다. 한나는 머리카락을 빗어 내리고는 작년 생일에 안드레아가 선물해준 머리핀을 꽂았다. 그리고는 마지막 커피를 마시기 위해 주방으로 들어갔다. 침대 위에 한가하게 앉아 한나가 옷 입는 모습을 물끄러미 바라보던 모이쉐가 침대에서 훌쩍 뛰어내려 한나를 따라오며 발목에 몸을 부비고 있었다.

이건 분명 크런치를 달라는 신호였다. 처음 모이쉐를 데려왔을 때, 녀석은 날렵한 몸매의 수고양이였다. 하지만 지금은 10kg나 나가는 뚱보 고양이가 되어버렸다.

그래도 마을 수의사인 밥 해거먼은 모이쉐가 건강하다고 했고, 한나는 건강한 것 하나면 충분하다고 생각했다. 어차피 찢어진 귀와 애꾸눈으로는 그 어떤 고양이 경연대회에도 참가할 수 없을 테니 말이다.

한나는 모이쉐의 사료그릇에 수북이 크런치를 부어준 후, 행복하게 크런치를 오물거리는 녀석을 흐뭇하게 바라보며 커피를 따랐다. 집을 나서려면 아직 15분 정도의 여유가 있었다. 이때가 오전 중 한나가 제일 좋아하는 시간이었다. 엄마와도 이미 통화를 끝냈으니 하루 일과를 조용히 정리하는 데 더 이상 방해꾼은 없을 것이다.

한나는 재활용품점에서 구입한 포마이카 테이블 앞에 앉아 노트로 손을 뻗었다. 침실에 놓고 쓰는 노트와 한 쌍이었다. 아직 아무것도 적히지 않은 새 페이지는 묘한 매력이 있다.

무언가로 채워지기를 간절히 기다리고 있는 공백의 페이지는 물론 슈퍼마켓의 장보기 목록이 될 수도 있겠지만, 미국의 위대한 소설의 첫 페이지가 될 수도 있지 않은가. 상상하자면 끝이 없다.

문득 한나는 태어나서 처음 가져본 노트가 생각났다. 빨간색 표지의 그 노트가 좋아 어린 한나는 매일 그것을 유치원에 가지고 다녔다. 앞면에는 인디언 추장의 얼굴 그림이 그려져 있었는데, 윤곽이 뚜렷한 얼굴에 왕을 상징하는 검은 칠을 하고 머리에는 깃털로 장식한 장신구를 쓰고 있었다.

얼마 전 한나는 그 인디언 추장 노트를 사려고 했지만 더 이상 팔지 않아 살 수 없었다. 이것도 정치적인 영향 탓일까? 아마 정치인들의 방식을 따른다면, 노트의 인디언 추장은 '정통 아메리카 커뮤니티의 리더'라고 불리던 것이다.

미네소타의 레이크 에덴에서 '인디언'이란, 인종적으로 편향적인 단어가 아니었다. 레이크 에덴 약국에서 카운터를 보는 100% 순수 인디언 치프와는 '정통 아메리카인'이란 틀린 명칭이라고 했다. 그에 대해 직접 연구조사까지 해본 바 있는 그는 자신의 조상이 시베리아에서 내려와 북아메리카에 살고 있던 토착민들을 정복했다고 믿고 있었다.

한나는 금이 가서 이제는 연필꽂이로 쓰고 있는 머그잔에서 펜 하나를 꺼냈다. 오늘도 빡빡한 일정이었다. 디저트 경연대회 심사에서부터 대회 홍보를 위한 TV 출연, 그리고 쿠키단지에서의 일까지, 조금의 여유도 없다.

한나는 페이지 위에 날짜를 썼다. 이제 보이드도 죽었으니 또 다른 심사위원을 선발해야 할 것이다. 과연 어제 참가자들 중에서 보이드의 죽음에 눈물 흘려줄 사람이 있을까? 한나는 문득 궁금해졌다.

그들이 만든 디저트에 대해 그렇게 심하게 얘기한 보이드였으니, 어쩌면 몇몇 사람들은 그의 죽음을 고소하게 생각하고 있을지도 모르겠다. 가만, 만약 보이드의 평에 참가자들 중 한 명이 견딜 수 없을 정도로 절망했다면? 한나는 펜 끝을 잘근잘근 씹었다.

참가자나 혹은 참가자의 가족 중 한 명이 보이드의 집까지 쫓아와 차고에서 마주친 그의 머리를 망치로 날려버렸을 가능성도 있지 않을까? 그다지 신빙성 있는 가설은 아니지만 어쨌든 놓칠 수는 없었다. 참가자들 모두 토요일 밤까지는 레이크 에덴에 머물 테니, 가설의 진위를 확인해볼 시간은 충분했다.

한나는 노트에 〈참가자와 그 가족들의 알리바이를 확인해볼 것〉이라고 적었다. 우선 최종 우승자는 범인이 아닐 것이다. 그러니 다른 셋만 확인하면 된다. 범인은 분명 우발적으로 살인을 저질렀다. 그것만은 확실했다. 만약 범인이 보이드를 죽일 요량으로 그의 집을 찾아갔다면,

보이드의 차고에 있던 망치를 사용하지 않고 미리 준비한 살인도구를 썼을 것이다.

한나는 시간을 적었다. 〈수요일 밤 8시 30분-10시〉

한나는 잠시 생각에 잠겼다가 다음 문장을 더했다.

〈이웃들을 다시 인터뷰해볼 것〉

물론 경찰에서 이미 인터뷰를 끝냈겠지만, 다시 한다고 해서 크게 해 될 건 없을 것이다. 사람들은 공권력과 어떤 식으로든 얽히는 걸 싫어하니 말이다.

한나는 시계를 슬쩍 올려다보았다. 이제 그만 나가야 할 시간이다. 하지만 한나는 망설임 없이 마지막 문장을 하나 더 채워 넣었다.

〈개인적인 원한〉

보이드의 디저트 경연대회의 심사평과는 전혀 상관없는 일일 수도 있다. 하지만 범인은 순간적으로 망치를 집어들어 그의 머리를 내려칠 정도로 화가 나 있었다. 혹시 레이크 에덴에서 보이드의 죽음을 간절히 바랄만한 사람이 있는지 알아봐야겠다.

한나가 쿠키단지에 도착했을 때는 여느 때처럼 이미 리사가 모든 일을 마쳐놓은 뒤였다. 한나는 제빵실에서 몇 가지 일을 한 후, 홀로 나와 예상치 못했던 20분간의 여유를 즐겼다. 일부러 불은 켜지 않았다. 불빛에 손님들이 일찍 들이닥칠 수도 있기 때문이었다.

한나는 커피를 한 잔 따른 후, 마치 스스로 손님이 된 양 홀에 있는 둥근 탁자 앞에 앉아 반짝반짝 윤이 나는 마호가니 카운터와 유리로 된 쿠키 케이스가 빽빽이 들어차 있는 선반을 흐뭇하게 둘러보았다. 쿠키

케이스 안에는 오늘의 추천 쿠키가 가득 들어 있었다. 쿠키단지의 개업은 안드레아의 생각이었다.

아버지가 돌아가신 후, 엄마를 도와드리기 위해 학위를 포기하고 고향으로 내려왔을 때 한나는 백수나 마찬가지였다. 비록 엄마와 여동생들은 다시 대학으로 돌아가 논문을 끝마치라고 등을 떠밀었지만 의욕 없는 학생들에게 영문학을 가르치는 일은 흥미가 없었다.

물론 또 다른 개인적인 이유가 있긴 했다, 엄마나 여동생들에게 한 번도 얘기하지 않은. 대학 캠퍼스는 한나와 그녀의 예전 연인, 그리고 그의 새 아내가 누비기엔 너무 좁은 곳이었다.

한나는 한숨을 내쉬고 머그잔을 손으로 감싸쥐었다.

옛말이 맞았다. 시간이 모든 걸 해결해준다. 아주 가끔 한나는 브래드포드 램시와 함께 행복했던 시간을 떠올리곤 했다, 언제나 끝은 늘 후회로 얼룩지곤 했지만. 당시 처음으로 수업을 맡아 가르치던 그는 젊고, 잘 생기고, 똑똑했다.

한나는 그 나이 또래 여자들이 흔히 그렇듯 정말 순수한 마음으로 사랑에 빠져버리고 말았다. 브래드가 왜 휴일을 한 번도 자신과 함께 보내지 않는지 진작부터 의심해봤어야 했다. 명절이나 기념일이 되면 그는 부모님 댁으로 내려가 이미 부모님과 함께 살고 있는 약혼녀와 지내야만 했다는 사실을 한나는 너무 늦게 알아버렸다.

고향인 레이크 에덴으로 돌아온 뒤 한나는 한층 성숙해졌다. 우선 지금의 일을 너무 사랑하게 되었고, 그만큼의 자신감도 생겼다. 게다가 바로 아랫동생인 안드레아와의 관계도 전과 다르게 절친해졌다.

심지어 엄마를 통해 깨달은 것도 있었다, 물론 그걸 깨닫는 데는 꽤

긴 시간이 걸렸지만. 그건 바로 그녀의 인생에서 아직 미지의 문제로 남아 있는 부분이 로맨스라는 사실이었다. 마음의 문을 '쾅' 하고 닫아 버린 이후로 한나는 다시 그 문을 여는 것이 두려웠다.

홀의 유리창 너머로 보이는 풍경은 굉장했다. 겨울의 태양이 수평선 위로 솟아오르더니 황금빛 햇살이 눈 덮인 지붕을 하나 둘 비추기 시작했다. 반짝이는 햇살에 지붕 위 눈들이 마치 오색찬란한 유리병처럼 빛났다. 한나의 카페 건너편으로 보이는 오래된 소나무는 가지마다 눈이 쌓여 마치 크리스마스트리 같았다. 환한 푸른빛의 유럽산 어치와 밝은 빨강의 홍관조 몇 마리가 누군가 일부러 장식이라도 한 것처럼 소나무 가지 위에 앉아 있었다.

홀에 앉아 아름다운 풍경에 빠져 있던 한나의 시야에 차 한 대가 들어왔다. 차의 배기관에서는 백색의 먼지들이 가볍게 날리고 있었.

한나는 누가 탔는지 보려고 자리에서 일어나 유리창 앞으로 가까이 다가갔다. 처음 보는 차였다. 새로 나온 그랜드 M 신형 스포츠카였는데, 앞에는 아직 임시 번호판이 붙어 있었다. 레이크 에덴처럼 작은 마을에서 저렇게 좋은 차는 당연히 자랑거리가 될 정도였다.

하지만 한나는 누군가 새 차를 샀다는 소리를 듣지 못했다.

그때 운전석 문이 열리더니 한 여자가 내렸다. 검은 머리의 여자는 짧지만 세련된 머리 모양을 하고, 언젠가 '부 몽드' 쇼윈도에서 본 적이 있는 값비싼 검둥오리 털 코트를 입고 있었다. 쿠키단지를 향해 걸어오는 여자의 얼굴을 본 한나는 그만 깜짝 놀라고 말았다.

레이크 에덴 저널의 리포터, 루시 리차드였다! 하지만 그녀의 이런 모습은 처음이다.

루시가 치장에 들인 비용이 얼마나 될까?

한나는 머릿속으로 계산해보았다.

코트만 해도 400달러가 넘는다. 클레어의 드레스샵에 코트가 처음 들어온 날 가격표를 봤기 때문에 기억하고 있었다. 루시가 신고 있는 털 달린 가죽부츠도 싸구려는 아닐 것이다. 더구나 저 멋진 그랜드 M은 감히 그 금액을 따져 물을 수도 없을 정도였다.

루시는 이모할머니인 베라 올슨의 고급 아파트에서 살고 있긴 하지만 좋은 아파트에 사는 이모할머니와 값비싼 물건과는 전혀 상관이 없었다. 게다가 조그마한 주간 신문사의 사주이자 편집장인 로드 메칼프는 최저임금 이상은 주지 않는 걸로 유명했다. 아무리 생각해봐도 루시에게는 새 코트와 부츠, 그리고 새 차를 살 만한 여력이 없었다!

한나는 자신의 모습이 눈에 띄지 않기를 바라며 유리창에서 물러섰다. 루시 리차드를 위해 카페 문을 일찍 열고 싶진 않았다.

하틀랜드 제분회사 주최의 디저트 경연대회에 대해 쓴 루시의 기사로 인해 일찍이 둘은 서로에게 칼을 겨눈 상태였다. 루시는 한나가 하지도 않은 말을 한나가 얘기한 것처럼 기사에 적어놓았던 것이다.

한나는 아직도 그 일에 화가 나 있었다.

루시가 발을 동동 구르며 카페 문을 힘차게 두드렸다. 밖이 몹시 춥다는 걸 알면서도 한나는 그냥 내버려두었다. 15분 후에나 문을 열 생각이었다. 아마 그전에 포기하고 돌아가겠지.

그때 루시가 오들오들 떨기 시작했다. 한나는 갑자기 루시가 불쌍해졌다. 어쩌면 오보를 사과하러 온 건지도 모른다. 그녀는 자리에서 일어나 불을 켜고 문으로 향했다.

"너무 추워요!"

발랄하게 안으로 들어온 루시가 현관매트에 발을 털며 말했다.

"커피, 되지요?"

"그럼요."

한나는 커피포트를 손짓해보인 다음 카운터로 가 루시에게 커피를 한 잔 따라주었다.

"고마워요. 오트밀 건포도 쿠키도 몇 개 먹을게요."

루시는 살짝 몸을 떨면서 손가락으로 머그잔을 감싸쥐었다. 그러더니 깊은 한숨을 내쉬고는 말했다.

"기사 건은 미안해요. 내 녹음기가 제대로 작동하지 않아서 기억력에 의지해 쓸 수밖에 없었거든요."

정확히 말해 사과는 아니었지만 이런 식으로라도 루시가 유감을 표한 적은 이번이 처음이었다.

"하지만 그것 때문에 온 건 아니에요."

"그래요?"

한나는 '쿠키단지'라는 빨간 글씨가 적힌 흰 냅킨 위에 오트밀 건포도 쿠키를 얹어 루시에게 가져다주었다. 그리고는 괜스레 행주를 집어 더럽지도 않은 카운터를 박박 문질러 닦았다.

루시는 뭔가 말하고 싶은 듯했지만, 한나는 미리 나서서 묻고 싶지 않았다. 그저 루시가 알아서 말하게끔 내버려두었다.

"개인적으로 얘기 좀 하고 싶었어요, 한나."

쿠키 하나를 다 먹고 두 번째 쿠키를 집으며 루시가 말했다.

"우리 사이가 그리 좋지 않다는 건 나도 알아요. 하지만 업무와 관련된 거라 어쩔 수 없었어요."

"정말 좋은 직장인가 보네요."

밖의 그랜드 M을 손짓해 보이며 한나가 말했다.

"어마어마하게 비쌀 텐데요."

"저건 빌린 차예요. 신문사에서 나오는 돈은 얼마 안 돼요. 로드는 항상 내가 한 일에 절반도 안 되는 돈을 주거든요."

그녀의 코를 납작하게 해줄 대꾸 몇 마디가 떠올랐지만, 한나는 이렇게 말했다.

"새 코트 샀나 봐요, 정말 멋지네요. 새 부츠도."

한 마디 던지고 난 뒤, 한나는 카운터에 등을 기대고 서서 기다렸다.

6년간의 대학생활 동안 학기 등록을 위한 줄서기에 단련된 한나에게 기다리는 것쯤은 식은 죽 먹기였다.

"그래요."

마침내 입을 여는 루시에겐 불편한 기색이 역력했다.

"사실, 그건 선급금으로 산 거예요."

"선급금이요?"

"내 책에 대한."

"정말요?"

한나는 호기심이 발동했다.

"책을 쓰고 있는 줄 몰랐는데요."

"오, 아직은 아니에요. 그래서 선급금이라고 하는 거죠. 부유하고 유명한 사람들에 대한 폭로적인 내용이 될 거예요."

"레이크 에덴 사람들과는 전혀 무관한 얘기겠군요!"

"그래요."

루시가 살짝 웃음을 흘렸다.

"자세히 얘기할 순 없어요, 한나. 출판사에서 책에 대한 정보가 미리 새어나가는 걸 원치 않거든요. 책이 출간됐을 때 독자들에게 어필할 신선한 충격에 몹시 신경 쓰고 있어요."

"매우 충직하시네요."

좀 더 빈정대고 싶은 마음을 꾹꾹 눌러가며 한나가 말했다.

로드가 루시를 고용한 것은 베라 올슨의 부탁 때문이었다. 그런 루시에게 로드가 중요한 뉴스거리를 맡길 리 없었다.

자기 자랑에 몸이 달아오른 루시가 제법 의기양양하게 말했다.

"올해의 베스트셀러가 될 만한 책이에요. 그래서 선급금도 두둑이 받은 거죠."

"그렇군요."

한나는 루시의 말을 곧이곧대로 받아들이지 않았다.

루시는 지금까지 단, 한 번도 부유하거나 유명한 사람들에 대해 얘기를 꺼낸 적이 없었다.

한나는 새 차와 새 옷을 설명하기 위해 루시가 급하게 만들어낸 얘기가 아닐까 의심스러웠다. 카드 사용한도를 최대한으로 늘렸거나, 아니면 돈 많은 부자 애인에게서 용돈을 받았거나 둘 중 하나일 것이다.

한나는 후자에 한 표를 던졌다. 언젠가 베라가 엄마에게 귀띔하기를 루시는 너무 '헤프다'는 이유로 대학에서 쫓겨났다고 했다.

루시가 노트를 꺼내더니 새 페이지를 펼쳤다.

"어젯밤 무슨 일이 있었던 건지 말해줘요. 기사를 쓰고 있거든요."

한나는 망설였다.

또다시 자신에 대해 오보하게 할 수 없었다.

"굳이 내 얘기가 필요하지 않을 텐데요. 당신도 거기 있었잖아요."

무슨 이유에선지 한나의 말이 루시를 동요시킨 모양이었다.

루시는 쾅 소리가 나도록 머그잔을 카운터에 내려놓았다.

"내가 어디에 있었다고요?"

"대회경연장에요. 참가자들이랑 얘기하는 걸 봤어요."

루시는 눈을 깜박였다.

"바보 같은 소리 말아요, 한나. 난 대회를 말한 게 아니에요."

"아니라고요?"

한나는 일부러 놀란 척하며 되물었다.

"그럼, 뭐죠?"

"헤드라인 뉴스의 소재거리에 대해 로드와 의논했는데, 타이틀을 '고등학교 코치 살해되다.'로 정했어요. 그러니 당신이 보이드 왓슨의 시체를 어떻게 해서 발견하게 됐는지 듣고 싶어요."

한나는 신음소리가 새어나가지 않도록 조심했다.

살인사건이라는 것만으로도 겁에 질리는 사람들에게 선정성 짙은 타이틀은 기름을 붓는 꼴이었다.

"내가 왜 거기 있었을 거라고 생각하는 거죠?"

"내 정보제공자 중 한 사람이 당신의 트럭을 봤다고 했어요. 말해줘요, 한나. 꼭 알고 싶어요."

한나는 고개를 저었다.

"말해줄 수 없어요, 루시. 이건 한창 수사중인 사건이라서요."

"흠, 큰일이군요."

하지만 루시는 전혀 아랑곳하지 않았다.

"발견했을 당시 그는 어땠나요? 다니엘은 뭐라고 했죠? 사람들은 그런 걸 궁금해 하거든요."

"경찰의 공식 발표를 기다려 봐요."

한나는 단호했다.

"자세한 걸 알고 싶다면, 경찰에 가서 직접 물어보든지."

"경찰에선 얘기해주지 않을 거예요, 항상 그렇잖아요. 그러니, 한나. 기사가 완성되면 신문에 싣기 전에 당신한테 먼저 보여줄게요. 마음에 들지 않는 부분은 모두 빼버려도 좋아요."

한나는 그 말을 조금도 믿지 않았다, 중요한 건 그게 아니니까.

"내가 얘기했잖아요, 루시. 경찰의 허락이 있기 전에는 아무 말도 할 수 없어요."

"그럼, 당신도 수사에 관여하는 건가요?"

루시가 노트에 무언가를 적기 시작했다.

한나는 얼굴을 찌푸렸다.

"그렇다고 말하진 않았어요!"

"하지만, 지난번 사건 때도 당신이 한몫했잖아요, 그렇죠?"

루시가 지금 자신을 슬쩍 떠보고 있다는 것을 눈치챘다.

론 라살르 살인사건을 해결하는 데 도움을 준 것은 사실이지만, 이건 아무도 알아서는 안 되는 얘기였다.

"맞죠?"

루시가 되물었다. 그녀의 눈이 가늘어졌다.

무슨 대꾸든 해야만 한다고 생각한 한나는 서둘러 입을 열었다.

"별로 한 일도 없어요, 루시. 그저 내가 들어온 정보들을 빌에게 전해 줬을 뿐이에요. 레이크 에덴 사람이라면 누구든 그렇게 했을 거예요."

"오, 그렇겠죠."

루시가 다시 눈을 깜박였다.

"좋아요. 당신의 방식이 그렇다면, 다시 왓슨 코치 사건으로 돌아가 보죠. 혹시 누구 짚이는 용의자라도 있나요? 당신이 사건현장을 제일 처음 발견한 사람이잖아요."

"아뇨."

"아니라는 건, 당신이 사건현장에 제일 먼저 도착한 사람이 아니란 말인가요?"

루시가 노트 위로 펜을 집어들었다.

"아니면, 아무도 의심 가는 사람이 없단 말인가요?"

"둘 다예요."

딱히 거짓말을 하는 건 아니라고 스스로를 위로하며 한나가 말했다.

보이드의 시체를 처음 발견한 건 다니엘이었다. 그러니 사건현장에 제일 처음 도착한 사람은 한나가 아니지 않은가? 그리고 지금 당장 한나에게 의심 가는 용의자는 없었, 적어도 아직까지는.

"다니엘은 어때요? 혹시 그녀에게 남편을 죽일 만한 동기가 있는 건 아닌가요?"

한나는 루시의 오만함에 분노했다.

"난 정말 몰라요, 루시. 그렇다고 억측을 할 수도 없고요. 지금 엉뚱한 사람한테 와서 묻고 있는 거예요. 그런 건 빌이나 마이크에게 물어보라구요."

"기왕이면 마이크 킹스턴에게 묻는 게 좋겠군요."

루시가 그녀의 짧은 머리를 부드럽게 쓸어 올리며 말했다.

"아, 그 얘기는 하지 말았어야 했나?"

한나는 이를 갈았다.

루시는 지금 한나의 입을 열게 하기 위해 그녀를 자극하고 있었다. 하지만 한나는 게임 같은 건 질색이었다.

"미안하지만, 루시. 아까도 말했듯이 난 아무것도 얘기해줄 수 없어요. 사실, 이렇게 당신하고 얘기하는 것도 안 되는 일이라고요."

"그 얘기는 당신이 사건에 대해 내가 생각하는 것보다 더 많이 알고 있다는 의미네요?"

"아뇨. 내 말뜻은 이제 그만 문 열 준비를 해야 한다는 거예요. 지금 시간 낭비를 하는 거예요, 루시. 그러니 이젠 그만 가 줘요. 계산은 1달러 45센트예요."

"그럼, 나중에 봐요. 나도 바쁜 일이 있어서요."

루시가 자리에서 일어나 문을 향해 나가다 말고 뒤돌아보며 말했다.

"신문기자에게 이렇게 비협조적이라니 차라리 다니엘과 직접 얘기하는 편이 낫겠군요!"

폭풍우처럼 휑하니 나가면서 등 뒤로 '쾅' 하고 문을 닫는 루시의 뒷모습에 한나는 으르렁거렸다. 그리고는 전화기로 손을 뻗어 경찰서 마이크의 번호를 눌렀다, 제발 오늘 아침 일찍 출근했기를.

"킹스턴입니다."

세 번째 신호음이 울리자 마이크가 전화를 받았다.

"한나예요. 나 지금 카페에 있는데, 방금 루시 리차드가 왔다 갔어요. 보이드 왓슨 살인사건에 대해서 꼬치꼬치 묻더군요."

"알만 하군요."

마이클이 큭큭 대며 웃었다.

"KCOW에서 뉴스를 보자마자 빌에게 전화했던 모양인데, 그다지 따뜻한 대접을 받지 못한 것 같아요."

"상상이 가네요. 빌처럼 아침잠이 많은 사람도 없으니 말이에요."

한나가 미소를 지었다.

"맞아요, 그래서 대신 안드레아가 받았죠. 마침 쉬는 날이었고, 빌은 샤워 중이었거든요."

"와오!"

한나의 미소가 점점 더 크게 번졌다.

쉬는 날 새벽 6시부터 전화를 걸어 안드레아의 단잠을 깨운 사람의 말로가 어떠했을지 충분히 상상이 가고도 남았다.

"루시가 나가면서 다니엘과 직접 얘기해보겠다고 했는데, 루시를 다니엘에게서 떨어뜨려 놓을 방법이 없을까요?"

"문제없어요, 릭 머피가 병실 앞을 지키고 있으니까요. 아무도 들여보내지 말라고 일러뒀어요."

"잘 됐네요."

한나는 잠시 마음이 흐뭇했다.

하지만 이내 마이크의 말이 무슨 뜻인지 깨닫고는 다시 물었다.

"그래도 다니엘이 개인적인 방문객은 받을 수 있는 거죠, 그렇죠?"

"지금은 안 돼요."

"의학적인 이유 때문인가요?"

"아뇨. 아직 감기 기운이 심하긴 하지만, 나이트 박사님 말로는 위중한 정도는 아니라고 하더군요."

마이크는 한동안 조용하더니, 이내 한숨을 내쉬며 말했다.

"한나, 싫든 좋든 다니엘은 지금 가장 유력한 용의자예요."

"하지만 감옥에 갇힌 죄수들도 면회는 허용된다구요."

한나가 발끈했다.

"다니엘의 진술을 당신도 이미 들었잖아요, 그렇죠?"

"네."

"그러니 이제 와서 누군가 그녀에게 영향을 미치거나, 어떻게 하라고 일러줄 수는 없어요."

또 한 번의 침묵이 흘렀다.

그러더니 마침내 마이크가 한숨과 함께 입을 열었다.

"맞는 말이에요."

"다니엘이 체포된 건 아니잖아요, 그렇죠?"

"공식적으로는 아니죠."

"그럼, 방문객 정도는 받을 수 있게 해줘야죠."

한나는 강하게 밀고 나갔다.

"다니엘은 지금 혼자예요, 마이크. 아마 제정신이 아닐 거라고요. 그런 그녀를 체포영장도 나오지 않은 상황에서 아무도 만날 수 없도록 고립시켜 놓는다는 건 옳지 않아요."

"알았어요, 알았어."

"그럼, 내가 가 봐도 되는 거죠?"

"네, 하지만 당신만입니다. 릭에게 당신을 들여보내 주라고 얘기해놓을게요."

한나는 안도의 한숨을 내쉬었다.

"잘 됐네요! 쿠키 좀 가지고 가야겠어요."

"한나?"

"네, 마이크."

"그저 친구로서 찾아가는 거죠, 그렇죠?"

"물론이죠."

"설마 내 충고를 무시하고 사건에 뛰어들 생각은 아니겠죠?"

"날 그렇게 못 믿어요, 마이크? 당신의 충고를 무시하는 일은 절대 없을 거예요."

한나는 머리 한쪽에 자리하고 있는 다른 생각은 무시한 채 나름대로 진심을 담아 대답했다.

'당신의 걱정 어린 충고에 대해 어젯밤 내내 생각했어요. 그리고 결국엔 당신이 틀리고, 내 생각이 옳다는 결론에 도달했지요. 지금 다니엘 옆에는 도와주는 사람이 없으니, 사건에 관여할 수밖에 없다구요!'

 아침 첫손님들의 접대가 대략 마무리될 때쯤 리사가 회전문 사이로 머리를 빠끔 내밀어 한나를 불렀다.
"한나? 잠깐 좀 와볼래요?"
"금방 갈게."
 한나는 '컷 앤 컬' 미용실 주인인 버티 스트롭에게 양해를 구하고 제빵실로 들어갔다. 문을 밀고 들어서던 한나는 스테인리스 작업대 앞에 앉아 무릎 위로 가지런히 지갑을 쥐고 있는 엄마를 보고 그만 깜짝 놀라고 말았다.
 엄마는 크랜베리 붉은빛의 울 스커트에 스웨터를 입고 있었다. 레이크 에덴의 나이 든 부인들 중 어느 누가 입더라도 확실히 십 년은 더 젊어 보일만한 옷이지만, 특히 엄마에게는 완벽하게 잘 어울렸다.
 세련되게 층을 내어 다듬은 머리는 반짝반짝 윤이 났고, 화장 또한 흠잡을 데 없이 고왔다. 설마 엄마가 나를 만나기 위해 일부러 이렇게 멋을 낸 것은 아니겠지. 옛날부터 엄마는 치장이 완벽하지 않으면 집 밖으로 한 걸음도 나가지 않았다. 엄마는 항상 언제 터질지 모르는 카메라 앞에 서 있는 듯 완벽했다.

"엄마?"

한나는 혼란스러웠다.

엄마는 카페에는 자주 오지도 않을뿐더러, 오시더라도 항상 앞문을 이용했었다.

"무슨 일 있어요?"

"아니다, 얘야. 오늘 아침에 전화로 얘기한다는 걸 깜빡 잊은 게 있어서 말이다."

엄마가 리사를 향해 고개를 돌렸다.

"한나랑 얘기하는 동안 홀을 좀 봐 주겠니, 리사?"

개인적인 얘기란 걸 눈치챈 리사가 미소를 지으며 대답했다.

"물론이죠, 스웬슨 부인. 쿠키 좀 드릴까요? 당밀 쿠키를 지금 막 구웠거든요."

"고맙지만 괜찮다, 얘야. 정말 맛있을 것 같긴 하다만 요즘 다이어트 중이라서 말이야. 너도 알다시피 곧 있으면 크리스마스잖니."

한나는 입술을 비틀었다.

아빠와 결혼할 당시 엄마의 사이즈는 완벽한 55였다. 그리고 몇십 년이 지난 지금도 엄마는 완벽한 55사이즈의 몸매를 유지하고 있었다.

레이크 에덴에 사는 대부분의 중년 여성들은 외모 같은 건 포기한 지 오래였지만, 엄마만큼은 다이어트를 하고, 전문가에게 머리 손질을 맡기고, 값비싼 화장품을 쓰는 것은 물론 심지어 성형수술까지 해가며 외모에 신경을 쓰고 있었다.

리사가 제빵실 밖으로 사라지자 엄마는 한나를 향해 고개를 돌렸다.

"아침에는 보이드 소식에 너무 놀라 내가 왜 너한테 전화했었는지 잊어버렸지 뭐냐."

"그래요?"

한나는 아직 따뜻한 온기가 남아 있는 쿠키를 집어 맛을 보았다.

이건 엄마가 좋아하는 쿠키 중 하나였다.

"정말 하나도 안 드실 거예요?"

엄마가 머뭇거렸다.

"글쎄다……, 한 개 정도는 괜찮겠지? 하지만 더 이상 날 유혹하지 말거라. 크리스마스이브에 입을 멋진 드레스를 샀거든. 여기서 몸무게가 더 불면 그 드레스를 입지 못할 게다."

"여기요, 엄마."

한나가 엄마에게 쿠키 한 개를 건네주었다.

"그래서 무슨 말씀을 하려고 했던 건데요?"

"한 우물만 팔 게 아닌 것 같구나."

"뭐라고요?"

"신중하란 말이다, 얘야. 네가 지금 마이크에게 더 마음이 끌리고 있다는 건 알고 있단다. 하지만 노먼같이 좋은 신랑감을 놓친다면 그것만큼 안타까운 일도 없을 게다. 어젯밤 캐리가 그러는데, 루시 리차드가 노먼에게 그렇게 적극적이라는구나."

"루시 리차드가? 노먼한테?"

한나는 자신의 귀를 의심했다.

다정다감하고 유머러스한 노먼과 자신을 여자 밥 우드워드(미국의 워터게이트 사건을 보도해 유명해진 언론인)쯤으로 여기는 루시 리차드는 마치 물과 기름처럼 어울리지 않았다.

"그래서 둘이 데이트라도 한데요?"

"아직은 아니라는구나. 하지만 지난주에 루시가 노먼의 병원을 찾아왔는데, 둘이 사무실 문을 닫고 오랫동안 얘기를 나누더란다. 더구나 루시가 가고 난 뒤 캐리가 그녀에 대해 물어보니 노먼이 매우 비밀스럽게 굴더라는 거야."

"비밀스럽게?"

"캐리가 둘이 사무실에서 무슨 얘기를 했냐고 물었는데, 말을 안 해 주더란다. 뭔가 진행되고 있는 것이 틀림없어. 캐리는 그게 마음에 안 든다더라. 루시가 노먼을 차지하기 전에 서둘러야 한다. 네가 노먼의 관심을 다시 돌려놓아야 해."

한나의 입이 떡 벌어졌다. 돌려놓다니, 뭘?

노먼과 이미 세 번이나 데이트를 했지만, 로맨틱한 순간이라곤 단 일 초도 없었다. 하지만 그런 얘기를 꺼냈다간 또다시 대화가 길어질지도 모른다. 지금 한나에게는 일이 더 급했다.

"알았어요. 오늘 노먼에게 전화해보죠, 약속해요."

"꼭 그렇게 해야 한다."

마침내 안심한 모양인지 엄마는 자리에서 일어나 스커트를 가볍게 매만졌다.

"그만 가야겠다, 10분 후에 캐리를 데리러 가기로 했거든."

"크리스마스 쇼핑을 하시게요?"

한나가 물었다.

"당연히 아니지."

엄마의 표정이 살짝 일그러졌다.

"난 항상 크리스마스 다음날 쇼핑을 한단다. 엄청나게 할인해서 팔거든. 그래서 내 크리스마스 선물들은 모두 일 년 정도 지난 것들이지."

한나는 엄마를 배웅한 후 다시 카페로 돌아왔다.

엄마는 매사에 무섭도록 계획적이었다. 한나는 엄마의 능력이 감탄스러웠다. 그녀로선 죽었다 깨어나도 하기 힘든 일이었다. 만약 한나가 크리스마스 다음날 선물을 사둔다면, 일 년 후에는 선물을 어디다 뒀는지 생각나지 않아 온 집 안을 찾아 헤매다 크리스마스 바로 전날 쇼핑몰이 문 닫을 시간이 얼마 남지 않은 때 허겁지겁 달려가 다시 선물을 사야 할 것이다.

엄마가 다녀간 후, 2시간 동안 한나는 정신없이 커피와 쿠키를 날랐다. 테이블 사이를 요리조리 왔다 갔다 하는 한나의 귀에 보이드의 죽음에 관해 적어도 열두 개가 넘는 가설이 들려왔다.

조단 고등학교 교장 부인인 케시 퍼비스는 보이드가 강도에게 저항하다가 죽은 거라고 했고, 퍼스트 내셔널 은행의 은행원인 리디아 그라딘은 분명 미니애폴리스에서 온 갱들의 짓이라고 했다.

로빈슨 부인과 레이크우드 노인아파트에서 온 그녀의 친구들은 세인트 클라우드에 있는 소년원에서 탈출한 범인이 저지른 짓이라고 했고, 리사의 이웃인 드리블로 씨는 월마에 있는 정신병원에서 재정상의 문제로 풀어준 정신병자의 짓이라고 주장했다.

디저트 경연대회에 대해 언급한 사람은 오직 한 사람뿐이었는데, 마을 장의사인 깁슨 씨가 보이드와 원한이 있는 사람이 TV에 나온 그를 보고는 대회가 진행되는 동안 레이크 에덴으로 달려와 그를 죽였을 거라고 추측했다.

다니엘을 보고 '딱한 사람'이라고 말하지 않는 사람은 아직 한 명도 없었다. 그러니 보이드의 부끄러운 비밀을 알아챈 사람은 아직 아무도 없는 것이 분명했다. 다니엘에 대한 동정은 어쩌면 다니엘에게 쏠리고 있는 의심의 무게를 조금은 덜어줄 수 있을 것이다. 하지만 보이드가 다니엘을 상습적으로 폭행했다는 사실이 알려진다면, 마을 사람들은 모두 다니엘이 정당방위이거나 보복을 위해 보이드를 죽였을 거라고 생각할 것이다.

시계바늘이 11시 15분을 막 지나자 이제 홀에 남은 손님은 한 사람뿐이었다. 아침식사를 하기에는 너무 늦은 시간이었다. 늦은 아침에 즐기는 커피타임도 이미 끝났고, 점심 손님들은 12시가 지나야 들이닥칠 것이다. 오후 손님을 위해 커피포트에 막 커피를 채워 넣는데, 안드레아가 들어왔다.

"안녕, 언니."

안드레아는 빈 옷걸이에 코트를 벗어놓고 카운터 의자에 미끄러지듯이 앉아 저쪽에 앉아 있는 렘크 씨를 흘끗 쳐다보았다. 렘크 씨의 딸이 약국에 다녀오는 동안 한나가 잠시 렘크 씨를 돌봐드리기로 했다.

안드레아는 이내 얼굴을 찡그리더니 물었다.

"렘크 씨의 보청기가 켜져 있을까?"

한나는 고개를 저었다.

"로마가 배터리를 충전시키려고 약국에 갔어."

"잘됐다. 다니엘에 대해 언니랑 할 말이 있었거든. 빌이 얘기해줬어. 나도 다니엘에게 도움을 주고 싶어. 그녀가 보이드를 죽였다고는 생각하지 않지만, 설사 그랬다고 하더라도 보이드는 죽어 마땅해!"

"나도 알아."

한나는 커피포트를 새로 채우기 전에 따라놓은 주전자에서 커피를 따라 안드레아에게 건네주었다. 안드레아의 얼굴은 그녀의 값비싼 분홍빛 캐시미어 스웨터와 아주 잘 어울리는 붉은색으로 바뀌었고, 파란 눈동자에서는 번쩍번쩍 불길이 솟는 듯했다.

"너 정말 화가 났구나, 그렇지?"

"당연하지! 빌의 말로는 그랜트 서장님이 다니엘을 범인이라고 확신하고 있다는 거야. 언닌 그게 무슨 뜻인지 알지?"

"안타깝게도, 그래."

한나는 얼굴을 찌푸렸다.

"그래서 결국 경찰은 다니엘을 용의자로 몰아가는 거야?"

"응, 형사로 승진한 지 두 달도 채 되지 않은 빌로서는 다니엘을 변호할만한 힘이 없대. 마이크의 얘기도 그다지 먹혀들 것 같지 않고."

"부임해온 지 얼마 되지 않았기 때문에?"

"그것도 그렇지만, 마이크 스스로도 다니엘이 한 짓이 아니라는 걸 확신하지 못하기 때문이야."

한나는 잠시 충격에 빠졌다.

마침내 입을 열었을 때, 한나의 음성은 돌덩이처럼 무거웠다.

"마이크, 혹시 바보 아니야? 내가 분명 다니엘은 보이드를 죽일 만한 힘이 없다고 말했는데!"

"마이크를 비난할 수만은 없어, 언니. 그는 다니엘에 대해 우리만큼 모르잖아. 게다가 그에게는 아직 대도시 경찰의 습성이 남아 있다구.

장담하건대, 미니애폴리스에선 학대받는 여성이 남편을 죽이는 경우가 숱하게 많을 거야."

"하지만 여긴 레이크 에덴이야, 미니애폴리스와는 다르다구."

한나가 상기시켰다.

"나도 알아."

안드레아가 커피를 호호 불더니 망설이듯이 한 모금을 삼켰다.

"어떻게 주전자에서도 계속 보온이 돼지? 우리 집에도 이런 주전자가 있는데, 항상 금방 식어버리던걸."

"커피 따르기 전에 뜨거운 물을 채워봤어?"

"아니, 내일 아침에 한 번 해봐야겠다. 그나저나 무엇부터 해야 해, 언니?"

"뭘?"

"다니엘 말이야. 그녀가 보이드를 죽이지 않았다는 걸 우리가 증명해야지."

한나는 놀라 뒤로 물러서며 안드레아를 뚫어져라 쳐다보았다.

"우리?"

"이런 일을 혼자 하게 내버려둘 것 같았어, 내가?"

안드레아가 의미심장한 미소를 지었다.

"언니만큼 뛰어난 수색꾼은 못되지만, 그래도 조금은 발전하고 있는 중이라구."

수색꾼? 한나는 기분이 좋진 않았지만 아무 말도 하지 않았다.

"커피 갖고 따라와. 오늘 밤에 쓸 재료들을 챙겨야 하거든."

리사가 한나 대신 홀로 나가자, 안드레아는 무릎에 코트를 얹은 자세로 작업대 앞에 앉았다. 그리고는 오늘 밤 TV에서 선보일 디저트를 위한 재료들을 챙기는 한나의 모습을 물끄러미 지켜보았다.

재료들을 정확히 계량해 플라스틱 용기에 담는 한나의 손놀림은 민첩했다. 재료가 모두 준비되자 한나는 그것들을 상자에 옮겨 담았다. 설탕 용기, 버터 1파운드, 얇게 썬 살구로 가득한 플라스틱 주머니.

거기에 흰 빵과 손으로 직접 쓴 레시피를 더한 다음 한나는 냉장고에 계란과 크림이 충분한지 확인했다. 마침내 상자 뚜껑을 닫고 뒤돌아서던 한나는 호기심 어린 눈으로 자신을 바라보는 안드레아를 발견했다.

"왜?"

"오늘은 무슨 요리를 할까 생각하고 있었어."

"살구 빵 푸딩, 증조할머니가 좋아하시던 레시피 중 하나야. 증조할머니는 살구대신 건포도를 썼지만, 난 살구를 쓰는 게 훨씬 더 좋아."

"나도 건포도보다 살구가 더 맛있어. 이제 어떻게 할 거야, 언니?"

"방송에선 실제로 빵을 구울 시간이 없어. 그래서 미리 만들어 놓고, 카메라 앞에 보일 건 따로 만드는 거지. 지난번 스웬슨표 딸기 쇼트케이크를 만들었을 때처럼."

"내 말은 그게 아니라, 다니엘을 어떻게 할 거냐구. 우리가 도와줘야지."

"나도 알아, 하지만 빌은 어쩌구? 네가 또 사건에 뛰어드는 걸 알면 모르긴 몰라도 좋아하진 않을 거야."

안드레아는 한나에게 걱정 말라는 듯 대꾸했다.

"빌은 바빠, 아마 눈치도 못 챌 거야. 우선 다니엘을 만나러 가자. 단서 수집이 필요해."

"넌 가도 볼 수 없어, 안드레아. 마이크에게 얘기해서 나만 간신히 면회를 허락받았다구."

"나도 알아, 빌이 얘기해줬으니까. 하지만 릭 머피가 보초를 서고 있잖아. 릭은 내 고등학교 친구니까 내가 릭과 수다를 떨며 그의 관심을 분산시키는 동안 언니는 다니엘과 마음껏 얘기할 수 있잖아."

"흠, 좋은 생각이야."

"고마워. 그럼 나도 돕는 거지, 언니?"

한나는 다니엘에게 가져다줄 쿠키 꾸러미를 만들며 잠시 망설였다.

"빌이 알게 되면 날 죽이려 들겠지만……, 네 도움이 필요하긴 해."

"정말 멋져!"

안드레아는 기뻐서 펄쩍펄쩍 뛰었다.

"있잖아, 언니랑 같이 뭔가를 한다는 게 이렇게 좋을 수가 없어. 언니와 다시 친하게 된 계기가 론 라살르의 죽음이었다는 사실은 가슴 아프지만 말이야."

안드레아와 외출할 테니, 잠시 카페를 봐달라고 리사에게 얘기하러 가는 동안 한나는 잠시 생각에 잠겼다.

론의 사건이 있기 전까지 안드레아와 친하게 지내지 못했던 것은 아무리 생각해도 안타까운 일이었다. 그때는 서로에 대한 알 수 없는 경쟁심으로 인해 갈등이 극에 달아 있었다.

안드레아는 옛날부터 남자들에게 인기가 많았다. 졸업파티의 여왕이라고 불렸을 만큼 아담하고 예쁘장한 안드레아는 그 어떤 인간관계도 문제가 없었다, 특히 남자와의 관계라면 더더욱. 동생은 엄마의 젊은 시절을 꼭 빼닮았는데, 그녀의 인기가 그 사실을 증명해주고 있었다.

반면 한나는 아빠를 닮았다. 훤칠한 키, 마른 몸매에 짓궂고 직선적인 유머 감각까지 말이다. 남자애들은 공부를 도와줄 친구가 필요할 때만 한나를 찾았고, 그렇게 시작된 우정에는 핑크빛 사랑이 끼어들 틈이 조금도 없었다.

핑크빛 사랑은 모두 안드레아의 몫이었다. 빌은 안드레아의 미모에는 나무 위의 참새도 발을 헛디뎌 떨어질 정도라며 자랑을 늘어놓곤 했는데, 그건 사실이었다. 안드레아의 미모와 겨루기 위해 한나가 알고 있는 방법이라곤 그걸 마구 깎아내리는 것뿐이었다.

다시 제빵실로 돌아온 한나는 재료가 든 상자와 파카를 들고 뒤로 돌아서는데 얼굴을 한껏 찡그리고 있는 안드레아와 마주쳤다.

"이번엔 또 뭐야?"

"설마 그렇게 하고 병원에 가려는 건 아니겠지?"

"'그렇게'라니, 뭐가 어때서?"

한나는 혼란스러웠다.

"'그 낡고 칙칙한 파카' 말이야."

"'그 낡고 칙칙한 파카'는 작년에 새로 산 거란다."

한나가 친절하게 알려주었다.

"오늘 같은 날 너의 그 바보같이 얇은 트렌치코트를 입었다가는 얼어 죽기 딱 좋아."

"내 코트는 바보 같지 않아. 지난달 보그지에도 나왔던 가죽코트란 말이야."

"보그의 배경은 뉴욕이야. 여긴 미네소타라구. 여기처럼 추운 곳에서 무릎길이도 안 되는 코트를 누가 입고 다니냐?"

"난 입어."

안드레아가 미끄러지듯 코트를 꿰어 입고 뒷문으로 나섰다. 하지만 밖으로 한 발자국 내딛다 말고 뒤를 돌아보며 말했다.

"날씨가 춥다고 해서 꼭 에스키모처럼 입을 필요는 없잖아. 내 코트는 일종의 패션적 표현이라고."

"패션적 표현이 사람 잡겠다."

한나는 트럭을 향해 앞장서서 걸었다.

"정 안 되면 숄이라도 걸쳐."

"여기다 숄을 걸치면 애써 한 코디가 다 망가지잖아. 언니는 정말 패션감각이라곤 눈곱만큼도 없어."

뽀로통하게 대꾸하려던 한나는 지금 자신이 동생과 얼마나 우스꽝스러운 주제로 말다툼을 벌이고 있는지 깨달았다.

트럭 문을 열고 운전석에 올라탄 후, 안드레아가 올라타기를 기다리며 한나는 씩 웃었다. 고등학교 시절부터 둘은 항상 이렇게 토닥거리면서 싸우곤 했다. 하지만 이젠 토닥거림이 싸움으로 이어지진 않는다.

안드레아가 안전벨트를 매자 한나는 점잖고 우아하게 말했다.

"아까 내가 한 말은 그냥 잊어버려, 안드레아. 내 파카가 이상한 건 나도 알아. 내가 네 패션감각을 조금이라도 닮을 수 있다면 좋을 텐데 말이야."

"나 역시 상식이 풍부한 언니를 닮았으면 좋을 텐데. 그나저나 오늘 날씨, 생각보다 춥다."

"여기 담요 있어."

한나는 트럭 뒤로 손을 뻗어 비상시를 대비해 차에 가져다 둔 퀼트

담요를 꺼냈다.

"이거 두르고 있어. 차 안이 따뜻해지려면 한참은 더 있어야 할걸."

안드레아는 담요를 받아 무릎 위로 덮었다.

"고마워, 언니. 우리 가끔 같이 쇼핑 가자. 그러면 서로에게 조언해줄 수 있잖아."

안드레아의 제안은 얼음처럼 차가운 차 안을 잠시 동안 둥둥 떠다녔고, 두 자매는 동시에 웃음을 터뜨렸다.

둘이 같이 쇼핑을 간다면 벌어진 혈전을 상상하면서.

레이크 에덴 메모리얼 병원은 쿠키단지에서 올드 레이크 도로를 따라 5마일 정도 달리면 나오는 외곽에 자리하고 있었다. 병원에서는 꽁꽁 언 호수의 수면 위로 떠오르는 태양을 볼 수 있었는데, 이건 나이트 박사님의 유일한 자랑이자 기쁨이기도 했다.

V자 모양의 병원 건물은 경쾌한 노란색으로, 주변에는 작은 소나무들이 심어져 있어 24개나 되는 병실에서 푸른 잎을 발판삼아 호수의 경치를 한눈에 바라볼 수 있었다.

한나는 건물 뒤로 트럭을 몰아 주차장에 들어갔다. 다행히 붐비는 시간이 아니라 주차공간은 넉넉했다. 한나는 나이트 박사님의 신형 익스플로러 옆에 차를 세웠다. 벽에는 간호사와 병원 직원들을 위한 콘센트가 있었지만, 굳이 히터를 충전시킬 필요는 없었다. 병원에는 한 시간도 채 머물지 않을 테니 말이다.

"준비됐어?"

한나가 안드레아를 돌아보았다.

안드레아는 고개를 끄덕이고는 무릎에 덮고 있던 담요를 치웠다.

"난, 병원이 정말 싫어."

"나도."

한나는 안드레아가 트럭에서 내리자 차 문을 잠갔다. 그리고 둘은 함께 병원 정문으로 걸어가 두터운 유리문을 열고 로비에 들어서서는 정문 매트에 부츠를 털고, 더 큰 로비로 향하는 이중문을 지났다.

안내 데스크의 게시판에는 면회 시간이 붙여져 있었다. 면회시간은 오후 2시부터 4시, 저녁 7시부터 9시까지였다. 지금은 거의 정오에 가까운 시간이었기 때문에 안내 데스크는 텅 비어 있었다.

한나는 일부러 안내원을 찾는 벨을 누르지 않았다. 다니엘의 병실을 찾는 일이 뭐 그렇게 어렵겠는가? 경찰복을 입은 남자가 지키고 있는 병실은 한 개뿐일 텐데.

병원 복도에서는 소독약과 꽃양배추 냄새가 났다.

한나는 이 냄새가 부디 꽃양배추 냄새이기를 바랐다. 두 가지가 혼합된 이상야릇한 냄새 탓에 한나는 계속 코를 찡그렸다. 부드러운 바닐라와 달콤한 초콜릿 향이 그렇게 절실할 수 없었다.

"지독한 냄새야."

안드레아가 쉰 목소리로 말했다.

"나도 알아."

어떤 냄새가 환자들을 더 아프게 하는지 연구하는 학자가 아무도 없단 말인가? 한나는 의아해졌다. 아마도 있다면 꽃양배추 향이 목록에서 부동의 1위를 차지하고 있을 것이다.

"음식이네."

음식을 실은 수레 옆을 지나던 안드레아가 수레를 흘끗 들여다보고는 말했다.

"언니, 다니엘한테 줄 쿠키를 가져왔겠지? 환자가 저런 음식만 먹어야 한단 법은 없잖아."

"물론 가져왔지."

한나는 코코아 스냅과 땅콩 쿠키, 그리고 초콜릿칩 쿠키가 가득 든 꾸러미를 흔들어 보였다.

"음식들이 다 하얘."

안드레아가 우스꽝스러운 표정을 지어보이며 말했다.

"병원 밥이 맛없는 건 알았지만, 이 정도인 줄은 몰랐어."

한나도 수레를 내려다보았다.

안드레아의 말이 맞았다.

음식에 색이라곤 전혀 찾아볼 수가 없었다. 작은 플라스틱 컵에 바닐라 푸딩 한 개, 화이트 크림소스가 뿌려진 생선 요리, 그리고 으깬 감자와 찐 꽃양배추, 버터가 발라진 하얀 빵이 전부였다.

아무리 배가 고프다고 해도 선뜻 손이 가지 않을 식단이었다. 음식이 거의 그대로 남아 있는 것을 보니 레이크 에덴 메모리얼 병원의 환자들 역시 그렇게 생각하는 모양이었다.

"다니엘의 병실일 거야."

안드레아가 복도 끝을 가리키며 말했다.

"저기 릭이 있어."

한나도 시릴 머피의 장남인 큰 키의 호리호리한 릭 머피를 알아봤다.

"얼마나 오래 붙들고 있을 수 있을 것 같아?"

"언니가 필요한 만큼. 그저 얼마 전에 태어난 릭의 아기에 대해 물어보기만 하면 될걸. 첫 아이라서 하고 싶은 얘기가 많을 거야."

한나는 입술에 미소를 걸고, 쿠키 꾸러미를 쥔 채 병실로 향했다.

그녀를 보자마자 릭은 곧바로 마이크에게 보고했다. 만약 이 방문이 단순한 병문안이 아니라는 걸 릭이 눈치챘다면, 그것 역시 바로 마이크에게 보고했을 것이다.

마이크의 생각이 틀렸다는 것을 증명해보이기 위해 진짜 살인범을 찾아 나선 자매의 일을 마이크가 알게 된다면 뭐라고 할까 한나는 생각조차 하고 싶지 않았다.

살구빵푸딩

재료

흰빵 8조각 / 녹인 버터 1/2컵 / 백설탕 1/3컵 / 계란 3개로 거품 낸 것

말린 살구 썬 것 1/2컵(씹는 맛을 원한다면, 너무 잘게 썰지 마세요)

뜬 우유 2와 1/4컵(휘핑크림을 사용해도 됩니다)

토핑으로는 헤비크림이나 휘핑크림, 혹은 바닐라 아이스크림을 사용해도 좋습니다.

* '뜬 우유'란 증조할머니가 만든 단어인데, 옛날 스타일의 우유병 위에 둥둥 떠 있는 크림 부분을 말하는 겁니다.

만드는 법

   1. 두 개의 캐서롤(일종의 냄비)에 버터를 바릅니다. 빵의 껍질 부분은 떼어내고 4개의 삼각형이 나오도록 잘라(X 모양으로 자르면 되겠죠?) 녹인 버터를 빵 위에 촉촉하게 발라줍니다.

   2. 캐서롤 바닥에 3조각 정도 빵을 깔아놓고 설탕과 썬 살구를 뿌립니다. 그런 후 나머지 조각의 빵 중 절반을 덮고, 남은 설탕과 살구를 얹어 줍니다. 그 위에 남은 빵 조각을 모두 덮어줍니다. 그리고는 그릇을 박박 긁어 남은 버터를 얹고 나머지 설탕도 모두 뿌려준 다음 일단 옆으로 밀어놓습니다.

   3. 버터를 담았던 그릇에 계란을 넣고 가벼운 크림이 될 때까지 휘저어줍니다. 완성된 크림을 캐서롤 위에 부은 다음 실온에서 30분간 둡니다. (빵이 계란과 크림이 충분히 흡수될 수 있도록 해주기 위해서 랍니다)

   4. 오븐을 176℃로 예열하고, 틀은 오븐 중앙에 넣습니다. 푸딩의 윗부분이 먹음직스러운 갈색으로 구워질 때까지 45분~55분 동안 뚜껑을 덮지 않은 채 굽습니다.

   5. 살짝 식힌 다음(5분 정도면 괜찮을 거예요) 달콤한 크림이나 바닐라 아이스크림을 위에 얹어 디저트 접시에 담아냅니다.

<blockquote>
말린 과일이면 건포도를 포함해서 어느 것이라도 가능합니다.
안드레아는 살구를, 엄마는 대추야자를 좋아하시죠.
반면 막내 동생 미셸은 말린 배로 만든 것을 가장 좋아한답니다.
자두로는 만들어 본 적이 없어요. 주변에 자두를 좋아하는
사람이라곤 로드 부인이 유일하거든요. 물론 그것에 대해
이러쿵저러쿵 얘기할 생각은 아닙니다만!
</blockquote>

"오, 한나! 와줬군요!"

"그럼요, 오겠다고 했잖아요."

한나는 애써 밝게 웃으려 했지만, 쉽지 않았다.

침대에 일어나 앉은 다니엘의 볼에는 방금 전에 흘린 듯한 눈물자국이 남아 있었다. 그야말로 다니엘은 한나의 표현대로 '불쌍한 강아지 같은 모습'을 하고 있었다.

"아무도 들여보내지 않는 줄 알았어요."

다니엘의 음성이 살짝 떨리고 있었다.

"맞아요, 하지만 내가 수를 좀 썼죠."

다니엘에게서 살인자의 기기는 조금도 찾아볼 수 없었다.

한나는 서둘러 뭔가 행동하지 않으면 시작하기도 전에 지고 말거라는 생각이 들었다. 지금 다니엘에게는 스스로의 힘으로 자신의 삶을 꾸려나갈 수 있다는 용기와 믿음이 필요했다.

"코코아 스냅 좀 먹어 봐요."

한나가 꾸러미로 손을 뻗어 다니엘에게 쿠키를 집어 주었다. 그런 다음 다니엘의 손이 닿을 만한 위치의 침대 머리맡에 꾸러미를 놓았다.

"초콜릿을 먹으면 힘이 좀 날 거예요."

다니엘이 쿠키를 한 입 베어 물더니, 금세 입가에 미소가 번졌다.

"고마워요, 한나. 정말 맛있어요. 점심을 통 먹지 못했거든요. 한나도 식사를 봤으면 아마……."

"봤어요, 나라도 못 먹었을 거예요."

한나가 끼어들었다.

병원 식사에 대한 쓸데없는 얘기로 아까운 시간을 낭비할 순 없었다.

"밖에 안드레아도 와 있어요. 한창 릭 머피와 얘기 중이에요. 혹시 우리 얘기를 엿들을까 봐 걱정이 돼서요. 우리 얘기 좀 해요, 다니엘."

다니엘의 표정이 한결 밝아졌다.

"날 도와줄 건가요?"

"물론이에요, 하지만 보이드에 대해 몇 가지 물어봐야 할 게 있어요. 지금의 복잡한 기분은 잠시 잊고 내 얘기에 집중해줄 수 있겠어요?"

"네, 한나가 오니까 훨씬 나아졌어요."

다니엘의 볼에 조금씩 생기가 돌고 있었다.

그녀는 침대 가장자리를 톡톡 두드리며 말했다.

"앉아요, 한나. 내가 알고 있는 건 전부 말해줄게요. 지난밤에 얘기했던 게 다이긴 하지만."

"알고 있지만 미처 생각하지 못한 무언가가 있을지도 몰라요."

자신이 도대체 무슨 말을 하고 있는 것인지 한나도 알 수 없었다.

한나는 재빨리 고쳐 말했다.

"내가 물어보는 걸 대답해줘요, 알았죠?"

"알았어요, 하지만 이것부터 말해줘요. 혹시 경찰에서 날 체포하는 건가요?"

"내가 아는 한 아니에요. 내가 마지막으로 들은 얘기는 그저 닷새 동안 병원에 머물게 하겠다는 것뿐이었거든요."

"감옥에 가는 것보다는 낫네요."

다니엘은 그렇게 말했지만, 표정은 딱딱하게 굳어 있었다.

"난 그를 죽이지 않았어요, 한나. 당신은 날 믿죠, 그렇죠?"

한나는 다니엘의 손을 잡고 토닥여주었다.

"당신을 믿어요. 그래서 안드레아와 내가 진짜 범인을 찾아 나선 거예요. 이제 잘 생각해봐요, 다니엘. 굉장히 중요할 수도 있는 일이니까요. 최근 보이드의 행동에 뭐 달라진 점이 없었나요? 지난주나 아님 그 전에라도? 이상한 일로 화를 냈다거나, 그런?"

"글쎄요……."

다니엘은 무언가를 생각하는 듯 잠시 망설였다.

"팀 때문에 화를 내긴 했었어요. 지난번 경기 때 졌거든요. 하지만 그게 이상한 일은 아니에요. 팀이 질 때면 언제나 화를 냈으니까요."

"그럼, 수업은 어땠어요?"

"수업은 다 좋았어요. 그이는 자신의 역사 수업을 굉장히 자랑스러워했어요. 얼마 전에 시험을 봤는데, 학생들이 모두 시험을 잘 봤다고 좋아했었으니까요."

"동료 직원과도 문제가 없었나요?"

"네."

다니엘은 고개를 저었다.

"모두 좋았어요. 그가 크게 화를 냈던 건 화요일에 걸려온 전화를 받고 난 뒤뿐이었어요."

한나의 머릿속에서 호기심의 불이 반짝 켜졌다.

다니엘은 지금껏 전화에 대해 얘기한 적이 없었다.

"무슨 전화였는데요?"

"보이드가 점심식사를 하러 집에 들렀을 때 온 전화였어요. 그때 난 전자렌지로 토마토 수프를 데우고 있었죠. 그이가 토마토 수프를 무척 좋아하……, 좋아했었거든요."

현재형을 과거형으로 바로 잡으며 다니엘의 입술이 바르르 떨렸다.

한나는 다니엘의 주의를 되돌릴 필요가 있다고 생각했다.

"보이드가 받았다던 전화는 누구한테 온 거였어요?"

"모르겠어요, 그이가 말해주지 않았으니까요."

"하지만 전화를 받았죠?"

"네, 보이드는 거실에서 식사를 기다리고 있었거든요. 처음엔 내가 주방에서 전화를 받았는데, 여자였어요. 보이드를 찾기에 그에게 당겨 받으라고 일러줬죠."

"아는 목소리가 아니었어요?"

"네, 처음 듣는 목소리였어요. 그건 확실해요. 하지만 멀리서 걸려온 전화 같지는 않았어요."

"어떻게 알죠?"

한나가 물었다.

"그때가 정오였는데, 전화기 반대편에서 광장시계 종이 울리는 소리가 들렸거든요."

"종소리를 들었다고요?"

"언젠가 한 번 그이가 불평한 적이 있었거든요. 프레디 소여가 감기를 앓는 바람에 광장시계를 제 때 다시 맞춰놓지 않았다고요. 알죠, 섬머타임?"

"알아요."

"흔쾌히 프레디 대신 사다리를 타고 시계탑에 올라가려는 사람이 없었대요. 프레디가 다시 출근을 하려면 일주일이나 더 있어야 했고요. 사실 시계가 늦는다는 걸 아무도 알아채지 못해서 불평도 없었대요. 결국 시계는 내년 봄까지 그냥 내버려두기로 했다네요."

"알만 하네요."

한나는 흥겹게 말했다. 레이크 에덴에는 간혹 이렇게 모두가 나태해지는 시기가 찾아오곤 한다.

"전화 속 여자가 몇 살쯤 된 것 같았어요?"

다니엘은 잠시 생각에 잠겼다.

"보이드의 학생 같진 않았어요. 그렇다고 그렇게 나이가 많은 것 같지도 않았구요."

"그럼, 여자의 목소리에서 뭔가 특이할 만한 점은 없었나요?"

"글쎄요……, 발음이 좀 명확하지 않았어요."

한나의 귀가 번쩍 뜨였다.

"혹시 술에 취한 것 같던가요?"

"아뇨, 그렇진 않았고 일종의 언어장애 같았어요. 우리 할머니는 꼭 입 안에 음식물을 넣고 말하는 것 같다고 말씀하시곤 했죠. 근데, 그 전화가 그렇게 중요할까요, 한나?"

"중요할 수도 있어요. 그 여자가 무슨 말을 했는지 전부 얘기해줘요.

하나하나 모두 다요."

"좋아요, 처음에는 '보이드 있어요?' 라고 물었어요. '있어요?' 를 '이 떠요?' 라고 말하더군요. 그리고 내가 있다고 대답하자 '좀 바꿔요.' 라고 했죠. 그 말도 발음이 부정확했어요."

"'좀 바꿔요.' 라고요? 그건 너무 무례한 거 아닌가요?"

"나도 그렇게 생각했어요. 나를 왓슨 부인이라고 부르지도 않고, '실례지만' 이라는 말도 전혀 붙이지 않았으니까요. 그때 보이드는 분명 그 여자와의 통화 때문에 화가 났던 거예요."

"어떻게 알죠?"

"통화가 끝나자마자 보이드가 울긋불긋한 얼굴을 하고 주방으로 와서는 내가 통화를 엿들었다며 화를 냈거든요. 하지만 난 엿듣지 않았어요, 한나. 맹세해요."

"당신을 믿어요."

그 다음에 다니엘에게 무슨 일이 일어났을지는 말하지 않아도 알 것 같았다.

"그래서 보이드가 뭐라고 했는지 기억나요?"

"네, 그이는 자기한테 온 전화는 내가 상관할 일이 아니라면서 전화를 엿들었으니 혼이 나야 한다고 말했어요. 난 보이드가 당겨 받은 뒤 바로 전화를 끊었다고 말했지만……, 그는 내 말을 믿지 않았어요. 그리고는 또 시작되었죠."

다니엘은 멍든 눈을 어루만졌고, 한나는 힘들게 침을 삼켰다.

보이드 왓슨은 짐승만도 못한 놈이었다. 하지만 지금은 그를 욕하는 것보다 사건 해결이 더 시급했다.

"보이드가 받자마자 수화기를 내려놓았다고 했는데, 그러면 대화 내용을 하나도 듣지 못했겠네요?"

"보이드가 전화를 받을 때까지 수화기를 들고 있어야 했으니까, '여보세요.' 하는 소리는 들었어요. 그리고 여자가 하는 말을 잠깐 들었는데, '보이드, 우리 얘기 좀 해요.' 라고 했어요."

"그게 전부예요?"

"네, 일부러 소리 내서 수화기를 내려놨어요. 내가 확실히 전화를 끊었다는 걸 보이드가 알 수 있게요."

"그 소리를 들었는데도, 당신이 전화를 엿들었다고 했단 말이에요?"

"맞아요. 지금은……, 그러니까 보이드가 죽고 난 지금 이런 얘기를 하는 게 이상하게 들릴지도 모르겠지만, 그때 그는 그냥 핑계거리를 찾고 있었던 것 같아요. 사람들이 스트레스를 받을 때 어떻게 행동하는지 한나도 알잖아요. 누군가에게 그걸 풀곤 하잖아요. 그저 보이드의 눈앞에 내가……, 내가 있었던 것뿐이에요."

한나에게 설명은 그만하면 충분했다. 그 전화가 매우 중요하단 사실은 분명해졌다.

"보이드가 당신을 때린 다음에 어떻게 했어요?"

"미안하다면서 절 안아줬어요."

다니엘의 입술이 다시 떨리기 시작했다.

"그리고 눈에 댈 얼음팩을 갖다 주고는 바로 홀랜드 박사님께 전화를 했어요."

홀랜드 박사가 보이드의 정신과 주치의라는 사실을 다니엘이 일전에 얘기해줬기 때문에 한나도 알고 있었다.

112

"보이드가 홀랜드 박사와 얼마나 통화를 했나요?"

"그저 급하게 진료 약속을 잡았을 뿐이에요. 그리고는 학교에 전화를 걸어 다음날 오후 수업을 맡지 못할 것 같다고 말하고는 홀랜드 박사님을 만나러 세인트 폴로 달려갔어요."

한나는 보이드가 진료 약속을 지켰는지 확인해야겠다고 머릿속에 메모해 두었다. 물론 쉬운 일은 아닐 것이다.

홀랜드 박사는 정신과 의사이고, 정신과 의사들이란 환자에 대한 정보를 철통같이 지키니 말이다.

"그럼, 보이드가 돌아온 건 몇 시였어요?"

"6시가 조금 넘어서였어요. 5시 30분에 칠리를 오븐에 넣었기 때문에 기억하고 있어요. 겉포장에 30분간 조리하라고 했거든요. 보이드가 집에 돌아왔을 때는 저녁 준비가 모두 끝나 있었기 때문에 그이가 무척 좋아했어요. 지금까지 먹어본 것 중 가장 맛있는 칠리라면서, 그 후로도 내게 무척 잘해줬어요. 그러니까……, 그가 죽기 전까지요."

한나는 무슨 말을 해야 할지 생각나지 않았다. 때리고 나서 잘해준다니, 그녀 사전에는 전혀 뜻이 통하지 않는 문장이었다.

"여기 병실, 예쁘지 않아요, 한나?"

갑자기 화제를 돌리는 다니엘을 한나는 그냥 지켜보았다.

다니엘은 아직도 몸이 좋지 않았고, 충분히 힘든 일을 겪고 있었다.

"집이 그립긴 하지만, 여기도 그렇게 나쁘진 않아요."

병실을 둘러보며 한나는 자신이 다니엘에게 준 초콜릿이 효과를 발하고 있다는 사실을 깨달았다. 병실은 싸구려 모텔 방처럼 초라했다.

"어느 루터교인이 이 퀼트를 직접 만들었대요."

침대 위에 덮인 이불로 손을 뻗으며 다니엘이 말했다.

"그리고 다른 교인들이 여기 그림들을 기증했다나 봐요. 난 창문 옆에 걸린 게 마음에 들어요. 보이드와 나는 곧잘 바다를 보러 여행을 가곤 했거든요."

한나는 다니엘이 가리킨 바다 풍경 그림을 쳐다보았다.

그때 다른 그림 한 점이 한나의 시선을 끌었다. 열려 있는 문 사이로 보이는 욕실 안에 걸린 그림이었다. 크로스스티치(십자형으로 엇갈리게 수놓는 방법)로 두 손을 모아 기도하는 사람을 수놓은 것이었는데, '당신의 고통을 그 분께 바쳐라' 라는 제목이 붙어 있었다.

그림을 바라보는 한나는 조금씩 분노가 치밀어 올랐다. 하느님이 레이크 에덴에 사는 세 명의 성직자만큼이나 자비로운 분이셨다면, 세상에 고통 같은 건 처음부터 존재하지도 않았을 것이다. 게다가 고통까지 그 분께 바치는 선물이 될 수 있다니, 이건 몹시 구시대적인 발상이다!

"왜 그래요, 한나?"

다니엘이 물었다.

"다른 좋은 그림이라도 찾았어요?"

"아뇨, 나이트 박사님이 혼자 욕실을 사용해도 된다고 하세요?"

"아직은 몸이 다 낫지 않아서 미끄러지거나 넘어질 수도 있다고 하셨어요. 그래도 내일부터는 조금씩 움직여도 좋다고 하셨어요."

"잘됐네요."

한나는 몸으로 그림을 막고 서서 슬쩍 벽에서 그림을 떼어 파카의 안쪽 주머니에 넣었다. 내일 좀 더 나은 그림을 가져다줄 작정이기 때문에 이건 훔치는 것이 아니라고 양심을 달래면서.

"이제 그만 가야겠어요, 다니엘."

"전화를 걸었던 여자를 찾아볼 생각이에요?"

"그래요."

한나는 다니엘의 어깨를 다독여주었다.

"내일 다시 올게요. 그리고 내가 다시 올 때까지 다니엘이 해줘야 할 숙제가 하나 있어요."

다니엘은 미소를 지었다.

"내가 숙제를 잘해놓으면, 상으로 초콜릿 쿠키를 더 가져다줄 거죠?"

"물론이죠."

한나가 약속했다.

"명단을 좀 만들어줘요, 다니엘. 보이드에게 안 좋은 감정을 가지고 있던 사람들의 이름을 모두 적는 거예요."

"하지만 보이드는 잘못한 게 없어요, 한나. 왜 그이한테 앙심을 품은 사람이 있을 거라고 생각하죠?"

다니엘은 여전히 사실을 부인하고 있었다.

그 어떤 말로도 보이드가 결코 좋은 남편, 좋은 이웃, 좋은 사람이 아니었다는 사실에 다니엘의 공감을 얻어낼 수 없을 것이다.

"보이드가 뭔가를 잘하고, 잘못하고는 별로 중요하지 않아요. 사람들이 누군가에게 화를 내는 이유가 항상 정당한 건 아니니까요. 석 달 전에 허브 비즈먼이 우리 엄마에게 과속딱지를 끊었는데, 엄마는 과속했다는 사실을 인정하시면서도 아직도 허브에게 화가 나 있거든요."

"무슨 뜻인지 알겠어요."

다니엘이 침대 옆 탁자 서랍을 열더니 위넷카 카운티 경찰 로고가 그려져 있는 수첩과 펜을 꺼냈다.

"마이크 킹스턴 형사가 주고 갔어요. 참, 재미있어요, 한나. 그 사람도 똑같은 내용으로 명단을 적어보라고 했거든요."

"마이크가요?"

한나의 눈썹이 높이 치켜 올라갔다.

마이크에 대한 한나의 판단이 성급했는지도 모르겠다. 그가 정말 다니엘에게 명단을 적어달라고 했다면, 그랜트 서장의 생각에 완전히 동의하는 것은 아닐 것이다.

"그럼, 명단을 적어서 마이크에게는 물론 내게도 줘요. 무슨 이유에서든 보이드에게 앙심을 품고 있을 만한 사람은 모두 적는 거예요."

다니엘은 수첩의 페이지를 넘기고는 쿠키를 향해 손을 뻗었다.

"할 일을 줘서 고마워요, 한나. 뭔가 도움이 되는 일을 하고 있는 것 같은 기분이 들거든요. 근데 정말 그럴 것 같은 사람들 이름을 전부 다 적어요?"

"네."

"조금 시시한 이유라도 말이에요?"

"한 명도 빼놓지 말고요.'

"알았어요."

다니엘은 이름을 적기 시작했다.

"그럼, 노먼 로드부터 시작해야겠어요."

"노먼이요?"

한나는 깜짝 놀랐다.

"왜 노먼이 보이드에게 안 좋은 감정을 갖고 있다고 생각해요?"

"예전에 그이가 노먼과의 진료 약속을 세 번이나 펑크낸데다가 임시로 채워 넣은 충전재가 빠지는 바람에 이른 새벽부터 병원에 나와야 했거든요. 그때 노먼의 표정이 무척 안 좋았어요."

한나는 처음의 지시를 조금 수정했다.

"아무래도 그 사람이 왜 보이드에게 나쁜 감정을 갖고 있는지 이유도 같이 써주는 게 좋겠어요. 그러면 내가 판단하기가 더 쉬울 테니까요."

"좋아요, 그럴게요. 그럼 내일 봐요, 한나. 내일까지 명단, 꼭 준비해 놓을게요."

한나는 손을 흔들어 보이고는 명단 작성에 몰두하는 다니엘을 내버려둔 채 문 밖으로 나왔다. 만약 다니엘의 펜이 공중을 날아다니는 마법 펜이라면, 명단의 분량은 하룻밤 새 레이크 에덴 전화번호부의 두께를 가볍게 넘어설 것이다.

"그래서?"

한나가 트럭 앞에 모습을 보이자마자 안드레아가 물었다.

"그래서 다니엘에게 명단을 만들어달라고 얘기하고 왔지."

한나는 안전벨트를 매고 시동을 걸었다.

"그리고 화요일 날 보이드가 점심을 먹으러 집에 들렀을 때, 걸려왔던 이상한 전화에 대해서도 들었어."

안드레아는 이상한 여자로부터 걸려온 전화에 대해, 그리고 보이드가 전화를 끊자마자 다니엘의 눈을 어떻게 만들어 놓았는지를 설명하는 한나의 얘기에 귀를 기울였다.

한나가 이야기를 마치자 안드레아가 말했다.

"언니 말이 맞아. 그 전화가 살인사건을 해결하는 열쇠일지도 몰라. 우리가 아는 사람 중에 언어장어를 갖고 있는 사람이 누가 있지?"

"프레디 소여가 있지. 하지만 그는 남자잖아."

한나는 마을 여기저기를 돌아다니며 해괴한 일을 하고 다니는 청년의 이름을 조심스럽게 기억해냈다.

"리디아 그라딘도 약간 그래. 하지만 발음이 샐 정도는 아니야. 네 생각은 어때? 누구 생각나는 사람 있어?"

한나가 트럭을 후진시키는 동안 안드레아는 골똘히 생각에 잠겼다.

"크누드슨 부인이 있잖아. 뇌졸중 발작을 겪은 후로는 종종 발음이 새는 것 같았어."

"크누드슨 부인은 80세야. 다니엘이 전화를 건 여자 목소리는 젊다고 했다고."

한나가 상기시켜 주었다.

"게다가 그 여자는 매우 거만했대. 리버렌드 크누드슨의 어머니가 거만하다니, 상상이 가?"

"아니, 그 분은 항상 예의바르시지. 아니면 로레타 리차드슨도 있어. 그녀는 남부 특유의 느린 말투잖아. 아, 그녀였다면 다니엘도 알았겠다. 헬렌 바텔도 긴장하면 말을 더듬곤 하는데, 음, 발음이 새진 않지."

"또 다른 사람은?"

한나는 병원을 돌아 눈 덮인 큰 길로 나왔다.

"모르겠어. 우리가 아는 사람 중에는 없는 것 같아. 시내에서 걸려온 전화가 확실했대?"

"응."

한나는 적신호에 브레이크를 밟았다가 양쪽 길을 살핀 뒤, 올드 레이크 로드로 천천히 트럭을 몰았다.

"대회 때문에 마을에 온 사람들 중에 있을 수도 있어. 대부분 화요일 아침에 체크인을 했으니까. 그래서 레이크 에덴 호텔에 갈 건데, 시간 괜찮아?"

"남는 건 시간밖에 없어. 트레시도 4시까지는 유치원에 있을 테고, 난 오늘 휴가잖아. 루시 리차드만 아니면 아직도 꿈나라에 있었을 거야. 그 마녀 같은 여자가 동틀 녘부터 전화를 해대지 않았다면 말이야!"

"마녀?"

"그래, 이제 나도 엄마니까 단어 사용에 신경 좀 써야지. 트레시의 유치원 선생님이 늘 하는 말이 있거든. '밤 말은 쥐가 듣고, 낮말은 새가 듣는다.'"

"난 새가 아니야, 쥐는 더더욱 아니고. 나까지 매수할 생각 마."

호수를 돌아 뻗어 있는 도로에 접어들며 한나가 안드레아를 향해 씩 웃어 보였다.

"루시 리차드에 대한 네 생각에는 전적으로 동의해. 오늘 아침 카페에 왔는데, 보이드의 죽음에 대한 정보를 얻어가려고 머리를 굴리지 뭐야."

안드레아는 깜짝 놀라며 물었.

"언니가 거기 있었던 걸 어떻게 알았대?"

"자기 정보원이 알려줬대. 난 계속 아무것도 모르고, 설사 안다고 해도 말해줄 수 없다고만 했지. 그래도 그녀를 카페 밖으로 내쫓는 데 10분이나 걸렸어. 그리고 그게 전부가 아니야. 자기가 먹은 커피랑 쿠키

값도 계산하지 않고 갔지 뭐니, 글쎄."

"루시처럼 오만불손한 사람은 세상에 없을 거야."

안드레아의 음성은 차가웠다. 이른 아침부터 울려댄 전화에 아직도 화가 나 있는 게 분명했다.

"발음만 조금 어눌했으면, 보이드에게 전화를 건 사람은 분명 그녀였을 텐데 말이야."

"루시는 발음이 새지 않아."

"나도 알아."

한나는 '레이크 에덴 호텔' 표지판을 따라 우회전 한 다음 떡갈나무 가로수 사이로 난 자갈길을 따라 트럭을 몰았다.

흐린 하늘을 향해 뻣뻣하게 가지를 뻗은 검은 떡갈나무는 도어네일(정 모양의 못)만큼이나 생명력이 없어 보였다. 물론 죽지는 않았다. 언제나 그렇듯이 겨울이 지나면 이내 봄의 숨결을 품은 작은 녹색 이파리가 세상을 향해 움틀 준비를 하게 될 것이다. 떡갈나무 가로수 길을 지나 커브를 틀자 샐리와 딕 래플린 부부가 함께 꾸려가는 레이크 에덴 호수변의 레이크 에덴 호텔이 한눈에 들어왔다.

"정말 멋진 호텔이야."

안드레아가 말했다.

"올 때마다 매번 감탄한다니까."

"나도. 여길 고치는데 샐리와 딕이 얼마나 많은 시간과 돈을 투자했다구."

한나는 주차장에서 빈 공간을 찾아 헤맸다.

주차장은 객실 손님들의 차로 만원이었다. 눈에 익은 차라곤 뒷줄 제일 끝에 세워져 있는 딕의 구식 폭스바겐뿐이었다. 겨울에는 사륜구동이 훨씬 더 유용했다. 두껍게 쌓여 있는 눈 위도 거침없이 달릴 수 있기 때문이다.

"꼭 여기 세워야 했어?"

조수석 문을 열고 트럭 아래 쌓인 눈을 내려다보며 안드레아가 투덜거렸다.

"다른 데는 자리가 다 찼잖아, 운전석 쪽으로 내려. 여긴 그래도 눈이 덜 쌓였으니까."

안드레아가 운전석으로 자리를 옮기는 동안 한나는 레이크 에덴 호텔의 역사에 대해 생각했다.

호텔의 본 건물은 래플린 가에 5대째 내려오는 것이다. 19세기 말 딕의 고조할아버지, 그러니까 철광석 부호로도 잘 알려진 플랭클린 에드워드 래플린이 여름 휴양지로 지은 건물로 그의 가족과 직원은 물론, 자신과 함께 강변에서 휴가를 보내고 싶어하는 친구들은 모조리 불러 모아 겸손하게도 스스로 '레이크 에덴 오두막'이라고 이름 붙이곤 이곳에서 시간을 보내고 했다.

"딕의 고조할아버지에게 있어선 여긴 정말 기념비적인 곳일 거야, 그렇지?"

트럭에서 나온 안드레아가 바람이 휘몰아치는 긴 산책길을 따라 호텔 입구로 향하며 말했다.

"맞아."

한나도 동의했다.

플랭클린 에드워드 래플린은 이 건물을 꽤나 아꼈음이 틀림없었다.

건물 유지와 보수를 위한 기금을 따로 모아두었을 정도였으니 말이다.

'오두막'은 자손들에 의해 대를 물려 내려오면서 4년 전 딕에게 이르기까지 단 한 번도 개조하지 않고, 옛날 그대로의 모습을 보존하고 있었다.

철광석을 캐어 벼락부자가 될 플랭클린 에드워드의 전설 같은 이야기도 이미 옛날 얘기가 되어버렸고, 호텔이 딕의 손에 오기까지의 행로도 그리 평탄치만은 않았다. '레이크 에덴 오두막'이 딕에게 왔을 때, 집안의 재물은 거의 바닥이 나 있었던 것이다.

정원을 지나며 한나는 주변을 두리번거렸다. 초록빛의 덤불은 풍성하게 자라 각각 동물 모양으로 재미있게 손질되어 있었다. 사자의 깃털은 아직 충분하지 않았지만, 새로 자라날 잎사귀들이 곧 빈 부분을 메워 줄 것이다. 복슬복슬한 꼬리를 자랑하는 다람쥐 모양의 덤불은 물론, 두 발을 번쩍 들고 선 곰 모양의 덤불도 아주 멋있었다.

호텔을 물려받았을 당시 딕 부부는 미니애폴리스에서 살고 있었다. 유산을 물려받자마자 레이크 에덴으로 달려와 호텔을 둘러본 부부는 첫눈에 호텔을 마음에 들어 했고, 그 다음 주에 바로 이사를 했다.

건물에 전기를 설치하고, 수도관을 놓고, 현대식 주방을 설비하는 데 꽤 많은 비용이 들었다. 때문에 부부는 사채의 검은 유혹을 받기도 했지만, 다행히 성수기 내내 호텔 예약이 줄을 이은 덕분에 레이크 에덴 호텔의 수익은 이내 상승곡선을 그렸다.

"뭔가 맛있는 냄새가 나."

나무 계단을 올라 호텔의 문을 열며 안드레아가 말했다.

"정말."

거대한 받침목과 웅장한 돌난로가 갖춰져 있는 호텔 로비로 들어서며 한나도 미소를 지었다.

공기 냄새에 군침이 돌았다. 감미로운 향신료 냄새였는데, 약간의 초콜릿 향이 섞여 있다는 걸 금방 눈치챌 수 있었다. 아마도 샐리가 즐겨 만드는 요리 중 하나인 치킨 몰(초콜릿 소스를 발라 구운 멕시코식 치킨 요리) 냄새일 것이다.

"어서 와, 안드레아. 바로 가자."

식당 겸용 바로 향하는 한나의 발길이 분주해졌다.

"점심 뷔페 시간이 끝나지 않았으면, 내가 점심을 살게."

바에 들어서자 한나의 눈에 가장 먼저 띈 것은 밝은 주황색의 임부복을 입은 샐리 래플린이었다. 1월이면 래플린 부부의 첫 아기가 태어난다. 샐리는 바 의자에 앉아 옆 의자 위로 다리를 걸쳐놓고 있었다.

다행히 홀에는 손님들의 점심식사가 한창이었고, 한나는 안드레아를 돌아보며 말했다.

"샐리가 만든 치킨 몰 먹어 볼래? 아주 환상적이야."

"치킨 몰이 뭐야? 처음 듣는 요린데?"

"멕시코 요리야. 갖가지 향신료로 만든 진한 초콜릿 소스를 곁들여 먹는 닭고기 요리지."

"닭고기와 초콜릿? 그렇게 맛있을 것 같지 않은데."

안드레아가 어깨를 으쓱했다.

"아냐, 정말 맛있어. 직접 한 번 먹어 봐."

한나는 쓴웃음을 지었다.

모험심이 강한 안드레아도 음식에 있어서만큼은 새침데기라는 사실을 잠시 잊고 있었다. 작년 추수감사절에 한나가 새로운 칠면조 요리를 개발하기 위해 붉은 고추와 마름(식물의 일종)을 넣었는데, 그때 안드레아는 요리에 손도 대지 않았다.

"어서 와, 안드레아. 샐리에게 인사하자. 근데 나이트 박사님이 말한 출산 예정일이 틀린 거 아니야? 배만 보면 금방이라도 아기가 나올 것 같아."

안드레아는 한나의 말에 반대할 기색으로 돌아섰지만, 샐리의 모습을 보자 한나에게 촌스럽게 굴지 말라고 말하는 걸 까맣게 잊었다.

"샐리, 무리하면 안 되잖아. 많이 힘들어 보여."

"안녕하세요."

그때 한나와 안드레아를 알아본 샐리가 반갑게 인사를 건넸다.

"좀 쉬고 있던 참이에요. 여긴 어쩐 일이에요?"

"치킨 볼 먹으러 왔어요."

안드레아가 미처 대답하기도 전에 한나가 나서서 말했다.

"그럼, 음식을 담아서 이리로 와요. 마을 소식도 좀 들려줄 겸."

"대신 샐리는 호텔 손님들 얘기를 해줘요. 외부에서 온 사람들의 얘기는 정말 재미있거든요."

안드레아가 기회를 놓치지 않고 대화에 끼어들었다.

음식 테이블을 향해 걸어가던 한나는 샐리에게서 멀어지기를 기다렸다가 안드레아를 휙 돌아보며 말했다.

"정말 잘했어, 안드레아."

"뭐가?"

안드레아가 접시를 집어 시금치 샐러드를 담았다.

"외부에서 온 사람들 얘기 듣는 걸 좋아한다느니, 어쩌니 했던 거."

"아, 그거."

안드레아는 샐러드 집게를 든 손을 흔들며 말했다.

"우리가 관심 있다고 하면 샐리가 더 신이 나서 얘기해줄 것 같아서 그랬어. 언니가 치킨 몰 먹으러 왔다고만 안 했어도 좋았을 텐데."

"어째서?"

"언니 때문에 싫어도 먹어야 하잖아, 그것도 샐리 앞에서."

"진정해, 맛을 보면 생각이 달라질 거야."

한나는 안드레아의 어깨를 두드려주었다.

"게다가 트레시한테 해줄 얘깃거리가 생기니 얼마나 좋아."

"이상한 음식을 만들었을 때 늘 언니가 했던 말이야. 정말 색다르지 않니, 안드레아. 먹어보고 친구들에게 얘기해줄 수 있잖아."

한나는 눈을 깜빡였다.

안드레아에겐 당해낼 수가 없었다. 이 상황에서 무슨 말이든 해봤자 입장만 더욱 안 좋아질 뿐이다.

한나는 약간의 치킨 몰과 함께 엄청난 양의 마카로니 치즈를 조용히 접시에 덜어놓는 안드레아를 가만히 지켜보았다.

샐리의 마카로니 치즈가 그다지 신선한 제품이 아니라는 걸 안드레아에게 알려주는 실수 따위는 하고 싶지 않았다. 접시가 수북해지자 한나는 바로 돌아와 샐리의 옆에 앉았다.

한나는 안드레아가 치킨 몰부터 맛보는 것을 보고 내심 기뻤다. 어렸을 때 안드레아는 늘 야채부터 먹곤 했다.

안드레아는 천천히 치킨 몰을 맛보더니 이내 샐리를 향해 미소를 지었다.

"이거 정말 맛있는데요, 샐리. 닭고기와 초콜릿이 잘 어울릴까 의아했었는데, 생각보다 아주 좋아요."

"고마워요, 손님들도 모두 좋아하세요. 그냥 뷔페 음식들은 너무 평범하잖아요. 그래서 손님들이 흥미를 가질 만한 메뉴 하나 정도는 준비해둔답니다."

"대회 때문에 숙박한 손님들은 어때요?"

숙박객들에 대한 얘기로 은근슬쩍 화제를 돌리며 한나가 물었다.

"아주 좋으세요. 물론 몇몇 분은 대회 때문에 약간 예민한 모습을 보이기도 하지만, 이해할 만한 일이잖아요."

"어제 대회에서 탈락한 세 명의 여자들은 어때요? 지금 상황에서 이런 얘기하면 안 되는 거 알지만, 솔직히 어제 보이드 왓슨이 한 말에 매우 불쾌했을 거예요."

한나가 말했다.

"그럴 만도 하죠!"

샐리가 웃음을 터뜨렸다.

"호텔로 돌아왔을 때 다들 얼마나 화를 냈다고요. 그래도 최종 우승자가 정말 좋은 사람이에요. 덕분에 이내 다들 진정하고 즐거운 파티를 열 수 있었거든요."

"그럼, 그 세 명의 여자들도 파티에 참석했나요?"

한나의 질문 의도를 제대로 이해한 안드레아가 나서 물었다.

"그 가족들까지 모두요. 그러니까 그 사람들은 잊어버려요."

"잊어버리라구요?"

애써 무슨 말인지 모르겠다는 표정을 지으며 한나가 물었다.

샐리는 손을 뻗어 한나의 팔을 움켜잡았다.

"있잖아요, 한나. 왜 이런 걸 묻는지 알고 있어요. 짧게 5분 정도만 묻고 끝날 줄 알았는데, 내 짐작이 틀렸군요."

한나는 감탄스러웠다. 샐리의 눈치가 보통이 넘었다.

"제가 워낙 짧게 얘기하는 데는 소질이 없거든요. 그보다는 단도직입적으로 얘기하는 걸 더 좋아하죠."

"보이드의 아내는 어때요? 충격이 컸을 텐데요."

"그랬죠."

한나는 샐리에게 솔직하게 털어놓기로 결심했다.

"엎친 데 덮친 격으로 다니엘이 현재 가장 유력한 용의자로 지목되고 있어요."

샐리는 의자 위에 올려놓았던 다리를 내려놓고 자세를 바로 잡았다.

"그녀가 한 짓이 아니잖아요, 그렇죠?"

"네, 그래서 안드레아와 내가 그녀의 결백을 밝히려구요. 내가 무슨 얘길 하든, 아무에게도 얘기하지 않겠다고 약속할 수 있어요?"

"날 믿어도 돼요. 다니엘을 딱 한 번 만났을 뿐이지만, 정말 좋은 사람 같았거든요. 남편을 죽일 만한 사람으로 보이진 않았다구요. 게다가 난 보이드가 정말 싫었어요. 작년 여름에 그 부부가 우리 호텔로 저녁을 먹으러 왔었는데, 보이드는 내내 불평만 하더군요. 그들이 돌아간 뒤, 딕은 다니엘이 참 안됐다고까지 얘기했어요. 우리는 몇 시간만 참으면 되지만, 다니엘은 평생을 참아내야 할 테니까요."

"이젠 참지 않아도 돼요."

한나가 지적해주었다.

"사실 다니엘에게는 보이드를 죽일 만한 동기가 충분해요. 바로 그게 문제가 되는 거죠, 물론 우리가 알아볼 수는 있지만."

"그게 뭔데요?"

"다니엘 말로는 보이드가 화요일 정오쯤 웬 여자한테 전화를 받았대요. 시내에서 걸려온 전화였는데, 누군지는 알 수 없었다고 해요. 그런데 그 여자와 통화를 한 후에 다니엘에게 몹시 화를 냈대요. 우리는 그 여자가 혹시 당신의 호텔에 묵고 있는 손님들 중에 있지 않을까 생각하는데……."

샐리는 잠시 생각하더니 고개를 끄덕였다.

"충분히 가능성이 있네요. 대부분 정오 전에는 체크인을 해서 연회가 시작되는 7시까지는 별다른 일이 없으니까요."

"전화를 건 여자는 언어장애가 있었대요."

안드레아가 말했다.

"발음이 부정확했는데, 술에 취한 거 같진 않았대요."

샐리는 고개를 저었다.

"손님들 중에 그런 사람은 없는 것 같아요. 하지만 모두 다 만나본 건 아니니 확신할 수 없어요. 식사 후에 잠시 남아 여기저기 둘러보면 어때요? 여기 손님들은 디저트 뷔페라면 열일 제쳐놓고 달려오니까요."

"놀랄 일도 아니죠."

한나가 못 박았다.

"대부분 경연대회 참가자들이니, 샐리가 만든 디저트에서 힌트를 얻고 싶어할 거예요."

의자에서 일어서는 샐리는 기분이 좋아 보였다.

"그만 가봐야 할 것 같아요. 지금 주방에서 딕이 한창 에클레어(가늘고

긴 슈크림에 초콜릿을 뿌린 것)를 만들고 있는데, 초콜릿 장식하는 걸 도와줘야 하거든요. 오늘 저녁 TV에서는 뭘 만들 거예요, 한나?"

"살구 빵 푸딩이요."

"오, 잘 됐네요. 내 요리노트에 레시피가 하나 더 늘겠어요. 지난번 파운드 플러스 케이크 레시피도 방송국에 전화해서 팩스로 받았어요. 어젯밤에 네 개나 구웠답니다. 그런데 요즘 딸기가 너무 비싸서요, 딸기 대신 복숭아 통조림을 사용해도 될까요?"

"물론이죠. 어떤 통조림도 가능하고, 얼린 과일을 사용하셔도 돼요."

샐리가 작별 인사를 하며 말했다.

"고마워요, 한나. 오늘 저녁에도 방송국에 제일 먼저 전화하는 사람은 날 거예요."

한나와 안드레아는 점심식사를 마치고 나서 디저트 테이블로 향했다. 넓은 홀에 사람들이 뿔뿔이 흩어져 있었다.

한나는 제일 먼저 럿지 씨에게 다가가서 노먼에게 치료받은 이는 괜찮은지 물었다.

"안녕하세요, 럿지 씨. 이번에 심사위원단에서 빠지게 되셔서 정말 유감이에요."

한나는 손을 내밀어 그와 악수했다.

"난 아니에요."

옆에 앉아 있던 예쁜 갈색 머리의 여자가 미소 지으며 대답했다.

"벨 럿지라고 해요."

"한나 스웬슨이에요."

"알아요, 어제 저녁 TV로 봤어요. 다들 학교 촬영장으로 가고 나와 제레미만 남아 TV를 봤거든요."

"남편분께서 심사위원단으로 참석하지 못해서 속상하시겠어요."

"아니요, 그저 그 사람 이가 다시 말썽을 부리는 바람에 고생한 것이 속상할 뿐이에요. TV에 출연하지 못한 건 오히려 잘 됐죠!"

"왜요?"

"친구들이 TV에 나온 남편을 봤다면, 달리는 차에서 뛰어내리기라도 한 건가 생각했을 거예요. 이 때문에 발음을 제대로 할 수가 없었거든요. 게다가 이 사람, 우리 지역 AA 협회의 회장이라고요!"

뜻밖의 말에 한나의 머릿속엔 경보음이 울렸다.

한나는 제레미 럿지를 돌아보며 물었다.

"혹시 술 취한 것 같은 발음이었나요?"

"술 취한 부엉이처럼요. 때운 이 때문에 그렇다고 벨에게 누누이 얘기했어요. 노먼이 열두 시간은 그대로 두어야 한다고 했거든요. 그런데 그녀는 내가 말을 할 때마다 웃어대는 통에 내가 뭐라고 하는지 하나도 알아듣지 못하더라구요."

한나는 몇 분간 그들과 얘기를 더 나눈 다음 안드레아를 찾아 나섰다. 한나는 안드레아가 사람들과 대화를 나누는 동안 기다렸다가 홀로 그녀를 잡아당겼다.

"임무 완수야."

"전화한 여자가 누구인지 찾아냈어?"

안드레아는 매우 흥분한 듯 보였다.

"아니, 하지만 어디서 찾아야 할지 알아냈어. 어서 서두르자, 안드레아. 돌아가는 길에 설명해줄게. 오후 예약 환자들이 몰아닥치기 전에 노먼에게 가야해."

 한나는 안내 데스크 유리창에 달린 벨을 눌렀다. 곧 희뿌연 유리창 뒤로 노먼이 모습을 드러냈다.
 노먼의 모습을 본 한나는 그만 깜짝 놀라고 말았다. 그의 두 눈가에는 다크서클이 생겼고, 금방이라도 쓰러져버릴 듯 피곤하고 초췌한 모습이었다.
 "무슨 일이에요, 노먼?"
 한나가 급하게 물었다.
 "별 거 아니에요, 요즘 늦게까지 일했더니 그런가 봐요."
 "저런, 너무 무리하지 말아요."
 한나는 그저 머릿속에 떠오르는 대로 말했다.
 사건은 노먼의 치과 진료와는 아무 상관이 없었지만 지금은 사건에 대해 물어볼 때가 아니었다. 노먼과 단 둘이 될 때까지 기다리는 것도 좋겠다.
 "좋은 충고예요, 한나."
 노먼이 미소 지었다.
 하지만 그건 평소의 그의 미소에 반도 따라 가지 못했다.
 "안녕하세요, 안드레아. 급한 용무가 있는 건가요?"
 "네, 하지만 이에 관련된 건 아니에요."
 한나가 말했다.
 "진료예약 장부를 좀 볼 수 있을까요, 노먼? 이건 정말 중요한 일이에요."

"왜요?"

"말할 수 없어요, 기밀이거든요."

"그럼, 나도 같은 이유로 보여줄 수 없어요."

"제발, 노먼."

한나는 노먼을 구슬리기 위해 최선을 다했지만, 좀처럼 먹혀들지 않았다.

"좋아요, 그걸 왜 봐야 하는지 말해줄게요. 보이드 왓슨 살인사건과 관련된 거예요."

"또 사건을 수사하는 거예요?"

노먼의 눈썹이 치켜졌다.

"네, 하지만 빌은 모르고 있어요. 만약 사실을 알게 되면 언니를 죽이려 들 거예요."

안드레아가 대신 대답했다.

"우리 비밀을 지켜줄 수 있죠, 그렇죠?"

"알았어요."

"그럼, 이제 장부를 볼 수 있겠네요?"

한나는 그대로 밀고 나갔다.

노먼은 잠시 생각하는 듯하더니 이내 고개를 저었다.

"그래도 보여줄 수 없어요, 한나. 당신이 경찰이라면 당연히 협조했겠지만, 현실은 그렇지 않잖아요. 내 입장을 이해하죠?"

한나는 노먼을 바라보았다. 그의 두 눈이 무척 고집스러워 보인다고 생각하는 찰나 그가 윙크를 했다.

"물론 이해하죠. 예약 장부를 보여주는 건 도덕적인 의료 행위에 반하는 일일 테니까요."

"맞아요, 잠시만 기다려요. 곧 들여보내 줄게요."

노먼이 유리문을 닫았다.

잠시 후, 진료실 문이 열리더니 노먼이 안으로 들어오라고 손짓했다.

"이건 덮어놓는 게 좋겠군요. 내 진료예약 장부니까요."

노먼은 붉은색 표지의 스프링 노트를 덮어 카운터 위에 올려놓았다.

"잠시 실례 좀 할게요. 확인해야 할 X-레이가 있어서요."

노먼이 복도로 나간 뒤 안드레아는 한나를 돌아보며 물었다.

"뭐가 어떻게 된 거야?"

"노먼은 환자와의 신뢰를 생명처럼 여기는 사람이야. 그러니 이 모든 것이 그에게는 극도로 조심스러울 수밖에 없어. 따라서 장부를 보게끔 공식적으로 허락해줄 수는 없지만, 우리가 몰래 훔쳐볼 수 있도록 기회는 만들어 줄 수는 있지."

안드레아는 한나 뒤에 바짝 붙어 책상 위에 놓인 진료예약 장부를 살펴보았다.

"좀 우스운 얘기처럼 들려. 어쨌든 난 치과의사가 아니라 부동산 중개인이니까."

"부동산 중개인한테는 윤리의식도 없나 보지?"

한나는 안드레아를 놀리지 않고는 못 배겼다.

"물론 있지, 그냥 다르다는 것뿐이야. 화요일자를 확인할 거랬지?"

"월요일이랑 화요일. 럿지 씨 말로는 때운 이는 12시간 정도 그대로 둬야 한다고 했거든. 그리고 노먼은 한밤중에 응급진료도 하잖아. 그러니 보이드에게 전화한 여자가 월요일 밤의 늦은 환자였을 수도 있어."

안드레아가 월요일자의 페이지를 넘겼다.

"여섯 명밖에 없는데? 게다가 마지막 두 환자는 모두 남자야."

"좋아, 그런 화요일 아침을 보자."

자매의 시선은 페이지를 넘기는 안드레아의 손끝에 집중되었다.

화요일 아침 노먼은 매우 바빴다.

"이름을 전부 받아 적어, 안드레아. 내가 읽어줄 테니까."

한나는 안드레아가 노트와 펜을 꺼낼 때까지 기다렸다가 하나씩 읽어나가기 시작했다.

"아침 8시 루앤 행크스, 9시에 홋지 씨, 홋지 씨는 적을 필요 없어. 그리고 9시 30분에 애멀리아 그리어슨, 11시에는 엘리노어 콕스."

"루앤 행크스, 애멀리아 그리어슨, 엘리노어 콕스. 이게 다야?"

"그래."

한나는 장부를 덮고 책상 뒤에서 빠져나왔다.

"애멀리아는 아니야."

한나를 뒤따르던 안드레아가 노트를 보고 말했다.

"화요일 정오가 지나서 우리 사무실로 전화했었는데, 발음에는 아무 이상이 없었어."

"좋아, 그럼 그녀 이름은 지워. 그리고 엘리노어도."

"왜?"

"엘리노어라면 다니엘이 목소리를 알고 있을 테니까. 오티스와 엘리노어는 호수 근처로 이사 가기 전까지 다니엘의 이웃에서 살았잖아."

안드레아가 한숨을 내쉬었다.

"그럼, 남는 건 루앤뿐이네. 그녀와 얘기해봐야 할까?"

"물론이지. 6시까지는 커피숍에서 일할 테니, 카페로 돌아가는 길에 들려보자."

"X-레이 검토가 다 끝났습니다."

진료실에서 나와 복도에 서 있는 한나와 안드레아에게 다가서며 노먼이 말했다.

노먼의 염려스러운 얼굴을 바라보던 한나는 문득 엄마가 일러준 루시 리차드와 노먼의 얘기가 떠올랐다. 노먼에게 좀 더 신경 쓰겠다고 엄마와 약속한 것도 있지만, 한나 스스로도 노먼과 단둘이 얘기할 기회를 갖고 싶었다.

"오늘 밤 디저트 경연대회에 갈 거예요, 노먼?"

"놓칠 수 없죠. 참, 한나가 얘길 꺼내기 전에 내가 먼저 얘기했어야 하는 건데 그랬군요. 역시 난 서툴러요."

"네?"

한나는 혼란스러웠다.

"경연대회 말이에요. TV에 예쁘게 나오던데요. 게다가 보이드의 신랄한 평에 뒤이어 한나가 참가자들의 마음을 잘 추슬렀잖아요. 보이드가 너무했죠. 죽은 사람에 대해 이런 말하면 안 되지만요."

"그래도 사실인걸요."

한나는 보이드가 얼마나 더 너무한 사람이었는지 노먼도 알게 된다면 어떤 반응을 보일까 궁금해졌다.

"알아요, 하지만 어머니는 늘 죽은 사람에 대해 나쁘게 얘기하면 안 된다고 하셨거든요."

"그건 그냥 오래된 미신일 뿐이에요. 중세 유럽에서는 죽은 사람을 흉보면 그 사람이 유령이 되어 나타난다고 믿었단 말이에요. 유령 같은 걸 믿는 건 아니겠죠, 노먼?"

노먼은 '씩' 웃더니 고개를 저었다.

"초자연적 현상에는 관심 없어요."

그때 안드레아가 굳은 음성으로 말했다.

"사람을 해하는 건 사람이죠, 유령이 아니라. 이제 보이드 왓슨에 대해 걱정할 필요 없을 것 같아요."

안드레아의 말에 그간 다니엘이 겪었을 고통을 생각하며 한나는 고개를 끄덕였다. 하지만 이내 안드레아에게 주의의 시선을 보냈다.

다니엘의 문제는 우리가 나서서 말하고 다닐 수 있는 게 아니었다.

한나는 서둘러 화제를 돌렸다.

"바쁘지 않으면, 대회 끝나고 우리 집에 잠시 들리겠어요, 노먼? 우리, 만난 지도 꽤 오래 됐잖아요."

"그렇죠."

고개를 끄덕이는 노먼의 표정이 어느새 밝아졌다.

"갈게요, 한나."

그때 안내 데스크 밖에서 벨소리가 들렸고, 노먼은 미끄러지듯 유리창에 다가서서 말했다.

"안녕하세요, 박사님. 금방 나가겠습니다."

그런 후, 한나와 안드레아를 향해 말했다.

"이만 진료를 시작해야겠어요. 1시 30분 예약환자가 왔거든요."

"나이트 박사님인가요?"

부디 나이트 박사님이기를 바라며 한나가 물었다.

노먼이 드릴을 다시 잡기 전에 몇 가지 더 물어볼 것이 있었다.

"아뇨, 베넷 박사님이세요. 서로 진료해주기로 했거든요."

병원을 나서며 한나는 깊은 생각에 잠겼다. 한 번도 생각해본 적이 없는데, 당연히 치과의사도 치과 진료가 필요할 것이다.

길을 건너 '홀 앤 로즈' 카페로 향하며 한나는 만약 제빵사에게 또 다른 쿠키 공급자가 필요하다면 어떨까 생각해보았지만, 이내 고개를 저어 생각을 멀리 쫓아 보냈다.

한나는 자신이 직접 구운 쿠키가 제일 좋았다. 레시피를 만드는 일이라면 몇 시간이 걸려서라도 완벽하게 해내고 말 것이다. 자부심이 지나친 것이 아니냐고 할 수도 있겠지만, 한나로서는 자기가 구운 쿠키보다 더 맛있는 쿠키가 있다는 생각만으로도 괴로웠다.

 '홀 앤 로즈' 카페는 노먼의 병원 건너편, 그러니까 메인가와 2번가 교차로에 있었다. 노란색 벽돌 건물은 사람으로 치면 이제 마흔 살이 넘었고, 해롤드와 로즈 맥더못은 카페의 두 번째 주인이었다.

 카페 위 아파트에는 여섯 가구가 사는데, 맥더못 부부도 그곳에서 살고 있었다. 날씨가 쌩하게 추워지는 겨울이 오면 로즈는 그녀의 편리한 일터를 사람들에게 자랑했다. 굳이 두터운 파카와 가죽 부츠를 갈아 신을 필요 없이 복도 계단을 통해 일터와 집을 오르락내리락할 수 있었기 때문이었다.

 한나는 문을 열고 안으로 들어섰다. 실내는 군침 도는 항아리로스트 향으로 가득했다. 한나는 자신이 이미 점심을 먹었다는 사실이 못내 아쉬웠다. 월계수와 로즈마리 잎으로 향을 내고 통양파와 감자, 당근 등으로 가장자리를 장식한 항아리로스트는 한나가 좋아하는 메뉴 중 하나다. 로즈는 솜씨 좋은 요리사지만 메뉴는 늘 간단했다.

 그릴 위에서 노릇노릇하게 잘 구운 햄버거에 메인으로 항아리로스트가 나오고, 갖가지 고명으로 장식한 칠면조 고기와 가리비 모양으로 장식한 감자와 햄, 물론 샌드위치도 있다. 소고기와 칠면조, 그리고 햄 중에 하나를 선택하는 것이다.

샌드위치에는 항상 으깬 감자와 그레이비(고기를 구워낸 즙을 이용해 만든 소스)가 따라 나왔다. 카페의 첫 주인이 계산대 위에 '싸고 맛있는 음식'이라고 쓰여 있는 간판을 달아 놓았는데, 지금의 주인에 이르기까지 그 약속은 여전히 지켜지고 있었다.

단돈 2달러에 햄버거와 계란 프라이, 그리고 로즈 스스로 '바닥이 보이지 않는 커피'라고 부르는, 원하는 만큼 마음껏 리필할 수 있는 커피를 마실 수 있는 곳은 위넷카 카운티에서 이곳이 유일했다.

점심 손님들은 이미 떠나고, 홀의 나무 부스들은 텅텅 비어 있었다. 하지만 긴 나무 테이블 앞에는 범상치 않은 손님 몇몇이 남아 있었다.

우선 테이블 끝, 회전의자 위에 앉아 의자를 빙빙 돌리며 트루디 슈먼의 가게로 들어가는 퀼트 모임 숙녀들을 창문 너머로 구경하고 있는 에드 바텔. 아마도 그는 아내인 헬렌을 시내에서 열리는 모임에 데려다 주기 위해 나왔을 것이다. 커피 한 잔을 친구삼아 모임이 끝나기만을 기다리는 거겠지.

레이크 에덴의 시장인 리차드 바스콤은 에드의 반대편 끝에 앉아 있었다. 희끗희끗한 은발이 멋진 50대의 리차드는 꽤 능력 있는 정치인이었다. 특히 레이크 에덴처럼 작은 마을에서는 거의 천재와도 같은 정치력을 발휘했다. 실제로 레이크 에덴의 시정은 그가 임기를 시작한 이후부터 여유롭게 잘 돌아가고 있었다.

하지만 그에게는 한나가 싫어하는 점이 딱 하나가 있는데, 그건 바로 그의 가식이다. 바스콤 시장은 모든 사람들, 심지어 처음 만나는 사람들에게까지 지나치게 친절했다.

그건 모두 정치적 계산이 들어간 행동이었다. 그는 한나의 카페에 와서 쿠키와 커피를 나르는 한나를 칭찬하면서도 그녀의 어깨 너머로 혹시나 홀에 한나보다 더 중요한 사람이 있지는 항상 살피곤 했다.

카운터로 걸어가는 한나에게 뒷방에서 흘러나오는 안타까운 외침소리가 들렸다. 누군가 포커 게임에서 크게 잃은 모양이다. 포커 게임은 카페가 문을 여는 아침부터 로즈가 직접 방에 들어가 문 닫을 시간이라고 알려줄 때까지 계속되었다.

뒷방은 로즈의 남편인 홀의 영역이다. 그는 포커를 좋아해서 뒷방을 자신의 '개인 연회시설'이라고 부르며 늘 그곳에 틀어박혀 있다. 물론 한나가 알고 있는 한 커튼이 두껍게 가려진 그 뒷방에서 연회가 열리진 않는다.

그저 엄청난 양의 맥주와 커피, 그리고 담배만이 소비될 뿐이었다. 레이크 에덴 사람이라면 누구든 환영이었다. '개인적'인 공간이라고 이름붙인 건 공공장소에서 흡연이나 도박을 금지하는 법망을 교묘하게 빠져나가기 위한 홀의 계책이었다.

그때 루앤 행크스가 커피가 반쯤 남은 병을 들고 뒷방에서 나왔다. 루앤은 한나와 안드레아를 보자마자 병을 온열기 위에 내려놓고 서둘러 한나에게로 달려왔다.

"어서 오세요, 식사는 했나요? 햄과 칠면조 고기가 남아 있는데."

"그냥 커피만 마실게."

한나가 대답했다.

"부스 안에 앉아도 될까?"

"물론이죠, 어서 앉으세요. 제가 금방 갈게요."

한나와 안드레아는 부스 안에 자리를 잡고 앉아 루앤을 기다렸다. 일분도 채 지나지 않아 루앤은 둥근 쟁반에 커피를 담아 왔다.

"블랙이고요."

루앤은 한나 앞에 머그잔을 내려놓았다.

"안드레아는 크림을 넣죠?"

"그걸 어떻게 알았어요, 루앤? 난 여기 자주 오지도 않는데."

"다 노하우가 있어요."

루앤이 부드럽게 웃으며 말했다.

"커피 말고 정말 다른 건 필요 없겠어요?"

한나는 고개를 저었다.

"괜찮아. 그나저나 시간 좀 있어, 루앤? 얘기 좀 하고 싶은데."

"그럼요. 마침 로즈도 위층에 올라가고 없어요. 물론 금방 내려오겠지만, 무슨 일인데요?"

"루앤의 치과 진료에 대해 물어볼 게 있어서. 화요일 아침 8시에 노먼에게 치료받았지?"

루앤은 놀란 것 같았다.

"네, 이가 흔들려서요. 로드 박사님이 뽑아주셨어요. 치료하는데 15분도 안 걸렸어요. 노보카인(마취제의 일종)도 맞지 않았는걸요."

"그럼, 그냥 이만 뽑았단 말이야?"

안드레아와 은밀히 시선을 교환하며 한나가 물었.

아무래도 보이드에게 전화한 여자는 루앤이 아닌 것 같았다.

"네, 실은 뽑지 않으려고 해요. 전 치과 가는 걸 정말 싫어하거든요. 근데 흔들리는 이로 자꾸단 혀가 가서요. 로즈가 눈치채고 절 병원에 보냈어요."

한나는 고개를 끄덕였다.

이로써 용의자 한 명이 사라졌다.

"그럼, 루앤이 그날 아침 노먼의 첫 번째 환자였어?"

"아뇨, 또 다른 숙녀분이 있었어요. 그렇지만 제가 병원에 도착했을 때는 이미 떠나고 없었어요."

"노먼이 말해준 거예요?"

안드레아가 물었다.

"그런 건 아니에요. 의자 위에 스카프가 하나 떨어져 있어서 박사님께 건네드렸더니 첫 번째 진료환자가 두고 간 모양이라면서 다음번 진료 때 돌려주겠다고 말씀하셨어요."

"그럼, 그 여자가 누구였는지는 모르겠네요?"

"제가 아는 건 그 숙녀분이 제 스카프를 갖고 있었다는 것뿐이에요."

"루앤의 스카프?"

"제가 어머니께 사드리려고 했던 스카프였거든요. 한나도 봤을 거예요. 클레어 로저스의 '부 몽드' 진열장에 걸려 있던 짙은 녹색의 캐시미어였는데, 세 개의 예쁜 핑크빛 장미가 수놓아져 있어요. 저희 어머니가 그걸 보시고 무척 마음에 들어 하셨거든요. 그래서 크리스마스 선물로 사드리려고 돈을 모으고 있던 중이었는데, 대금적립식 구입(대금이 다 치러질 때까지 상품을 보관하는 방법)이라도 할 걸 그랬어요. 꽤 비싼 스카프라 금방 팔리리라고는 생각하지 못했는데."

"고마워, 루앤."

한나가 미소를 지었다.

이미 필요한 정보는 얻었다. 그 스카프가 그렇게 비싼 것이었다면 누가 사갔는지 클레어가 기억하고 있을 것이다.

"수지는 어때?"

"금방금방 크고 있어요. 이제 제법 걷기도 잘해요. 언제 한 번 집에 놀러오세요. 두 분이라면 언제든지 환영이에요."

"그럴게."

한나가 약속했다.

루앤은 혼자 힘으로 꿋꿋하게 아이를 키우고 있었다. 혼자된 어머니를 부양하랴, 아기 키우랴, 일하랴, 보통 힘든 일이 아닐 것이다.

"혹시 수지가 장난감 같은 거 좋아해?"

"무슨 장난감이요?"

"트레시가 놀던 장난감인데 동물 그림에 붙어 있는 버튼을 누르면, 소 그림은 '음매', 돼지 그림은 '꿀꿀' 하고 소리를 내는 거야. 그 밖에도 개, 고양이 등등 많아."

"크리스마스 선물로 수지에게 좋겠어요, 어디서 팔아요?"

"내가 선물로 줄게. 안드레아네 집 어딘가에 굴러다니고 있을 거야."

루앤의 기색이 불편해 보였다.

한나는 동정이 달갑지 않은 루앤의 마음을 눈치챘다.

"글쎄요, 트레시가 더 이상 갖고 놀지 않는다면……."

"안 갖고 놀아요. 싫증 내지 벌써 몇 년도 더 됐는걸요. 집에 가서 한 번 찾아볼게요. 아마 배터리는 새로 교체해야 할 거예요."

"그건 할 수 있어요."

루앤이 재빨리 말했다.

안드레아의 넘치는 기지에 한나는 내심 뿌듯했다. 배터리는 직접 마련해야 한다는 사실만으로도 루앤의 부담은 훨씬 줄었을 것이다.

"찾으면 갖다 줄게요. 아마 다른 것도 여러 개 있을 거예요. 배터리로 작동하는 장난감을 꽤 많이 갖고 있거든요. 괜찮다면 트레시도 같이 데려가도 될까요? 애가 수지를 굉장히 좋아해요."

"그럼요, 수지도 밖에 나가 노는 걸 좋아하니까요."

루앤은 쟁반을 집어들고 뒤로 물러섰다.

"이제 그만 일해야겠어요. 바스콤 시장님은 커피를 굉장히 많이 마시는데, 지금쯤이면 리필이 필요할 거예요."

루앤이 떠나자 안드레아는 테이블에 몸을 기대며 물었다.

"그럼, 우리 이제 클레어의 가게에 가는 거야?"

"그래, 난 이제 클레어의 가게에 가는 거야."

한나는 손목시계를 내려다보고는 안드레아의 말을 바로잡아 주었다.

"거의 3시야. 트레시를 데리러 가기 전에 다니엘이 사는 동네에 부동산 홍보 달력을 돌릴 수 있겠어?"

"물론이지, 먼저 유치원에 들러서 트레시부터 데려가자. 트레시는 내가 달력 돌릴 때 따라다니는 걸 좋아하거든. 다니엘의 동네 주민들과 얘기해보려고?"

"응, 어젯밤 8시 30분에서 10시 사이에 무슨 소리를 들었거나 본 사람이 없는지 물어보려고."

"그건 내가 할게. 빌과 마이크가 벌써 돌았겠지만, 한 번 더 돈다고 해서 해될 것 있겠어?"

한나는 지금이야말로 안드레아에게 아부할 필요가 있다고 생각했다.

"경찰에게 말하지 못한 얘기를 너한테 라면 할지도 몰라. 사람 다루는 거라면 널 따라올 사람이 없잖아."

"당연하지, 난 부동산 중개인이니까."

안드레아가 우쭐한 표정으로 말했다.

"사람들 마음을 여는 데 부동산 홍보 달력 같은 공짜만큼 좋은 건 없어. 그러니 날 믿어도 좋아, 언니. 만약 다니엘의 이웃들 중 누군가가 뭔가를 알고 있다면, 내가 반드시 알아내서 오늘 밤 경연대회장에서 얘기해줄게."

한나는 리사에게 잠시 홀을 봐달라고 부탁하면서 죄책감을 느꼈다.

"정말 괜찮겠어, 리사? 물론 5분도 걸리지 않을 거야. 클레어한테 몇 가지 물어보기만 하면 되거든."

"괜찮아요."

리사가 한나를 안심시켰다.

"쿠키도 다 구워놓았으니 손님만 맞으면 되잖아요."

리사는 손님들이 들을 수 없게끔 한나에게 바짝 다가서며 물었다.

"보이드 왓슨 살인사건 때문인가요?"

"그래, 하지만 아무 말도 하지 마. 여기저기 물어보고 다니는 걸 들키면 안 되거든."

"마이크의 명령?"

한나가 고개를 끄덕이자 리사는 웃으며 말했다.

"결코 따를 생각이 없는 명령이란 말이죠?"

"맞아, 그리고 안드레아가 돕고 있다는 사실도 빌은 몰라. 그러니 이건 이중 비밀이야."

"나도 도울 수 있으면 좋을 텐데. 뭐 도울 수 있는 게 없을까요?"

다소 기운 없는 음성으로 리사가 말했다.

한나는 잠시 생각에 잠겼다.

"그럼, 여기서 사람들이 하는 얘기를 잘 들어둬. 물론 다른 사람들의 얘기를 엿듣는 건 나쁜 일이지만, 이번 경우는 좋은 동기에서 하는 거니까."

"그럴게요. 하지만 손님들이 내 앞에선 얘기하지 않을 거예요."

"그러니까 누군가 살인사건에 대해 얘기하는 것 같으면, 커피 주전자를 들고 그 옆에 서는 거야. 사람들은 커피를 따라주는 사람은 전혀 신경 쓰지 않거든. 마치 투명인간 같이 대하지."

"재미있겠는데요. 초등학교 때 선생님이 발표시키는 게 싫어서 종종 투명인간이 되고 싶단 생각을 했었거든요. 그 밖에 또 할 건 없어요?"

리사는 신이 나서 말했다. 확실히 리사라면 믿을만했다.

"혹시 발음이 명확하지 않는 젊은 여자가 있는지 살펴봐. 다니엘이 말하길 보이드가 그런 여자한테 전화를 받고는 무척 화를 냈다고 했거든. 그게 현재 우리가 갖고 있는 유일한 단서야."

"잘 살펴볼게요. 어서 가서 클레어와 얘기해 봐요. 여기 걱정은 하지 말고, 내가 다 알아서 할 테니까요."

한나는 미끄러지듯 뒷문으로 빠져나와 눈 덮인 아스팔트를 지나 클레어의 가게 뒷문으로 들어갔다. 바람이 얼마나 매서운지 바로 옆 건물인 '부 몽드'로 가는 동안에도 한나의 몸은 부들부들 떨렸다.

한나는 뒷문을 세차게 두드린 후, 클레어를 기다렸다.

몸을 따뜻하게 하기 위해 두 팔로 몸을 꼭 감싸며 한나는 파카를 안 가져온 것을 후회했다. 기상학자들은 올 겨울이 기상관측 이래 가장 추운 겨울이 될 거라고 예견하고 있었다. 그들의 말이 과장이 아니라면, 레이크 에덴 사람들은 아침 신문을 가지러 나가는 데에도 중무장을 해야 할 것이다.

"안녕, 한나."

그때 클레어가 뒷문을 열고 한나에게 들어오라고 손짓했다.

"겉옷은 어디 뒀어요?"

"카페에요. 시간 좀 내줄 수 있어요, 클레어?"

"그럼요, 마침 한가한걸요. 마가리타 홀른벡이 와 있긴 한데, 지금 탈의실에 있어요. 편하게 앉아 있어요, 잠깐만 그녀에게 갔다 올 테니."

클레어는 이내 가게 앞쪽으로 통하는 꽃무늬 커튼 뒤로 사라지고, 한나는 바느질 기계 앞 의자에 앉았다.

클레어의 가게 뒷공간은 매우 작고 어수선했다. 구석에는 옷상자들이 가득 쌓여 있었고, 벽 쪽에는 다림질 판과 다리미가 놓여 있었으며, 클레어가 송장이나 청구서 등을 쓸 때 사용하는 작은 책상이 하나 놓여 있었다. 게다가 맞은편 벽에 닿을 정도로 긴 카운터도 있었는데, 클레어가 포장지로 옷을 싼 후, 라벤더색의 '부 몽드' 상자에 넣는 작업을 할 때 사용하고 있었다. 긴 드레스들이 남은 공간 대부분을 차지하고 있었고, 수선을 기다리는 두꺼운 외투도 가득 쌓여 있었다.

그때 밝은 파랑과 라임 그린, 그리고 진분홍빛의 줄무늬 바지 정장 한 벌이 한나의 눈에 들어왔는데, 옷에 달린 꼬리표의 이름을 본 한나는 미소를 지었다. 이건 분명 베티 잭슨의 옷이었다. 베티는 늘 세로 줄무늬 옷만 입으니 말이다. 누군가 세로 줄무늬 옷이 훨씬 더 날씬해 보인다고 귀띔해준 모양이었다. 하지만 그녀는 큰 몸집에는 세로 줄무늬도 소용이 없었다.

"마가리타는 이제 됐어요."

다시 커튼을 걷고 안으로 들어오며 클레어가 말했다.

"드레스를 다섯 벌이나 갖고 들어갔으니 시간 좀 걸릴 거예요. 오늘 밤에 입을 의상은 완벽하죠?"

"네, 그래요."

한나가 다시 한 번 확인시켜주었다.

대회 때 입는 의상은 모두 클레어의 가게 옷들이었는데, 이는 모두 하트 씨 덕분이었다. 클레어는 하트 씨가 옷들을 소매가로 사준 것을 감사해 하고 있었고, 한나는 덕분에 공짜 옷들이 생겨 고마워했다.

비슷비슷한 옷들로만 가득한 한나의 옷장에 이번 의상들은 모두 즐거운 예외가 될 터였다.

"오늘 밤에는 짙은 초록색 스웨터 드레스를 입을 거죠?"

"네. 드레스가 정말 예뻐요, 클레어."

스카프에 대해 물어볼 수 있는 기회는 바로 지금이다. 지금을 놓치면 앞으로 기회를 찾기가 힘들 것이다. 하지만 보이드 왓슨 살인사건을 수사중이란 얘기는 클레어에게 하지 않기로 했다. 이미 너무 많은 사람을 비밀수사에 끌어들였기 때문이다.

"지난번 쇼윈도에 걸려 있던 스카프를 물어보려고 왔어요, 클레어. 오늘 밤에 입을 의상과 잘 어울릴 것 같아서 내가 사려고요."

"어떤 스카프 말이죠?"

"분홍색 장미가 수놓인 짙은 녹색의 캐시미어 스카프 말이에요."

"아, 그거요."

클레어의 얼굴이 창백해지는가 싶더니 탁자에 몸을 기대며 말했다.

"미안해요, 한나. 그 스카프는 이제……, 없어요."

"다른 사람이 사갔나요?"

"그런 건 아니고요. 그게, 저기……, 쇼윈도에 전시해뒀더니 햇빛에 색이 바래서 공급자에게 반품했어요."

"그럼, 그것과 똑같은 건 또 없어요?"

"없어요, 장미는 수놓기 어려운 무늬라 특별한 거였거든요. 그래서 가격도 상당히 비쌌죠."

한나는 클레어가 옷상자를 조립하기 위해 탁자 위로 올리는 것을 지켜보았다. 클레어는 두 손을 떨고 있었고, 한나의 시선을 피하는 것 같았다. 클레어의 갑작스러운 긴장에는 한 가지 이유밖에 없다.

그녀는 지금 거짓말을 하고 있는 것이다.

"정말 아무한테도 팔지 않은 것이 확실해요? 크리스마스 시즌에는 가게가 바쁘잖아요. 누군가에게 팔았는데, 클레어가 잊어버렸을 수도 있잖아요."

한나가 다시 물어보았다.

"잊어버리지 않아요."

클레어가 고개를 들어 한나의 눈을 정면으로 주시하였다.

"그 스카프는 아무도 사가지 않았어요, 한나. 그리고 그 드레스에는 스카프가 필요 없어요. 그건 그냥 입어야 제일 예쁘다고요."

한나는 클레어에게 도망갈 구석을 만들어주기로 했다.

그래서 자리에서 일어나며 말했다.

"클레어의 말이 맞을지도 모르겠어요. 그냥 그렇지 않았을까 생각해본 것뿐이에요. 이제 그만 카페로 돌아가야겠어요. 리사가 혼자 홀을 보고 있거든요. 그리고 오늘은 무척 바쁜 날이니까요."

"나도 마가리타에게 가보는 게 좋겠어요. 그녀가 버림받았다고 생각하기 전에 말이죠."

클레어는 얘기가 이쯤에서 끝난 것을 안도하는 듯했다.

커튼 쪽으로 다가서며 그녀가 말했다.

"오늘 밤 TV로 지켜볼게요."

얼음이 꽁꽁 언 아스팔트 거리를 돌아오며 한나는 클레어가 한 말에 대해 생각해보았다. 스카프가 빛이 바랬다는 말은 확실히 거짓말이다. 하지만 아무도 사가지 않았단 말을 했을 때 그녀의 눈빛은 진실해보였다. 이건 퍼즐이다. 퍼즐을 푸는 일이라면 언제나 자신 있지만, 이번 경우는 조금 난해했다.

한나는 오븐을 열고 살구 빵 푸딩을 집어넣었다. 차가운 오븐에 뭔가를 넣는다는 것이 어색했지만, 방송중이라는 사실을 끊임없이 상기하며 차근차근 움직였다. 줄리아 차일드도 방송에서는 이렇게 할 테지.

무대 연출자가 신호를 보내자 한나는 앞칸의 오븐을 열고 방송 전에 이미 구워놓은 디저트를 꺼냈다. 레인 필립스가 기상 정보를 전하는 동안 한나는 재빨리 디저트 접시에 푸딩을 옮겨 담았다.

윙고 존스가 스포츠 뉴스를 진행하는 동안 두꺼운 크림을 얹어야 한다. 한나는 냉장고로 다가가 문을 열었다. 하지만 안은 금속 선반만이 반짝이고 있을 뿐, 텅 비어 있었다. 사건 추적에 정신이 팔려 그만 크림을 가져오는 걸 깜빡 잊은 것이자!

그때 구석 저편에서 누군가 한나에게 손을 흔들었다. 바로 리사가 크림통을 들고 서 있었다. 무대 연출자가 리사를 발견하고는 앞으로 나가라고 손짓했다. 하지만 리사는 고개를 저었다.

무대 연출자와 리사 사이에 몇 번의 제스처가 왔다 갔다 했지만, 리사는 여전히 세차게 고개를 젓고 있었다. 기어이 무대 연출자가 카메라 앵글을 피해 몸을 낮추어 리사에게 다가갔다.

그 모습을 지켜보며 한나는 애써 웃음을 참았다.

둘 사이에 무슨 대화가 오갈지 듣지 않아도 훤히 알 수 있었다.

"어서 앞으로 나가요. 그 크림이 필요하다고요."

"못해요!"

"아뇨, 할 수 있어요. 설마 한나가 망신당하게 내버려두진 않겠죠?"

결국 항복한 리사는 그녀의 밝은 갈색 머리를 매만지더니 앞으로 나와 한나에게 크림을 건네주었다. 고개를 살짝 돌린 덕분에 리사의 얼굴은 방청자들에게 거의 보이지 않았다.

"나온 김에 디저트 나르는 걸 도우라는데요."

리사가 속삭였다.

"잘 됐어, 도와주면 좋지."

한나도 속삭여 대답했다.

"내가 접시에 푸딩을 담을 테니까 리사가 크림을 얹어줘. 그리고 내가 쟁반을 들고 가면 리사가 뉴스 진행자들에게 접시를 나눠주는 거야,

알았지?"

리사가 고개를 끄덕이고는 한나와 함께 푸딩을 접시에 옮겨 담았다.

옮겨 담기가 끝나자 무대 연출자가 그들에게 중앙으로 나가라고 손짓했다. 한나가 쟁반을 든 채 뉴스 진행자석으로 향하자 리사가 그 뒤를 따랐다.

"새로운 얼굴이군요, 여러분."

척 윌슨이 말하자 모두들 리사를 향해 고개를 돌렸다.

"누구죠?"

리사는 심호흡을 했고, 한나는 리사가 무슨 생각을 하고 있는지 훤히 보이는 듯했다. 뭐든 대답을 해야만 한다. 아무 말도 하지 않는다면 이상하게 보일 것이다.

"전, 리사 허먼이에요. 쿠키단지에서 한나의 조수로 일하고 있어요."

"그렇군요. 고마워요, 리사."

디저트 접시를 내려다보며 척이 미소를 지었다.

"정말 맛있어 보이는군요. 이게 뭐죠, 한나?"

"살구 빵 푸딩이에요."

다른 진행자들에게 미처 접시를 넣기도 전에 리사에게 또 다른 질문이 던져지지 않길 바라며 한나가 대답했다.

리사의 손이 떨리고 있었기 때문에 만약 여기서 더 긴장하게 된다면, 디-디 휴즈는 타이트한 노란색 스웨터 위로 온통 살구 빵 푸딩을 뒤집어쓰게 될 터였다. 방송에서의 디-디의 임무는 그녀의 날씬한 몸매로 시청자들의 관심을 끄는 일인 모양이다.

리사가 서빙을 마치자 디-디가 그녀에게 이렇게 물었다.

"크리스마스도 다가오는데, 몸매 관리에 신경 좀 써야겠어요. 이 디저트는 저칼로리가 아니죠, 그렇죠?"

"네, 하지만 애플파이 한 조각의 절반밖에 안 되는 칼로리랍니다."

리사의 대답에 한나가 깜짝 놀랐다.

"게다가 우유와 함께 먹으면 칼로리를 더 줄일 수 있어요."

리사의 훌륭한 대답에 한나는 내심 박수를 보냈다. 디-디 휴즈가 지난밤과 똑같은 질문을 해올 거라는 걸 미리 짐작했어야만 했다.

"이런 푸딩은 처음 먹어보는군요."

윙고 존스가 분명히 자기 의견을 말했다.

"보통 건포도를 쓰지 않나요?"

"그렇습니다."

이번엔 한나가 대답했다.

"하지만 다른 말린 과일을 쓰지 말란 법은 없지요."

윙고는 혼란스러워 보였다.

"흠, 건포도가 말린 과일이라는 건 미처 생각지 못했군요. 난 그냥……, 건포도라고만 생각했어요."

"건포도는 분명 말린 과일이에요. 말린 자두와 마찬가지죠."

리사가 설명했다.

그때 레인 필립스가 입술을 한 번 핥더니 카메라를 향해 환한 미소를 지으며 말했다.

"이거 정말 맛있군요, 여러분! 가정에서도 직접 만들어볼 수 있게끔 어떻게 하면 레시피를 얻을 수 있는지 설명해주겠어요, 척?"

그러자 신호를 받은 척 윌슨이 한나의 레시피를 얻고 싶으면 KCOW

방송국의 교환원에게 전화하면 된다고 알려주었다.

카메라가 뒤에 서 있는 한나와 리사, 그리고 뉴스 진행자들을 마지막으로 비춘 후 뉴스는 끝났다. 주방 용기를 정리하기 위해 한나는 리사와 함께 무대 뒤 주방으로 들어갔다.

안으로 들어가자 한나가 리사를 돌아보며 말했다.

"오늘 멋졌어, 리사. 정말 제대로 얘기했다구."

"그랬어요?"

리사는 사뭇 놀라며 되물었다.

"나르는 걸 도와달라고 하지 않았으면 이런 기회도 없었을 거예요. 접시 나르는 일에 몰두하다 보니 긴장했다는 사실조차 잊어버렸어요."

"아버님이 집에서 TV 보고 계셨을까?"

상자 하나를 들어 올리며 한나가 물었다.

리사도 상자를 들고 한나 뒤를 따랐다.

"드리블로 씨와 함께 보셨을 거예요. 녹화를 해두셨으면 좋을 텐데. 제가 TV에 나올 줄은 생각도 못했어요!"

그때 무대 연출자가 두 사람을 기다리고 있다가 리사의 얘기를 들었는지 다가와 말했다.

"내일 밤에는 꼭 녹화하도록 단단히 일러두시는 게 좋을 겁니다. 방금 본부에서 전화를 받았는데, 대회가 끝날 때까지 계속 조수역으로 출연해주었으면 좋겠다는군요."

"제가요?"

리사의 음성이 흥분에 들떴다.

"아빠한테 말해야겠어요! 아마 엄청 좋아하실 거예요. 오늘 밤에는

'사운드 오브 뮤직'을 틀어드려야 할지도 모르겠어요."

무대 연출자는 리사의 말이 무슨 뜻인지 몰라 어리둥절해 했지만, 한나는 단번에 알아들었다.

리사가 전에 한 번 '사운드 오브 뮤직'은 아버지께 잠자리에서 들려주는 동화 같은 영화라고 말한 적이 있었기 때문이다. 줄리 앤드루스의 감미로운 음성이 잭 허먼을 편안한 꿈의 세계로 인도해주어 영화를 틀면 몇 장면 지나지 않아 잠이 든다고 했다.

"줄리 앤드루스의 음성 때문이에요. 매우 부드럽고 감미롭잖아요. 아버진 그 영화를 수십 번도 넘게 보셨어요. 줄거리는 이미 모두 알고 계신다구요."

리사는 열심히 설명해주었지만 무대 연출자의 표정은 여전히 혼란스러워 보였다.

그때 한나가 끼어들었다.

"모두들 쉽게 잠들기 위한 자기만의 비법 하나 정도는 갖고 있지 않나요. 우리 아버진 와그너의 음악을 듣곤 하셨죠. 전 형편없는 요리책을 읽어요."

"형편없는 요리책이요?"

한나는 고개를 끄덕이며 쓰 웃었다.

"훌륭한 요리책을 보면 배에서 천둥이 치거든요. 그러고 나면 잠자긴 다 틀려버린 거죠."

흥분에 들뜬 리사에게 작별인사를 한 후 한나는 안드레아를 찾아 나섰다. 오늘 밤 트레시는 또 다른 심사위원을 선발해야 한다. 한나는 복도를 따라 퍼비스 씨가 분장실로 꾸민 교실로 향했다.

안드레아는 빌 옆에 서서 헤어 스타일리스트가 빗과 스프레이로 트레시의 머리를 매만지는 것을 지켜보고 있었다.

안드레아는 문가에 서 있는 한나를 발견하고는 빌에게 말했다.

"오늘 오후 새로 들어온 매물 때문에 언니랑 얘기를 좀 해야 하거든요. 트레시가 준비되는 대로 당신이 무대로 데려가 줄래요?"

"그래, 여보."

빌이 동의했다.

"트레시가 준비 끝나는 대로 당신에게 합류할게."

"새 매물이라니, 무슨?"

안드레아와 단 둘이 있게 되자 한나가 물었다.

"다니엘의 이웃들에게 달력을 돌리러 간 줄 알았는데."

"그랬지, 거기서 바로 매물들을 얻어낸 거라구. 애덤작스 부인의 조카가 마침 집을 팔려고 한다기에 내게 맡겨 달라고 부탁했거든. 근데, 중요한 건 그게 아니고, 언니. 정말 큰 정보를 하나 얻었어."

한나는 미소 짓기 시작했다.

안드레아라면 언제든 믿을만했다.

"뭔데?"

"칼릭 부인 알지? 다니엘 동네 제일 끝에 사는."

"알아, 그녀가 왜?"

"사건이 일어난 날, 막 잠자리에 들려는데 골목길에서 차 소리를 들었대. 시간은 확실하지 않지만 그때가 8시 30분에서 10시 사이였던 건 확실하대. 그녀의 욕실 창문이 골목길 쪽으로 나 있는데, 그녀가 창 밖을 내다보니 보이드의 그랜드 쉐로키가 지나가고 그 뒤를 어떤 차가 따르고 있더라는 거야."

"잘했어, 안드레아!"

한나가 안드레아를 칭찬했다.

"이렇게 중요한 정보를 알아내다니 대단해. 근데 칼릭 부인은 보이드를 따라가던 차를 알아보았대?"

"아니, 가로등이 멀리 있었던 탓에 골목길이 너무 어두워 잘 못 봤대. 희미한 달빛에 차 윗부분이 밝은 색상이었던 건 기억한다던데? 캐딜락이나 링컨 같은 큰 차였대. 그리고 더 흥미로운 이야기는 바로 이거야. 바로 그 두 차를 따라가던 차가 또 한 대 있었다는 거야."

"그래?"

"응, 골목길 입구까지 가서는 라이트를 끄고 커다란 소나무 옆에 주차를 하더라는 거야. 칼릭 부인이 볼 수 있었던 거라곤 차의 범퍼뿐이었대. 온통 나뭇가지에 가려서 말이야."

"얼마나 주차해 있었는데?"

"15분 정도. 칼릭 부인이 양치질을 하고 얼굴에 나이트 크림까지 바르는 동안만큼의 시간이었다그 했어. 그리고 나서 밖을 내다봤더니 이미 사라지고 없더라는 거야."

"이 얘기, 빌과 마이크에게도 했대?"

안드레아는 고개를 저었다.

"보이드를 따라오던 차에 대해서만 얘기하고, 세 번째 차는 얘기하지 않았다나 봐."

"어째서?"

"펠리샤 버거와 그녀의 남자친구 차인 줄 알았대. 소나무 아래 라이트를 끈 채 주차했던 적이 한두 번이 아니었다지, 아마? 칼릭 부인은 펠리샤를 좋게 생각했기 때문에 괜스레 그녀의 부모님 귀에 안 좋은 소리가 들어가지 못하게 했다는 거야. 버거 씨네가 얼마나 엄격한지 언니도 알지. 그 집에선 화장도 춤도 금지잖아. 아마 펠리샤에게 남자친구가 있다는 사실을 알게 되면 한바탕 난리가 날걸."

한나도 펠리샤의 집이 어떤지 잘 알고 있었다. 마을에서 제일 엄격한 집을 꼽으라면 단연 1순위였다.

"이건 정말 중요한 얘기야. 특히 세 번째 차가 펠리샤의 남자친구 것이 아니었다면 말이야. 그 밖에 칼릭 부인이 다른 얘긴 안 했어?"

"응, 하지만 게셀 씨가 뭔가 얘기해줬어. 게셀 씨는 다니엘의 바로 옆집에 살잖아. 골목길에서 두 남자가 다투는 소리를 들은 것 같대. 무슨 일인지 밖을 내다보려고 하는 찰나 말소리가 멈추더라는 거야."

"그게 몇 시였어?"

"정확히는 모르겠지만, KCOW 라디오에서 기상예보를 막 들은 후였다기에 내가 방송국에 전화해서 확인해봤어. 기상예보는 매일 저녁 8시 55분에서 9시 사이에 있다더라."

"아주 잘 했어."

한나는 안드레아의 재빠름에 감탄했다.

"이젠 언니 차례야."

"뭐?"

"이젠 언니 차례라구, 스카프에 대해서 뭣 좀 알아냈어?"

"별로. 근데 내가 스카프 얘길 꺼내자 클레어가 몹시 당황하더라구.

그걸 사고 싶다고 했더니 햇빛에 색이 바래 반품시켰다는 거야."

"하지만 그건 사실이 아니잖아. 루앤이 노먼의 병원에서 그걸 봤다고 했어. 혹시 똑같은 스카프를 두 개 갖고 있었던 건 아닐까?"

안드레아가 지적하고 나섰다.

"아니, 그건 손으로 직접 수놓은 귀한 거라서 한 개밖에 없다고 했어. 그 말은 사실인 것 같아. 난 클레어에게 솔직하게 털어놓을 수 있는 기회도 줬다구. 크리스마스 선물 인파에 정신없이 바빠서 누가 사갔는지 잊어버렸을 수도 있지 않겠느냐고 말이야. 하지만 그녀는 내 눈을 똑바로 쳐다보면서 맹세컨대 그 스카프를 팔지 않았다고 말했어."

"그럼, 스카프를 반품했다는 건 거짓말인 것 같은데, 아무도 사가지 않았다고 말했을 땐 사실을 말한 것 같고 말이야?"

"그래. 말도 안 되는 소리처럼 들리겠지만, 내가 생각할 수 있는 단, 하나의 가설은 클레어가 스카프를 누군가에게 공짜로 줬는데, 누구에게 줬는지 말하고 싶지 않은 거야."

"그거 정말 이상하네."

안드레아가 살짝 얼굴을 찡그렸다.

"게다가 클레어가 그렇게 당황한 것도 이상해. 스카프가 중요한 단서임에 틀림없어, 언니. 그게 누구 것이었는지 알아봐야 해."

한나는 주변을 둘러보다가 빌과 트레시가 오는 것을 보았다.

"알아, 이 얘긴 나중에 하자, 안드레아. 빌과 트레시가 오고 있어."

"좋아."

안드레아도 그들을 발견하고 손을 흔들고는 한나에게 고개를 돌리며 말했다.

"대회가 시작하기 전에 언니도 얼른 메이크업을 하는 게 좋겠어."

"메이크업은 이미 받았어, 뉴스 시작 전에 해줬다고."

"좀 고쳐야겠어. 립스틱도 지워지고, 얼굴은 번들대는데다가 머리카락은 또 정신없이 흩어졌잖아."

안드레아가 친절하게 설명해주었다.

"알려줘서 고맙다, 안드레아."

한나는 음성에 빈정거림이 묻어나지 않도록 애썼다.

안드레아가 굳이 트집 잡으려 했던 말은 아니었을 것이다.

그저 언니가 TV에 예쁘게 나오길 바랐을 테지.

하지만 두 명의 예쁜 여동생과 그 나이에도 비키니가 어울릴 만큼 맵시 좋은 엄마를 둔 한나로서는 레이크 에덴 산책가를 그야말로 종이가방을 뒤집어쓰고 걷고 싶은 심정이었다.

하트 씨가 대회의 우승자로 양귀비 씨앗 케이크를 구운 노년의 부인을 호명하자 한나는 새로운 심사자로 선발된 에드나 퍼거슨에게 말했다.

"오늘 정말 잘 하셨어요, 에드나."

"정말 그렇게 생각해요?"

"그럼요."

한나는 따스하게 미소 지었다.

"특히 생강빵에 대해서 잘 말해줬어요."

에드나가 표정을 찌푸리며 갈했다.

"사실 그거 맛이 없었어요."

"나도 알아요. 하지만 혹평대신 참가자가 만든 브랜디 소스를 칭찬해 줬잖아요."

"브랜디 소스는 정말 좋았어요. 그저 생강빵과는 어울리지 않았을 뿐이죠."

"사실이에요."

생강과 브랜디의 이상야릇한 맛의 조합을 다시 한 번 떠올리며 한나도 얼굴을 찌푸렸다.

"어쨌든 오늘 에드나는 정말 친절하셨어요."

"그러려고 노력했어요. 어젯밤 사건이 있은 후로 심사장에서 정말 필요한 사람은 혹평을 해대는 사람이 아니라고 생각했거든요. 그나저나 범인은 아직 잡히지 않았죠, 한나?"

"네. 대회 시작 전에 빌과 얘기했는데, 범인이 잡혔으면 아마 얘기했을 거예요."

"누군지 몰라도 빨리 잡혔으면 좋겠군요! 레이크 에덴에 또 다른 살인범이 돌아다닌다니! 생각만 해도 끔찍해요."

에드나는 살짝 몸을 떨었다.

에드나와 작별인사를 나눈 후, 한나는 TV에 함께 출연했던 주방도구들을 그러모아 박스에 담은 후 트럭에 실었다.

노먼과 만나기로 약속한 자신의 아파트로 트럭을 몰면서 한나는 에드나가 한 말에 대해 생각해보았다. 에드나는 보이드의 죽음이 디저트 경연대회와 연관 있다고 생각하고 있었다. 그래서 디저트에 대한 평가에 그토록 조심스러웠던 것이다.

하지만 한나는 더 이상 보이드의 죽음이 대회와 상관있다고 생각하지 않았다. 참가자들 모두 그날 밤 행방에 대한 완벽한 알리바이를 갖고 있었고, 그건 곧 보이드가 내뱉은 신랄한 혹평이 그의 죽음과는 아무 관련이 없다는 얘기였다.

한나는 트럭이 중앙선에 너무 붙어 가는 것 같아 라이트를 켜고 곧게 뻗은 있는 중앙선을 따라 달렸다. 사건이 일어났던 밤 칼릭 부인이 골목길에서 본 두 대의 자동차에 대해서는 곧 윤곽이 드러날 것이다, 게

셀 씨가 들은 다툼소리도 그렇고.

화요일 날 보이드에게 걸려왔던 여자의 전화도 빠져서는 안 될 중요한 단서였다. 노먼의 첫 번째 환자, 스카프를 두고 간 그 비밀스러운 여인이 바로 보이드에게 전화한 여자일 수도 있다.

오늘 밤 쿠키를 미끼 삼아 노먼에게 그 여자가 누구였는지 얘기하게끔 할 생각이다.

현관문을 여는 한나의 얼굴에 자신도 모르게 미소가 흘렀다. 이상하게도 노먼을 보자 반가웠다. 단지 베일에 싸인 환자에 대한 정보를 얻어낼 생각에 신이 나서가 아니었다.

노먼은 결코 여자의 마음을 설레게 할 만한 타입의 남자는 아니다. 이마도 다소 훤한데다 허리에는 약간의 살집도 있었다. 하지만 그의 유머감각만큼은 남달랐다. 힘든 하루를 보낸 날에는 그와 함께 있고 싶을 정도이다.

"안녕, 노먼. 이렇게 들러주니 반가워요."

"정말요?"

한나의 따뜻한 환영에 노먼은 기뻐하면서도 다소 놀란 듯했다.

"또 잊어버리기 전에 얘기해야겠어요. 오늘 한나, 너무 멋지고 예뻤어요. 그 드레스를 입으니 머리카락이 마치 구릿빛처럼 반짝반짝 빛나던걸요."

"고마워요, 노먼."

한나는 구리가 얼마나 쉽게 초록빛으로 변하는지는 얘기하지 않기로 했다. 노먼은 그저 칭찬의 갈을 해주고 싶었을 뿐이니 그의 진심을 망치고 싶지 않았다.

"어서 들어와요, 밖이 추워요. 내가 벽난로를 켜놨어요."

"야아옹!"

모이쉐 역시 안으로 들어서는 노먼을 향해 경쾌하게 달려오며 그를 반갑게 맞아주었다.

"안녕, 친구. 잠깐만 기다려."

노먼은 코트를 벗어 문 옆에 있는 의자에 걸쳐놓고, 허리를 굽혀 모이쉐를 안아 올렸다.

"너한테는 개들도 놀라 도망가겠어."

모이쉐는 가르랑거리기 시작했다.

거실 저편에 있던 한나에게도 들릴 정도로 큰 소리였다. 하지만 모이쉐를 두 팔로 안고 있는 노먼을 걱정하진 않았다. 여느 사람이었다면 마구 할퀴어대는 모이쉐의 성화에 가만히 안고 있을 수 없겠지만 노먼만은 예외였다.

"와인 좀 들겠어요, 노먼? 한 병 딴 게 있는데."

동네 코스트마트에서 산 초록빛의 싸구려 샤토 와인을 떠올리며 한나는 살짝 윙크를 했다.

"아뇨, 괜찮아요. 그냥 다이어트 청량음료나 마시죠, 만약 있다면요. 없다면 물도 좋고요."

한나는 씩 웃었다.

미네소타 사람들 대부분은 보통 '청량음료'라는 말을 쓰지 않는다. 미네소타에서 태어나고 자란 노먼이지만, 시애틀에 너무 오래 머무른 탓에 레이크 에덴의 습관을 많이 잊은 모양이다.

"왜 그렇게 웃어요?"

노먼이 물었다.

"청량음료 말이에요. 레이크 에덴에서는 모두들 팝pop이라고 하거든요. 오늘 운 좋았어요, 노먼. 마침 연휴를 앞두고 있어서 냉장고에 미리 콜라, 다이어트 콜라, 맥주, 레드크림 소다(붉은빛 사이다), 세븐 업(사이다 브랜드)까지 비축해뒀거든요."

"레드크림 소다요?"

노먼이 입가에 미소를 흘리기 시작했다.

"어렸을 때 이후로 마셔본 적이 없는데, 어디서 구했어요?"

"코스트마트요, 남은 걸 몽땅 샀어요. 마트의 매니저가 그러는데, 남부에 있는 공장에서 굉장히 제한적으로 들여온대요. 근데 다이어트가 아니에요."

"괜찮아요. 레드크림 소다 마실게요."

소다를 가지러 주방으로 들어가며 한나는 미소를 지었다.

마침 조그마한 크리스마스 선물을 하나 해주고 싶었는데, 레드크림 소다가 안성맞춤일 것 같았다. 딸기소다처럼 보이는 음료의 뚜껑을 딴 후, 한나는 갖고 있는 것 중 가장 좋은 유리잔에 소다를 따랐다. 그리고 자신의 몫으로는 와인을 한 잔 따른 다음 거실로 나왔다.

노먼은 모이쉐를 안은 채 소파에 앉아 있었다. 녀석은 여전히 가르랑거리며, 어울리지도 않는 애교를 부리고 있었다. 모이쉐는 마이크도 좋아했지만, 노먼이라면 거의 숭배에 가까우리만큼 열광했다.

소파 한쪽에 자리를 잡으며 한나는 노먼에 대해 모이쉐가 자신도 모르는 뭔가를 알고 있는 건 아닐까 궁금해졌다.

"오트밀 건포도 쿠키 좀 먹어요."

한나는 커피 탁자 위에 놓은 바구니를 가리키며 말했다.

냅킨이 단정하게 깔린 바구니에는 그녀가 구운 '안전한' 쿠키들이 한가득 담겨 있었다. 모이쉐는 건포도를 좋아하지 않기 때문에 건포도가 고양이 접근방지 기능을 해주고 있는 것이나 마찬가지였다.

"고마워요."

노먼이 쿠키를 집어 한 입 베어 물었다.

"이거, 내가 좋아하는 거예요."

한나가 웃음을 터뜨렸다.

"초콜릿칩 쿠키도 좋아하잖아요. 설마 다 좋다고 하는 건 아니겠죠?"

"아뇨, 다 좋아해요. 한나가 구운 쿠키는 뭐든 다 맛있기 때문에 먹고 있는 게 무슨 종류든 간에 다 내가 가장 좋아하는 쿠키가 되는 거죠."

노먼이 잠시 말을 멈추더니 미간을 찡그리며 되물었다.

"근데 이거 말이 되나요?"

"나한텐 돼요."

한나는 시원스러운 미소와 함께 대답했다.

쿠키에 대한 칭찬은 언제 들어도 기분이 좋았다.

"이 벽난로도 맘에 드는데요."

노먼이 다시 입을 열었다.

"진짜 같아요."

"나도 좋아해요. 정말 따뜻한데다가 땔감을 비축할 필요도 없거든요. 안드레아와 빌은 거실에 진짜 벽난로를 때고 있는데, 잠자리에 들 때마다 혹시 집에 불이 나지 않을까 걱정된대요."

"그래서 난 침실에 벽난로를 만들고 싶어요. 잠들기 전에 나무 두어 개만 던져 놓으면, 아침까지 훈훈할 테니까. 로맨틱하기도 하고요."

한나 역시 늘 침실의 벽난로가 로맨틱하다고 생각했지만, 한 번도 다른 사람에게 그 얘길 해본 적은 없었다.

"맞아요, 왜 사람들이 침실에 벽난로를 만들지 않는지 모르겠어요."

"그건 아마 실내는 직접 디자인하지 않기 때문일 거예요. 이미 건축이 끝난 집을 사거나 인테리어 업자에게 알아서 하게끔 맡겨두곤 하니까요. 난 컴퓨터에 인테리어 작업 프로그램을 설치하고 인테리어 설계를 한 번 해볼까 해요."

"그거 재미있겠는데요."

"프로그램을 설치하게 되면, 좀 도와줄래요? 주방설비에 대해서는 아는 게 없으니까요. 어쩌면 설거지 기계나 오븐을 설치할 자리를 깜빡 잊을지도 모르죠."

"오븐들이에요."

한나가 바로잡아 주었다.

"연휴나 행사를 제대로 즐기고 싶다면 두 대가 필요해요. 추수감사절 같은 때엔 오븐 하나에 칠면조를 통째로 넣어야 하니까요. 그 외의 요리를 준비하려면 오븐이 하나 더 필요하죠."

그러자 노먼이 웃음을 터뜨렸다.

"거봐요, 내 말이 무슨 뜻인지 알았죠? 나 혼자선 그런 생각을 못했을 거예요. 그러니 당신이 필요해요, 한나. 우리 함께 꿈의 집을 만들어 보자구요."

한나는 조금 불편해지기 시작했다.

고작 세 번 데이트한 남자와 꿈의 집을 만들다니, 이건 꽤 심각한 문제였다.

"잘만 완성되면 미니애폴리스 신문사에서 주최하는 '꿈의 집 설계대회'에 도전해볼 수도 있어요. 우승 상금이 오천 달러니까, 반으로 나누면 되겠네요. 어때요, 한나? 한 번 해보고 싶지 않아요?"

"물론이죠."

한나는 안도의 미소를 지었다.

노먼은 그저 대회에 참가하자는 것뿐이고, 사실 재미있을 것 같았다.

"프로그램을 갖출 때까지 아주 멋진 주방을 구상해 볼게요."

벽난로의 가스불이 일렁이는 것을 지켜보며 둘은 한동안 말이 없었다. 로맨틱하지는 않았지만, 무척 아늑했다.

환자에 대한 질문으로 편안한 분위기를 깨고 싶진 않았지만, 노먼의 병원에 스카프를 두고 간 여자가 누구인지 한나는 꼭 알아야 했다.

"노먼?"

"네, 한나?"

"이렇게 앉아 벽난로만 바라보고 싶지만, 당신에게 물어보고 싶은 것이 있어요."

"좋아요, 뭔데요?"

"화요일 아침 첫 환자에 대한 거예요. 루앤 행크스는 제외하고, 당신이 진료예약 장부에 적지 않은 사람 말이에요. 그녀가 누구죠?"

노먼은 한숨을 내쉬었다.

"그것까지 알아내길 바라지 않았는데, 정말 알아야 하는 거예요, 한나? 아니면 그냥 호기심에서 물어보는 거예요?"

"꼭 알아야만 해요. 이름까지는 필요 없다고 해도 그녀가 당신 병원에서 이를 뽑았는지 여부는 꼭 알아야겠어요."

노먼은 혼란스러운 듯 보였다.

"그건 어째서죠?"

"왜냐하면 화요일 정오에 보이드에게 전화했던 여자의 발음이 매우 부정확했으니까요. 무슨 이유에선지 전화를 받고 난 보이드는 몹시 화를 냈고, 그가 살해당한 것과 어떻게든 관련이 있을 수 있다고 생각해요. 안드레아와 나는 그 여자가 당신의 병원에서 솜을 한가득 물고 나오지 않았을까 생각하는데요."

노먼이 또 한 번 한숨을 내쉬었다. 그리고는 대답하기 곤란한지 몇 분간 조용하더니 결국 입을 열었다.

"알겠어요, 한나. 윗니 두 개를 뽑았어요. 아침 7시 45분에 병원에서 떠났는데, 1시까지는 솜을 물고 있으라고 일러줬구요."

"그럼, 발음이 부정확했겠네요?"

"네."

한나는 심호흡을 했다.

"그렇다면 이젠 더더욱 그녀가 누군지 알아야겠어요, 노먼. 보이드에게 전화를 건 여자는 분명 그녀였을 거예요."

"루시 리차드였어요."

"루시요? 왜 그녀의 이름을 진료예약 장부에 기록하지 않았죠?"

"비공식적으로 치료해주었기 때문이에요. 내 부탁에 대한 그녀의 부탁이었거든요."

노먼은 어딘가 몹시 불편해 보였다. 부탁한 여자에게서 부탁을 받았다고?

아직 한나에게 얘기하지 않은 것이 있는 게 틀림없다.

그렇다면 루시와 노먼에 대해 엄마가 했던 얘기가 사실인 걸까?

"괜찮아요, 노먼."

한나는 그를 편하게 해주기 위해 얼굴 가득 미소를 지으며 말했다.

"내가 상관할 일은 아니지만, 혹시……, 노먼, 루시를 좋아해요?"

노먼은 잠시 한나를 응시하더니 이내 그의 머릿속에서 뇌가 뒤죽박죽이 되어버리지 않을까 걱정될 정도로 세차게 고개를 저었다.

"아뇨! 어떻게 그런 생각을 했어요?"

"그냥 추측해본 것뿐이에요."

엄마와 나눴던 대화를 꺼낼 생각은 추호도 없었다.

"그럼, 루시가 부탁해서 치아 몇 개를 공짜로 뽑아줬다는 거죠? 당신이 한 부탁은 뭐였는데요?"

또다시 침묵 속에 긴장감이 돌았다.

노먼에게 대답할 의향이 없나보다고 한나는 생각했다.

하지만 그는 한숨을 한 번 내쉬더니 곧 입을 열었다.

"루시가 나에 대한 어떤 일을 알아냈어요, 한나. 시애틀에 살 때 있었던 일인데, 그 일을 기사화하지 않겠다고 약속한 대신 무료 진료를 해줬어요."

"그거 협박 아닌가요?"

"다소 강압적이긴 했죠."

노먼이 바로잡아 주었다.

"하지만 가능한 한 원만하게 해결해야 했어요. 칼자루를 쥐고 있는 건 그녀였으니까요."

"루시가 알고 있다는 그 일이 그렇게 안 좋은 거예요?"

미처 생각하기도 전에 무심코 말이 나갔다. 사실 이것 또한 한나가 상관할 바가 아니었다.

"불행하게도 그래요. 물론 공개된다고 해서 인생이 순식간에 엉망이 되지는 않지만, 레이크 에덴 사람들이 날 예전처럼 대하지는 않을 거예요. 게다가 내가 신경 쓰는 가장 큰 이유는 어머니 때문이에요. 그 일을 어머니가 알게 된다면 그 자리에서 쓰러지고 마실 테니까요."

한나의 마음은 갈팡질팡했다.

루시가 노먼에게 협박했다는 사실을 노먼도 인정했다. 혹시 루시가 보이드에게도 똑같은 짓을 한 게 아닐까? 그렇다면 클레어는? 쿠키단지에 찾아왔을 때 루시는 '부 몽드'의 값비싼 코트와 루앤이 어머니께 사드리려고 했다던 스카프를 매고 있었다.

루시가 한나에게 진행중이라고 했던 책은 분명 허섭스레기일 것이다. 한나의 생각은 끝없이 이어졌다. 평소와는 달랐던 화려한 루시의 치장이 사람들의 비밀을 폭로해버리겠다고 협박해서 얻어낸 결과물일 수도 있다는 의심이 들기 시작했다.

"한나?"

"네?"

한나는 산만하게 부풀었던 생각을 접고 다시 노먼에게 돌아왔다.

"내가 물었잖아요. 루시가 알아낸 것이 무엇인지 알고 싶어요?"

한나는 즉각 대답했다.

"아뇨."

"사실을 알게 되면 더 이상 날 좋아하지 않게 될까 봐 그래요?"

"나를 겨우 그 정도밖에 생각 안 하다니요!"

한나는 노먼을 향해 엄한 표정을 지었다.

"비밀이란 그저 당신만이 가지고 있어야 할 것들이에요. 나에게 털어놓기로 결심한다고 해도 그 얘기가 당신에 대한 내 감정을 변하게 하진 못해요."

"고마워요, 한나. 아마 시간이 좀 더 지나면 한나에게 얘기해줄 수 있을 거예요."

"그거면 됐어요."

한나는 노먼이 도대체 무슨 일을 저질렀는지 알고 싶은 호기심을 가까스로 억누르며 대답했다.

"신중하게 생각해봐요, 노먼. 루시가 이런 짓을 마을의 다른 사람들에게도 했을까요?"

노먼은 어깨를 으쓱했다.

"충분히 가능하죠. 기자니까 정보도 쉽게 얻을 수 있었을 테고, 그렇게 해서 내 일도 알아낸 것이니까요. 그리고 병원에 찾아와 내 비밀을 미끼로 무료 진료를 요구했을 때 한두 번 해본 솜씨가 아니라는 인상을 받았어요."

"왜 그렇게 생각했죠?"

"어떻게 해야 하는지 정확하게 알고 있었거든요. 그녀는 우선 내게 자신이 쓴 기사를 주더니 읽어보라고 했어요. 그리고는 거래를 하자고 하더군요. 만약 내가 그녀를 배신하기라도 하면, 그날로 레이크 에덴 저널의 1면에 싣겠다고 했어요."

노먼의 순진함에 한나는 깜짝 놀랐다.

"그 말을 믿었어요?"

"물론 믿지 않았죠. 로드가 그걸 인쇄할 리 없다고 생각했어요. 하지만 저널에 싣지 않더라도 사람들에게 말하고 다닐 수는 있잖아요. 레이크 에덴 같이 작은 마을에서 소문이 얼마나 빨리 퍼지는지 한나도 잘 알고 있잖아요, 그래서……."

노먼이 주저했다.

"이 말은 하면 안 되는 건지도 모르겠는데……."

"털어놔 봐요, 노먼."

한나가 명령했다.

"알고 싶어요."

"그때 나도 몹시 화가 났었어요. 그래서 빨리 그녀의 이를 치료하고 싶었죠. 가장 둔한 주사바늘을 쓸 생각이었거든요."

한나는 참을 수가 없어 웃음을 터뜨렸고, 노먼도 함께 웃는 것을 보고는 안심했다.

"그래서 정말 그렇게 했어요?"

"아뇨, 치료를 시작하고 나니 평소의 전문성이 발휘되어서 분한 마음 같은 건 다 잊어버리고 말았죠. 난 훌륭한 치과의사라구요, 한나."

"알아요."

노먼은 레드크림 소다를 한 모금 마시고는 한숨을 내쉬었다.

"내가 어떻게 하면 좋겠어요, 한나? 그랜트 서장님께 말씀드려야 할까요?"

"아직은 아니에요. 내가 알고 있는 피해자라곤 아직 당신뿐이니까요.

다른 사람이 더 있는지부터 알아봐야 할 것 같아요."

"다른 사람이 있을 거라고 확신해요?"

"네, 거의. 루시가 보이드에게 전화했었다는 사실을 잊으면 안 돼요. 아마 보이드에게도 뭔가 얻어내려 했을 거예요. 분명 당한 사람들이 더 있을 거라구요. 값비싼 것들로만 치장하고 다녔으니까."

"하지만 다른 사람들은 어떻게 찾아내려구요? 그 사람들이 갑자기 한나 앞에 나타나 사실을 털어놓진 않을 거예요. 증거가 필요해요."

"증거."

한나가 단어를 되뇌더니 이내 미소를 짓기 시작했다.

"바로 그거예요, 노먼. 루시가 당신의 비밀이 사실이라는 증거를 갖고 있었나요?"

"네, 편지를 갖고 있다고 했어요. 발신처가……."

"됐어요."

한나가 끼어들었다.

"어디서 온 건지는 몰라도 될 것 같아요. 그나저나 정말로 그녀가 증거를 갖고 있었군요?"

"그래요. 그녀가 내게 보여준 편지는 사본이긴 했지만, 진짜도 가지고 있다고 했어요."

"그렇다면 내가 해야 할 일은 루시가 그 편지를 어디에 보관하고 있는지 알아내는 거예요. 아마 다른 피해자들 것도 함께 있을 거예요. 그러니 그들이 누구인지 알 수 있을 테고, 그러면……."

한나가 갑자기 말을 멈췄고, 어느새 미소가 얼굴 가득 퍼져 나가기 시작했다.

"내가 한 말은 잊어요. 내가 너무 피곤했나 봐요. 굳이 루시의 다른 피해자들을 찾아 나설 필요가 없겠어요. 그저 증거만 훔쳐내면 돼요."

"하지만 어떻게? 루시가 그걸 어디에 뒀는지도 모르잖아요."

"신문사 사무실에는 없을 거예요. 그랬다면 로드가 쉽게 찾아냈을 테니까요."

한나는 가능성을 하나씩 지워나가기 시작했다.

"그리고 은행금고에도 넣지 않았을 거예요. 밤낮없이 그게 필요했을 텐데, 은행은 밤이면 문을 닫으니까요. 그리고 대신 믿고 맡길 사람도 없었을 거예요, 무척 중요한 증거였으니까. 그렇다면 남은 곳은 단 하나 그녀의 아파트죠."

"말 되네요. 하지만 자기 아파트를 마음대로 뒤지도록 루시가 내버려두지 않을 텐데요."

"루시의 허락은 필요 없어요. 그녀의 다음 진료가 언제죠?"

"내일 아침 7시에요. 치아의 틀을 떠야 하거든요. 하지만 그녀의 아파트를 몰래 따고 들어갈 순 없어요, 한나. 그건 불법이에요."

"협박도 그렇죠. 병원에 얼마나 잡아둘 수 있겠어요?"

"모르겠어요."

노먼이 얼굴을 찡그렸다.

그의 양심이 한창 혼란스러운 모양이었다.

"당신의 협조가 필요해요, 노먼. 적어도 한 시간은 필요해요."

완강하던 노먼도 이내 한숨을 쉬더니 결국 굽히고 말았다.

"알 만해요. 그럼, 석고에 물을 좀 섞을게요. 그러면 굳는데 시간이 오래 걸릴 테니까. 그래도 한 시간 이상은 붙잡아두지 못해요."

"그 정도면 됐어요. 작은 아파트니까 한 시간이면 충분할 거예요. 루시가 병원에서 출발할 때 나한테 전화해줘요. 그럼 언제쯤 빠져나가야 할지 알 수 있을 테니까요."

"좋아요. 하지만 영 내키진 않아요, 한나. 만약 들키면 어떡해요?"

"그렇지 않을 거예요."

한나가 노먼을 안심시켰다.

자신을 안심시켜 줄 누군가가 있으면 좋겠다고 생각하면서.

　베라 올슨의 아파트가 있는 골목길 끝에 트럭을 세우자 안드레아는 사시나무 떨듯이 몸을 떨었다.
　"정말 이렇게까지 해야 돼?"
　"당연하지."
　한나는 시동을 끄고 손목시계로 시간을 확인했다, 아침 7시.
　지금쯤 루시는 노먼의 진료의자에 앉아 있을 것이다.
　"기운 내, 안드레아. 루시의 못된 행동을 그만두게 하려면 이 방법밖에 없어!"
　"꼭 그렇지도 않은 것 같은데."
　안드레아가 다시 몸을 떨었다.
　추운 아침인데다 세찬 바람까지 휘몰아쳤지만 한나가 보기에 안드레아의 떨림은 추위 때문이라기보다는 두려움 때문인 것 같았다.
　"서두르자, 안드레아. 시간이 별로 없어. 노먼이 언제까지 루시를 병원에 붙잡아둘 순 없으니까 말이야."
　"알았어, 언니 말대로 어디 한 번 해보자구."
　안드레아는 털모자를 귀까지 푹 눌러쓴 다음 차에서 내렸다.

"트레시를 엄마한테 맡겨놓고 오길 잘했어. 제 엄마가 범죄자가 되는 현장을 목격하게 하긴 싫거든."

"넌 범죄자가 아니야. 그리고 문제가 생기면 내가 다 책임질게."

"무슨 문제?"

골목길을 걸어 내려가는 한나의 팔을 안드레아가 움켜잡았다.

"어젯밤에 전화했을 때만 해도 그런 말은 한 마디도 안 했잖아."

한나는 눈을 깜빡였다.

이 몹쓸 입을 꿰매버리든가 해야지. 하지만 뱉은 말을 주워 담기엔 이미 너무 늦었다.

"짐작컨대 아무 일도 없을 거야."

"짐작하지 못할 만한 일들은 도대체 뭔데? 어서 말해 봐, 언니."

"글쎄."

한나가 말을 멈추고 한숨을 내쉬었다. 이미 비밀 수사에 발을 들여놓았고, 되돌아가기엔 너무 멀리 왔다.

"어쩌면 들킬 수도 있잖아. 정말로 그렇게 된다면 내가 널 억지로 데려왔고, 넌 무엇 때문에 온 지도 몰랐다고 빌에게 말해줄게."

"오, 물론이지. 당연히 빌은 언니 말을 믿을 거고, 난 평생을 죄책감 속에서 살아야 할 거야, 언니."

"그럼, 트럭에서 기다릴래?"

"아니, 돕겠다고 했으니 도와야지."

안드레아의 걸음이 조금 빨라졌다.

"서둘러, 언니. 사람들 눈에 띄기 전에 어서 가자."

"아무도 우릴 못 봐. 본다고 하더라도 우리가 누구인지 모를 거고. 그래서 내가 빌의 낡은 파카와 모자를 쓰고 나오라고 말한 거잖아."

루시의 아파트 입구는 골목과 조금 떨어져 있었고, 바깥 계단 역시 무성한 나뭇가지로 가려져 있어서 한나와 안드레아는 이웃들의 눈으로부터 안전할 수 있었다.

난간으로 손을 뻗으며 안드레아가 잠시 망설였다.

"만약 루시가 예약을 취소했으면 어떡하지, 언니? 그럼, 어떡해?"

"먼저 문을 두드리는 거야. 만약 루시가 안에서 대답을 하면 생일도 축하할 겸 쿠키를 구워왔다고 말하지, 뭐. 그리고는 잠시 머물다가 나오는 거야."

한나는 손에 쥐고 있던 꾸러미를 들어올렸다.

"오늘이 루시 생일이야?"

"나도 몰라. 하지만 날짜를 잘못 알았다는 것도 좋은 핑계거리가 될 수 있으니까."

한나는 앞장서서 나무 계단을 밟아 올라갔다.

"물론 노먼에게 얘기를 잘못 들었을 수도 있겠지만, 루시는 분명 집에 없어. 한 번도 진료 약속을 깬 적이 없었고, 늘 정확한 시간에 온다고 그랬단 말이야."

"그럼, 쿠키는 왜 갖고 온 건데?"

한나는 아침부터 예민하게 구는 안드레아가 달갑지 않아 한숨을 내쉬었다.

"미리 준비해서 나쁠 건 없으니까."

마침내 루시의 집 앞에 다다르자 한나가 문을 두드렸지만 아무런 대답이 없었다.

"봤지? 집에 없을 거라고 했잖아. 쿠키 꾸러미 좀 들고 있어. 신용카드를 사용해야겠어."

"그건 왜?"

"따고 들어가야지. 문틈에 카드를 집어넣고 잠금장치가 풀릴 때까지 흔들면 문이 열리거든."

"그거론 안 될 거야. 문에 데드볼트(스프링 작용 없이 열쇠나 손잡이를 돌려야만 움직이는 걸쇠) 장치가 되어 있어. 두 번째 열쇠구멍이 보이지?"

한나는 얼굴을 찡그렸다.

안드레아의 말이 맞았다. 루시의 아파트 문은 두 개의 잠금장치가 되어 있었다.

"데드볼트는 어떻게 따는지 모르는데."

"딸 수 없어. 데드볼트야말로 도둑 방지에 안성맞춤이라고 빌이 말했거든."

안드레아는 계단 난간에 기대어 오른쪽 창문까지의 거리가 얼마인지 가늠해 보았다.

"물론 창문을 잠그지 않았다면 데드볼트도 무용지물이지만 말이야."

안드레아는 장갑을 벗어 주머니에 넣고는 덧창문을 옆으로 밀어낸 후, 안쪽 창문에 양쪽 손바닥을 대고서 살짝 밀더니 이내 창문을 들어 올렸다. 안드레아는 한나를 향해 승리의 미소를 지어 보이며 말했다.

"내가 먼저 들어갈게. 언니보다는 내가 체격이 작으니까. 내 파카 좀 들고 있어."

안드레아는 난간 위를 기어올라 창틀을 잡고 상체부터 안으로 들어가더니 이내 바둥거리는 발과 함께 하체도 안쪽으로 사라져버렸다.

잠시 후, '쿵' 하는 소리가 들리더니 문이 열렸다.

"내가 할 수 있다고 했지?"

안드레아가 자랑스럽게 웃었다.

"그렇지만 루시가 더러운 접시들을 싱크대 위에 그냥 내버려두는 바람에 접시랑 커피잔을 깼어."

비스듬한 지붕 바로 아래 자리 잡고 있어 고전적인 분위기가 풍기는 루시의 아파트는 주방, 욕실, 그리고 다용도의 커다란 방 하나로 이루어져 있었다.

한나와 안드레아는 작은 주방부터 뒤지기 시작했다. 스토브와 냉장고, 심지어 냉동실까지 모두 뒤진 다음 욕실로 향했다. 욕실은 주방보다 시간이 덜 걸렸다. 뭔가 들어 있을 만한 것이라곤 네 칸짜리 서랍장밖에 없었기 때문이다. 서랍장에는 약품 상자, 화장품, 칫솔, 반쯤 쓰고 남은 치약, 그리고 유효기간이 지난 아스피린 병밖에 없었다.

"잠깐만."

욕실을 막 나가려는 안드레아를 붙잡으며 한나가 말했다.

"변기는 살펴보지 않았잖아."

"변기?"

"영화에서 본 적이 있어. 변기 뒤쪽 물탱크 안에 뭔가를 숨겨놓기도 하는 걸."

한나는 탱크의 뚜껑을 열고 안을 살펴보았다.

"뭐, 있어?"

안드레아가 물었다.

"물밖에 없어."

"루시는 그 영화를 안 봤나 보네."

욕실 바로 옆은 다용도로 쓰이는 큰 방이었다. 그 방은 루시의 거실이자 집무실, 그리고 침실로 사용되고 있었다. 덕분에 한나와 안드레아는 모든 공간을 다 뒤지는 수고를 덜 수 있었다.

"저 문은 어디로 통하는 거지?"

루시의 침대 옆에 있는 문을 가리키며 한나가 물었다.

"1층 베라의 아파트랑 다락방. 고등학생 때 베라가 날 여기 데려온 적이 있었거든."

"왜?"

"졸업 연극에 쓸 소도구를 찾고 있었거든. 베라의 부모님이 갖고 계시던 것들이 많이 있었는데, 모두 다락방에 보관했었어. 그럼, 어디서부터 시작할까, 언니?"

"넌 옷장을 맡아, 난 화장대를 맡을게."

안드레아가 막 옷장으로 다가서는데 '똑똑' 하는 소리가 들려왔다.

두 자매는 놀란 토끼 눈으로 서로 마주보았다.

안드레아가 속삭였다.

"저게 무슨 소리지?"

"누군가 문을 두드리고 있어."

한나도 속삭였다.

"우리, 어떡해?"

한나가 잔뜩 겁먹은 안드레아를 달래려고 팔을 토닥였다.

"대답하지 않으면 돼. 그러니 진정해, 안드레아. 열쇠를 갖고 있다면 문을 두드릴 이유가 없잖아."

노크소리는 몇 번 더 이어지더니 이내 조용해졌다.

두 자매는 계단 쪽으로 멀어져가는 발걸음 소리를 들으려 숨을 죽이며 귀를 기울였다. 하지만 아무런 소리도 들리지 않았다. 한나와 안드레아는 숨 막히는 긴장 속에서 기다리고 또 기다렸다. 그때 노크소리가 다시 시작되었다.

"진짜 끈질기네."

안드레아가 속삭였다.

"그러게, 지금쯤이면 손목이 시큰거릴 때도 됐는데."

한나는 루시의 침대 너머를 가리키며 말했다.

"엎드려 있어, 안드레아. 주방쪽 창문으로 밖을 살펴보고 올게."

한나는 까치발로 살금살금 걸어가 싱크대 앞 창문에 가까워지자 벽에 바짝 붙었다. 만약 방문객이 한나를 발견한다면 주인도 없는 집에서 무엇을 하고 있었는지 진땀을 흘리며 설명해야 할 것이다.

창문에는 흰색 플라스틱 봉에 노란색 커튼이 달려 있었다. 안드레아가 창문을 닫아놓긴 했지만, 커튼 사이로 꽤 넓은 틈이 나 있었다. 한나는 틈 사이로 밖을 내다보았다.

계단이 보였지만 사람이라곤 그림자도 보이지 않았다. 하지만 노크소리는 여전했다. 마치 비밀의 방을 지키고 있는 애드가 앨런 포(미국의 시인, 소설가)의 까마귀(애드가 앨런 포의 유명한 시 '갈까마귀'에 등장하는 까마귀) 소리처럼 말이다.

포의 까마귀? 생각이 그곳에 미치자 한나는 씩 웃었다. 그리고는 양손으로 커튼을 열어 젖혔다. 빨간머리 딱따구리가 말똥말똥한 눈을 빛내며 현관의 나무틀을 쪼아대고 있었다. 딱따구리는 한나와 눈이 마주치자 잠시 멈칫하더니 이내 계단 옆의 커다란 소나무로 날아가 버렸다.

안드레아에게 돌아온 한나는 웃음을 멈출 수가 없었다. 안드레아는 침대 뒤에서 어떻게 된 일인지 조심스럽게 살피고 있었다.

"이제 나와도 돼, 안드레아. 그냥 딱따구리였어."

"딱따구리?"

안드레아는 부끄러운 듯 비좁은 공간에서 빠져나와 안고 있던 베개를 다시 침대 위로 던졌다.

"문틀에 벌레가 있었나 봐. 날 보자 날아가 버렸어."

안드레아는 큰소리로 안도의 한숨을 내쉬었다.

"보이드를 죽인 살인범이 아닐까 생각했어. 자꾸만 살인범이 손에 칼을 쥐고 문 앞에 서 있는 모습이 그려지지 뭐야."

"노크를 할 만큼 예의바른 살인범은 없어."

한나가 안드레아를 재촉했다.

"어서 시작해, 안드레아. 네가 옷장을 살펴볼 동안 난 화장대랑 침대를 살필게."

안드레아가 옷장을 살피는 동안 한나는 화장대 서랍을 모두 열어보았다. 화장대 탐색이 끝나자 무릎을 굽혀 침대 밑을 살폈다.

"새 옷이 엄청 많아."

루시의 새 옷에 압도당한 듯 안드레아가 외쳤다.

"가격표도 떼지 않은 옷들이 대부분이야. 전부 '부 몽드' 건데."

루시의 베개 커버를 벗겨 거꾸로 흔들면서 한나가 고개를 끄덕였다.

"그거야말로 클레어가 피해자 중 한 명이라는 걸 증명해주는 거네. 루시는 '부 몽드'에서 옷을 살 만한 형편이 못 돼. 아마 클레어에게서 공짜로 얻었을 거야."

"어쨌든 옷장에는 아무것도 없어, 언니."

길고 좁은 공간에서 안드레아가 불쑥 나타났다. 머리는 온통 헝클어졌고, 스웨터에는 거미줄까지 묻어 있었다.

"루시는 우수 주부상을 받긴 글렀어. 옷장이 아주 엉망이야. 이젠 어딜 살펴볼까?"

"가구 밑을 봐. 가구 밑에 테이프로 붙여놨을 수도 있으니까. 그리고 소파도 잊지 마. 베개며 쿠션이며, 안에 뭔가 들은 게 없는지 두드려봐. 난 책상을 볼게."

루시는 접이식 뚜껑이 달린 앤틱 책상을 쓰고 있었다. 한나는 감탄스러운 눈빛으로 책상을 바라보았다. 엄마도 이것과 비슷한 책상을 갖고 있는데 가장 아끼시는 것 중 하나였다.

앤틱 경매장에서 집까지 책상을 나르는 걸 도왔을 때, 엄마는 앤틱 책상에 비밀 서랍이 어디에 붙어 있는지 한나에게 알려주었다. 다행히 한나는 지금까지도 그 위치를 생생하게 기억하고 있었다. 책상 서랍을 모두 뒤진 다음, 서랍 한 칸을 빼내고 그 안으로 손을 집어넣어 고리를 벗겼다. 그러자 딸각 소리와 함께 책상의 뒷면이 열렸다.

한나는 안쪽으로 손을 넣어 두 개의 둥근 마분지가 부착되어 있는 회색 봉투를 꺼냈다. 마분지 하나는 봉투의 앞면에, 다른 하나는 뒷면에 붙어 있었다. 그 둘은 빨간색 실로 연결되어 있어 사실상 봉인 역할을 해주고 있었다.

"뭔가 찾았어, 안드레아."

안드레아가 서둘러 달려왔고, 한나는 조심스럽게 실을 풀었다.

"어디서 찾았어?"

"비밀 서랍."

"이 봉투는 옛날식이야. 이런 봉투는 판매가 중단된 지도 꽤 오래 됐을 거야."

"네 말이 맞아."

한나는 얼굴을 찌푸렸다.

"이 책상의 본래 주인 것일 수도 있어."

실이 다 풀리자 한나는 봉투 안을 들여다보고는 깜짝 놀라고 말았다. 안에는 백 달러짜리 돈뭉치가 한 다발 들어 있었다.

"이게 다 얼마야?"

돈다발을 뚫어져라 바라보며 안드레아가 물었다.

"모르겠어, 한 번 세어볼게."

한나는 돈을 모두 세어보더니 안드레아에게 말했다.

"이천 달러야, 이 돈은 책상의 원주인 것이 아니라 루시 거야. 그녀가 비밀 서랍 안에 숨겨놓은 거라구."

"그걸 어떻게 알아?"

"지폐 중 몇 장은 최근에 찍어낸 새 것이거든."

"그거 어떻게 할 거야?"

"아직 모르겠어. 이 돈이 어디서 난 것이냐에 따라 다르지."

한나는 다시 책상 안으로 손을 집어넣어 또 다른 봉투를 꺼냈다.

업무용 크기의 백색 봉투에는 발신처 위로 시애틀 경찰서의 휘장이 새겨져 있었다.

"그건 뭐야?"

"바로 이것 때문에 노먼이 협박당한 거였군."

한나는 봉투를 접어 청바지 뒷주머니에 넣었다.

"노먼에게 돌려줘야겠어."

"열어보지 않을 거야?"

"응."

"노먼이 무슨 짓을 했는지 궁금하지 않아?"

"물론 궁금하지만 노먼이 스스로 얘기할 때까지 기다릴 거야."

한나는 안드레아를 돌아보았다.

안드레아가 한나를 이상야릇한 표정으로 쳐다보고 있었다.

"왜?"

"다른 사람 것이었다면 아마 열어봤을 거야. 언니는 분명 언니가 생각하는 것보다 훨씬 더 노먼을 좋아하는 것이 분명해."

한나는 아무 대꾸없이 또 다른 서랍으로 손을 뻗었다.

안드레아는 노먼과의 로맨스를 의심하는 듯했지만, 노먼에 대한 감정을 안드레아와 의논하고 싶지 않았다. 노먼은 친구일 뿐이다, 한나의 가장 친한 친구. 지금으로선 그것만으로 충분했다.

"또 뭐가 있어?"

안드레아가 물었다.

"사진이랑 사진의 원판. 드디어 찾아낸 것 같아, 안드레아."

"루시의 비열한 무기 은닉처 말이지?"

"그거 은유법이 혼합된 거 아냐? 뭐, 어쨌든 중요한 건 우리가 찾았다는 거야. 루시가 갖고 있는 사진들을 좀 보라고!"

"여기 클레어랑 바스콤 시장이 블루문 호텔로 들어가는 걸 찍은 사진이 있어."

첫 번째 사진을 들여다보던 안드레아는 약간 충격을 받은 듯했다.

"'부 몽드'의 옷을 몽땅 안겨준 것도 무리는 아니었네!"

"루시는 분명 시장을 물고 늘어졌을 거야. 그는 유부남이라 부인에게 사진을 들키면 곤란했을 테니까."

한나는 사진을 내려놓고 또 다른 사진을 집어들었다.

"레이크 에덴 호텔에서 찍은 것도 있어."

"그래, 여긴 로비의 프런트 데스크 앞이야. 이 두 남자는 누구지?"

"한 명은 럿지 씨야, 심사위원단에서 나온 사람. 그리고 다른 한 명은 참가자의 남편이야. 이름은 생각이 안 나는데……, 근데 이 사람, 우리가 방금 찾은 회색 봉투를 들고 있어."

"돈이 들어 있던 봉투?"

"똑같아 보이는데."

"혹시 아내를 잘 봐달라고 럿지 씨에게 뇌물을 준 게 아닐까?"

"그러려고 했을 거야. 하지만 루시가 돈을 갖고 있는 것을 보면 럿지 씨가 거절했고."

안드레아는 잠시 생각하더니 이내 입을 열었다.

"그거 말 된다. 이 남자가 무엇을 하려고 했는지를 알게 된 루시가 남자 앞에 나타나 그를 협박한 거지. 돈을 주지 않으면 그 일을 폭로해 버리겠다고 말이지."

"바로 그거야."

한나는 또 다른 사진을 가리켰다.

"이걸 봐, 루시가 다니엘의 집 주방 창문을 통해 찍은 거야."

사진을 들여다보며 안드레아는 눈을 깜빡였다.

"이건 보이드잖아. 다니엘을 때리고 있어. 다니엘은 겁에 질려 있고, 보이드는 무척 험상궂은 표정이야."

"험상궂지."

한나의 음성이 딱딱하게 굳었다.

"보이드에게는 동정조차 느껴지지 않아. 나쁜 짓을 했다고 해서 참혹하게 죽어 마땅하다고는 할 수 없겠지만, 어쨌든 다니엘이 더 이상 고통받지 않아도 된다는 것이 무척 다행스러워."

"동감이야. 이 사진을 찾아내서 정말 잘 됐어, 언니. 루시가 왜 보이드에게 전화를 걸었는지 알게 됐잖아. 분명 사진을 빌미삼아 돈을 뜯어내려 했던 거야."

한나는 꽤 오랫동안 사진을 들여다보았다. 깊은 생각에 잠긴 그녀의 이마에 주름이 졌다.

"이 사진은 분명 보이드의 죽음과 관련이 있을 거야. 하지만 정확히 그게 뭔지 잘 모르겠어."

"그건 나도 마찬가지야, 만약……."

안드레아의 말꼬리가 길게 늘어지는가 싶더니, 이내 그녀의 얼굴이 새하얗게 질렸다.

"혹시 루시가……, 그러니까 보이드가 그녀에게 돈을 주지 않아 몹시 화가 났다면……, 보이드를 죽일 수도 있지 않았을까?"

"아니."

확신 어린 어조로 한나가 대답했다.

"루시는 작고, 보이드는 커."

"그래서?"

"보이드의 상처는 위에서 아래로 내려쳐서 생긴 거였어. 루시가 그렇게 강한 힘으로 보이드의 머리를 내려치려면 의자에라도 올라가야 했을 거야."

"좋아, 알 것 같아. 하지만 만약 보이드가 무릎을 꿇고 한 번만 눈감아 달라고 빌고 있었다면?"

"루시에게? 보이드는 루시보다 45kg은 더 나가. 게다가 보이드가 여자를 때리는 걸 망설이는 타입이 아니란 걸 잘 알고 있잖아. 자신이 위험하다고 느꼈다면 루시가 손에 망치를 들고 있든 어쨌든, 그녀를 덥석 들어서 벽으로 던져버릴 수 있었을 거야."

"하지만 보이드가 무릎을 꿇도록 루시가 속임수를 썼을 수도 있잖아. 뭔가를 일부러 떨어뜨려 차 밑으로 굴러갔는데, 보이드가 그걸 주워주려 했다거나."

"그것도 말이 안 돼."

한나가 나섰다.

"차고 바닥에는 기름자국이 있었어. 보이드는 밝은 회색 바지를 입고 있었고. 그가 바닥에 무릎을 댔다면 바지에 자국이 남았을 거야."

안드레아는 크게 안도의 한숨을 내쉬었다.

"다행이야, 언니. 잠시였지만 살인자의 아파트를 뒤지고 있었다는 생각을 하……."

"쉿!"

갑자기 한나가 안드레아의 팔을 잡았다.

"무슨 소리가 들렸어!"

"또 딱따구리인가?"

"이번엔 아니야."

두 자매는 숨을 멈추고 낮게 귀를 기울였다.

멀리서 발걸음 소리가 들리고 있었다.

한나는 안드레아를 돌아보며 말했다.

"베라야, 실내 계단으로 올라오고 있어."

"우리가 돌아다니는 소리를 들은 게 분명해."

잔뜩 겁에 질린 얼굴로 안드레아가 말했다.

"우린 잡히고 말 거야, 언니!"

"아니, 그렇지 않아. 어서 옷장에 숨어. 나도 금방 갈게."

한나는 안드레아를 살짝 밀었다.

"서둘러!"

한나는 찾아낸 증거들을 한 데 모아 비밀 서랍 앞에 쑤셔 넣고는 서랍을 원래 자리에 집어넣었다. 그런 다음 코트와 모자, 그리고 쿠키 꾸러미를 들고 가능한 한 빨리 옷장으로 달려 들어갔다.

만약 베라 올슨이 두 자매를 발견한다면 그 자리에서 바로 빌과 마이크에게 신고할 것이다. 빌과 마이크는 한나가 선동자라는 사실을 쉽게 믿을 테지만, 한나가 자신의 말을 무시하고 또다시 살인사건에 끼어들었다는 사실을 마이크가 알게 된다면, 당장에 한나를 철창 안에 가두고 그 열쇠마저 녹여버릴 것이다.

"우리가 여기 있는 건 모를 거야."

한나는 얼굴에 자꾸만 거치적거리는 붉은색의 긴 스커트를 옆으로 치우며 속삭였다.

"어떻게 알아?"

"도둑이 들었다고 생각했다면, 아래층에서 경찰을 불렀겠지."

안드레아는 잠시 말이 없더니 다시 속삭였다.

"언니 말이 맞아, 엄마 나이대의 노인이 홀로 도둑과 맞붙을 생각을 한다는 건 말도 안 돼."

옷장 저편에 자그맣게 나 있는 창문을 통해 들어오는 희미한 빛 속에서 한나는 미소를 지었다. 베라 올슨은 자신이 쉰 살이라고 얘기하고 다녔지만, 한나는 예전에 학교 도서관에서 1957년도 조단 고등학교 졸업앨범을 훑어보다가 베라 올슨의 사진을 발견했었다.

그러니 실제 그녀의 나이는 예순 살에 가까울 것이다. 하지만 그녀가 자신의 나이를 속이려 마음먹었다면, 한나가 나서서 굳이 그걸 방해할 생각은 없었다. 루시의 옷장문은 소나무 경첩으로 만들어져 있었다.

한나는 안드레아에게 문에 난 옹이구멍을 가리켰다. 그리고 또 다른 구멍을 찾아내 두 자매는 사이좋게 구멍 사이로 베라가 무엇을 하는지 내다보았다.

　루시의 침대 옆에 있던 문이 활짝 열려 있었고, 방 안으로 발을 들여놓는 베라의 얼굴에는 미소가 가득했다. 도둑이 들었다고 생각했다면 저렇게 환하게 웃진 않겠지.

　한나와 안드레아는 안전했다, 적어도 지금까지는.

　베라는 방을 가로질러 옷장 맞은편에 있는 루시의 컴퓨터로 향하더니 전원 버튼을 누르고, 모니터를 켠 후 한나와 안드레아를 향해 등을 보인 채로 의자에 앉았다. 안드레아는 팔꿈치로 한나를 슬쩍 찔렀다.

　혼란스러운 표정의 안드레아를 향해 한나는 어깨를 으쓱해 보이고는 자신의 눈을 가리켰다. 그러자 안드레아도 고개를 끄덕였다. 두 자매의 대화는 말없이도 완벽하게 통했다.

　'지금 베라가 뭘 하는 걸까, 언니?'

　'나도 몰라, 계속 지켜보자.'

　'좋아.'

　컴퓨터가 부팅되기를 기다리며 베라는 낮은 소리로 노랫가락을 흥얼거렸다. 방이 좁은데다가 루시의 17인치 모니터는 본체 위에 올려져 있었기 때문에 한나와 안드레아는 스크린을 훤히 볼 수 있었다.

　부팅이 끝나자 베라는 인터넷 접속 아이콘을 클릭했다. 그러자 전화 신호음이 들려오더니 자동입력 해놓은 다이얼 소리가 경쾌한 음악처럼 이어졌다. 몇 개의 자동음이 더 들리는가 싶더니 이내 컴퓨터에서 목소리가 흘러나왔다.

　"'뜨거운 게 좋아' 님, 환영합니다. 새 메일이 있습니다."

안드레아는 킥킥대는 웃음소리를 막기 위해 두 손으로 입을 가렸고, 한나 역시 억지로 침을 삼켰다. 베라의 아이디가 '뜨거운 게 좋아'라는 사실은 두 자매를 침묵 속에서 자지러질도록 웃게 만들기에 충분했다.

베라가 메일 아이콘을 누르자 스크린에 새 편지가 떴다. 블록체로 쓰인 편지를 읽어 내려가는 자매에게 어느새 웃음이 사라지고 있었다.

> 안녕, 뜨거운 게 좋아
> 얘기했던 사진, 보내. 그저 클릭해서 다운로드 받기만 하면 돼. 당신의 달콤한 목소리가 듣고 싶군. 오늘 밤에 전화할게, 사랑해.
>
> 은빛 늑대로부터

한나와 안드레아가 지켜보는 가운데 베라는 사진을 다운받았다. 은발의 남자가 스크린 위에 모습을 보였다. 카메라를 향해 웃고 있는 그는 고급스러운 요트 위에서 손을 흔들고 있었다. 베라는 루시의 컬러프린터를 이용해 사진을 출력했다. 그리고는 여전한 미소로 답장을 써내려가기 시작했다.

> 은빛 늑대에게
> 내 사진은 내일 보낼게, 적당한 걸 찾아야 해. 당신 전화 기다리지. 나도 사랑해.
>
> 뜨거운 게 좋아로부터

베라 올슨은 컴퓨터상에서 사랑을 속삭이고 있었다. 개인 메시지를 삭제하고 루시의 컴퓨터를 끈 후, 베라는 한 손에 은빛 늑대의 사진을 쥔 채로 경쾌한 발걸음으로 방을 가로질러 나가버렸다.

멀어지는 베라의 발소리에 귀 기울이며 한나와 안드레아는 잠시 동안 꼼짝도 하지 않았다. 그녀가 아래층으로 내려간 것이 확실하자 한나는 안드레아를 콕콕 찔렀다. 그리고는 옷장에서 나와 서로를 쳐다본 후, 이내 큰소리로 웃음을 터뜨렸다.

"베라가 은빛 늑대한테 진짜 자기 사진을 보낼까?"

안드레아가 물었다.

"왜 안 되겠어? 나이에 비해 아직은 괜찮잖아."

"손톱만 좀 더 잘 손질한다면 훨씬 나을 거야."

"아마도."

한나는 큭큭댔다.

외모에 대한 평이라면 안드레아에게 맡겨 두는 것이 좋다.

"서두르자, 벌써 7시 35분이야. 증거물은 갖고 가야겠지?"

"안 그래도 생각해봤는데, 이걸 갖고 가면 루시가 눈치채지 않을까?"

"당연히 알아채겠지. 하지만 누가 가져갔는지 모를 거야. 잃어버렸다고 말하고 다닐 수도 없는 것들이니 말이야."

안드레아가 미소 지었다.

"맞아, 그러려면 어떻게 손에 넣게 됐는지부터 설명해야 할 테니까. 돈은 어떻게 할 거야? 그것도 갖고 갈 거야?"

"물론이지, 이건 처음부터 루시의 것이 아니었으니까 본주인인 참가자의 남편에게 돌려주고 따끔하게 충고해줄 거야."

그때 안드레아가 컴퓨터 옆에서 마닐라지(포장지의 일종)로 된 봉투들을 발견하고는 한나에게 건네주었다.

"여기에 집어넣어. 내 파카에 숨겨 가게."

"좋은 생각이야."

한나는 서랍을 열고 책상 뒤쪽에서 찾아낸 증거물들을 모두 봉투 안에 넣었다. 그리고 비밀 서랍 깊숙한 곳까지 손을 넣어 빠뜨린 것이 없는지 다시 한 번 확인했다.

"여기도 필름이 있어, 가져가서 노먼에게 현상해 달라고 해야겠다."

안드레아는 컴퓨터 본체 위에 굴러다니는 필름 몇 개를 가리켰다.

"꽤 많이 있는 걸? 이것도 전부 가져갈까?"

"아니, 중요한 것이었다면 루시가 이렇게 아무데나 두지 않았을 거야. 하지만 비밀 서랍 속에서 들어 있던 필름은 얘기가 다르지. 시간이 없어서 미처 현상하지 못한 증거사진일 거야."

"두고 가는 게 없는지 내가 마지막으로 둘러볼까?"

안드레아가 제안했다.

"그래, 주방이랑 욕실을 잘 살펴봐. 난 여길 맡을게."

아무 흔적도 남기지 않았다는 걸 확신한 찰나 전화벨이 울렸다.

손목시계를 내려다본 한나는 얼굴을 찡그렸다. 7시 40분이었다.

약속대로라면 노먼이 루시를 8시까지 진료의자에 잡아두어야 한다.

"노먼일까?"

염려스러운 얼굴로 안드레아가 문간에 와 섰다.

"모르겠어, 자동응답기가 받게 내버려두자."

전화벨이 두 번, 세 번 울리고, 네 번째 벨이 울리기 직전에 자동응답기로 넘어갔다.

한나와 안드레아는 응답기에서 흘러나오는 메시지에 귀를 기울였다.

"저널리스트 루시 리차드입니다. 연락처를 남겨 주시면 돌아오는 대로 전화 드리겠습니다."

한나는 천장을 향해 눈을 굴렸다.

루시가 저널리스트다울 때라고는 웨딩드레스를 묘사할 때뿐이었다.

"루시? 집에 있어요, 루시?"

스피커에서 흘러나오는 낯익은 목소리에 한나의 눈이 휘둥그레졌다. 노먼이었다, 그의 음성은 매우 긴박했다.

"당신 때문에 병원에 7시에 나왔는데, 30분이 지나도 오지 않는군요. 더 이상 당신을 기다리고 있을 수 없어요. 진료 일시를 다시 잡아야 하니 전화해줘요."

자동응답기가 '틱' 소리와 함께 꺼졌다.

안드레아는 놀란 토끼 눈으로 한나를 쳐다보았다.

"서둘러, 안드레아. 어서 도망쳐야 해."

노먼의 병원으로 들어서는 한나의 심장은 여전히 두근거리고 있었다. 루시의 아파트에서 바람같이 빠져나온 한나와 안드레아는 운 좋게도 루시와 마주치는 불상사는 겪지 않았다. 문소리를 듣자 노먼이 유리창 앞으로 모습을 보였다.

한나와 안드레아를 본 노먼은 매우 안도하며 말했다.

"루시의 집에 가지 않아 얼마나 다행인지 몰라요! 루시가 약속한 시간에 나타나지 않았거든요. 예약 취소 전화도 없었구요."

"우리, 갔었어요."

노먼이 진작 전화로 그 사실을 알려주지 않았다는 사실에 한나는 여전히 화가 나 있었다.

"당신 전화를 받자마자 빠져나왔어요. 왜 빨리 일러주지 않았죠?"

"그러려고 했어요. 처음에는 그저 조금 늦는가 보다 생각했는데, 10분이 지나도 오질 않자 안드레아의 핸드폰으로 연락했죠."

노먼이 안드레아를 돌아보며 말했다.

"받지 않더군요, 적어도 12번은 더 했을걸요."

안드레아가 한숨을 쉬었다.

"언니 트럭에 두고 갔었어요. 아파트에 몰래 들어갔는데 전화벨이 울리기라도 한다면 곤란할 테니까요. 베라가 들을 수도 있고."

"어쨌든 아무 일도 없었으니, 됐어."

한나가 안드레아를 안심시켰다. 그리고는 뒷주머니에서 시애틀 경찰서 로고가 찍힌 봉투를 꺼내 노먼에게 건네주었다.

"이거, 당신 거죠?"

봉투를 내려다보던 노먼의 입이 쩍 벌어졌다.

"찾았군요!"

"그것 외에도 많이요."

안드레아가 파카 안주머니에 손을 넣어 마닐라 봉투를 꺼냈다.

"우리가 알아낸 피해자만 다섯이에요. 아마 더 있을 거예요."

"더요?"

"그래요."

한나는 봉투를 열어 필름통을 꺼냈다.

"루시의 접이식 책상에 숨겨져 있는 비밀 서랍에서 발견했어요, 이 필름도요. 분명 이 안에 증거가 될 만한 것이 더 있을 거예요. 그렇지 않다면 굳이 숨기지 않았겠죠. 그러니 이 필름 좀 현상해 줄래요?"

노먼은 진료예약 장부를 보더니 이내 고개를 저었다.

"도와주고 싶지만, 하버솀 부인이 8시 30분에 오기로 되어 있어요. 45분 안에 집으로 달려가 필름을 현상할 방법은 없어요."

"하버솀 부인이라면 나한테 맡겨요."

안드레아가 제안했다.

"그녀가 오면 노먼이 응급진료 때문에 외출했다고 말하고 예약을 다시 잡아놓을게. 그리고 카페로 모셔가 상황을 이해해준 것에 대한 감사의 뜻으로 아침을 대접하면 그렇게 많이 화내진 않으실 거야. 오히려 좋아하실걸."

한나는 깜짝 놀라 안드레아를 쳐다보았다.

평소의 안드레아라면 자기 시간에 대해 이렇게 관대하지 않았다.

"너, 혹시 메이플 거리에 있는 하버솀 부인의 2층집 때문에 그러는 거야?"

"뭐……, 사실 그렇지."

안드레아의 얼굴이 살짝 홍조를 띠었다.

"언젠가는 하버솀 부인과 얘기해볼 생각이었거든. 마침 그 집에 관심 있어 하는 고객이 있어서 말이야. 아마 꽤 괜찮은 이득을 남길 수 있을 거야."

한나는 씩 웃었다.

부동산 매매 얘기만 나오면 눈이 반짝이는 안드레아였다.

안드레아는 적어도 1년 전부터 하버쉠 부인에게 그 2층집을 팔라고 설득하고 있었다.

"그렇게 해준다면, 난 고맙죠."

노먼이 동의했다.

"10시까지는 진료가 없거든요. 그러면 시간은 충분하죠. 그럼, 어서 필름을 챙겨요, 한나. 우리 집 암실에서 무슨 사진인진 살펴봅시다."

"어머니께서 저를 보고 굉장히 놀라셨나 봐요."

노먼이 손수 꾸민 암실에 들어서며 한나가 말했다.

"이층, 내 방으로 올라가겠다고 당신이 말했을 때, 어머니께서 허락하시리라곤 생각도 못했어요."

노먼이 웃었다.

"이건 내 실수에요. 내가 사진 현상 때문에 2층으로 올라간다고 말씀드렸어야 했는데, 비즈먼 부인이 계시지만 않았어도 괜찮았을 거예요. 어머니야 당신에 대해 소문내고 다니실 리가 없겠지만, 비즈먼 부인은 자신 없어요."

"나 역시 그래요. 비즈먼 부인이라면 온 동네 사람들에게 이야기하고 다닐 테니까요."

필름을 건네주는 한나를 노먼은 뚫어져라 쳐다보았다.

"그다지 화난 것 같진 않네요."

"안 났어요. 나를 아는 사람이라면 그 말을 믿지 않을 테니까요. 그리고 나를 모르는 사람이라면 그런 소문거리에 크게 신경 쓰지 않겠죠."

"아주 좋은 태도네요."

노먼이 필름통을 불빛 가까이 가져갔다.

"모두 흑백사진이네요. 마침 흑백사진 현상도구를 갖추고 있어 다행이에요. 대비되는 색상 구조를 좋아하기 때문에 흑백사진 현상부터 시작했거든요. 컬러사진을 인화하기 시작한 건 그로부터 십년도 넘어서죠. 이젠 대부분 컬러사진만 찍으니까요."

"그렇다면 루시가 흑백사진을 찍은 건 이상한 일이군요."

"그렇지도 않아요. 루시는 로드 밑에서 일하잖아요. 로드는 비싼 컬러사진 인화를 하지 않으니까 로드의 암실에서 작업하려면 루시도 흑백필름을 사용해야 했을 거예요. 로드는 흑백사진 인화만 자기 암실에서 작업하고 컬러사진은 다른 스튜디오로 보낸다더군요."

"그렇다면 이해가 되네요. 르시라면 중요한 사진이 든 필름을 다른 스튜디오로 보내고 싶진 않았을 테니까요."

"저기 가서 앉아요, 한나."

노먼이 구석에 있는 의자를 가리키며 말했다.

"물통에 사진을 담그기 전까진 완전히 캄캄해야 하거든요."

한나는 의자로 가 앉았다. 암실에는 한 번도 들어와 본 적이 없는 그녀로서는 모든 것이 신기했다.

"어두운 데 뭘 하고 있는지 다 보여요?"

"아니요. 하지만 많이 해본 작업이니까 내 손가락들이 동작을 기억하고 있어요. 대부분의 사진작가들은 장갑을 끼곤 하지만, 난 안 써요. 장갑을 끼면 손에서 땀이 나거든요. 이제 불을 끌 거예요. 준비됐어요?"

"준비됐어요."

한나는 손을 뻗어 구유통같이 생긴 싱크대 가장자리를 붙잡았다. 현기증에 비틀대다 의자에서 떨어지고 싶지 않았다.

노먼이 불을 끄자, 한나는 주변을 둘러보았다. 밖은 환한 대낮이었지만, 암실에는 한 줄기 빛도 뚫고 들어올 틈이 없었다. 완전한 어둠 속에서 한나는 예상대로 약간의 현기증을 느꼈다. 그나마 싱크대를 붙잡고 있는 것이 도움이 되었다. 게다가 어둠 속에서는 무슨 소리든 크게 들렸다. '뽁' 하는 소리에 한나는 노먼이 필름통의 뚜껑을 열고 있다는 걸 알았다.

감긴 뭔가를 풀어내는 듯 슥슥 소리에 이어 바스락 소리가 들려왔다. 방 안의 그 어떤 것도 시야에 들어오지 않자 한나는 조금 막막해졌다. 눈이 보이지 않는 사람들이 항상 이런 기분일 거라고 생각하니 한나는 자신의 눈이 말짱하다는 사실이 새삼 고마워졌다.

그때 금속 물질에 뭔가를 두드리는 소리가 들렸다. 아마 현상 트레이일 것이다. 뒤이어 철그렁 소리가 들렸고, 이내 암실에 환하게 불이 들어왔다.

"100와트이긴 하지만, 밝죠?"

"동공이 확장되기 때문에 그렇게 보이는 거겠죠? 이젠 뭘 할 거죠?"

"현상액을 따르고 2, 3분 동안 부드럽게 저어주면 돼요. 내가 현상액을 따를게요."

"불을 또 꺼야 하나요?"

"아뇨, 용기에 차광 장치가 달려 있어서 괜찮아요."

노먼이 현상액을 따르자, 자극적인 냄새가 풍겼다. 노먼은 맞춰놓은 타이머가 꺼질 때까지 용액을 휘저었다. 그런 다음 용액을 덜어내고는 또 다른 병을 집어서 부었다.

"그게 정지욕이에요?"

한나가 물었다.

"맞아요."

노먼은 몇 초간 더 트레이를 흔들더니 정지욕도 부어냈다.

"이젠 정착제를 써야 해요."

한나는 타이머가 '틱틱' 거리는 소리를 가만히 듣고 있었다. 그녀가 있는 곳에서는 시침이 보이지 않았지만, 알람이 울렸을 때 3~4분 정도가 지났다는 걸 알 수 있었다.

"이젠 뭘 하죠?"

"트레이에서 사진을 꺼내서 5분에서 10분간 씻어줘야 해요. 포토플로(사진 현상 때 필름의 얼룩 방지 위해 사용하는 용액)를 넣고 건조대에 넣어야죠."

"건조대요?"

한나가 물었다.

"설마 내가 생각하는 그건 아니겠죠?"

"아니에요, 사진용 건조대는 따로 있으니까요."

"그러면 사진 현상이 끝난 건가요?"

"아니에요, 사진의 껍데기를 벗기고 확대기에 넣어야 해요. 그 부분이 제일 재미있을 거예요, 한나. 사진이 출력되어 나오는 게 마치 마법 같거든요."

"하지만 어두운 데서 사진을 어떻게 봐요?"

"어둡지 않을 거예요. 안전등을 켜거든요. 흐린 주황빛이지만, 볼 수는 있을 거예요."

"정말 흥미롭네요, 노먼. 나도 사진에 관심이 생기기 시작했어요. 그럼, 안전등 켜줄 거죠?"

"물론이죠."

노먼이 스위치를 켜자 방 안에 가득했던 환한 빛이 사라지고 주황색의 희미한 빛이 차츰 번져갔다. 한나는 새로운 빛에 적응하기 위해 눈을 여러 번 깜빡였다.

불빛은 마치 어느 여름날의 캠프파이어 불빛을 떠올리게 했다. 한나는 간이침대도, 캠프장의 음식도, 상담 선생님들도 모두 딱 질색이었다. 각자 뭔가의 임무를 맡아 겉으로만 즐거운 체하는 단체 활동이라면 고개를 절레절레 흔들 만큼 싫어했지만 어둑어둑한 장작들 위로 둥글게 솟아오르는 캠프파이어의 불길만큼은 정말 좋아했었다.

"배우고 싶어요?"

노먼의 질문이 얼음처럼 차갑던 호수와 모기로부터의 시달림, 속은 덜 익고 겉은 탄 핫도그의 기억으로부터 한나를 불러냈다.

"뭘요?"

"사진 말이에요. 내가 가르쳐줄 수 있어요."

한나는 잠시 생각했다.

"네, 배울래요. 하지만 꿈의 집을 설계하는 일도 잊으면 안 돼요."

"어머니께 이 말씀을 안 드리길 잘했죠."

노먼이 장난스러운 미소를 지으며 말했다.

"그렇지 않았으면 비즈먼 부인이 전화통에 불이 나도록 온 동네에 소문을 냈을 거예요."

노먼이 주방으로 들어서며 말했다.

"한나? 사진이 나왔어요."

"오, 잘됐네요. 마침 기다리기 지루하던 참이었거든요."

한나는 비즈먼 부인 앞에서 최대한 순진한 미소를 가장하며 말했다.

사진이 현상되는 동안 아래층에서 어머니와 비즈먼 부인과 함께 커피라도 들면 어떻겠냐고 노먼이 제안했던 것이다.

"대화 즐거웠어요, 비즈먼 부인. 그리고 로드 부인도요."

한나는 자리에서 일어나 노먼을 따라 계단을 올랐다.

충분히 멀어졌다고 생각되자마자 한나가 물었다.

"몇 장이나 돼요?"

"네 장이에요. 한 장은 괜찮은데, 다른 세 장은 상태가 좋지 못해요."

"겨우 네 장이요? 그럼, 나머지 필름은 뭐예요?"

"모두 비었어요. 루시가 찍고 싶은 것만 찍었나 봐요."

노먼이 암실 문을 열자 한나는 안으로 들어섰다.

사진은 카운터 위에 일렬로 늘어서 있었다.

"찍힌 순서대로 늘어놨어요."

"첫 번째 것은 레이크 에덴 호텔에서 샐리 래플린을 찍은 것이구요."

노먼이 설명했다.

한나는 샐리의 사진을 내려다보았다. 사진 속의 샐리는 호텔 주방의 오븐에서 버섯요리 쟁반을 꺼내고 있었다. 두 번째 사진으로 시선을 옮기던 한나는 이내 얼굴을 찌푸렸다. 흐린 빛 때문에 사진의 배경이 하나도 보이지 않았다.

"이게 무슨 사진이에요?"

"나도 모르겠어요. 무슨 건물인 것 같은데, 여기 차도 있고……."

노먼이 손가락으로 가리켰다.

"그리고 남자 둘이 있죠. 좀 더 밝게 현상해보려 했는데, 잘 안 됐어요. 루시가 플래시를 터뜨리지 않아서요."

한나는 세 번째 사진을 살펴보았다.

두 명의 남자가 좀 더 선명하게 나타나 있었다. 두 번째 사진은 둘이 서서 뭔가 이야기를 하는 듯 보였다면, 이번 사진에서는 어쩐지 다투고 있는 것 같았다.

한나는 한참을 들여다보다가 물었다.

"카메라를 보고 있는 사람, 보이드 왓슨 같지 않아요?"

"확실히 그렇다고 말하긴 힘들어요. 워낙 어두워서요."

한나는 마지막 사진을 들여다보았다.

카메라 쪽으로 등을 보이고 있는 사람이 오른쪽 팔을 들고 있었고, 손에는 뭔가가 쥐어져 있었지만 그게 뭔지 분명하게 보이진 않았다.

한나는 잠시 더 사진을 들여다보다가 입을 벌리고 말았다.

"왜요?"

노먼이 걱정스러운 듯 물었다.

"이건 보이드 왓슨의 살해 현장을 찍은 사진이에요!"

"확실해요?"

"확신할 수는 없지만 찬찬히 생각해보면 맞아요."

한나는 숨을 깊이 들이마신 뒤 다시 천천히 내뱉었다. 심장이 쿵쾅쿵쾅 뛰고, 머리는 약간 어지러웠다.

"칼릭 부인이 보았다는 세 번째 차에 대해 말했잖아요. 그녀는 펠리샤 버거와 그녀의 남자친구 차인 줄 알았다고 했지만, 아니었죠."

"그럼, 그 차가 루시의 것이었다고 생각해요?"

"네, 분명 그곳에 차를 세워두고 보이드와 보이드를 죽인 살인범을 뒤쫓았을 거예요. 그렇지 않다면 이 사진을 찍을 수 없었을 테니까요."

노먼은 카운터로 가까이 다가가 사진을 다시 들여다보았다.

"당신 말이 맞을지도 몰라요, 한나. 그래서 리사가 플래시를 터뜨리지 않았을 거예요, 보이드와 살인범이 자신이 거기 있다는 사실을 알아채지 못하도록. 물론 이 모두가 추측이긴 하지만요."

"무슨 뜻이에요?"

"이 사진들은 실제로 그 어떤 것도 뒷받침해주진 못해요. 너무 어두워서 두 남자가 누구인지 알 수가 없어요. 마을 사람들 중 한 명이거나 그저 외지인일 수도 있죠. 배경 또한 사진이 찍힌 곳이 어디인지 확신할 수 없고요. 우리가 분명하게 말할 수 있는 것이라곤 사진 속에 두 명의 남자와 차 한 대가 있다는 것뿐이에요. 그 차 또한 무슨 종인지 알 수 없구요."

한나는 미간을 좁혔다.

"하지만 내가 보기에 여긴 분명 보이드의 차고예요."

"나도 당신 말에 동의해요, 한나. 하지만 증명할 수는 없어요. 이 사진이 보이드의 차고에서 찍힌 것이라고는 말할 수 없다구요. 언제 찍힌 건지도 우린 모르잖아요."

"필름에 날짜가 기록되어 있지 않았어요?"

"네, 루시의 카메라가 사진에 날짜가 자동 기록되는 것이었다고 해도 루시가 설정해놓지 않았어요. 그러니 이 사진이 보이드의 살인이 일어났던 날 찍힌 거라고 확신할 수 없죠. 물론 루시에게 직접 물어볼 수도 있겠지만, 그녀가 바보가 아닌 이상 자신이 살인을 목격했으면서도 그 사실을 경찰에 얘기하지 않았다고 털어놓을 리 없구요."

한나는 잠시 생각에 잠겼다.

"당신 말이 맞아요, 노먼. 루시는 분명 시치미를 뗄 테니, 이 사진을 들고 경찰을 찾아간들 소용이 없을 거예요. 경찰에게 사진들을 루시의 책상에서 찾아냈다고 말해봤자 내 단독 진술이 될 게 뻔해요. 시간 낭비만 하게 되겠죠."

"하지만 안드레아도 함께 있었잖아요. 사진이 루시의 책상에서 나온 게 맞다고 증언해줄 거예요."

한나는 기운 없는 한숨을 내쉬었다.

"그래도 소용없을 거예요. 안드레아를 끌어들이고 싶지 않을뿐더러 내가 염려하는 건 안드레아와 함께 사건을 수사한다는 걸 알게 됐을 때 빌의 반응 때문만은 아니에요. 내가 가져간 사진들을 토대로 빌과 마이크가 진범을 찾아낸다고 해도 내가 관여됐다는 사실이 법정에서 불리하게 작용할 수 있어요."

"그렇군요, 한나. 반론을 맡은 변호사가 똑똑한 친구라면 경찰 부인과 그 처형이 영장도 없이 루시의 아파트를 마음대로 뒤졌다는 사실이 불법이라는 걸 걸고넘어질 테니까요. 치명적인 오점이죠."

"독나무에 열린 열매와 마찬가지죠. 진퇴양란이에요, 노먼."

한나는 즐겨보던 법정 드라마에 나왔던 대사를 읊었다.

"어쩌면 아닐지도 몰라요."

노먼이 생각에 잠겨 말했다.

"루시를 끌어들이지 않고도 사진의 범인을 알아낼 수 있다면 새로운 증거를 찾을 수 있을지도 몰라요. 그리고 빌과 마이크가 루시의 사진 없이도 사건을 해결한다면 법정에 당당하게 설 수 있겠죠."

한나는 감탄하며 말했다.

"그거 정말 멋진 생각이네요, 노먼."

"나도 그 법정 드라마 봤어요. 그러니 이제 우리가 해야 할 일은 사진 속 범인을 찾아내는 거예요. 그리고 거기서부터 시작하는 거죠."

"맞아요."

한나가 깊은 한숨을 내쉬었다.

"범인의 등이 찍히긴 했지만 사진이 너무 어두워서 누구인지 알아볼 수가 없어요. 배경도 잘 보이지 않으니 어디서 찍은 건지도 확실히 알 수 없고, 언제 찍힌 건지도 모르구요. 뭐 어쨌든 시작하는 거죠."

"그래서 당신이 좋아요, 한나. 언제나 긍정적이니까요."

노먼이 웃음을 터뜨렸다.

한나는 깜짝 놀라 노먼을 쳐다보았다. 보통 사람들이라면 그녀의 냉소적인 모습에 정색을 하지만, 노먼은 달랐다.

한나는 다시 카운터 위에 놓인 사진들을 들여다보다가 문득 좋은 생각이 떠올랐다.

"잠깐만요, 샐리의 사진이 먼저 찍힌 거라는 건 증명할 수 있나요?"

"물론이죠, 숫자가 매겨져 있잖아요."

"그렇다면 루시는 샐리의 사진을 찍은 다음 살해 현장을 찍은 거군요. 이걸로 시간대를 대략 알 수 있겠어요. 버섯요리를 언제 했는지 샐리에게 물어보면 되니까요. 그러면 루시가 언제 사진을 찍었는지 알 수 있을 거예요."

"범위가 훨씬 좁아지겠군요."

노먼이 동의했다.

"버섯요리가 샐리의 단골 메뉴가 아니길 바라야겠네요."

한나가 신음소리를 냈다.

"아, 내 상상의 퍼레이드에 비를 뿌려줘서 고마워요, 노먼. 그 생각을 미처 못했네요."

"난 기쁘게 해주려고 한 말인데."

살해 현장을 찍은 거라고 믿은 마지막 사진을 집으며 노먼이 말했다.

"내가 뭔가 발견한 것 같은데요."

"뭔데요?"

"범인이 팔을 치켜들었을 때 그의 코트 소맷자락이 조금 내려갔어요. 여기 조금 밝은 부분, 보이죠?"

한나는 고개를 끄덕였다.

"이게 뭔데요?"

"커프스단추(와이셔츠의 소맷부리를 여미는 장식 단추) 같아요. 달빛에 반사되어서 다른 부분보다 더 선명하게 보여요. 어떤 단추에는 이니셜이 새겨져 있기도 하니, 내가 한 번 확대해 볼까요?"

"당신, 천재예요, 노먼!"

한나는 너무 흥분한 나머지 노먼을 부둥켜안고 그의 볼에 키스했다. 노먼은 내심 놀란 듯했지만, 이내 한나를 두 팔로 안아주었다.

노먼이 사진을 확대하는 동안 한나는 의자에 앉아 기다렸다. 노먼의 말이 맞았다. 사진은 마치 마술처럼 검은 바탕 위로 모습을 보였다.

"건조시켜야 돼요. 몇 분 정도 걸릴 거예요."

노먼은 밝은 등을 켠 다음 번쩍번쩍 빛나는 금속제로 된 건조대로 향했다.

"얼마나 걸릴까요?"

"2분이면 돼요. 영업용 건조대라 빠르거든요. 시애틀에 있는 사진 스튜디오에서 구한 거예요. 주인이 스튜디오 문을 닫았거든요."

노먼은 사진의 앞면을 밑으로 향하게 하여 건조대에 집어넣었다.

"사진이 여길 통과하면서 마르는 거예요."

빛나는 기계가 페리스 대관람차처럼 돌아가기 시작했고, 이내 사진이 기계 아래로 떨어졌다.

"이제 집어도 돼요?"

"네, 카운터로 가져 와요. 분명 뭔가 찾을 수 있을 거예요."

사진을 카운터 위에 올려놓는 다음 자세히 살피는 한나의 심장은 다시금 요동치기 시작했다.

범인의 커프스단추는 특이했다. 말의 옆모습이 새겨져 있었고, 눈에는 다이아몬드처럼 보이는 것이 박혀 있었다.

"앤틱 디자인이에요."

"어떻게 알아요?"

"엄마가 앤틱 보석을 수집하시거든요. 카탈로그도 엄청나게 가지고 계세요. 이제 병원으로 돌아가요, 노먼. 난 샐리에게 달려가서 버섯요리에 대해 물어볼게요. 그런 다음, 루시를 찾아서 얘기를 좀 해봐야겠어요."

"조심해요, 한나."

노먼이 염려스러운 듯 말했다.

"사진에 대해서는 절대 물어보면 안 돼요."

"나도 알아요. 그저 앤틱 보석에 대해서만 얘기할 거예요. 엄마가 말머리가 새겨진 커프스단추를 구입하려 하신다고 말하면 될 테니까요."

"그럼, 그녀가 눈치채지 않을까요?"

"어떻게요? 루시가 자기 아파트로 돌아가기 전에 만난다면 그녀는 필름이 없어진 줄도 모르고 있을 거예요. 그리고 아직 현상하지도 않았으니 범인의 커프스단추 같은 건 알 리가 없겠죠. 우리도 사진을 확대하지 않았다면 제대로 볼 수 없었을 거란 사실을 잊지 말아요."

노먼은 잠시 생각에 잠겼다.

"당신 말이 맞아요. 그냥 보면 그저 빛 덩어리처럼 보일 거예요."

"루시가 정말 보이드의 집까지 뒤를 밟았다면, 범인의 커프스단추를 봤을지도 몰라요. 만약 봤다면, 그가 누구였는지 말해줄 수도 있고요."

"루시가 정말 범인의 이름을 당신에게 말해줄 거라고 생각해요?"

"왜 안 그러겠어요?"

한나가 어깨를 으쓱했다.

"루시는 항상 자신이 날카롭고 눈치가 빠르다는 걸 자랑하고 다니잖아요. 으스댈 수 있는 기회를 주는 거나 마찬가지인데요. 루시는 내가 앤틱 커프스단추를 갖고 있는 사람을 보이드의 살인범으로 찾고 있다고는 꿈에도 생각하지 못할 거예요."

"그렇다면, 먹혀들지도 모르겠군요."

여전히 의심쩍은 목소리로 노먼이 말했다.

"해볼 만은 하죠."

한나는 목청을 가다듬은 후, 노먼을 똑바로 쳐다보았다.

"내가 당신에게 준 봉투 말예요. 발견하자마자 주머니에 바로 넣었다는 거, 알아줬으면 좋겠어요. 당신 몰래 꺼내보진 않았어요."

"당신이 지금까지 살아 있다는 사실이 놀라워요, 한나."

"당연히 난 살아 있죠."

노먼의 엉뚱한 얘기에 한나는 혼란스러워졌다.

"그 지독한 호기심 때문에 지금쯤은 누군가에게 살해당하지 않았을까 생각했거든요."

노먼은 큰소리로 웃더니 팔을 벌려 한나를 꼭 안았다.

한나는 공원을 지나 조단 고등학교에 이르기까지 30마일의 속도로 트럭을 몰았다.

"속도 좀 줄여, 언니. 벌써 5마일이나 과속했어."

"나도 알아."

한나는 안드레아를 쏘아보았다.

"허브는 지금 강당 앞을 지키고 있을 테니, 딱지 떼일 일은 없어."

"허브를 잘 알아서 하는 소린데, 속도감지 카메라를 설치해놨을지도 몰라. 시위원회에서 아이들의 크리스마스 파티를 대비해서 교통 규칙 위반에 대해 엄중히 대처하자는 데 몰표가 나왔다는 얘길 들었거든."

한나는 잠시 망설이다 액셀에서 발을 떼었다.

"네 말이 맞을지도 몰라. 내가 딱지를 떼면 엄마가 가만히 있지 않으시겠지? 예전에 엄마가 딱지를 떼었을 때, 내가 엄마에게 했던 걸 생각하면 더더욱."

"루시가 학교에 있는 게 확실해?"

"아니, 하지만 로드 말로는 대회에 대한 기사 작성이 한창이라고 했으니까 그녀가 있을 곳이라곤 단, 두 군데밖에 없어."

"학교랑 호텔?"

"맞았어. 루시가 학교에 없다면, 분명 샐리의 호텔에 있을 거야. 어차피 버섯요리를 언제 만들었는지 샐리에게 물어보기도 해야 하고."

둘은 말없이 몇 블록을 더 달렸다.

한나는 문득 안드레아가 오들오들 떨고 있음을 눈치챘다.

"히터가 신통치 않아서 미안해. 온도를 최고를 높였는데도 이러네."

"괜찮아, 그렇게 춥지 않아."

"근데 왜 그렇게 떨고 있어?"

"사진 생각을 하고 있었어, 살해 현장을 찍은 거 말이야. 정말 말도 안 되는 생각일 수도 있지만. 언니, 나 지금 뭔가 떠올랐어."

"뭐?"

트럭이 교직원용 주차장으로 들어서자 마침 강당문 바로 옆에 빈자리가 하나 눈에 띄었다.

사진을 보여주자 안드레아도 그 사진이 살해 현장을 찍은 것이 맞는 것 같다고 동의했었다.

"루시는 왜 그 필름을 빌이나 마이크에게 주지 않았을까? 내가 살해 현장에 그만큼 가까이 접근해서 범인의 사진까지 찍었다면, 최대한 빨리 경찰서로 달려가 필름을 건네줬을 텐데."

"나 역시도 그랬을 거야. 하지만 루시는 그러지 않았어. 네가 말하고자 하는 요점이 뭐야?"

"그 필름은 다른 공갈물들과 같이 있었어, 맞지?"

"협박물."

한나가 바로잡아 주었다.

"그래, 협박물. 그리고 그것들은 전부 비밀 서랍에 들어 있었어."

"그래."

한나는 시동을 끄고 고개를 돌려 안드레아를 쳐다보았다.

"무슨 생각을 하고 있는 건데?"

"루시가 사진을 빌미로 보이드의 살인범도 협박하려 했을지도 모른다는 생각."

한나의 입이 벌어졌다. 그런 가능성은 한 번도 생각해보지 못했다. 노먼도 마찬가지였을 것이다. 생각했더라면 무슨 말이든 했을 테니까.

"그냥 생각해본 것뿐이야."

안드레아가 다소 방어적인 태도로 말했다.

"그 가능성도 한 번 생각해보라고."

한나는 꽤 오랫동안 말이 없었다. 그러다가 불현듯 숨을 내뱉었다.

"그렇게 엉뚱한 생각만은 아니야, 안드레아. 네가 뭔가 중요한 걸 알아낸 것 같아."

"정말?"

안드레아는 깜짝 놀란 듯 보였다.

"하지만 루시라면 살인범을 협박하는 게 얼마나 위험한 일인지 잘 알고 있을 텐데."

"그렇겠지, 하지만 요즘 루시는 한창 의기양양해 있었어. 새 차에, 새 옷에, 쌓여 가는 돈에, 노먼은 공짜로 치과 치료까지 해줬잖아. 더 많은 이득을 챙기기 위해서는 이번이 기회라고 생각했을지도 몰라."

"하지만 그건……, 미친 짓이야!"

한나는 고개를 끄덕였다.

안드레아는 잠시 한나를 쳐다보다가 한숨을 내쉬었다.

"언니 말이 맞아. 우리 둘 다 루시가 그런 짓을 할 만한 인물이라는 걸 잘 알고 있지. 하지만 정말 그 정도로……?"

"모르겠어."

한나는 트럭 문을 열고는 안드레아에게 내리라고 손짓했다.

"어쨌든 루시부터 찾아보는 게 좋겠어. 우리가 찾아낸 물건들에 대한 얘기를 꺼내지 않고 어떻게 루시에게 경고할 수 있을까 모르겠지만, 시도는 해봐야지. 루시가 보이드의 살인범을 협박하고 나선다면 흔들의자가 가득 놓인 방에 갇힌 긴꼬리고양이보다 더 위험한 상황에 처하고 말 거야."

"미안해요, 한나. 어젯밤 이후로는 루시를 보지 못했어요. 혹시라도 만나게 되면 당신이 찾고 있다고 전해줄게요."

"하루 종일 여기 있었나요?"

안드레아가 물었다.

"네, 바로 여기예요."

허브가 의자 위를 톡톡 두드렸다.

"몇 분 전에 잠깐 쉬긴 했지만, 떠나기 전에 문을 잠갔어요. 상자들 들여놓아 줄까요, 한나?"

"그러면 감사하죠. 고마워요, 허브."

한나와 안드레아, 허브는 함께 상자를 날랐고, 한나는 허브에게 쿠키 꾸러미를 건넸다.

"리사가 새로 개발한 쿠키예요. '체리 윙크'라고 부르기로 했어요."

허브는 꾸러미를 열어 안을 들여다보았다.

"좋은 이름이네요. 체리를 얹은 모양이 마치 윙크하는 것 같아요. 오늘 밤에는 무슨 요리를 해요, 한나?"

"하와이언 푸딩이요."

"그게 뭐죠?"

"파인애플을 곁들인 커스터드푸딩이에요."

안드레아가 설명했다.

"언니가 고등학생일 때 배운 거예요. 내가 좋아하는 디저트 중 하나이기도 하고요."

"맛있겠네요. 나, 파인애플을 좋아하거든요. 그러고 보니……, 쿠키에 파인애플을 넣어보는 건 어때요?"

"글쎄요."

한나는 생각에 잠겼다. 건포도, 대추야자, 그리고 바나나를 이용해 쿠키를 만들어 본 적은 있지만, 파인애플은 한 번도 응용해보지 않았다. 사실 그렇게 나쁜 생각은 아니었다.

"아이디어 고마워요, 허브. 조만간 만들어 볼게요."

"무척 인기 있을 거예요. 파인애플 케이크 맛을 그대로 낸다면 더 좋겠어요. 이 얘기, 리사에게도 해줄까요? 리사의 파인애플 케이크 굽는 솜씨는 우리 어머니보다 낫거든요."

"좋은 생각이에요."

한나는 애써 웃어 보였다.

당신의 막내아들이 당신이 구운 케이크보다 리사의 케이크가 더 맛있다고 말했다는 걸 마지 비즈먼이 알게 된다면, 레이크 에덴에는 한바탕 전쟁이 날 것이다.

"서둘러야겠어요, 허브. 이러다 하루가 다 가버리고 말 거예요. 다니엘을 보러 병원에 가기로 약속했거든요. 그런 다음 레이크 호텔에도 들려야 하고, 카페로 돌아가 레전시 로맨스 클럽 모임에 쓰일 쿠키도 구워야 해요."

"어머니께 들었는데, 의상까지 모두 갖춰 입고 책 읽기를 할 거라더군요. 루시도 신문에 실어 줄 사진을 찍으러 올 거라고 했어요. 그땐 모습을 보였으면 좋겠군요."

"왜요?"

"어젯밤 대회장에서 루시를 봤는데, 뭔가 중요한 업무 중이라고 하더라고요."

꼬치꼬치 캐묻고 싶지 않았지만, 어느새 한나는 이렇게 묻고 있었다.

"그게 무슨 일인지 얘기하던가요?"

"아니요."

허브는 고개를 저었다.

"그저 계획대로만 된다면, 새 차 할부금을 모두 갚을 수 있을 거라고만 했어요."

한나와 안드레아는 허브와 작별인사를 한 뒤 트럭으로 돌아왔다.

루시가 말한 중요한 업무라는 것이 부디 보이드 살인범과 대면하는 일이 아니기를……. 안드레아도 똑같은 것을 빌고 있는 듯했다.

잠시 다니엘에게 들린 뒤, 둘은 다시 도로로 나왔다.

지난번에 떼어 온 그림 대신 잡지에서 오려 낸 그림을 걸어주고 오는 길이었다. 넓은 초원에서 소가 풀을 뜯고 있는 그림을 두고 훌륭한 예술 작품이라고 말할 수는 없겠지만, 적어도 사람에게 무해했다.

레이크 에덴 호텔은 병원에서 고작 2마일밖에 떨어져 있지 않기 때문에 한나와 안드레아는 늦지 않게 호텔에 도착할 수 있었다.

이틀 동안 계속해서 바에 들르다 보니 한나는 데자뷰까지 느꼈다. 점심 뷔페가 한창이라 손님들은 탁자에 둘러앉아 식사를 하고 있었다.

샐리는 전과 똑같은 바 의자에 앉아 똑같은 포즈로 다리를 옆 의자 위에 올려놓고 있었다. 어제와 다른 것이라곤 샐리의 임부복 상의의 색상뿐이었다. 오늘 샐리의 선택은 짙은 푸른색 바탕 위에 흰색 글씨로 '엄마는 작업중' 이라고 쓰인 티셔츠였다.

"안녕하세요, 샐리."

한나는 안드레아와 함께 샐리에게 다가갔다.

"또 공짜 음식 먹으러 온 건 아니에요, 정말이에요."

샐리가 웃음을 터뜨렸다.

"괜찮으니 마음껏 들어요. 음식은 넘칠 만큼 많이 준비했으니까요. 특히 소고기 스트라거노프(사우어 크림을 곁들인 소고기 요리)는 다시 데울 수도 없어요. 사우어 크림을 너무 많이 얹었거든요."

"혹시 소고기 스트라거노프에 버섯도 들어가나요?"

뷔페 테이블에서 시선을 떼며 안드레아가 물었다.

"네 가지 종류가 들어가요."

샐리는 손가락을 꼽아가며 설명했다.

"샴피뇽(유럽 원산의 송이과 식용버섯), 표고버섯, 느타리버섯, 목이버섯."

한나는 안드레아가 열심히 버섯 이름을 받아 적는 것을 지켜보았다.

안드레아는 아침을 먹지 않기 때문에 지금쯤 무척 배가 고플 것이다.

"버섯 얘기가 나와서 말인데요, 가장 최근에 빵과 소시지를 함께 곁들이는 버섯요리를 만든 때가 언제인지 기억해요?"

"수요일 오후 5시, 서비스 타임(음식이 할인 또는 무료로 제공되는 시간)에 서빙

했던 기억이 나요."

샐리가 말했다.

"아마 다시 하라고 하면 못할 거예요, 무척 바빴거든요."

"버섯요리가 단골 메뉴인가요?"

"아뇨, 특별한 때만 만들어요. 시간이 조금만 지나도 요리가 금방 흐트러지는데다가 반드시 뜨거울 때 서빙해야 하거든요. 일년에 한 번 있는 크리스마스 칵테일파티 때가 아니면 다시 만들 일 없을 거예요. 그땐 한나도 올 거죠, 그렇죠?"

"놓칠 수 없죠."

한나가 말했다.

"나도."

안드레아가 미소 짓기 시작했다.

"항상 멋진 파티를 열어주니 고마워요. 음식도 언제나 훌륭했어요."

"얘기하는 걸 들으니 배가 고픈 모양이군요. 어서 뷔페 테이블에 가서 식사라도 좀 해요."

샐리가 권했다.

"좋아요, 하지만 정말 충분한 거예요?"

"그럼요, 그러니 마음껏 들어요."

"한 가지는 달라야 해요."

한나가 고집을 부리고 나섰다.

"이번엔 돈을 낼 거예요."

샐리는 고개를 저었다.

"그러지 말아요. 한나 덕분에 딕 주니어에 대한 생각을 잊을 수 있었는걸요. 오늘 아주 난리도 아니에요. 글쎄, 내가 가라데 검은 띠 유단자가 되려는 줄 알았다고요."

한나와 안드레아의 접시는 순식간에 수북해졌다. 접시를 들고 샐리에게 돌아온 한나는 작업을 시작했다.

"루시 리차드를 찾고 있는데, 오늘 본 적 있어요?"

"아뇨."

샐리는 고개를 저었다.

"어젯밤 대회 후에 열렸던 파티에서 보긴 했지만, 그 이후로는 보지 못했어요."

안드레아는 소고기 스트라거노프를 한 입 썰어 먹으며 물었다.

"여기서 몇 시에 떠났는지 기억해요?"

"11시까지는 여기 있었어요. 그 후엔 너무 졸려서 잠자리에 들었거든요. 딕한테 한 번 물어봐요. 딕이 새벽 1시까지 남아 있었으니까요."

"그렇게 늦게까지?"

한나는 깜짝 놀랐다.

"보통 자정이면 문을 닫는 줄 알았는데요."

"맞아요, 하지만 사람들이 워낙 많이 남아 있어서 음료 매출이 상당했죠. 게다가 딕의 말로는 모두들 즐거운 시간을 보내고 있어서 찬물을 끼얹을 수가 없었대요."

"시내에서 온 사람들도 있었나요?"

"네, 하지만 그렇게 늦게까지 남아 있진 않았어요. 다음날 아침이면 출근해야 하니까요. 늦게까지 남아 있었던 사람들이라곤 바스콤 시장님 부부, 메이슨 킴벌, 시릴 머피, 그리고 한나의 어머니와 로드 부인뿐이었어요."

순간 안드레아는 표고버섯이 목에 걸려 기침을 해댔다. 가까스로 진정이 되자 안드레아가 물었다.

"우리 엄마가 그렇게 늦게까지 여기 있었다구요?"

"그래요. 이름은 기억나지 않지만, KCOW의 잘생긴 남자 앵커와 춤을 추셨어요. 로드 부인은 기상예보를 하는 귀여운 기상캐스터와 함께 테이블에 앉아 한참 동안 얘기를 나누셨구요."

"척 윌슨과 레인 필립스?"

샐리가 고개를 끄덕였고, 한나의 눈은 휘둥그레졌다.

한나는 어머니들이 당신들보다 서른 살이나 어린 남자들과 함께 바에서 시간을 보냈다는 걸 노먼이 알게 된다면 뭐라고 할까 궁금해졌다.

"딕의 말로는 마지막까지 남아 있던 사람들은 대회 참가자들이랑 KCOW 방송국 직원들뿐이라고 했어요. 모두 여기에 묵고 있으니 집에 돌아갈 걱정은 하지 않아도 되잖아요."

샐리는 미끄러지듯 의자에서 일어섰다.

"디저트 뷔페를 준비할 시간이에요. 딕을 내보낼 테니, 루시에 대해 물어볼래요?"

"네, 혼자서 준비해도 괜찮다면요."

"문제없어요, 오늘은 손쉬운 방법을 사용했거든요. 물론 알고 있을 테지만."

"내가요?"

"아닌가 보네요."

샐리가 환하게 웃으며 말했다.

"우리가 오늘 어떤 메뉴를 준비했는지 알면 아마 깜짝 놀랄걸요."

샐리가 자리를 뜨자 한나는 어리둥절한 표정으로 안드레아를 돌아보았다.

"도대체 무슨 얘기야?"

"나도 몰라. 하지만 중요한 건 그게 아니야. 엄마와 척 윌슨 일은 어떻게 하면 좋지?"

"아무것도."

"하지만 이건 재앙이나 마찬가지라고!"

안드레아는 물을 한 모금 마신 후 냅킨으로 얼굴에 부채질을 했다.

"생각해봐, 언니. 엄마가 척 윌슨과 만나고 있다는 사실을 사람들이 알게 되면 뭐라고 하겠어? 척 윌슨은 거의 엄마 아들뻘이라구!"

갑작스런 역할 변동이 한나는 재미있었다. 안드레아는 마치 자기 자식이 나쁜 짓을 하고 있다는 걸 알게 된 부모처럼 행동하고 있었다.

"엄마와 딸로서 진지하게 얘기해보는 것이 좋겠어, 언니. 이건 정말……."

안드레아는 적당한 표현을 찾으려 애쓰고 있었다.

"부적절한 행동이야, 엄마 나이대엔!"

"진정해, 안드레아. 샐리는 엄마가 척 윌슨과 데이트를 즐기고 있었다고는 말하지 않았어. 그저 함께 춤을 췄다고만 했지."

안드레아는 잠시 생각하는 듯했다.

"언니 말이 맞아. 그저 춤만 춘 것뿐이라면 괜찮겠지. 브루스 같은 게 아니었다면 말이야. 어떤 춤이었는지 샐리에게 물어볼까?"

"그냥 잠자코 있는 게 좋겠어. 엄마도 당신 앞가림 정도는 알아서 하신다고."

그때 멀리서 딕이 다가오는 것이 보였다.

"그 얘긴 잊어버려, 안드레아. 분명 별일 아닐 거야. 저기 딕이 오고 있어, 물어볼 게 너무 많아."

5분 후, 한나와 안드레아는 답을 얻었다. 대회가 끝난 후 루시는 조단 고등학교 강당에서부터 사람들과 어울려 호텔로 왔고, 딕이 장담하는 한 특별한 누군가와 함께 있지 않은 채 테이블을 여기저기 옮겨 다니며 대회 참가자들이나 방송국 직원들과 얘기를 나누더라는 것이다.

마신 음료라고는 오직 백포도주 한 잔뿐이었고, 딕의 리필도 거절했다고 했다. 루시는 중요한 기사거리를 구상중이기 때문에 머리를 맑게 하고 싶다고 하더란다. 정말로 기사거리를 구상중인지 어떤지 딕으로선 알 수 없었지만, 어쨌든 떠날 때까지 루시는 계속 미소를 짓고 있었다고 했다.

"그게 언제였어요?"

안드레아가 물었다.

"자정 무렵이었을 겁니다, 문 밖으로 나서는 걸 봤거든요."

"혼자였나요?"

한나도 나서서 물었다.

"밖으로 나설 때까지만 해도 혼자였어요."

한나는 얼굴을 찡그리기 시작했다.

"혹시 누군가가 그녀를 따라갔을 수도 있겠네요?"

"그렇겠죠, 하지만 보진 못했어요. 일손이 모자라 워낙 바빴거든요."

"자기 차로 돌아가던가요?"

"네, 호텔에 도착했을 때 누군가 그녀에게 와서 라이트를 켜놓고 내렸다고 일러주었거든요. 루시가 내게 차 열쇠를 주면서 라이트를 꺼달라고 부탁했어요. 자존심이 상해서 거절하고 싶었지만, 루시의 새 차가 궁금해서 나갔었죠."

"혹시 루시가 다른 사람의 차를 타고 돌아간 후, 다음날 아침에 차를 가져갔을 수도 있지 않을까요?"

한나는 마지막 질문을 던졌다.

"아뇨, 바스콤 시장님의 차 배터리를 충전하려고 12시 30분쯤 주차장으로 나왔었는데, 그때 루시의 차는 없었어요. 바스콤 시장님 차 옆에 주차되어 있었거든요. 덕분에 그 공간으로 케이블 선을 연결했죠."

"고마워요, 딕. 그 정도면 됐어요."

한나가 미소로 감사의 인사를 대신했다.

"좋아요, 그런데 궁금한 게 있어요. 루시에 대해서 왜 그렇게 궁금해하죠?"

"그녀의 행선지를 쫓고 있거든요."

한나는 행운이 따르길 바라며 나름대로 사실을 말했다.

"어젯밤 이후로 루시를 본 사람이 아무도 없어요. 대회에 관해 그녀가 쓰고 있는 기사를 확인해야 하거든요. 지난주에도 오보를 내보내서 내가 아주 곤욕을 치렀어요. 그런 일이 다시 일어나서는 안 되잖아요."

"흠, 그렇군요. 어쨌든 행운을 빌어요. 난 이제 그만 가봐야겠어요. 무거운 디저트 카트를 샐리 혼자 밀게 할 순 없어요."

"내가 트레시를 가졌을 때 빌도 저랬었는데."

딕이 자리를 뜨자 안드레아가 말했다.

"장바구니를 들어주려고 맨발로 차 앞까지 나와 있곤 했어."

한나가 미소를 지었다.

"멋지네, 요즘도 그래?"

"농담해? 지금은 TV 앞에 딱 들러붙어서는 꼼짝도 안 해. 내가 무거운 장바구니를 질질 끌다시피 주방으로 가져다 놓는다니까. 물론 도와달라고 하면 도와주겠지만, 이젠 더 이상 알아서 도와주지는 않아."

안드레아는 생각에 잠긴 듯 보였다.

"트레시를 가졌을 때는 확실히 자상했지. 맨발과 임신 간에 뭔가 상관관계가 있나봐."

한나는 웃음을 터뜨리며 자리에서 일어났다.

"열대우림의 해안지대에 살면서 아이를 키우지 않는다면 아무런 상관도 없어. 어서 일어나, 안드레아. 왜 샐리가 디저트 뷔페 테이블에서 체셔 고양이마냥 웃고 있는지 알아보자구."

디저트 뷔페 테이블에는 사람들이 많이 몰려 있어서 테이블 가까이 다가가는 데도 시간이 꽤 걸렸다. 안드레아보다 5인치나 더 큰 한나는 사람들 어깨 너머로 겨우 테이블을 넘겨다보았다.

그러고는 이내 큭큭 대며 웃기 시작했다.

"뭐야?"

안드레아가 팔을 잡아당겼다.

"불공평해, 언니. 언니는 볼 수 있지만 나는 못 보잖아."

"이런 장점이라도 있어야지."

"뭔데 그래? 어서 말해줘."

"내 쿠키야, 여섯 종류를 바구니에 담았어. 그리고 입맛대로 선디(과일 이나 과즙 등을 얹은 아이스크림)를 만들어 먹을 수 있는 아이스크림과 토핑들이 놓여 있고."

"언닌 모르고 있었어?"

"응, 오늘 아침엔 카페에 들르지 않았으니까. 그저 리사에게 전화로 오후까지 카페 좀 봐달라고 부탁했거든. 집에서 나오자마자 너를 태우고⋯⋯."

한나는 말을 멈추고 주위를 둘러보았다. 한나의 얘기를 엿듣고 있는 사람은 아무도 없는 듯했지만, 조심해서 나쁠 건 없었다.

"제 시간에 맞춰 그, 아파트에 갔지."

안드레아는 잠시 어리둥절해 하더니 이내 대답했다.

"아, 그래. 그 아파트."

"쿠키랑 아이스크림 좀 먹을래? 줄 설까?"

안드레아는 고개를 저었다.

"고맙지만 괜찮아, 언니 차에도 쿠키가 있잖아. 어서 럿지 씨나 찾아보자. 그 사람과도 얘기⋯⋯."

안드레아는 말을 멈추더니 이내 목청을 가다듬으며 말을 이었다.

"어, 해봐야지. 우리가 물어보려는 그것에 관해서 말이야."

오후 1시가 되자 한나와 안드레아는 다시 떠날 준비를 했다. 레이크 에덴 호텔에서 알아볼 수 있는 것은 모두 알아보았다.

한나는 프런트 데스크 앞에 서서 안드레아를 쳐다보았다.

"루시한테 전화해봐. 지금쯤이면 집에 왔을지도 모르잖아."

"만약 전화를 받으면 뭐라고 해?"

"우리가 찾아가도 되겠냐고 물어봐."

"이유를 물을 텐데?"

안드레아는 미간을 찡그렸다.

"내가 무슨 얘기를 해야 하는 건데?"

"엄마를 도와서 앤틱 보석을 수집하고 있다고 말해. 도와줄 사람은 마을에서 루시밖에 없다고 아부를 하는 거야. 그러면 분명 먹혀들걸."

"좋아."

안드레아가 수화기를 들고 번호를 누르는 동안 한나는 제레미 럿지 씨로부터 알아낸 사실들을 다시 생각해보았다.

럿지 씨는 에버리 씨가 자신에게 뇌물을 주려 했던 사실을 인정했다. 하지만 럿지 씨가 뇌물을 받지 않았다는 사실을 한나는 잘 알고 있었다. 루시가 자신의 책상에 그 돈을 숨겨두었기 때문이다. 이제 그 돈은 안드레아의 지갑에 고이 보관되어 있다.

럿지 씨는 에버리 부인과 얘기해보았는데, 뇌물에 대해서는 전혀 모르고 있던 것 같다고 말해주었다. 럿지 씨는 이가 말썽을 부리는 바람에 심사위원단에서 빠지게 되었고, 뇌물 건은 아무에게도 알리지 않기로 마음먹었다고 했다. 어쨌든 에버리 부인의 땅콩 패스트리는 심사에서 낙방했으니 말이다.

"집에 없어."

한나의 생각에 안드레아가 끼어들었다.

"하루 종일 집에 없었던 것 같아. 자동응답기 메시지가 15개나 돼."

"어떻게 알았어?"

"세어봤어, 메시지가 들어올 때마다 삐 소리가 나는 기계더라고. 메시지는 안 남기고 세어보기만 하고 끊었지."

"잘 했어, 안드레아."

한나가 안드레아의 등을 두드려주었다.

그런 다음 둘은 호텔 주차장으로 나왔다.

"루시가 집에 없다면 증거물이 없어졌다는 사실도 아직 모르고 있을 거야. 즉 엄마의 레전시 로맨스 클럽 모임에서 루시를 만난다고 해도 전혀 거리낄 것이 없다는 얘기지."

"모임이 몇 신데?"

한나는 시계를 쳐다보았다.

"3시에 시작이야. 하지만 15분 정도 늦어도 될 거야. 그전에 코코아 스냅을 한 트럭은 구워놓아야 하거든. 지금이 1시 10분이니까 시간은 넉넉해. 너도 카페에 가서 도와줄래?"

"나?"

갑작스러운 제안에 안드레아가 깜짝 놀랐다.

"내가 요리 못하는 거 잘 알잖아."

"그럼, 옆에서 수다라도 떨어. 루시에게 어떻게 접근하면 좋을지 계획도 세워야 하잖아."

이내 둘은 한나의 트럭에 다다랐고, 한나가 차 문을 열자 안드레아가 조수석에 올라탔다. 차에 올라 안전벨트를 매는 내내 안드레아의 얼굴에는 미소가 떠날 줄 몰랐다.

"뭐가 그렇게 재미있어?"

"아무것도 아냐. 그냥 언니가 카페로 날 초대해준 것이 반가워서."

안드레아의 미소가 더욱 환해졌다.

"내가 필요하다고 말한 거였잖아, 아니야?"

"물론 네가 필요하지."

한나도 운전석에 올라탔다.

안드레아는 언니가 자신을 필요로 한다는 사실에 무척 들뜬 것 같았다. 그 모습을 보니 한나는 사춘기 시절 동생에게 내뱉던 몹쓸 소리들이 새삼 후회스러웠다. 물론 안드레아가 얄미운 짓만 골라서 하긴 했지만, 조금만 더 세심하게 신경을 썼더라면 그렇게까지 말하지 않아도 되는 일들이었다.

수학시험을 망친 안드레아를 보고 바보 멍청이라고 놀리기보다는 수학 공부를 도와주겠다고 말했어야 했고, 욕실을 전세 냈냐고 소리 지르기보다는 안드레아의 방에 화장품을 치우는 걸 도와줬어야 했다.

역시 세심함은 한나의 전문이 아니었다. 한나도 그 사실을 잘 알고 있었다. 여전히 서투르지만, 어쨌든 차근차근 배워나가고 있다.

한나는 안드레아를 향해 미소 지으며 말했다.

"자매가 가는 길에 두려울 게 없지."

한나는 카페 일을 확인한 뒤 샐리의 디저트 뷔페 주문을 혼자서 감당해낸 리사를 칭찬하고는 카페를 찾은 손님들에게 루시에 대해 물어보기 시작했다. 하지만 늦은 점심을 즐기러 온 로드를 포함해서 누구도 루시를 봤다는 사람은 없었다.

"없어?"

한나가 카운터에 모습을 보이자 안드레아가 물었다.

"루시를 본 사람이 아무도 없어. 들어가자, 안드레아. 이제 쿠키를 구워야지."

한나는 안드레아를 데리고 제빵실로 들어가 그녀를 의자에 앉게 하고 커피 한 잔과 함께 호두파이를 가져다주었다.

"할 일을 가르쳐주면 내가 도와줄게."

안드레아가 나섰다.

"그래."

한나는 리사가 미리 반죽해놓은 코코아 스냅 반죽을 꺼내기 위해 냉장고로 갔다. 그런 다음 그릇을 꺼내어 스테인리스 작업대 위에 올려놓고는 어느새 세 번째 파이를 먹고 있는 안드레아를 쳐다보았다.

"쿠키 국자 좀 갖다 줄래? 중간 사이즈로."

안드레아는 중간 사이즈의 국자를 찾아 한나에게 건네주었다.

"또 시킬 건 없어? 정말 도와주고 싶은데, 언니."

"그럼……, 기다려봐. 생각해볼게."

한나는 잠시 생각했다.

사실 안드레아에게 반죽을 떠서 둥글게 굴려 백설탕 가루를 묻히는 작업을 도와달라고 할 참이었지만 그러려면 설명이 필요했다. 하지만 지금은 안드레아에게 일일이 설명하며 작업할 시간이 없었다.

"네가 할 일이 생각났어. 싱크대 옆에 노트가 있는데 그걸 가져다가 오늘 알아낸 사실들을 모두 적어둬. 기록이 필요하거든."

안드레아는 재빨리 일어나 노트를 가져왔다.

"좋았어, 기록하는 일이라면 자신 있으니까. 먼저 뭐부터 쓸까?"

"루시의 피해자 명단부터 만들어. 루시가 그들에게서 뭘 강탈해갔는지 하나하나 다 물으러 다녀야 할 테니까 말이야. 노먼부터 시작하자."

"알았어."

안드레아는 노먼의 이름을 적었다.

"노먼은 공짜로 이를 치료해줬지?"

반죽을 공 모양으로 떼어 백설탕 가루가 든 그릇에 넣으며 한나는 고개를 끄덕였다.

"그리고 클레어도 있지, 루시에게 옷도 줬고."

"바스콤 시장님도 있어, 뭘 줬는지는 모르겠지만."

"돈이 분명해, 그래도 확인은 해보자. 지금은 물음표만 적어두고."

한나는 백설탕 가루를 묻힌 12개의 반죽을 쿠키 틀 위에 올려놓고 주각으로 꼭 눌러주었다.

"다음으로는 대회 참가자의 남편 이름을 적어."

"에버리 씨?"

"그래. 이름 옆에는 현금이라고 적는데, 액수는 적지 마."

안드레아는 혼란스러운 표정으로 한나를 올려다보았다.

"하지만 언니가 세어봤잖아. 이천 달러였다면서?"

"그래, 하지만 더 많을 수도 있어. 루시가 벌써 꺼내어 썼는지도 모르잖아. 처음에 얼마나 들어 있었는지 에버리 씨에게 물어볼 작정이야."

"좋아."

안드레아는 에버리 씨 이름 옆에 달러 기호를 적고 물음표를 붙였다.

"다음은 누구지?"

한나는 두 개의 쿠키 틀을 오븐에 집어넣었다. 그런 후 시간을 맞추고는 더 많은 쿠키를 만들기 위해 작업대로 돌아왔다.

"보이드의 이름도 적어. 루시가 그에게 무엇을 얻었는지 알 수 없지만, 나중에 다니엘에게 은행계좌에서 빠져나간 돈이 없는지 확인해볼 순 있으니까."

"신용카드도 확인해야 해."

"좋은 생각이야, 그것도 노트에 적어줘. 잊어버리지 않게."

한나는 또 다른 쿠키 틀 두 개를 채운 후, 두 번째 오븐으로 가져갔다. 다시 작업대로 돌아왔을 때, 안드레아는 얼굴 한가득 인상을 쓰고 있었다.

"왜 그래?"

"루시의 증거물에 대해 생각하고 있었어. 노먼 것은 노먼에게 돌려줬지만, 나머지는 어떻게 할 거야? 빌과 마이크에게 갖다 줄 거야?"

"아직 모르겠어. 보이드 살인사건과 정말 연관이 있는 거라면 그래야 하지 않을까?"

"하지만 상관이 없다면?"

한나는 잠시 생각해보았다.

"이건 루시의 피해자들이 결정해야 할 문제 같아. 사진을 돌려주면서 루시를 고소하고 싶은지 물어보는 게 좋겠어."

"아마 고소하지 않을 거야.'

한나는 명료하게 대답하는 안드레아를 쳐다보았다.

"고소할걸, 루시는 불법을 저지른 거잖아."

"그들이 한 일 또한 당황스럽긴 마찬가지야. 클레어와 바스콤 시장님의 경우도 그들의 애정행각을 바스콤 시장 부인이 알게 되는 걸 원치 않을 테니까. 그래서 루시가 원하는 대로 해줬던 거고."

"맞는 말이야."

한나는 다시 반죽을 굴리기 시작했다.

"노먼도 고소하지 않겠지. 그 편지에 뭐가 쓰여 있는지 어머니가 알게 되면 기절하실 거라고 했으니까."

한나는 동그랗게 굴린 반죽들을 백설탕 가루가 든 그릇에 넣었다.

"네 말이 맞아. 분명 에버리 씨도 고소하지 않을 거고, 보이드도 죽었으니 고소할 수 없지."

"그럼, 루시는 그렇게 빠져나가는 건가?"

한나는 어깨를 으쓱했다.

"아마도, 피해자들 전부가 고소하기를 꺼린다면 말이야. 그렇게 되면 우리도 어떻게 할 수 없지."

"하지만 그럴 순 없어!"

안드레아의 표정은 모이쉐를 목욕시키려 할 때 녀석의 표정과 똑같았다. 안드레아는 무척 분노하고 있었다.

"우리가 뭔가 해야만 해, 언니. 그렇게 미꾸라지처럼 빠져나가는 걸 그냥 지켜만 볼 순 없다고!"

안드레아의 갑작스러운 분노를 한나도 충분히 공감할 수 있었다. 강탈행위를 하고도 처벌을 받지 않는다는 건 불공평한 일이었다.

"우리가 이미 뭔가 조치를 취한 건지도 몰라. 루시는 누군가 자신의 아파트에 들어와 증거물을 가져갔는지도 모른 채, 오늘은 또 어디서 새 신발이 떨어질까 어슬렁거리고 다니겠지. 하지만 피해자들이 더 이상의 뇌물을 거부한다면 진땀 꽤나 흘려야 할 거야."

"무슨 말인지 알겠어."

안드레아가 미소를 짓기 시작했다.

"피해자들이 자기를 고소하리라고는 꿈에도 생각하지 못할 테니까. 감옥에 갇힌다는 건 끔찍한 일이겠지. 루시의 목숨은 그야말로 시간문제야."

그때 오븐 타이머가 울리자, 한나는 쿠키 틀을 꺼내서 식히기 위해 선반 위에 올려놓고 반죽해놓은 틀 두 개를 다시 오븐에 집어넣었다.

"피해자들의 기분이 바로 그럴 거야."

안드레아가 말을 이었다.

"루시가 원하는 대로 해준 다음에도 언제 맘이 변해 사실을 폭로할지 몰라 불안해했을 테지? 그들도 그러면 안 된다는 걸 알고 있으면서도 루시가 쥐고 있는 칼자루를 생각하면 어쩔 수 없었을 거야."

한나는 깜짝 놀라 안드레아를 쳐다보았다.

안드레아의 표정은 사형선고를 내리려는 판사의 표정처럼 심각하고 음울했다. 안드레아는 루시에게 확실히 안 좋은 감정이 있는 듯했다. 그래도 누군가를 그토록 미워하는 건 안드레아답지 않았다.

"혹시 루시가 어제 아침 일찍 전화해서 그래?"

"그것도 포함되긴 하지."

안드레아의 우울한 표정이 더욱 짙어졌다.

"쉬는 날 아침 일찍부터 전화를 해대다니, 정말 상식 이하야!"

한나는 안내 데스크 뒤에 앉아 게일 핸슨과 보니 서마, 어마 요크가 화장품이 가득 든 화려한 보스 핸드백을 들고 화장실로 향하는 걸 지켜보았다. 쿠키 굽기가 다 끝나자 한나는 안드레아를 집까지 데려다 주었다. 한나는 출장서비스를, 안드레아는 농장을 보여주기로 한 손님과의 3시 약속을 다녀온 다음 한나의 카페에서 만나기로 했다.

안드레아의 '도움'에도 코코아 스냅은 성공이었다. 받아 적을 것이 다 떨어지자 안드레아는 반죽 굴리는 걸 돕겠다며 팔을 걷고 나섰던 것이다. 안드레아가 굴린 반죽은 대부분 못생기고 찌그러졌지만, 한나는 굳이 다시 매만져 안드레아를 무안하게 하고 싶지 않았다.

한나는 안드레아의 쿠키를 접시 제일 밑에 담고, 위에는 완벽하게 동그란 쿠키 세 개를 겹쳐 쌓았다. 레이크 에덴 레전시 로맨스 클럽 회원들이 제일 아래 있는 쿠키들도 모두 먹어 치울 수 있을 만큼 굶주려 있다면 안드레아가 만든 못난이 쿠키들도 기꺼이 감수할 것이다.

카페와 디카페 커피도 준비되었고, 차도 끓고 있었다. 한나는 물통 옆에 컵을 세팅해놓고 뒤로 물러나 준비가 잘 됐는지 살폈다. 설탕, 크림, 인공감미료, 차에 레몬을 띄워 마시는 숙녀들을 위해 썰어 놓은 레몬이 담긴 그릇까지 모두 완벽했다.

소설 읽기와 짤막한 모임이 끝나면 서빙이 시작될 것이다. 고개를 들자마자 마주친 뜻밖의 광경에 한나는 웃음을 터뜨리지 않을 수 없었다.

보니와 게일, 어마가 의상을 갈아입고 나왔는데, 그야말로 가관이었다. 한나가 출장서비스를 나가기 위해 한창 준비 중일 때 옆에서 엄마가 오늘 읽을 소설에 대해 말해주었는데, 두 명의 주인공 중 한 명은 마차 사고로 기억을 잃어버린 젊은 숙녀였고, 다른 한 명은 그녀의 약혼자라고 주장하는 웰링턴의 장교라고 했다.

짧은 흑발에 날씬한 몸매를 한 보니는 젊은 숙녀 역을 맡았고, 덩치가 좋은 게일은 장교 역을 맡았다. 이 우스꽝스러운 커플을 보며 한나는 애써 웃음을 참아야만 했다. 배역의 배정에 대해 한나와 조금이라도 의논했더라면, 캐스팅은 크게 달라졌을 것이다.

우선 게일이 입고 있는 붉은색 제복 재킷은 너무 꽉 죄어져 단추가 거의 터질 지경이었고, 흰색 바지도 솔기가 팽팽하게 도드라져 있었다. 그녀의 긴 금발은 군인 모자 안으로 틀어 올려졌지만, 당시 군인의 모습이라고 하기에는 확실히 사실성이 떨어졌다. 게다가 그녀는 다이아몬드 귀걸이를 떼는 것도 잊어버린 모양이었다.

보니 역시 우스꽝스럽기는 마찬가지다. 높은 목 받침에 치마 뒷선이 둥글게 부푼, 잔무늬가 수놓인 모슬린 가운을 입었는데, 뷔스티에(몸에 꼭 끼고 팔소매와 어깨 끈이 없는 여성용 웃옷) 스타일의 웃옷은 코르셋이 가슴 선에서 잘려 그녀의 허리까지 꽉 죄어주고 있었다. 보니는 더 여성스러워 보이기 위해 빨간색 플라스틱 새 모형과 리본으로 장식된 밀짚모자를 썼지만, 너무 커서 자꾸만 그녀의 한쪽 눈을 가렸다.

이야기는 마차 장면부터 시작되었고, 놀랍게도 그들은 꽤 잘 해냈다. 초록색 벨벳으로 덮은 두 개의 벤치를 마차 안으로 가장했고, 장미꽃이 피어 있는 원형의 문 위로 검정색 장막을 덮었으며, 옆과 위까지 마차와 흡사하게 꾸며놓았다.

어마 요크도 의상을 갖춰 입었는데, 엄마의 설명에 의하면 그들의 '마부' 역이라고 했다. 마차 뒤에 서서 마차가 달리는 내내 시중을 드는 꼬마 소년 말이다. 어마는 제복을 입고 있었는데, 사실 그건 그녀의 아들이 소속되어 있는 조단 고등학교 밴드 유니폼이었다. 하지만 입은 모양새는 그리 나쁘지 않았다.

보니와 게일은 대화체의 대사를 읽기로 되어 있었고, 어마는 묘사문을 읽기로 되어 있었다. 그들은 읽기를 시작했고 한나는 루시를 찾아 주변을 두리번거렸다. 하지만 좌석 어디에서도 루시의 모습은 보이지 않았다. 아마 늦게 올 모양이었다.

어마는 사다리를 타고 올라가 검은 장막 위로 고개를 내밀었다. 약간 긴장한 듯한 어마의 표정에는 이유가 있었다. 높은 곳을 무서워하는 어마에게 장막은 너무 높은 위치에 있었기 때문이다. 어마는 목청을 가다듬고 읽기 시작했다.

"캐서린 커크우드의 '비밀의 스캔들' 부터 시작하겠습니다."

왼손으로는 책을, 오른손으로는 사다리를 붙잡고 있는 어마의 목소리는 살짝 떨리고 있었다.

"게일 핸슨이 연기하는 하그로브 장교는 잃어버린 약혼녀를 찾아 헤매고 있고, 보니 서마가 연기하는 사라 애터튼은 마차 사고를 당해 기억을 잃어버립니다. 그렇다면 그녀는 정말 사라 애터튼이라고 말할 수 있는 걸까요? 그리고 하그로브 장교는 정말로 사라의 약혼자일까요?"

어마는 다시 한 번 목청을 가다듬은 다음 책을 내려다보고는 여전히 떨리는 목소리로 읽기 시작했다.

"마차가 움직이기 시작하자 사라는 조용해졌다. 그녀는 눈을 들어 장교를 응시했다. 하지만 그 어떤 말도 그녀를 확신시켜주지 못했다. 그는 마치 뭔가를 간절히 갈구하는 듯 그녀의 두 눈을 응시했다. 왜 그는 그녀를 그렇게 바라보는 걸까?"

보니는 사인에 맞춰 게일을 올려다보자 흘러내렸던 모자가 다시 제자리를 찾았다.

"제발 절 그렇게 바라보지 마세요, 하그로브 장교님."

"미안하오."

게일이 최대한 낮고 굵은 음성으로 말했다.

보니는 모자를 붙잡은 채로 다시 고개를 들었다.

"저를 집으로 데려간다고 하셨죠, 장교님? 저의 집은 어디인가요?"

"당신이 기억을 잃었다는 것을 잊고 있었군요."

여전히 굵은 목소리로 게일이 대답했다.

"당신을 하그로브 저택으로 데려가는 것이오."

보니는 관객들이 볼 수 있도록 앞을 향해 얼굴을 찡그리며 말했다.

"하지만 하그로브 저택은 당신의 집이지, 저의 집이 아니에요."

"나의 집 또한 아니오. 하그로브 저택은 나의 형인 애쉬포드 공작의 소유이지. 우리의 결혼식도 그곳에서 올릴 겁니다."

"언제요, 장교님?"

게일은 극적 효과를 위해 잠시 뜸을 들이다 말했다.

"2주도 채 지나지 않아 우린 서로 사랑의 맹세를 교환하게 될 거요. 초청장은 이미 사람들에게 보내었소."

"당신을 기억하지도 못하는 저와 결혼하시겠다고요?"

보니는 입을 벌린 채 양손을 볼에 갖다 대었다. 대본에 그대로 하도록 나와 있는 제스처인 모양이다.

"물론이오, 내가 당신을 기억하는 한 달라지는 건 아무것도 없소."

"저에게는 달라요! 저는 낯선 사람과 결혼할 수 없어요!"

게일은 충격에 뒤로 물러섰지만 너무 멀리 물러서는 바람에 팔꿈치가 장막에 닿았다. 그녀는 다시 벤치로 다가서며 말했다.

"결혼식 하객들을 실망시킬 작정이오?"

"나를 실망시키는 것보다는 나아요, 장교님."

보니가 관객들을 향해 고개를 돌리며 용기 어린 미소를 지어 보였다.

"나를 실망시키는 것보다는 낫다고요."

엄마 요크는 관객들을 향해 박수를 청하는 사인을 보냈다. 그러자 사인을 눈치챈 관객들이 우레와 같은 박수를 보내기 시작했다. 한나는 다시 한 번 모든 준비가 완벽한지 확인했다.

그러다 문득 그 당시 영국 사람들은 정말로 저렇게 형식적이고 과장된 문체를 사용했을지 궁금해졌다. 아마도 엄마가 가장 좋아하는 레전시 로맨스 작가인 조젯 헤이어로부터 시작된 어법일 것이다. 거기에 다른 작가들까지 가세해 그런 어법을 부추긴 것이겠지.

보니가 여전히 모자를 붙잡은 채 테이블로 달려왔다. 모자에 달린 새가 미끄러져 거의 한쪽 발만 달려 있었는데, 색이 칠해져 있는 새의 두 눈은 뭔가에 놀란 듯 보였다.

"루시 리차드 봤어요?"

"아뇨. 새가 거의 떨어지려고 해요, 보니."

"바보 같은 새! 벌써 세 번이나 붙였는데."

보니는 손을 뻗어 새를 홱 잡아떼었다.

"신문에 실을 사진을 찍으러 온다고 약속했는데."

"혹시 카메라를 갖고 있으면 내가 찍어줄게요."

"한나가요? 그러면 정말 고맙죠."

보니는 안심한 듯했다.

"어서 무대 위로 올라와요. 지금 찍을 거예요. 재미있었나요?"

"매우 흥미진진했어요."

무심코 던진 말이었지만, 사실이었다. 너무나 흥미진진하고 재미있어서 거의 일주일 동안을 혼자 큭큭 대며 다니곤 했던 것이다.

코코아 스냅

반죽이 충분히 숙성되기 전까지 오븐은 예열하지 마세요.

재료

버터 1과 1/2컵 / 코코아파우더 2컵(달지 않은 것으로)
흑설탕 2컵 / 거품 낸 계란 3개(포크로 휘저어주면 됩니다)
베이킹소다 4티스푼 / 소금 1티스푼 / 바닐라 2티스푼
밀가루 3컵(체치지 않은 것) / 백설탕 1/2컵

만드는 법

1. 녹인 버터와 코코아파우더를 잘 섞어줍니다. 그런 다음 흑설탕을 넣고 살짝 식혀준 뒤 거품 낸 계란을 넣습니다. 소다, 소금, 바닐라를 넣고 다시 저어줍니다. 마지막으로 밀가루를 넣고 골고루 반죽해주세요. 반죽이 끝나면 냉장고에서 1시간 정도 숙성시킵니다.(밤새 넣어두어도 좋습니다)

2. 오븐은 176℃로 예열합니다. 틀은 오븐 중앙에 놓습니다.

3. 반죽을 호두 크기로 떼어 손바닥으로 굴립니다. 반죽이 조금 끈적끈적할 수도 있으니, 바로 오븐에 넣을 것만 굴려주고 남은 것은 다시 냉장고에 넣습니다. 백설탕 그릇에 넣어 다시 한 번 굴린 다음 기름칠 한 12개짜리 쿠키 틀에 반죽을 넣고 주걱으로 눌러줍니다.

4. 176℃의 오븐에서 10분 동안 구워줍니다. 그런 다음 틀 위에서 2분 정도 그대로 놓아둔 뒤, 틀에서 꺼내어 식혀줍니다.(쿠키 틀에 너무 오래 두면 쿠키가 너무 딱딱해진답니다)

트레시는 자기가 좋아하는 동물 모양의
초콜릿 과자 같다고 좋아합니다.
특히 바닐라 맛만 골라먹을 필요가 없어 더 좋아하죠.

한나는 오후 4시쯤 카페르 돌아왔다. 카페에는 안드레아가 이미 그녀를 기다리고 있었다.

"손님에게 매물을 보여줬던 거 아니었니?"

"그랬지."

안드레아가 씩 웃었다.

"팔았어, 언니. 존과 웬디 란 부부가 내놓은 조건을 에런버그 부인이 받아들였어. 존의 큰 형이 그 옆의 땅을 소유하고 있는데, 같이 경작하기로 했다나 봐."

한나는 안드레아의 어깨를 두드려주었다.

"잘 됐다!"

"존과 웬디에게 그 매물을 잘 보여줬다며 알이 칭찬해줬어. 그러면서 이제부터는 내가 알아서 근무시간을 조정해도 좋다고 했어. 그러니까 언니를 도울 시간이 더 많아진 셈이야. 혹시 쿠키 더 구워야 해, 언니? 이제 반죽 굴리는 건 자신 있는데."

"고맙지만 오늘치 쿠키는 다 끝났어."

한나는 트럭에서 가져 온 상자에 타월을 걸쳐 남은 쿠키들이 안드레아가 구운 못난이 쿠키뿐이라는 사실을 눈치채지 못하도록 했다.

"루시 일은 어떻게 됐어? 얘기 좀 해봤어?"

"나타나지 않았어. 결국 내가 게일 핸슨이 가져온 카메라로 사진을 찍어줬지."

"도대체 루시는 어디 있는 거야? 하루 종일 그녀를 본 사람이 아무도 없잖아."

"약속하고 갑자기 나타나지 않은 게 이번이 처음이 아니라고 보니 서마가 그랬어. 지난달만 해도 브라우니 스카우트 시상식 기사를 써주겠다고 하고선 나타나지 않았대. 그래서 그때도 다른 사람이 사진을 찍어줬다던데."

"혹시 더 큰 기사거리가 있어서 그리로 간 건가?"

"모르겠어. 마을을 일일이 돌아다니면서 루시를 찾을 시간은 없으니까. 오늘 밤 대회장에서 찾아봐야겠어. 살아 있다면 나타나겠지."

한나의 단어 선택에 안드레아는 몸을 부르르 떨었다.

"그런 얘기 좀 하지 마, 언니. 왠지 안 좋은 예감이 든단 말이야."

"사서 걱정하지 마."

한나가 충고했다.

"루시를 찾느라고 하루를 다 허비했어. 다니엘을 도우려고 한 건데 말이야. 안드레아, 정신과 의사랑 얘기 좀 해볼래?"

안드레아의 눈썹이 치켜 올라갔다.

"상담 같은 거 말이야?"

"아니, 전화통화. 다니엘이 보이드가 자기를 때린 다음, 정신과 주치의랑 상담 약속을 잡았다고 했거든. 정말 갔는지 확인해봐야겠어."

"가능해."

안드레아는 전화기에 손을 뻗었다.

"세인트 폴에 있는 홀랜드 병원의 홀랜드 박사지?"

"맞아. 무슨 얘기를 했는지 알아야 하는데, 홀랜드 박사가 그리 쉽게 말해줄 것 같진 않아. 정신과 의사들은 환자들에 대해 얘기하는 걸 좋아하지 않으니까 말이야, 심지어 이미 죽은 사람에 대해서도 말이지."

"나한테 맡겨."

전화번호 안내센터의 다이얼을 누르는 안드레아는 자신감이 넘쳐 보였다. 그리고는 이내 홀랜드 병원의 전화번호를 알아냈다. 한나는 안드레아가 홀랜드 박사와 통화하는 모습을 가만히 지켜보았다.

홀랜드 박사는 환자와 상담중이었기 때문에 통화 연결이 쉽지 않았다. 긴급한 일이라고 접수원에게 통사정한 덕분에 연결이 될 수 있었지만 안드레아의 말만으로는 상황을 짐작할 수 없었다. '알겠습니다.', '물론 이해해요.' 등의 말로 뭘 알 수 있겠는가.

"뭐래?"

안드레아가 전화를 끊자마자 한나가 물어보았다.

"별로. 보이드가 상담을 받으러 온 건 확인해줬는데, 무슨 얘기를 했는지는 알려주지 않았어. 병원에는 2시에 왔고, 2시 30분에 떠났대."

"겨우 30분밖에 안 있었단 말이야?"

"적어도 한 시간 정도는 하지 않나?"

"50분, 안 그래도 홀랜드 박사에게 물어봤어. 방과 후 학부모 면담이 있어서 레이크 에덴으로 돌아가야 한다기에 상담을 짧게 끝냈다더군."

"다니엘은 그런 얘기 안 하던데."

한나는 안드레아에게 노트를 건네며 말했다.

"노트를 확인해봐."

안드레아는 노트를 받아 페이지를 넘겼다.

"여기 있다. 다니엘의 말로는 보이드가 홀랜드 박사를 만나러 세인트 폴에 간다고 했고, 저녁 6시가 넘어서도 집에 오지 않았다고 했어."

"보이드가 다시 학교로 돌아간 줄 다니엘은 몰랐던 거야."

한나는 잠시 생각에 잠겼다.

그리고는 이내 전화기를 향해 손을 뻗었다.

"샬롯 로스코가 퇴근하기 전에 전화해서 물어봐야겠어. 분명 학부모 면담에 대한 기록을 갖고 있을 거야. 그러니 면담에 누가 왔었는지 말해줄 수 있겠지."

안드레아와 헤어지며 한나는 속으로 나팔을 불었다. 안드레아는 트레시를 데리러 유치원에 가다가, 대회장에서 다시 만나기로 했다. 공원 옆을 지나며 한나는 라이트를 켰다. 하루 중 지금 이때가 운전하기에 가장 위험한 시간이었다. 밤은 빨리 찾아왔다.

헤드라이트 불빛 너머로 비치는 모든 것들은 어느새 제 색을 잃고 회색의 그림자 속으로 빨려 들어가기 시작했고, 학교 주차장에는 차가 많지 않았다. 교사들은 이미 퇴근했고, 오늘 밤 대회 관람객들도 1시간 30분 정도는 더 있어야 도착할 것이다.

한나는 갖고 온 의상을 여학생용 라커룸에서 갈아입기로 했다. 한나의 새침데기 고양이가 대회를 끝내고 집으로 돌아오기만을 목 빠지게 기다리겠지만, 몇 시간 정도는 참을 수 있을 것이다.

조단 고등학교의 비서인 샤롯 로스코와의 전화통화는 매우 유익했다. 그녀는 보이드의 일정을 확인해주었지만, 그 어디에도 학부모 면담은 없었다. 조단 고등학교 선생님들은 오로지 학회 참석에 대한 기록만 보관한다는 것이다.

샤롯은 그 면담에 왓슨이 지도하던 팀의 코치도 참석했을 수 있다면서 조단 고등학교의 상담교사인 길 서마에게 참석했는지 물어보라고 일러주었다. 길은 커브 스카우트(보이 스카우트 중 8세~10세까지의 어린 단원)들 때문에 아직 학교에 남아 있다고 했다. 겨울이라 밖은 추웠고, 강당은 대회 동안 출입금지였기 때문에 교장실 밖 복도에 캠프용 천막을 쳤다.

한나는 차를 주차한 후, 트럭에서 내려 어제 구운 쿠키를 꺼내려 뒷좌석 문을 열었다. 아이들은 한창 먹을 나이이기 때문에 쿠키를 나눠주면 집으로 돌아가는 길이 훨씬 즐거워질 것이다. 한나는 서둘러 주차장을 가로질러 건물 옆을 돌아 정문으로 향했다. 복도의 코너를 돌자마자 낯선 광경과 마주친 한나는 씩 웃었다.

교장실 문 근처에 카키색 천닥이 한 무더기로 무너져 있었던 것이다. 그 밑으로 몇 개의 덩어리가 마치 새 생명이라도 탄생시키려는 것처럼 꿈틀대고 있었다. 그때 길의 외침소리가 들렸다.

"자자, 얘들아. 그만 꼼지락대고 출구를 좀 찾아봐. 오늘 밤을 이렇게 지새우고 싶은 건 아니겠지?"

길이 말을 마치자 아이들이 웃음을 터뜨렸다.

한나는 좀 도와줘야겠다는 생각에 가볍게 흔들리고 있는 천막으로 걸어가 천막의 첫 번째 봉우리를 집어 올렸다. 그러자 머리 하나가 이내 모습을 보였다.

"고마워요, 누구인지 모르겠지만."

길이 가까스로 열린 출구를 향해 엉금엉금 기어 나오더니 한나를 보고는 미소를 지었다.

"당신이 날 구했군요, 한나. 꼬마 병사들에게 천막 치기가 얼마나 쉬운 일인지 시범을 보여주고 있었어요."

길은 일어서서 한나를 대신해 천막의 봉우리를 잡아 일으켰다. 그러자 다섯 명의 어린 단원들이 하나씩 기어 나오기 시작했고, 모두들 한나를 보자 반가워했다. 하지만 그건 한나를 좋아하거나 천막에서 빠져나오는 걸 도와줘서가 아니라 한나가 들고 온 쿠키 꾸러미 때문이었다.

"다 끝난 건가요, 길?"

한나가 물었다.

"네, 15분 전에 이미 끝났어야 했는데, 천막이 도와주질 않는군요."

한나는 한 명당 네 개씩 쿠키를 나눠주었고, 아이들은 행복하게 쿠키를 오물거리며 집으로 돌아갔다.

"얘기 좀 해요, 길. 보이드 왓슨에 관한 거예요."

"끔찍한 일이죠."

길이 고개를 저었다.

"퍼비스 씨가 말하길 경찰에선 이번 사건을 누군가의 비겁한 행위로 생각한다고 하더군요. 뭐, 교사들 중 한 명은 요즘 들어 보이드가 부쩍 우울해 보이더라고 했지만요. 설마 보이드가 자살한 걸까요?"

"말도 안 돼요, 자기 머리가 박살이 나도록 망치를 두들겨 자살하는 사람은 이 세상에 없어요."

길의 표정이 일그러졌다.

한나는 자신의 설명이 그의 머릿속에 상상을 불러일으키지 않기를 바랐다.

"괜찮아요, 길?"

"괜찮아요, 뉴스에서는 보이드가 어떻게 죽었는지 상세하게 얘기해 주지 않았거든요. 그럼, 다니엘이 그의 시체를 발견한 건가요?"

"네."

"불쌍한 다니엘, 충격이 컸겠어요. 언제 한 번 집에 들러서 도와줄 일이 없는지 물어봐야겠군요."

"다니엘은 지금 집에 없어요, 길. 나이트 박사님이 병원에 입원시켰거든요."

"그렇게나 아픈가요?"

한나는 길에게 진실을 조금 더 알려도 해로울 건 없겠다고 생각했지만, 다니엘이 보이드 살인사건의 용의자라는 걸 몰랐으면 하는 마음도 있었다.

"벌써 일주일도 넘게 감기몸살에 시달리고 있어요. 거기에 이번 일까지 겪었으니 말이 필요 없죠. 그래서 회복될 때까지 병원에 입원해 있는 게 좋겠다고 박사님이 말씀하셔서요."

길의 눈에 동정심이 어렸다.

"꽃을 보내야겠어요. 그리고 직원 휴게실에 모금함도 놓고요. 굴스 선수들도 조금씩 기부할 수 있게 말이에요. 지금같이 힘든 때 혼자가 아니라는 걸 알려줘야 해요."

"내가 얘기하려 했던 게 바로 그거였어요."

길이 더 장황한 계획을 세우기 전에 얼른 한나가 끼어들었다.

"꽃말인가요?"

"아뇨, 굴스요. 지난 화요일 방과 후에 보이드가 선수 중 한 명과 면담이 있었다고 들었거든요."

길은 고개를 저었다.

"화요일엔 체스 클럽 모임이 있었는데, 보이드가 학부모 면담 얘기를 했다면 난 모임을 취소하고 면담에 참석했을 거예요. 하지만 아무 말도 없었어요."

"하지만 학교에는 있었잖아요?"

"아뇨, 체스 클럽 학생들을 모두 우리 집으로 데려갔거든요. 모두라고 해봤자 세 명뿐이지만, 3학년 2명, 2학년 1명이에요. 그래서 다같이 바비 피셔의 지난 체스 경기 비디오테이프를 봤어요."

한나는 한숨을 내쉬었다. 일이 바라던 대로 진행되지 않았다.

"그럼, 보이드가 누굴 만났는지 보지 못했단 말인가요?"

"불행하게도 그래요. 마지막 수업종이 울리자마자 바로 떠났으니까요. 근데 그건 왜 묻죠?"

한나는 다시 한숨을 쉬었다. 정말이지 거짓말을 하고 싶진 않았다.

어쩌면 처음부터 진짜 동기를 감추기 위해 또 다른 얘기를 꾸며낼 필요가 없었는지도 모르겠다. 길은 조단 고등학교의 상담교사이고, 정신과 의사들과 마찬가지로 상대와의 믿음과 신용을 중요하게 생각할 것이 분명하니 말이다.

"비밀로 하는 얘기니 아무에게도 말하면 안 돼요, 알았죠?"

"그럴게요, 이게 상담이라면."

"좋아요, 상담이라고 해둬요. 청구서만 보내지 않으면 되니까."

길이 웃음을 터뜨렸다.

"그러지 않을게요, 얘기해요."

"그날 보이드가 누굴 만났는지 당신이 모른다니, 다른 방법으로 추적해보려구요. 혹시 보이드가 최근 선수들과 무슨 문제라도 있었나요?"

"네, 있었어요. 하지만 어느 선수인지는 말하지 못해요, 미안해요."

"말해줘야 해요!"

한나는 마치 절망의 늪에 빠져드는 듯한 기분이었다.

"길의 직업적 윤리의식은 이해하지만, 이건 보이드의 살인사건과 관련이 있는 거라고요!"

길은 항복하듯이 두 손을 들었다.

"진정해요, 한나. 말하지 않는 게 아니라 말하지 못하는 거예요. 애초에 보이드가 그 학생의 이름을 가르쳐주지 않았거든요."

"오."

한나는 자신의 과잉반응이 살짝 부끄러워졌다.

"보이드는 내게 늘 가정형으로 말했어요. 내가 만약 수석코치고, 선수들 중 하나가 스테로이드를 복용하고 있다는 사실을 알게 됐다면 어쩌겠느냐면서 말이죠."

"스테로이드요?"

한나는 깜짝 놀랐다.

한나가 알고 있는 한 레이크 에덴에서 그런 과중한 문제는 단, 한 번도 일어난 적이 없었다. 물론 지난해 세 명의 축구선수가 호수에 나무통을 던졌다는 이유로 두 경기 출전을 금지당한 적이 있긴 하지만, 이건 문제의 경중이 확실히 달랐다.

"그래서 보이드에게 뭐라고 했어요?"

"나라면 그 선수를 남은 시즌 동안 근신시키겠다고 했어요. 약물남용에 있어서만큼은 학교 규칙이 엄격하니까요."

"그랬더니 보이드가 뭐라던가요?"

"또 가정형으로 얘기하더군요. 만약 그 학생의 아버지가 체육 프로그램에 대한 지원을 모두 철회하겠다고 협박해온다면 어떻게 하겠느냐고요. 그래서 난 설사 협박을 해온다고 하더라도 내 결심은 변하지 않을 거라고 대답했어요. 학생을 근신시키고 말겠다고요."

"보이드가 당신의 조언을 받아들이던가요?"

"그랬던 것 같아요. 학생의 아버지에게 아들이 근신처분을 당했다는 걸 어떻게 알리면 좋을까 같이 고심했거든요. 보이드는 메모까지 했어요. 그러면서 내게 자기 고민을 덜어주어서 고맙다고 했고요. 그게 월요일이었어요, 한나. 만약 보이드가 화요일 방과 후에 면담 일정을 잡았다면 아마 그것 때문이었을 거예요."

가장 중요한 질문을 던지려는 한나의 심장은 쿵쾅쿵쾅 뛰었다.

"그래서 보이드가 그 학생을 근신처분 했나요?"

"아뇨, 내가 확인해봤는데 아니었어요. 아마 보이드가 마음을 바꿨거나 아니면……."

길이 하던 말을 멈추었고, 그의 표정은 어두워졌다.

"아니면 뭐요?"

"아니면 양식을 쓰기도 전에 살해당했거나."

한나가 하와이언 푸딩을 자르는 동안 리사는 달콤한 크림이 담긴 그릇을 들고 옆에 서 있었다. 푸딩은 완벽했으며, 그것을 컷글라스 디저트 접시에 옮겨 담는 한나의 얼굴에는 미소가 떠나지 않았다.

잘게 부순 파인애플 조각을 뿌리고, 숟가락으로 황금색의 캐러멜 소스를 얹었다. 그리고는 이미 푸딩 위에 풍성한 크림으로 마무리 장식을 마친 리사로부터 크림 그릇을 건네받았다.

쟁반에 디저트 접시와 찻숟가락이 모두 준비되자 한나와 리사는 앞치마를 벗고 무대연출자의 신호를 기다렸다. 카메라에 들어와 있던 빨간 불이 꺼지자 한나는 리사에게 고개를 돌려 말했다.

"아버님이 보고 계신다고?"

"드리블로 씨와 같이 관람석에 계세요. 오늘은 제가 방송하는 걸 직접 보고 싶다고 하셨거든요. 아버지는 우리만의 요리 프로를 하는 줄 알고 계세요. 차마 잠시 동안만 하는 거라고 말씀드릴 수가 없어서요."

한나는 푸른색 스크린 앞에 서 있는 레인 필립스를 쳐다보았다.

그는 보이지 않는 폭풍을 향해 손을 휙휙 내저으며 제스처를 취하고 있었다. 한나는 그가 어느 곳을 손짓해야 할지 어떻게 알고 있는 걸까 궁금했다. 모니터에는 컴퓨터 그래픽으로 폭풍 모양의 그림이 미네소타 지도 위로 휘돌고 있었다. 전에는 몰랐는데, KCOW의 기상캐스터가 되기 위해서는 약간의 끼도 필요했다.

"준비됐어요, 한나?"

"준비됐어요."

쟁반을 집어들며 한나가 미소 지었다.

"자, 다시 쇼 타임이야. 다들 녹여버리자구, 리사."

무대 연출자가 한나를 향해 신호를 보내자 그녀는 선들을 조심조심 피해가며 뉴스 데스크까지 걸어갔다. 리사가 진행자들에게 접시를 돌리고 나자 척 윌슨이 한나를 돌아보며 물었다.

"오늘 밤에는 우리를 위해 아가씨들이 뭘 준비해주셨습니까?"

척 윌슨의 이상야릇한 단어 선택에 한나의 머리털이 분노로 곤두섰지만, 재빨리 미소로 감추었다. '아가씨'라는 호칭은 졸업한 지 이미 오래였다.

"캐러멜 소스를 곁들인 파인애플 커스터드입니다. 전 보통 하와이언 푸딩이라고 부르죠."

"맛있어 보이는군요."

척이 캐러멜 소스와 함께 한 숟가락 가득 떠 입으로 가져갔다. 푸딩의 부드럽고 달콤함이 그의 혀끝을 감돌다 이내 사라져버리고 말았다.

"정말 맛있군요, 아가씨들."

한나는 또다시 화가 치밀었다. 이번에야말로 그의 못된 말버릇을 바로잡아 주어야할 때라고 생각하는 찰나 리사가 끼어들었다.

"고맙습니다, 우리 쿠키단지에서도 아주 인기 메뉴가 될 거예요. 디저트 메뉴를 늘려서 날마다 다른 디저트를 선보이려고 하거든요."

"이걸 먹으러 꼭 들르겠습니다."

척이 약속했다.

그런 다음, 디 - 디 휴즈를 돌아보며 물었다.

"어때요, 디 - 디?"

"짙으면서도 가벼운 느낌이 드는 맛이네요. 무슨 말인지 아시겠죠."

과연 디 - 디의 말이 무슨 뜻인지 알아챈 사람이 몇이나 될까 궁금했지만, 한나는 얼굴에서 미소를 놓치는 실수는 하지 않았다.

"하지만 이 달콤한 맛 뒤에는 어마어마한 칼로리가 숨어 있을 것 같군요, 내 말이 맞죠?"

그러자 리사가 다시 나섰고, 한나는 안도의 한숨을 내쉬었다.

리사는 이미 디-디의 칼로리 질문에 대비했던 모양이다.

"다이어트 식품은 아니지만, 다이어트를 한답시고 칼로리 제로 젤로를 매일 밤 먹는 것보다는 낫습니다. 그저 푸딩에 설탕을 절반만 넣고 캐러멜 소스도 소량만 뿌리세요. 그리고 크림에 설탕 대신으로 인공감미료를 넣으시면 됩니다."

"그래도 살이 찌잖아요, 안 그래요?"

디-디가 물었다.

한나는 혀끝을 살짝 깨물었다.

퉁명스럽게 대꾸해주고 싶은 마음을 참을 수가 없었다. 하지만 한나가 막 입을 열려는 순간 윙고 존스가 대화에 나섰다.

"디저트는 기분을 돋궈주기 위해 먹는 겁니다. 몸무게가 그렇게 걱정이 되면, 운동을 열심히 해보지 그래요. 난 이 하와이언 푸딩 한 조각을 먹기 위해서라면 기꺼이 헬스센터에 가서 10마일이라도 뛰겠습니다."

"저도 마찬가지예요."

레인 필립스가 고개를 끄덕이며 디-디의 접시를 향해 손을 뻗었다.

"걱정 말아요, 디-디. 내가 구원해주죠. 내가 당신 것까지 먹어주면 살찔 염려가 없잖아요."

척 윌슨이 웃음을 터뜨리기 시작했고, 한나는 자신을 '아가씨'라고 불렀던 일에 대해 잊어버리고 말았다.

어쩌면 그렇게 나쁜 사람은 아닐지도 모른다. 척은 이내 카메라를 정면으로 쳐다보며 곧 '월드 뉴스'를 내보낸 후, 디저트 경연대회를 중계할 테니 채널을 고정하라는 멘트를 보냈다.

음악이 흘러나왔고 자막이 올라가기 시작했다. 뉴스 팀들은 서류들을 챙기며 서로에게 수고했다는 미소를 나눴다. 디-디는 계속 환한 표정이었다가 카메라에 빨간불이 꺼지자마자 레인 필립스를 향해 결코 방송을 타지 못할 욕설을 퍼부어댔다.

한나는 리사와 함께 짐을 정리하기 위해 주방으로 돌아가는 동안 큭큭 거렸다. 곧 리사도 함께 킬킬대기 시작했다. 주방기구들을 뒤쪽 주방 쪽으로 나르면서 둘은 내내 즐거운 기분이었다.

"더 할 일이 없다면, 아빠와 드리블로 씨가 계신 데 있을게요."

리사가 말했다.

"그래, 리사. 오늘 밤에도 정말 잘했어. 디-디의 질문에 대한 답도 완벽했고."

한나는 앞치마 주머니에서 봉투 하나를 꺼내 리사에게 건네주었다.

"여기, 이번 주 근무 외 수당이야."

리사는 깜짝 놀란 듯했다.

"이러시지 않아도 돼요. 내가 좋아서 한 일인데요. 그냥 한나를 돕고 싶었어요."

"그럼, 크리스마스 보너스쯤으로 생각해. 충분히 받을 만해."

"알았어요."

리사는 봉투를 받아 주머니에 집어넣었다.

"하지만 앞으론 이런 거 주지 마세요. 대회가 끝날 때까지 내가 계속 도울 작정이니까요. 그리고 한나는 그……, 다른 일로도 바쁘잖아요."

한나는 말없이 고개를 끄덕였다.

리사는 정말이지 완벽한 직원이었다. 이제는 동업자로 승격시켜줘도 되지 않을까 생각이 들 정도였다.

리사와 함께라면 앞으로의 쿠키단지 운영도 아무 문제없이 해낼 자신이 있었다. 게다가 손님이 뜸한 달에는 교대로 휴가를 즐길 수도 있을 것이다. 하지만 손님이 뜸한 달이 도대체 언제란 말인가?

한나는 골똘히 생각에 잠겼다. 그 탓에 그녀의 미간에 자글자글 주름이 잡혔다. 어느 달이든 파티를 비롯한 크고 작은 행사들이 있었다. 레이크 에덴 주민들 모두가 동시에 다이어트에 돌입하지 않는 이상 손님이 뜸한 달이란 있을 수 없다.

분장실에서 화장과 머리손질을 받고 나오는데 안드레아가 뛰어왔다.

"여기 있었네! 어디 조용한 데 가서 얘기 좀 해."

안드레아는 한나를 여자 화장실 구석으로 끌고 갔다.

"내가 다 찾아봤는데, 루시는 여기 없어. 심지어 빌에게까지 오늘 루시가 경찰서 주변을 서성이지 않았느냐고 물어봤는데, 오늘은 한 번도 그녀를 보지 못했다는 거야."

한나는 알 수 없는 현기증이 나는 걸 느꼈다.

대회 때는 분명히 모습을 보일 거라고 생각했는데.

"늦는 거 아닐까?"

"아마도."

하지만 안드레아의 표정은 전혀 동의하지 않는 것 같았다.

"생각해 봤는데, 언니. 루시가 집에 가서 비밀 서랍이 텅 빈 사실을 알아챈 거라면 어쩌지? 경찰이 자기를 뒤쫓는다고 생각했다면, 그대로 마을 밖으로 도망갔을 수도 있잖아."

거기까지는 미처 생각하지 못했다.

"가능한 얘기야. 하지만 그렇다고 해도 오늘 아침 노먼과의 약속을 지키지 않은 건 설명이 안 돼."

"맞아, 그렇지. 그건 그냥 시간이 늦어서 그랬던 거 아닐까? 참, 길 서마는 어때? 뭐 흥미로운 이야기라도 들었어?"

한나는 잠시 뜸을 들이다 입을 열었다.

역시나 스테로이드 얘기에는 안드레아도 충격을 받았다.

"나도 처음엔 믿지 않았어. 하지만 길의 말로는 보이드가 그 일 때문에 무척 화가 나 있었다더라구."

"충분히 있을 수 있는 일이야."

안드레아가 인정했다.

"그저 레이크 에덴에서는 그런 일이 없다고 생각하고 싶은 것뿐이지. 어느 학생인지는 모르는 거야?"

"보이드가 이름을 말해주지 않았대."

안드레아는 한숨을 내쉬었다.

"흠, 적어도 미식축구 선수라는 건 알겠다. 굴스 팀에 선수가 모두 몇 명이지?"

"서른세 명."

"그렇게 많아?"

"응, 미식축구는 조단 고등학교에서 가장 인기 있는 운동이거든. 보이드는 팀 안에서 열한 명의 학생들을 지도하고 있는데, 모두 선발선수들이래. 그리고 선발선수들은 후보 선수들을 두는데, 모두 스물두 명이고, 각각 열한 명의 선수들이 B팀과 C팀을 구성한대. 시간을 절약하기 위해선 수고를 줄여야 해, 안드레아."

"그래야지, 이름이 적힌 명단은 받았어?"

"길이 샤롯에게 명단을 받아서 내일 아침 쿠키단지에 들러서 주고 가기로 했어."

새로 알게 된 사실들을 어떻게 풀어나가는 것이 좋을지 고심하는 안드레아의 미간에 주름이 잡혔다.

"어떤 선수인지 알아내려면 어떻게 해야 하지? 선수들에게 물어봤자 모른다는 대답만 듣게 될 테고."

"사실 난 이 일이 보이드의 죽음과 관련이 있는지도 의심스러워. 그냥 우연일 수도 있잖아."

"우연이 아니야. 선수 아버지가 아들을 팀에서 쫓아내기 전에 보이드를 살해한 거지."

전에 없이 확신에 찬 안드레아의 음성에 한나는 깜짝 놀라고 말았다.

"그게 정말 살인을 저지를 만한 동기가 된다고 생각해?"

"물론이지, 레이크 에덴에서 미식축구는 애들 장난이 아니야."

"하지만 그렇다고 선수 아버지가 그렇게까지?"

"당연히 그럴 만하지. 텍사스에선 어떤 엄마가 치어리더인 자기 딸의 경쟁자를 죽인 사건 기억 안 나? 치어리더에 비한다면 미식축구는 몇 배나 더 심각하지."

한나는 생각에 잠겼다.

"그 선수 아버지가 집으로 돌아가는 보이드를 쫓아가 자기 아들을 근신시키지 말아달라고 사정했을 거야. 게셀 씨가 들었다는 다툼소리가 바로 그 소리였을 거구."

"다툼은 큰 싸움으로 번질 수 있지. 게다가 보이드는 다혈질이니까, 선수 아버지도 보이드와 같았다면?"

썩 잘 맞아 들어가는 시나리오라는 걸 한나도 인정할 수밖에 없었다.

"그랬을 수도 있어. 분노한 선수 아버지가 망치를 들어 보이드의 머리를 내려쳤을 수도. 보이드를 죽일 의도는 아니었지만, 죽이게 된 거지. 결국 보이드가 죽었다는 사실을 깨닫고는 줄행랑을 쳐버린 거고."

안드레아는 흥분하여 펄쩍펄쩍 뛰었다.

"우리가 해냈어, 언니! 보이드의 살인범이 누구인지 알아냈다고!"

"아직은 아니야."

과도하게 흥분하는 동생을 차분하게 진정시키며 한나가 말했다.

"이유를 알았다고 해도, 그 선수가 누구인지는 모르잖아. 어서 나가서 루시부터 찾아봐. 찾게 되면 대회가 끝날 때까지 붙잡고 있어야 해."

"알았어, 하지만 루시가 사진 속 인물이 누구인지 말해주지 않으면 어쩌지?"

'그러면 시간 낭비만 엄청 한 꼴이 되겠지.'

한나는 그렇게 생각했지만 입 밖으로 내면 왠지 불길해질까 봐 아무 말도 하지 않았다.

"미리 걱정하지 말고 지금은 루시를 찾는 일에만 신경 쓰자. 어떻게든 그녀에게서 답을 듣고 말 터니까."

한나가 막 심사위원석에 오르려는데, 카메라맨인 루디가 그녀를 잡았다.

"안녕, 한나. 하와이언 푸딩 정말 맛있었어요."

"어떻게 알았어요?"

"방송이 끝난 후 윙고가 전화를 받으러 나간 사이에 내가 그의 푸딩을 슬쩍 했거든요."

"잘했어요."

한나가 미소를 지었다.

그녀는 루디가 좋았다. 그는 한나에게 카메라에 대해 설명해주고는 어떤 것이 현재 돌아가고 있는 것인지를 차근차근 설명해주었다.

한나는 설치된 카메라 중 가장 큰 카메라를 가리키며 물었다.

"왜 이 카메라만 다르죠?"

"그건 라인피드예요. 여기 선들이 보이죠?"

바닥에 굵은 검정색 선들이 어지럽게 흩어져 있었다.

"어디로 연결되는 거예요?"

"제작트럭에 있는 자동제어 부스로요. 방송이 진행될 동안 메이슨이 있는 곳이기도 하죠. 카메라에서 전송되는 화면을 모니터로 지켜보고 있다가 필요할 때 카메라맨이 쓰고 있는 헤드셋을 통해 지시를 하는 거예요. 그러니까 어느 카메라의 화면을 방송으로 내보낼지 조절하는 역할을 하죠."

"매우 어려운 일인 것 같네요."

"맞아요. 더구나 이건 생방송이라 신속하게 결정을 내려야 해요. 그의 말 한마디에 따라 방송에 내보내는 화면이 달라지니까요."

한나는 흥미로워졌다.

자신이 알고 있던 텔레비전 방송이 자그마한 방에서 모두 이루어진다는 사실이 신기했다.

"당신의 카메라는 무슨 역할을 해요?"

"난 심사가 이루어지는 동안 내보내는 구성화면을 찍어요. 일명 방랑 카메라라고 하는데, 독립적이죠. 4/3인치 길이의 테이프로 녹화하는데, 나중에 따로 편집을 하죠."

"편집을 한다구요?"

"4시간을 찍지만, 편집해서 나오는 분량은 30분밖에 안 돼요."

"고작 몇 분을 위해 그렇게 오랜 시간 찍는 줄 몰랐어요."

"항상 필요한 것보다 더 많이 찍어두죠. 그래야 편집자가 보고 적당한 화면을 고를 수 있거든요. 난 대회 참가자들이 대회장에 도착하고, 자리를 채우는 장면은 물론, 호텔에서 열린 파티 장면도 찍어요."

문득 한나에게 좋은 생각이 하나 떠올랐다.

루디가 매일 4시간씩 카메라를 찍었다면, 그의 테이프 안에 범인의 모습과 그의 커프스단추가 찍힌 장면이 있을지도 모른다. 물론 루시에게 직접 물어보는 게 좋겠다는 생각은 변하지 않았지만, 만일 그녀가 정말 안드레아의 말대로 마을 밖으로 도망쳤다면 어찌하겠는가? 대비책이 필요했다.

"사용하지 않은 테이프들은 어떻게 해요?"

"아웃테이크(촬영 후 방송에서 커트된 화면들)말인가요?"

"그렇게 불러요? 암튼 그것들은 버리나요?"

루디가 웃음을 터뜨렸다.

"버리다니요, 우리는 종이도 재활용하는걸요."

"그럼, 그 테이프에 새로 녹화를 하기도 하나요?"

"네, 하지만 바로는 아니구요. 정해진 기간 동안 보관하다가 나중에 다시 살펴보죠. 그래서 메이슨이 앞으로도 필요가 없겠다고 판단하면 녹화된 것을 지우고 다시 씁니다."

"그럼, 당신의 아웃테이크도 방송국 창고에 있겠네요?"

루디가 고개를 저었다.

"아뇨, 내가 찍은 건 아직 제작트럭에 있어요. 그런데 왜요?"

"그냥 모든 과정이 재미있게 느껴져서요."

한나가 미소를 흘렸다.

"그 테이프들 내가 한 번 봐도 될까요?"

"무척 많아요. 게다가 지루한 것들뿐인데, 정말 보고 싶어요?"

"네."

루디의 대답을 기다리며 한나는 숨을 죽였다.

매우 중요한 단서가 나올 수도 있다. 나중에 루시를 찾아 범인이 누구인지 자백을 받아낸다고 해도, 테이프를 보면 루시가 말한 범인이 정말 진범이 맞다는 것을 확인할 수 있기 때문에 더더욱 중요했다.

"정말 괜찮다면, 난 상관없어요. 하지만 메이슨에게 허락을 받아야 할 거예요."

한나의 얼굴이 미소로 반짝였다.

루디가 한나에게 얼마나 큰 도움이 되고 있는지 스스로는 모르고 있는 것 같았다.

"고마워요, 루디. 오늘 대회가 끝나자마자 메이슨에게 얘기할게요."

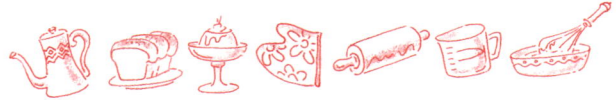

하와이언 푸딩

오븐은 176℃로 예열합니다.

재료

백설탕 1컵 / 물 1/2컵 / 계란 6개 / 농축우유 1캔

백설탕 1/4컵 / 파인애플 주스 1과 1/2컵 / 소금 1/8티스푼

곱게 간 파인애플 1캔 / 휘핑크림(선택사항입니다)

만드는 법

1. 팬에 백설탕 1컵과 물 1/2컵을 팬에 섞습니다. 그런 다음 불에 올려 색이 황금빛 갈색으로 변할 때까지 저어줍니다. (뜨거우니 주방용 장갑을 준비하세요) 시럽을 조심스럽게 팬에 붓고, 바닥에 골고루 코팅이 되도록 팬을 이리저리 기울여 줍니다. 이게 바로 캐러멜 소스예요. (다시 한 번 조심하세요. 무척 뜨거워요) 그런 다음 사용한 소스 팬은 물을 부어 싱크대에 둡니다. (캐러멜이 식으면서 쩍쩍 갈라지는 소리가 들릴 거예요. 하지만 그건 캐러멜이 갈라지는 소리지, 팬이 갈라지는 소리가 아니니까요)

2. 계란이 밝은 노란빛의 두터운 크림 상태가 될 때까지 저어줍니다. (믹서기가 없다면 시간이 꽤 걸릴 거예요) 농축 우유와 설탕, 소금, 파

인애플 주스를 넣고 충분할 때까지 섞어줍니다. 이 혼합물을 팬에 부어주세요.

3. 푸딩을 만든 팬이 다 들어갈 만한 크기의 다른 팬을 찾습니다. 적어도 1인치 정도의 여유가 있어야 합니다. 푸딩 팬을 큰 팬 안에 넣고, 큰 팬에 뜨거운 물을 붓고는 오븐에 넣습니다. 푸딩 팬이 큰 팬 높이의 반 정도 떠오르면 됩니다.

4. 1시간 정도 굽습니다. 칼로 찔렀다가 뺐을 때 묻어나오는 것이 없으면 완성입니다. 물이 담긴 큰 팬에서 푸딩 팬을 꺼내어 선반에서 10분 정도 식힙니다. (차게 먹어도, 뜨겁게 먹어도 좋습니다)

5. 완성된 푸딩은 평평한 접시나 속이 깊은 그릇에 엎습니다. (그래야 캐러멜 소스가 흘러넘치지 않거든요) 위에 곱게 간 파인애플을 뿌려주고 캐러멜 소스와 휘핑크림으로 푸딩 위를 장식합니다.

엄마는 차갑게 드시는 걸 좋아합니다.
반면 안드레아는 실온에 두고 먹는 게 제일 맛있다고 하네요.
전 따뜻하게 먹는 걸 좋아하고요.

오늘 대회의 승자가 남자라는 사실이 한나는 기뻤다. 요리사라는 직업이 여자들만의 전유물이 아니라고 믿기 때문이었다. 퇴역한 군 장교가 우승 리본을 받아들자 클래이튼 하트는 관객들에게 내일 대회가 하트랜드 제분회사 주최 디저트 경연대회의 마지막 날임을 알렸다.

대회는 긴 시간 진행될 것이며, 세 명의 최종 결선자는 카메라 앞에서 요리를 하게 될 것이다. 결선자들의 요리 모습은 실시간 카메라를 통해 세 개의 커다란 화면으로 관객들에게 전해진다.

대회가 끝나자 한나는 에드나 퍼거슨에게 말했다.

"호가스 장교의 시나몬 빵에 대해 했던 얘기 진심이었어요?"

"진심이 아니었다면, 말하지 않았을 거예요."

에드나가 대답했다.

"다시 한 번 얘기하는데, 그의 시나몬 빵은 제가 구운 것보다 훨씬 맛있었어요."

"하지만 에드나가 구운 시나몬 빵은 맛있기로 마을에서 따라올 사람이 없잖아요."

한나는 속이 울렁거렸다. 심사하느라 먹은 소량의 디저트를 제외한다면 샐리의 호텔에서 점심 뷔페 이후론 한 끼도 먹지 못했다.

무척 배가 고팠지만, 불행하게도 지금은 뭔가를 먹을 시간이 없었다. 안드레아를 찾아서 루시를 만났는지 확인해야 했고, 그 다음에 메이슨 킴벌을 찾아 루디의 아웃테이크를 볼 수 있는지 허락받아야만 했다.

"오늘 호텔에서 열리는 뒤풀이 파티에 올 거예요?"

에드나가 물었다.

"오늘 밤은 못 가요. 할 일이 좀 있거든요."

한나는 일어서서 치마의 주름을 폈다.

클레어가 '고사리 색'이라고 부르는 치마는 갈색과 오렌지의 중간쯤 되는 색을 띠고 있었다. 한나는 처음에 이 치마를 입어보려고도 하지 않았다. 오렌지색은 뭐가 됐든 간에 그녀의 머리색과 끔찍한 조합을 이루기 때문이었다. 하지만 클레어가 고집을 부렸고, 결국은 치마가 한나에게 생각보다 너무나 잘 어울린다는 사실을 발견해내고야 말았다.

안드레아가 저쪽 출구 쪽에서 손을 흔들고 있었지만 루시의 모습은 어디에도 없었다. 한나는 찌푸린 얼굴로 안드레아를 향해 걸어갔다.

'루시는 분명 어디론가 도망갔든가 아니면……'

한나는 생각을 멈추고 아버지의 신조나 다름없던 속담 하나를 머릿속에 되뇌었다. '걱정을 사서 하지 말라.' 사실 엄마와 수십 년을 함께 산 아버지는 굳이 걱정을 살 필요가 없으셨다. 걱정이라면 우리 집에도 넘칠 만큼 많으니 말이다.

"루시는 여기 없어."

한나가 가까이 다가오자 안드레아가 말했다.

"하지만 언니를 도와서 좀 더 찾아볼 수는 있어. 빌은 경찰서로 돌아가 봐야 한다고 했고, 트레시는 할머니랑 있겠다고 했으니까."

안드레아가 바라는 게 뭔지 한나는 알 것 같았다. 안드레아는 또 한 번 도움이 되어주고 싶은 것이다.

"고마워, 안드레아. 이번에도 네 도움이 필요할 것 같아."

안드레아의 얼굴이 미소로 환해졌다.

"그럼, 무엇부터 도와줄까?"

"제작트럭부터 다녀와야 하니까 넌 로비에서 기다려. 혹시 루시를 본 사람이 없는지도 좀 물어보고."

"그건 벌써 했어."

안드레아의 음성이 까다롭게 변했다.

"아무도 못 봤대."

한나는 지갑에서 차 열쇠를 꺼냈다.

"알았어. 그럼, 트럭에 상자 좀 실어 놓을래? 그러면 시간이 훨씬 절약될 거야."

"좋아."

열쇠를 받아 쥔 안드레아의 표정이 한결 나아졌다.

"도움을 준다는 건 즐겁단 말이야."

"그래, 맞아. 더 큰 도움이 되고 싶다면 말이지, 트럭을 제작트럭 옆에 세워놓을래? 그럼, 시간이 더 절약될 테니까."

안드레아의 성화를 뒷전으로 한 채 한나는 뒷문을 통해 KCOW 제작 트럭이 서 있는 주차장으로 걸어갔다. 도움을 준다는 게 즐겁다는 안드레아의 마음이 루디의 아웃테이크를 확인한 뒤에도 부디 변치 말기를.

마침 메이슨 킴벌이 철제 계단을 내려오고 있었다. 무척 피곤한 듯 그의 눈가에는 다크써클이 져 있었다.

"안녕하세요, 한나. 여기는 어쩐 일이죠?"

"대회 전에 루디와 얘기를 했는데요."

한나는 연습한 대로 입을 떼었다.

"괜찮다면, 루디의 아웃테이크를 좀 보고 싶어서요."

"전부 다 말인가요? 12시간 분량도 넘을 텐데요."

한나는 순진한 척 말했다.

"네, 보고 싶어요. 하지만 전부 다 볼 여유는 없구요, 루디가 수요일에 찍은 테이프에만 관심이 가는데요. 그날 찍은 게 제일 볼 만할 것 같아서요."

메이슨은 얼굴을 찡그리기 시작했고, 한나는 자신의 변명이 먹혀들어가지 않았다는 걸 깨달았다.

"수요일은 보이드 왓슨이 심사를 했던 날이에요. 혹시 살인사건 때문에 그러는 건가요?"

"물론 그렇지 않아요."

한나는 이 사이로 거짓말을 내뱉었다.

"그저 루디의 아웃테이크에 관심이 있을 뿐이에요. 매우 재능이 있는 친구 같거든요."

메이슨의 찌푸림이 더욱 깊어졌다.

"그렇죠, 하지만 아웃테이크에 관심을 갖는 사람은 없어요. 무엇 때문에 그러는 건지 털어놔 봐요. 이번에도 경찰과 함께 일하는 건가요?"

"아니에요, 전에도 그런 적은 없었어요."

한나는 진심으로 부정했다.

맹세코 경찰과 함께 일한 적은 지금껏 단 한 번도 없었다. 그저 빌을 도와준 것뿐이지.

"하지만 당신이 론 라살르 사건을 해결했다는 얘길 들었는데요."

"빌이 해결한 거지, 내가 아니에요. 그저 여기저기서 얘기를 좀 듣고 빌에게 전해준 것뿐이죠. 정말 그게 다예요."

메이슨은 호수에서 막 빠져나온 젖은 강아지처럼 머리를 흔들었다. 재빠르진 않았지만, 섬세한 동작이었다.

"안 돼요, 한나. 이유도 모르고 얽히고 싶지 않다고요. 아웃테이크를 왜 보려고 하는지 말해주지 않으면, 나도 허락할 수 없어요."

"알았어요."

한나는 땅이 꺼져라 한숨을 내쉬었다.

루시가 찍은 살인범의 사진과 자신이 살인범의 커프스단추를 찾고 있다는 말은 하지 않으면서, 메이슨을 설득시켜야 했다.

"이봐요, 메이슨. 긴 분량이라는 건 알지만, 분명 대회가 시작되기 전 보이드의 모습을 담은 부분이 있을 거예요. 루디가 강당으로 들어오는 관객들을 찍었다고 했거든요. 만약 보이드가 누군가를 만나거나 얘기를 했다면, 그건 빌과 마이크가 꼭 알아야 하는 사실이에요. 빌과 마이크가 그 사람을 찾아서 당시 보이드의 상태가 어땠으며, 무슨 얘기를 했는지 물어볼 수 있잖아요."

메이슨은 잠시 생각에 잠겼다.

"좋아요, 하지만 정말 보이드가 찍힌 부분이 있는지는 기억나지 않아요. 전부 다 보진 않았거든요."

"그거 긍정의 대답인가요?"

"물론이죠, 더 이상 반대할 생각은 없어요. 다만 한 가지 문제가 있는데……."

"그게 뭔데요?"

"테이프를 오늘 밤 안으로 다 봐야 한다는 거예요."

한나는 신음소리를 냈다.

"오늘 밤에요?"

"안타깝게도 그래요. 내일이 대회 마지막 날이라 무척 바쁠 거기 때문에 한나를 도와줄 사람을 따로 떼어줄 수가 없거든요."

"혼자하면 안 되나요?"

"안 돼요, 엔지니어가 맞는 테이프를 찾아서 재생기에 넣어줘야 하거든요. 특수 기계를 사용하기 때문에 엔지니어가 작동법을 알려줄 거예요. 게다가 내일 구성화면을 쓸 일이 있을지도 모르기 때문에 한나가 실수로 지워버리기라도 한다면 곤란하거든요."

"알았어요, 오늘 밤에 볼게요. 엔지니어는 몇 시에 퇴근해요?"

"퇴근 안 해요. 트럭에는 비싼 기기들이 많기 때문에 현장에 나와 있는 동안은 트럭을 비우지 않아요."

"그럼, 집에 가서 고양이한테 밥 주고 올 시간은 있겠네요?"

"물론이죠, 천천히 갔다 와요. 오면 노크하고요. PK에게 당신이 올 거라고 얘기해둘게요."

메이슨은 트럭으로 돌아가려다 말고 잠시 망설였다.

"잠깐만 기다릴래요? 내가 차 있는 데까지 데려다 줄게요. 밤에 혼자 다니면 위험해요."

"고마워요, 메이슨."

한나는 메이슨이 엔지니어와 얘기하는 동안 철제 계단 밑에서 기다렸다. 얼마 지나지 않아 메이슨이 문을 열고 계단 아래로 내려왔다.

"다 됐어요. PK에서 말해뒀으니 그가 테이프를 준비해뒀다가 보여줄 거예요. 정말 뭔가 찾을 수 있을 것 같아요, 한나?"

"못 찾을지도 모르겠지만 해보긴 해야죠. 보다가 트레시가 잘 나온 화면을 찾을 수도 있는 거고. 너가 아까 한 말 거짓말이 아니에요, 메이슨. 정말 관심 있어요."

"괜찮은 장면을 찾으면 타임코드를 적어둬요. 타임코드가 어디에 나오는지는 엔지니어가 가르쳐줄 거예요. 그 부분만 녹화를 떠줄 수도 있어요. 트레시가 카메라에 정말 예쁘게 나오더군요."

주차장을 가로지르는 그들 위로 눈이 내리고 있었고, 매서운 겨울바람이 아스팔트 위를 날카롭게 훑고 지나갔다. 메이슨이 웃옷의 깃을 세우기 위해 팔을 올렸을 때, 한나는 깜짝 놀라 소리를 지르지 않도록 애써야 했다. 메이슨의 웃옷 소매에 오리 문양의 앤틱 커프스단추가 달려 있었던 것이다.

"그 커프스단추 예쁘네요, 앤틱인가요?"

한나는 자신의 목소리가 떨리지 않기를 바라며 입을 열었다.

"네, 엘런의 할아버지 것이죠. 굉장한 수집가셨거든요."

한나는 떨리는 가슴을 진정시키며 다시 한 번 물었다.

"엘런의 할아버지가 혹시 달머리가 새겨진 금색 커프스단추도 갖고 계실까요?"

"아마도요, 개 모양도 몇 개 갖고 계셨어요. 난 오리를 가졌지만요. 근데 이게 중요해요?"

"네."

또 하나의 가설 탄생에 한나의 심장이 두근거렸지만 메이슨에게 살인범이 말머리의 커프스단추를 달고 있었다는 말을 해줄 수는 없었다.

"엄마가 앤틱 보석을 수집하시거든요. 마침 이것과 똑같은 것을 찾고 계셔서요. 크리스마스 선물로 드리면 좋겠다고 생각했는데, 어디서도 구할 수가 없었어요."

"내가 엘런에게 혹시 갖고 있는지 얘기해볼게요. 근데 이런 게 값어치가 있는 건가요?"

"그럼요."

한나는 짧게 대답했다.

그 커프스단추가 얼마나 값어치가 있는지 메이슨은 알 리가 없다. 커프스단추는 앤틱으로서의 값어치뿐만 아니라 다니엘이 보이드를 죽이지 않았다는 걸 증명할 수 있다는 데 상당한 값어치가 있었다.

"엘런이 이미 팔아버리지 않았어야 할 텐데. 새 가구를 사고 싶을 때마다 수집한 것 중에 일부를 팔곤 하거든요. 6년 전에도 그랬죠."

"개인 수집가한테요?"

"아뇨, 쇼핑몰에 있는 보석상에게 위탁 판매를 맡기죠."

한나의 심장이 총에 맞은 오리처럼 땅끝으로 곤두박질쳤다.

루시의 사진에서 본 말머리 커프스단추가 트라이 카운티 쇼핑몰의 보석상에 나와 있었다면, 그걸 구매한 사람을 찾는 일이란 모래사장에서 바늘 찾기가 될 터였다.

"저거 당신 트럭 아니에요?"

메이슨이 빌딩 코너에 주차되어 있는 트럭을 가리키며 물었다.

"맞아요, 안드레아가 대신 주차해놨을 거예요."

한나가 손을 흔들자 안드레아가 그들 가까이로 트럭을 몰고 왔다. 안드레아가 조수석으로 비켜 앉고 메이슨은 한나를 위해 운전석 문을 열어주었다. 기사도 정신이 아직까지 건재하다는 사실에 한나는 기뻤다.

한나는 메이슨을 향해 미소를 지으며 말했다.

"중계방송, 정말 훌륭했어요. 다들 재미있게 보는 것 같던데요."

"고마워요, 한나. 안 그래도 중계방송 덕분에 시청률이 많이 올랐어요. 한나의 요리 시범이 효과가 있는 것 같아요."

"잘 됐네요."

한나는 운전석에 올라 메이슨을 향해 손을 흔들었다.

"커프스단추에 대해 엘런에게 물어보는 거 잊으면 안 돼요. 아직까지 갖고 있으면 내가 엄마의 크리스마스 선물로 사고 싶어요."

안드레아는 트럭이 모퉁이 돌아서자마자 한나의 팔을 잡고 물었다.

"무슨 커프스단추? 엄마는 커프스단추를 수집하지 않으시잖아."

"나도 알아, 그냥 핑계였을 뿐이야. 메이슨이 오리 문양의 앤틱 커프스단추를 달고 있기에 물어봤더니 엘런의 수집품 중 하나라잖아. 엘런이 할아버지에게서 물려받은 거래."

안드레아가 입을 쩍 벌렸다.

"그럼, 메이슨이 말머리 커프스단추도 가지고 있다고 생각한 거야?"

"아니, 엘런이 말머리 문양도 갖고 있을지 모른다고 메이슨이 말했거든. 하지만 6년 전 트라이 카운티 쇼핑몰의 보석상에 수집하던 앤틱의 일부를 팔았대. 만약 그녀가 그걸 정말로 갖고 있든가 혹시 팔았다면 그걸 산 사람이 누구인지 알아내야 할 텐데, 완전 막다른 골목이야."

안드레아도 한숨을 내쉬었다.

"휴, 쉬울 거라고 생각하진 않았어. 그럼, 어디부터 갈 거야?"

"우리 집, 옷도 갈아입고 모이쉐한테 밥도 줘야 하거든. 빨리 가지 않으면 녀석이 내 소파를 몽땅 먹어치우고 말 거야. 수요일 밤에 마이크랑 프레첼 몇 봉지를 먹었는데, 소파에 떨어진 부스러기를 치울 시간이 없었거든. 양파맛은 모이쉐가 좋아하는 거잖아."

한나의 등장에 모이쉐가 반가워한 이유는 굳이 설명할 필요가 없었다. 한나가 현관문을 열고 안으로 발을 들여놓자마자 녀석은 한나의 팔로 뛰어올라 얼굴을 핥아댔다. 한나의 얼굴을 만족할 만큼 핥았다고 생각했는지, 녀석은 이내 빈 사료그릇 쪽으로 쪼르륵 달려가 구슬프게 울어댔다.

한나는 곧장 주방으로 가 녀석의 먹이를 꺼냈다. 찬장 문을 고정시켜주는 번지코드는 이미 잘근잘근 씹혀져 거의 끊어지기 일보 직전이었다. 그야말로 제 시간에 도착한 것이었다. 5분만 늦었어도 주방 바닥은 온통 크런치로 홍수를 이뤘을 것이다.

한나는 모이쉐에게 먹이를 주고 편안한 옷으로 갈아입은 다음, 집을 나섰다. 아직 온기가 남아 있는 트럭에 오르자 안드레아가 물었다.

"어디로 가는 거야?"

"베라 올슨의 집에, 그녀에게 혹시 루시를 봤는지 물어보려고. 만약 못 봤다면 루시의 아파트에 올라가 볼 수 있는지 물어볼 거야. 아파트에 루시가 어디로 갔는지 알 만한 것이 남아 있을 수도 있잖아."

"베라가 우릴 들여보내 줄 것 같아?"

안드레아가 의심스럽다는 듯이 물었다.

"물론이지. 사소한 것에 일일이 신경 쓰지 마, 안드레아. 도착하기 전까지 안으로 들어갈 수 있는 적당한 핑계거리를 생각해놓을 테니까."

베라의 집까지는 그리 멀지 않았다.

한나는 길가에 차를 세우고는 말했다.

"루시는 집에 없어."

베라의 집으로 걸어가며 한나가 중얼거리자 안드레아가 대꾸했다.

"무슨 예지자라도 돼?"

한나는 웃음을 터뜨렸다.

"차라리 그랬으면 좋겠다. 그러면 루시가 지금 어디에 있는지 알 수 있을 테니까."

"집에 없는 건 어떻게 알았어?"

한나는 안드레아를 몇 걸음 뒤로 잡아당겨 루시의 아파트 창문을 가리켰다.

"불이 하나만 켜져 있어. 저건 주방 싱크대 위에 있던 전등이야. 그리고 저건 아침에도 켜져 있었고. 설마 루시가 어두운 데서 혼자 우두커니 앉아 있을 거라고 생각하는 건 아니지?"

"물론."

안드레아가 현관문을 열었고, 두 사람은 함께 안으로 들어섰다.

"베라에게 뭐라고 할 건지는 생각했어?"

"아니, 그냥 네가 어떻게 하는지 지켜볼 거야."

안드레아는 깜짝 놀란 눈으로 한나를 쳐다보았다.

"나? 어째서?"

"사람 다루는 건 네가 나보다 한 수 위잖아."

한나는 초인종을 누른 후, 육중한 문 옆에 기대어 기다렸다.

"어쨌건 너는 부동산 중개인이니까."

안드레아는 트레시 앞에서는 결코 떠들지 못할 말을 중얼거렸다.

그때 문 쪽으로 다가오는 걸음 소리가 들렸고, 안드레아는 한나를 쿡 찔렀다.

"쉿! 베라가 나오고 있어."

문을 연 베라 올슨은 한나와 안드레아를 보고는 미소 지었다.

"한나와 안드레아군요, 루시가 주문한 쿠키를 가져왔나요?"

"네."

베라가 던져준 기회를 놓치지 않고 안드레아가 즉각 대답했다.

"하지만 집에 안 계실지도 모른다는 생각에 가져오지는 않았어요. 언니, 트럭에 가서 쿠키 좀 가져올래?"

한나는 최대한 빨리 트럭으로 달려가 쿠키 꾸러미를 들고 돌아왔다.

그녀가 돌아왔을 때, 안드레아는 이미 거실의 라임색 소파에 앉아 마치 오랜 친구를 만난 듯 베라와 다정하게 얘기를 나누고 있었다. 베라는 엄청난 할인가에 소파를 구매했음이 분명했다. 미치지 않은 이상 저런 색의 소파를 제값 주고 사는 사람은 없을 테니까.

베라는 한나에게서 쿠키를 건네받고는 퀴퀴한 색상의 쿠션을 향해 앉으라며 손짓을 했다.

"바로 그거예요, 안드레아. 일에만 파묻혀 지내는 루시가 그래도 내가 먹을 쿠키를 기억하고 있었군요. 물론 아파트를 너무 지저분하게 써서 잔소리를 좀 하긴 하지만, 그것 말고는 정말 착한 아이예요. 조금만 가르치면 정말 나무랄 데 없는 숙녀가 될 거예요."

"당연히 그러겠죠."

안드레아는 베라를 향해 달콤한 미소를 지었다.

"특히 베라가 가르친다면 말이죠. 루시가 쿠키를 주문하면서 잠자리에 드시기 전에 배달해달라고 신신당부를 했어요. 근데 루시에게 쿠키 얘기를 언제 하신 거죠?"

"어제 아침에요. 내가 단 것을 좋아하거든요. 그래서 난 루시가 어젯밤에 사 올 줄 알았는데, 아주 늦게 들어온 모양이더라구요."

"어젯밤에 루시가 돌아오는 소리를 못 들으셨나요?"

"네, 호텔에서 사진을 찍어야 한다고 했거든요. 파티가 꽤 길었나 봐요. 11시 30분까지 자지 않고 있었는데, 그때까지 들어오지 않았어요."

한나는 잠자코 있을 수가 없었다. 이건 무척 중요한 얘기였다.

"그럼, 오늘 아침에도 못 보셨겠네요?"

"네, 아침을 준비해놓고 올라가 보니 이미 나가고 없더군요. 와플을 만들었거든요. 루시가 가장 좋아하는 거예요."

한나는 애써 안드레아의 시선을 피했다.

오늘 아침 베라가 와플을 들고 루시의 아파트 문을 두드리지 않았다는 걸 둘 다 잘 알고 있었다. '뜨거운 것이 좋아'가 내부 계단을 통해 위층으로 올라와 '은빛 늑대'에게서 온 이메일에 답했을 뿐이었다.

"루시는 너무 일만 해서 탈이에요."

베라가 한숨을 내쉬었다.

"잠도 제대로 못 자요. 알겠지만, 로드가 우리 루시를 너무 의지해서 말이죠. 큰 건은 모두 그 애가 기사를 쓴답니다. 게다가 밤낮없이 사진을 찍으러 다녀요."

한나는 대꾸하지 않으려고 안쪽 볼을 꽉 깨물었다.

루시가 찍으러 다녔다던 사진은 신문에 실을 것도, 로드를 위한 것도 아니었다. 안드레아가 한나를 향해 '가만히 있어!' 라는 시선을 보내고 있었다. 그리고는 베라를 향해 다시 입을 열었다.

"루시가 우리에게 필름을 좀 가져다 달라고 부탁했는데, 루시의 아파트에 올라가서 찾아봐도 될까요?"

"그래요, 안쪽 계단을 이용해요. 날씨도 추운데 다시 밖으로 나가기 불편하잖아요. 열쇠는 받았겠죠?"

안드레아는 한나를 돌아보았다.

"언니가 가지고 있잖아."

"아니, 가지고 있지 않아."

완벽하게 순진한 얼굴을 가장하며 한나가 말했다.

"난, 네가 갖고 있는 줄 알았는데."

"괜찮아요, 내 것을 써요."

베라가 커피 테이블에서 열쇠를 꺼내 한나에게 건네주었다.

"위층으로 올라가서 복도 끝에 있는 문이에요. 문을 열면 루시의 아파트까지 통하는 계단이 있어요. 전등 스위치는 문 안쪽에 있고요."

안드레아가 고맙다는 인사를 하고 뒤이어 한나도 뒤를 따랐다. 2층으로 올라가는 복도 문을 통과할 때까지 둘은 아무 말도 하지 않았다.

"정말 기발했어."

널찍한 계단을 오르며 한나가 안드레아의 어깨를 두드렸다.

"고마워."

안드레아가 어깨 너머로 한나를 내려다보며 미소 지었다.

"하지만 만약 루시가 집에 있다면, 그건 언니가 해결해야 해. 내 임무는 이제 끝났어."

노크소리에 아무 대답이 없자, 한나는 베라가 준 열쇠로 문을 열고 불을 켰다. 순간 두 자매는 마치 보이지 않는 벽에 맞닥뜨린 것처럼 그 자리에 돌처럼 굳었다. 오늘 아침 한나와 안드레아가 다녀간 후, 누군가가 다녀간 것이 분명했다.

"어떻게 된 거야?"

난장판이 되어버린 거실을 바라보며 안드레아가 입을 떡 벌렸다.

"누군가가 뭔가를 찾고 있었어."

분명한 어조로 한나가 말했다.

"그리고 미처 뒷정리를 못하고 떠난 거지."

방은 한바탕 토네이도가 휩쓸고 지나간 듯 엉망이었다.

침대보는 벗겨져 바닥에 흐트러져 있었고, 책상의 서랍이란 서랍은 모두 꺼내어져 있었으며, 필름은 길게 말린 뱀의 혓바닥처럼 뽑혀져 양탄자 위에 뒹굴고 있었다. 그리고 컴퓨터 화면에는 다음과 같은 메시지가 깜빡이고 있었다.

〈C드라이브에 있는 모든 파일이 삭제되었습니다.〉

"루시가 한 걸까?"

떨리는 목소리로 안드레아가 물었다.

"루시가 아니야."

"어떻게 알아?"

한나는 허리를 굽혀 속이 텅 빈 필름통을 집어들었다.

"루시라면 이러지 않았을 테니까. 사진들이 모두 망가졌잖아."

"살인범!"

안드레아는 몸을 떨었다.

"루시가 찍은 사진을 찾고 있었던 게 분명해. 어떤 필름인지 모르니까 다 못 쓰게 한 게 틀림없어."

"빠르구나, 안드레아. 하지만 루시가 사진을 찍었다는 걸 범인이 어떻게 알았을까?"

"루시가 말했을 거야, 살인범도 협박한 거지."

"그렇다면 허브가 한 얘기와도 맞아 떨어져. 루시가 한창 중요한 건에 매달리는 중이라면서, 그 건만 잘 풀리면 새로 산 차 할부금도 모두 갚을 수 있을 거라고 했대. 사진의 대가로 범인이 엄청난 돈을 줄 거라고 생각한 게 분명해."

"그런 어리석은 생각을 하다니, 루시가 그 정도로 머리가 나쁜 줄은 몰랐는데……."

"어리석은 게 아니라, 바보 같은 거지."

한나가 바로잡아 주었다.

"정말, 바보 같아."

"그럼, 혹시 살인범이……?"

안드레아는 차마 얘기를 마무리하지 못하고 힘없이 벽에 기댔다. 하지만 한나는 안드레아의 생각을 읽을 수 있었다.

"그랬을 가능성도 있지, 안드레아. 하지만 그건 아직 그냥 가능성일 뿐이야. 우린 루시가 보이드를 죽인 사람과 접촉했는지조차 확실히 모르잖아."

또 다른 가설을 찾아 한나의 머릿속이 다시 바빠졌다. 그녀의 이성은 루시의 아파트를 침범한 사람이 보이드를 죽인 살인범이라고 말하고 있었지만, 안드레아를 겁에 질리게 하고 싶진 않았다.

"루시의 또 다른 피해자가 한 짓일 수도 있어."

그러자 안드레아의 볼에는 조금씩 생기가 돌아오기 시작했다.

"정말 그럴까?"

"가능해, 그들도 쌓인 게 많을 테니까. 그러니 바스콤 시장일 수도 있고, 클레어나 에버리 씨일 수도 있어."

"에버리 씨?"

"왜 안 되겠어? 루시가 그의 돈을 갖고 있잖아. 다시 돌려받으려고 했을 수도 있지."

"언니 말이 맞아."

이제야 안드레아는 안도한 듯 보였다.

"적어도 다니엘이 아닌 건 확실해. 그녀는 아직 병원에 있으니까. 그리고 노먼일 리도 없어. 언니가 이미 편지를 돌려줬잖아."

"맞아."

한나는 내심 기뻤다. 안드레아의 판단은 정확했다.

"하지만 왜 루시의 필름을 노렸지?"

안드레아가 물었다.

"어째서 바스콤 시장이나 클레어, 에버리 씨가 그걸 망가뜨리려고 했느냐 말이야. 루시가 그들을 협박했다면, 현상된 사진을 보여줬을 텐데. 사진이 이미 현상됐다면 필름을 망가뜨려봤자 소용이 없잖아."

한나는 한숨을 내쉬었다. 그래, 안드레아는 지나치게 정확했다.

하지만 확실히 떠올려 볼 만한 질문이었고, 한나는 답을 생각하느라 고심했다.

"새로운 피해자일 수도 있어. 어젯밤에 찍힌 거지. 새로운 피해자는 루시가 미처 필름을 현상할 시간이 없었을 거라고 생각했던 거야."

"그거 말 된다, 하지만 루시는 어떻게 된 거지?"

안드레아는 다시 긴장한 듯 보였다.

"왜 사라진 걸까?"

"그것에 대한 가설은 이미 생각해봤잖아."

한 손에는 안드레아의 히스테리를, 또 다른 한 손에는 그녀의 합리적인 의문들을 쥐고 외줄타기를 하게 되지 않기를 간절히 바라며 한나가 나섰다.

"맞아, 내가 잊고 있었어. 루시는 사진이 없어진 걸 발견하고, 경찰이 들이닥치기 전에 마을을 떠난 거야."

"그래, 그러면 딱 맞아들어. 누군가 침입하기 전에 떠난 거라면 이 사실도 모르고 있겠지. 이젠 루시가 어디로 갔는지만 생각해보자."

안드레아는 한숨을 내쉬었다.

"어려워, 언니. 난 루시가 어디 출신인지도 모르는 걸. 아마 마을에 친구도 없을 거야. 루시를 좋아하는 사람도 별로 없을걸."

"그저 좀 오만하고, 시끄럽고, 잘난 척 잘 하고, 사람들을 협박하고 다녔을 뿐이지. 그 외에는 괜찮아."

안드레아가 웃음을 터뜨렸다. 겁에 질렸던 그녀는 어느새 제 모습을 되찾았다. 앞으로도 이 정도로만 유지해주면 좋겠는데.

"그럼, 어디서부터 시작할까? 언니는 분명 아이디어가 샘솟고 있겠지?"

"물론이지."

안드레아가 할 만한 일을 찾아 한나의 머릿속이 다시 분주해졌다.

"넌 옷장에서 옷들이 없어졌는지 확인해봐. 루시가 정말 떠났다면 떠나기 전에 짐을 쌌을 테니까."

"좋은 생각이야. 언니는 뭘 할 건데?"

"난 주방하고 욕실을 살펴볼게."

"싫어, 그러지 마."

안드레아가 다시 떨기 시작했다.

"혼자 있기 싫단 말이야. 만약 이게 범인이 한 짓이라면 어떡해? 다시 돌아올 수도 있잖아."

"왜 돌아오겠어? 필름도 전부 망가뜨렸고, 범인이 찍힌 필름을 갖고 있는 게 우리라는 것도 모르고 있을 텐데."

"그건, 그래."

안드레아의 얼굴에 공포의 빛이 사라지며 다시 안정을 찾았다.

"어서 가봐, 난 괜찮아. 근데 언니는 뭘 찾을 건데?"

"루시가 어디로 갔을지에 대한 단서. 지도나 주소가 적힌 쪽지 같은 게 있을까 해서. 어쨌든 서둘러야 해, 안드레아. 너무 오래 있으면 베라가 이상하게 생각할 거야."

"알았어, 언니 트럭에 테이프 재생기 있지?"

"응, 왜?"

"자동응답기의 녹음테이프를 가져가서 트럭에서 들어보려고. 혹시 누군가가 불러주는 예약번호 같은 게 녹음되어 있을지도 모르잖아."

"멋진 생각이야."

한나는 미소로 안드레아를 칭찬해주고는 곧장 주방으로 향했다.

뭔가 나올 것 같진 않았지만, 어쨌든 살펴보긴 해야 했다. 열린 서랍과 찬장 말고 주방에는 아무것도 없었다. 쓰레기통도 들여다보았지만, 두 개의 참치 캔과 상한 빵이 들어 있는 봉투, 그리고 아침에 주방 창문으로 들어오면서 안드레아가 깬 접시와 커피 잔이 있을 뿐이었다.

한나가 욕실의 불을 켜고 닫힌 샤워커튼을 발견하기 전까지 이상한 점이라곤 하나도 없었다. 이건 오늘 아침에도 쳐져 있었던가? 기억이 나지 않았다. 하지만 안드레아에게 물어보고 싶진 않았다.

한나는 떨리는 손을 뻗었다가 잠시 망설였다. 영화 '사이코'에서 앤소니 퍼킨스가 자넷 레이에게 했던 짓을 떠올리지 않으려 애쓰면서.

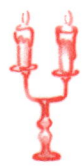

샤워장에는 샴푸 병 여러 개와 배수구 근처에 남은 얼룩밖에는 없었다. 한나와 안드레아는 창문이 모두 다 잘 잠겼는지 확인한 다음 아래층으로 내려가 베라에게 열쇠를 돌려주었다.

누군가 루시의 아파트를 뒤졌다는 사실은 일부러 알리지 않았다. 루시 걱정에 잠도 제대로 못 이룰 테니 말이다. 한나와 안드레아가 말할 수 있는 건 루시의 아파트에는 없어진 것이 아무것도 없으며, 둘은 이 소식을 나중에라도 마이크와 빌에게 전하기로 했다.

한나는 다시 쿠키단지로 돌아와 주차장에 트럭을 세우고, 좀 더 잘 듣기 위해 히터를 끈 채 자동응답 녹음테이프 소리에 귀를 기울였다. 우선 루시가 병원에 오지 않았음을 알리는 노먼의 메시지가 있었고, 어디에 있는지를 묻는 로드의 메시지가 여러 개, 신용카드 사용한도를 초과했다는 메시지가 여러 개, 그리고 광고 메시지들이 녹음되어 있었다.

그중에서 관심을 끄는 것이라곤 엄마에게서 온 메시지뿐이었다. 엄마는 루시에게 목걸이가 나은지 귀걸이가 나은지를 묻고 있었다.

"이게 무슨 소리야?"

엄마의 메시지를 들으며 한나가 물었다.

"아마 기사 얘길 하고 있는 걸 거야. 언니가 대학 다닐 때, 루시가 엄마의 앤틱 시계에 관한 기사를 쓴 적이 있거든."

되감기 버튼을 누르며 안드레아가 한숨을 내쉬었다.

"여기도 별 게 없다, 언니. 이제 어떡하지?"

한나는 어깨를 으쓱했다, 점점 더 감을 잃어가고 있었다.

"루시의 아파트로 다시 가보자. 베라는 곧장 자러 간다고 했으니까 만약 불이 꺼져 있다면 몰래 차고로 가서 루시의 차가 있는지 확인해보는 거야."

"확인해서 뭐 하게? 루시가 사라졌다면 당연히 차도 없겠지."

"꼭 그렇다고는 할 수 없지."

한나는 다시 주차장을 빠져나와 큰길로 향했다.

"다른 사람과 함께 떠났을 수도 있잖아."

"누구와?"

"모르지, 하지만 확인은 해봐야 해. 수사는 삭제의 과정이야. 모든 가능성을 다 생각해본 다음 하나하나 지워나가는 거지, 마지막 하나가 남을 때까지."

"그런 식으론 생각해본 적이 없는데."

안드레아가 감탄하며 말했다.

"언닌 정말 이런 쪽에 재능이 있나 봐."

"사실 아서 코난 도일이 한 말이야. '셜록 홈스'에 나오거든. 잘못 인용했는지는 몰라도 어쨌든 핵심은 그래."

"아무래도 빌에게 크리스마스 선물로 '셜록 홈스'을 사줄까 봐."

안드레아가 사려 깊은 음성으로 말했다.

"혹시 테이프로도 나와 있을까?"

"응, PBS시리즈를 말하는 거라면."

"TV는 안 되고, 오디오로 들을 수 있는 거라야 해. 그래야 출퇴근길에 들을 수 있지."

"겨우 10분 거리야. 너무 좋아하게 되면 주차장에 차를 세워두고 끝날 때까지 나오지 못할걸. 그럼, 매일 지각은 떼어 놓은 당상이지."

모퉁이를 돌며 한나가 말했다.

"다 왔어, 안드레아. 베라가 아직 자지 않고 있는지 확인해보자."

한나가 베라의 집 옆을 천천히 운전하는 동안 안드레아는 창문 틈으로 집을 올려다보았다.

"불이 꺼져 있어, 자러 올라갔나 봐."

"좋았어."

한나는 골목길에 접어들며 라이트를 껐다. 이곳에 있는 걸 누구에게도 들키고 싶지 않았다. 베라의 구식 차고는 집 뒤편에 독립적으로 자리하고 있었다. 한나는 골목길 옆에 트럭을 세우고 시동을 껐다.

"다 왔어."

"만약 베라가 이 집을 매물로 내놓는다면, 난 '주차 두 대 가능'이라고 적어놓을 거야."

안드레아가 흥에 겨워 말했다.

"저기에 차 두 대가 들어갈 수 있을 것 같아?"

한나는 차 문을 열어도 불이 들어오지 않도록 실내등을 껐다.

"작은 스포츠카 두 대라면 가능할지도 모르지. 아무튼 서둘러, 안드레아. 손전등 들고 따라와. 같이 차고를 살펴보자."

"나도 가야 해?"

안드레아의 음성이 다시 떨리기 시작했고, 한나는 깜짝 놀라 안드레아를 돌아보았다.

"왜 그래?"

"발이 꽁꽁 얼었어."

안드레아는 히터가 신통치 않다는 얘기를 하려는 것이 아니었다.

"하필이면 지금?"

"지난번 차고를 뒤지다가 시체를 발견했었잖아."

"우리가 발견했던 시체는 차고에 있지 않았어, 게다가 지금과는 전혀 다른 상황이었다구. 루시가 정말 마을을 떠난 건지, 아니면 죽은 건지 우린 모르잖아. 허브 말대로 어딘가에서 그 큰 건에 혈안이 되어 있을지도 모르지."

"그 말을 믿어?"

한나는 한숨을 내쉬었다, 거짓말은 하고 싶지 않았다.

"아니, 별로."

"나도 믿지 않아, 그리고 예감이 정말 안 좋단 말이야. 빌과 마이크에게 연락하는 게 좋을 것 같아."

"그래서 뭐라고 할 건데?"

한나가 물었다.

"우리가 루시의 아파트에 몰래 들어가 증거들을 빼내왔다는 사실을 빌이 알게 되면 좋겠어?"

"아니."

"그러면 잠자코 따라와. 만약 문을 따고 들어가야 하면 네가 손전등으로 비춰줘야 해."

"따고 들어간다고?"

안드레아가 깜짝 놀라 물었다.

"문을 딸 거란 말은 안 했잖아!"

"그러니까 만약이라고 했잖다. 우선 창문으로 안을 들여다 볼 거야. 만약 비어 있다면 굳이 들어갈 필요가 없지. 게다가 넌 도움을 주는 일이 좋다면서."

안드레아는 신음소리를 내며 손전등을 꺼내 한나에게 건네주었다.

"알았어, 대신 난 안 들어갈 거야."

"좋아."

한나는 차고 창틀에 기어 올라가 손전등을 켰다. 먼지 쌓인 창틀 너머로 루시의 차가 눈에 들어왔다.

한나는 자그마하게 신음소리를 냈다.

"왜 그래?"

한밤중이라 안드레아의 속삭임도 크게 들렸다.

"루시의 차야, 들어가야 한단 뜻이지."

한나도 속삭였다.

"왜?"

"어디로 갔는지 알 만한 것을 차 안에 있을 수도 있으니까."

안드레아는 잠시 생각에 잠겼다.

"좋아, 그럼 창문으로 들어갈 거야?"

"문이 잠겨 있다면. 구식이라 오프너 같은 건 없어. 어떻게 작동되는지 알 것 같아."

한나는 손전등을 끄고 파카 주머니에 집어넣었다.

"안 잠긴 것 같아?"

"레이크 에덴에 사는 사람들은 대부분 차고 문을 잠그지 않으니까. 범죄가 별로 없잖아, 여긴."

"살인사건을 제외하면 말이지."

차고 앞으로 돌아 걸어가며 두 자매는 킥킥거렸다. 다행히 안드레아에게 농담할 여유가 남아 있는 모양이었다.

한나는 손잡이를 잡고 틱 소리가 날 때까지 돌리고는 세게 밀었다. 그러자 차고 문이 부드럽게 열렸다. 루시나 베라 중 누군가 첫눈이 내리기 전에 기름칠을 해둔 모양이다.

그때 안드레아가 어깨를 움츠리며 말했다.

"나, 마음이 바뀌었어. 언니랑 같이 갈래. 언니 혼자 들여보냈다가 안 좋은 일이라도 당한다면 난 평생을 후회하며 살아야 돼."

한나는 별안간 우스운 생각이 들었지만, 웃지 않으려고 꾹 참았다.

안드레아는 자기와 함께 있으면 안전하고, 그렇지 않으면 위험하다고 생각하는 모양이지? 말도 안 되는 얘기였지만, 한나는 동지가 생긴 것이 내심 기뻤다. 안으로 발을 들여놓은 후, 한나는 문을 내리기 위해 손을 올렸다.

그때 안드레아가 신음소리를 냈고, 한나는 동작을 멈췄다.

"왜 그래?"

"꼭 문을 닫아야 해? 안이 너무 어두워."

"그럼, 문은 그대로 두자. 대신 손전등은 켜면 안 돼. 이웃집에서 불빛을 볼 수도 있으니까. 넘어지지 않게 조심해. 내가 먼저 들어갈게."

두 자매는 조심조심 걸어 드디어 운전석 문에 도달했다. 한나는 주머니에서 손전등을 꺼내 창문 반대 방향으로 향하게 한 후 불을 켰다.

"좋아, 안드레아. 안에 뭔가 있나 살펴볼게."

"알았어. 빨리 해, 언니. 나 츠워 죽겠어."

한나는 손전등 불빛으로 차의 앞뒤를 쭉 훑었다.

"핸드폰 갖고 있니, 안드레아?"

"당연하지, 난 부동산 중개인이잖아. 어디든 갖고 다닌다구."

"어디 있어?"

"트럭. 두고 온 지갑 속에, 왜?"

"얼른 가서 빌에게 전화 해. 당장 여기로 와 달라고."

한나의 요청이 떨어지자마자 안드레아는 입을 쩍 벌렸다.

"루시가 차에 있어?"

"그래."

"혹시 주……, 죽었어?"

"얼린 고등어처럼."

"확실해?"

"확실해."

한나는 침착하게 말하려고 최선을 다했다.

손전등 불빛에 포착된 장면은 한눈에 봐도 구급차가 필요하다는 생각을 잠재워주었다. 안드레아에게는 자세히 설명하지 않는 게 좋겠다.

"얼른 시키는 대로 해, 안드레아. 전화한 다음엔 쿠키를 좀 먹어. 아주 긴 밤이 될 테니까."

경찰차는 기록적인 시간 안에 도착했고, 한나는 빌과 마이크를 보자 안심이 되었다. 지금 같은 때 죽음이나 그 이후의 처리에 대해 제대로 훈련받은 두 명의 경찰관이 있다는 사실은, 그 존재만으로도 마음이 든든했다. 마이크는 경찰차에서 내리자마자 한나에게 다가왔다.

"대체 어떻게 된 겁니까?"

"루시 리차드예요, 차 안에 죽은 채로 있었어요."

"정말입니까?"

"그래요, 빌을 데려와요. 내가 안내할게요."

차고에는 스위치 줄이 달린 전등이 달려 있었고, 한나는 줄을 잡아당기기 위해 손을 올렸지만 손가락이 줄에 닿기도 전에 동작을 멈췄다.

"만져도 될까요? 지문이 남을 텐데."

"괜찮아요, 거기선 지문을 채취하지 않을 테니까."

마이크는 한나에게 당겨도 좋다는 손짓을 했다.

"루시를 발견하기 전에 만진 것이 있습니까?"

"차 옆면과 차고 문이요. 하지만 안드레아도 나도 장갑을 끼고 있었어요."

"운전자석 문 손잡이는?"

빌이 물었다.

"문은 열지 않았어, 손전등으로 창문 안을 비춰봤으니까. 그리고, 어……, 그녀는 죽은 게 확실했어."

"안드레아는?"

빌은 무척 염려스러운 표정이었다.

"그러니까 루시를 발견했을 때 안드레아도 함께 있었던 거야?"

"응, 하지만 아무것도 못 봤어. 발견하자마자 손전등을 끄고 안드레아에게 트럭으로 가서 너한테 전화를 하라고 했거든. 그냥 루시가 죽었다고만 말했고, 그게 안드레아가 알고 있는 전부야."

빌은 안심한 듯 한나를 안았다.

"고마워, 한나."

"이제 트럭으로 돌아가도 좋아요. 하지만 거기서 기다려야 합니다."

마이크가 한나의 손을 꼭 잡았다.

"나머지는 우리가 알아서 할게요."

한나는 현장에서 쫓겨난 것이 오히려 다행이라고 생각했다.

루시의 시체를 다시 보고 싶지 않았다. 루시 리차드는 뒷머리를 관통당했다, 마치 처형당한 사람처럼. 그 장면은 비참했다.

한나는 차가운 밤공기 속에서 심호흡을 여러 번 했다. 그러고 나니 머릿속이 조금은 맑아지는 것 같았다. 밤공기에는 솔방울과 아로마 목재 향이 났다. 누군가의 집에서 벽난로를 떼고 있는 모양이었다.

한나가 트럭에 올라타자 안드레아가 물었다.

"빌, 나한테 화났지?"

"아니, 오히려 루시의 시체를 보지 못하게 해줘서 고맙다고 하던걸."

"휴, 다행이다."

안드레아는 안도의 한숨을 내쉬었다.

"뭘 물어봤어?"

"차고에서 만진 게 있는지만 물었어. 나중에 다시 얘기하자면서."

"우리가 루시 아파트에 몰래 들어갔던 것도 얘기할 거야?"

"응, 하지만 두 번째로 갔던 것만 얘기하자. 두 번째로 갔던 건 이미 베라도 알고 있는 사실이니까 거짓말해도 소용없어. 그리고 그 얘기를 해야만 우리가 왜 차고를 살펴봤는지도 설명할 수 있고."

"그래?"

"누군가 루시의 아파트에 침입한 것 같아서 걱정이 됐다고 말할 거거든. 하루 종일 루시를 봤다는 사람도 없고 해서 차고에 혹시 그녀의 차가 있는지 살펴보려 했다고 말이야."

"그럼, 우리가 그 얘길 베라에게 하지 않은 건 어떻게 설명할 거야?"

"루시에게 무슨 일이 생긴 건지 확실히 모르는 상황에서 베라가 지나치게 걱정할까 봐 얘기하지 못했다고 해야지. 무슨 일인지 알게 되면, 다시 베라에게 갈 생각이었다고 말하자."

안드레아는 여전히 불안해 보였다.

"아침에 간 건 얘기할 필요가 없단 말이지?"

"직접적으로 물어보지 않는 이상은. 그건 어디까지나 경찰의 역량이니까."

"그럼, 살인 현장이 찍힌 사진은 보여줄 거야?"

"그래야할 것 같아. 그게 루시가 살해당한 이유일 수도 있으니까."

한나가 음울한 어투로 대답했다.

"하지만 루시의 필름을 어떻게 손에 넣었는지 어떻게 설명한 건데?"

한나는 두 손에 머리를 파묻었다. 안드레아는 너무 많은 걸 묻고 있었다.

"때가 되면 좋은 수가 생각날 거야. 코코아 스냅 좀 줘봐, 안드레아. 기분을 가볍게 할 필요가 있어. 너도 좀 먹어. 쿠키라도 가득 물고 있어야지 더 이상 질문할 수 없을 거 아니야."

두 자매는 쿠키를 오물거리며 한동안 조용히 있었다. 몇 분이 지나니 그래도 기분이 조금 나아지는 것 같았다. 머릿속은 청량해졌고, 마음은 깨끗해져 어떤 질문도 충분히 감당할 수 있을 것 같았다.

"좋아, 안드레아."

한나가 안드레아를 향해 고개를 돌렸다.

"시작해."

"시작하라니, 뭘?"

"물어보고 싶은 걸 다 물어보란 말이야."

"정말?"

안드레아의 미간이 걱정스러운 찡그림으로 좁아졌다.

"내 질문이 성가시다고 했잖아."

"그랬지, 근데 이젠 회복됐어."

"뭐가?"

"초콜릿 결핍 상태에서 말이야. 루시의 필름에 대해 빌과 마이크에게 어떻게 설명할 거냐고 물었지?"

"응."

"자세히 얘기하진 않을 거야. 그냥 오늘 아침에 우연히 필름을 손에 넣어서 노먼에게 현상을 부탁했다고 해야지."

"하지만 어디서 찾았는지 알고 싶어할 텐데."

한나는 고개를 저었다.

"아니, 그렇진 않을 거야. 사진을 보면 보이드 왓슨을 죽인 살인범의 사진이라는 걸 한눈에 알 텐데, 뜻밖의 수확에 대해 시시콜콜하게 물으려 하겠어? 그건 말이야, 안드레아. 만약 우리가 필름을 불법적인 방법으로 얻었다는 걸 빌과 마이크가 알게 되면 그걸 살인범을 잡는 증거물로 사용할 수가 없어. 하지만 그 사실을 모른다면, 사용할 수 있지."

"알겠어, 하지만 빌과 마이크가 그걸 눈치챌 만큼 머리가 좋을까?"

"힌트를 줄 생각이야."

창밖을 내다보던 한나는 마이크와 빌이 차고에서 나오는 것을 발견했다.

"저기 온다, 글러브 박스(차 앞좌석에 달린 조그마한 서랍)를 열어서 보이드 살인범의 사진을 꺼내줘."

"전부 다 필요하지 않아?"

"아니, 다른 봉투에 든 한 장은 남겨둬."

안드레아는 글러브 박스를 열어 살인범의 사진을 건네주었다. 한나가 사진을 막 파카 주머니에 집어넣자 빌이 조수석 문을 열고 안드레아를 끌어안으며 물었다.

"당신, 괜찮아?"

"그, 그런 것 같아요. 그저 좀……, 으스스할 뿐이에요."

한나는 안도의 한숨을 내쉬었다.

방금 전만 해도 오들오들 떨고 있던 안드레아가 언제 그랬냐는 듯 차분해져 있었다. 그야말로 아카데미 여우조연상감이 따로 없었다.

"한나?"

마이크가 한나 쪽 문을 열며 말했다.

"몇 가지 물어볼 게 있어요."

"좋아요."

질문을 회피하려 일부러 충격받은 척하지 않아도 된다는 것이 한나는 내심 다행스러웠다. 물론 안드레아만큼 훌륭한 연기자를 찾기도 드물겠지만 말이다.

"당신 집으로 갈까요? 아니면 우리 집?"

마이크가 씩 웃어보였지만 그 웃음은 이내 사라졌다.

살인사건은 심각한 문제였다.

"경찰차로 갑시다. 당신의 트럭보다는 따뜻할 테니. 히터는 안 고칠 겁니까?"

"고친 거예요. 그저 잘 작동하지 않는 것뿐이죠."

한나는 트럭에서 안드레아에게 손짓을 했다. 빌과 단둘이 있게 하면 비밀을 모두 털어놓아 버릴지도 모른다.

"어서 와, 안드레아. 경찰차르 가자. 몸도 녹이고, 얘기도 할 겸."

마이크가 경찰차의 뒷문을 열어주자 한나는 안드레아를 먼저 타게 한 다음, 그녀의 높은 힐을 쫓아 자신도 올라탔다.

빌과 마이크는 앞자리에 타는 수밖에 없었는데, 그건 한나가 바라는 것이기도 했다. 안드레아 옆에 꼭 붙어 있어야만 사실을 털어놓으려고 할 때 신호를 줄 수 있기 때문이다.

마이크가 고개를 돌려 한나를 쳐다보았다.

"루시를 알고 있었죠? 왜 그녀가 살해당했다고 생각한 거죠?"

"모르겠어요."

꽤 진실한 음성으로 한나가 대답했다.

정말 알지 못했다, 그녀가 할 수 있는 거라곤 추측밖에는 없으니까.

"당신은 어때?"

빌이 안드레아에게 물었다.

"루시를 죽일 만한 사람이 누가 있을 것 같아?"

"모……, 모르겠어요. 하지만 언닌 알지 않을까?"

"안드레아는 루시의 아파트를 뒤진 사람을 말하는 거야."

한나가 동생을 구원하고 나섰다.

"방금 루시의 아파트에 갔었거든. 서랍은 모두 열려 있었고, 바닥은 아주 엉망이었어. 마치 누군가 몰래 들어와 뭔가를 찾았던 것 같았다구. 그래서 차고에 내려갔던 거야. 루시의 차가 차고에 있는지 확인해 보고 싶었거든."

빌의 눈이 휘둥그레졌다. 그 옛날 한나가 안드레아와 함께 맥스 터너의 집에 몰래 들어갔던 일을 기억해낸 모양이었다.

"루시의 아파트에는 어떻게 들어갔지? 내가 물으면 안 되는 건가?"
"물어봐도 괜찮아."

안드레아가 미처 입을 떼기도 전에 한나가 재빨리 대답했다.

"베라가 열쇠를 줬어."

안드레아를 돌아보는 빌의 표정은 혼란스러워 보였다.

"하지만 루시의 아파트에는 왜 올라간 건데?"

안드레아가 재빨리 대답했다.

"하루 종일 그녀를 못 봤거든. 심지어 내가 당신한테도 물어봤었잖아요. 루시를 봤느냐고, 기억해? 그래서……, 걱정이 되서……."

"트레시 사진에 대해 루시에서 물어볼 것이 있다고 했잖아?"
"그랬지."

안드레아는 살짝 몸을 떨었다.

"어쨌든 시작은 그랬는데, 언니도 루시에게 할 말이 있다고 해서."
"루시와 무슨 얘기를 하려고 했습니까?"

마이크가 한나에게 물었다.

한나는 지금이 행동을 취해야 할 때라고 생각했고, 기회를 제대로 포착한 한나는 놓치지 않고 그대로 밀고 나갔다.

"내 의문점에 대해 그녀에게 묻고 싶었어요."

"의문점?"

"보이드 왓슨 살인사건에 대한 의문점이죠. 하지만 당신처럼 고도로 훈련받은 경찰이 내 생각에 관심이 있을 리가 없겠죠, 안 그래요?"

마이크는 눈을 깜빡거렸고 한나는 자신이 미끼를 제대로 던졌다는 걸 눈치챘다. 이건 지난번 마이크가 한나에게 사건에 끼어들지 말라고 충고했을 때 했던 말이었다.

"지나치게 강압적으로 얘기할 필요가 없었는데 그랬군요."

마이크가 순순히 인정했다.

"지난 일은 잊어달라고 하면 괜찮을까요?"

"별로요."

한나는 고개를 저었다.

마이크 같은 사람은 말을 되돌려 봤자 언젠가 다른 방식으로 다시 얘기할 것이 뻔했다.

"제발요, 한나."

마이크가 뒤로 손을 뻗어 한나의 팔을 두드렸다.

"당신의 도움이 정말 필요해요. 내가 했던 말은 전부 잊어버리고 알고 있는 걸 말해 봐요."

마이크의 표현이 사과에 가깝다는 판단이 들자 한나는 그만 용서하기로 했다.

"좋아요, 하지만 얘기해주는 거 말고 보여주는 건 어때요?"

"보여줘요? 그게 무슨……."

마이크는 하던 말을 멈추더니 다시금 문장을 바로잡아 말했다.

"증거물이라도 발견했습니까?"

마이크의 재빠른 눈치에 한나는 마치 상이라도 내리듯이 보이드의 살인범 사진 세 장을 건네주었다.

노먼이 현상한 범인의 커프스단추가 찍힌 사진을 마이크에게 건네며 한나는 그가 무슨 생각을 하고 있는지 알 수 있을 것 같았다.

"이게 정말 증거인지는 모르겠지만, 루시가 살해당한 이유가 아닐까 싶어요. 자세히 살펴봐요."

마이크는 둥근 실내등 밑으로 사진을 가까이 가져갔고, 빌도 마이크 옆에 바싹 붙어 사진을 살펴보았다.

이내 마이크가 물었다.

"루시가 찍은 겁니까?"

"그녀의 카메라로 찍은 거예요."

한나는 노먼이 말했던 대로 대답했다.

"정확한 시간은 모르겠지만, 수요일 오후 5시부터 목요일 아침 동틀 무렵 언제쯤일 거라고 추측하고 있어요."

"보이드 왓슨이 살해당한 순간을 찍은 것으로 생각합니까?"

"확실해요."

빌은 의심스러운 듯했다.

"확실하진 않아. 시간대는 대략 맞아도 너무 어두워서 확실히 뭐가 찍힌 거라고 말할 수 없잖아."

"그 말이 맞아요."

마이크도 동의했다.

"법정에 제출하지 못할 겁니다, 한나. 원판을 갖고 있다면 경찰서의 사진 전문가가 배경을 좀 밝게 해볼 수도 있을 텐데요."

"소용없을 거예요."

한나가 고개를 저었다.

"최대한 밝게 한 것이 이 정도예요, 마이크. 노먼이 자기 암실에서 현상해준 것이거든요. 시도해볼 수는 있겠지만 이보다 더 밝게는 안 될 거예요."

빌의 눈이 휘둥그레졌다.

"잠깐만, 노먼이 현상할 시간이 있었어?"

"오늘 아침에 내가 필름을 찾아내자마자 부탁했어."

"루시의 필름을 노먼 로드에게 줬단 말입니까?"

마이크의 음성은 충격을 받은 듯했다.

"맞아요. 어떤 사진인지도 몰랐고, 경찰서로 가져가면 분명 엄청나게 질문을 해댈 테니, 노먼에게 가져가는 것이 빠르고 간편했죠."

"하지만 어떻게……?"

빌이 제 때에 말을 멈췄다.

"네가 어떻게 해서 루시의 필름을 손에 넣게 됐는지 알 수 없을까?"

"안 돼, 그리고 그건 별로 중요하지 않아."

한나의 대답에 빌은 불편한 듯 보였지만, 억지로 강요하지는 않았다.

"그럼, 루시가 이 사진들을 직접 찍었다고 생각하는 거야?"

"99% 확신해, 물론 그녀에게 직접 물어보진 않았지만. 그냥 느낌일 뿐이야, 나는……."

"훈련받은 전문가가 아니죠."

한나가 스스로 인정하기도 전에 마이크가 끼어들었다.

"맞아요, 내 가설을 듣고 싶어요?"

두 남자는 동시에 고개를 끄덕였고, 마이크는 등받이 쪽으로 몸을 바싹 기대어 붙였다. 한나는 어쩐지 해방감이 느껴졌다.

경찰의 일에 함부로 나서지 말라고 한나에게 우려 섞인 충고를 하던 마이크가 순식간에 달라진 것이다.

"보이드가 살해당하던 날 밤 루시는 그 골목에 있었어요. 모든 걸 목격하고 사진도 찍었죠. 일부러 플래시를 터뜨리지 않았기 때문에 사진도 어둡게 나온 거예요."

"일리가 있군요."

마이크가 말했다.

"그리고 루시가 사진을 찍었다는 것을 범인이 알게 됐다?"

"물론이죠, 그래서 루시도 죽인 거예요. 루시는 범인이 누구인지 알고 있었기 때문에 그녀가 사람들에게 말하고 다니기 전에 제거해버려야 했던 거죠."

"루시가 언제 살해당했는지 알아?"

빌이 물었다.

"추측만 할 뿐이지."

"추측해봐요."

마이크가 환한 미소를 지으며 말했다.

"어쨌든 당신은 우리가 알고 있는 사람들 중 가장 뛰어난 추측가니까 말입니다."

은근히 기분이 좋아진 한나는 살짝 미소를 지었다.

"딕 래플린이 말하길 루시는 전날 자정 즈음에 호텔을 떠났대요. 그리고 오늘 아침 예약이 되어 있던 7시에 노먼의 병원에 나타나지 않았구요."

"그럼, 자정에서 아침 7시 사이다?"

"가장 완벽한 가설이죠. 취소 전화도 오지 않았고, 노먼 말로는 루시가 진료에 늦은 적이 한 번도 없었다고 했거든요. 그러니 그 시간 즈음엔 이미 죽어 있던 것이 아닐까요?"

"알았어요."

마이크가 노트를 꺼내 시간대를 적어놓았다.

"나이트 박사님이 시간대를 더 좁혀놓으실 수 있을지도 모르겠군요. 자, 이제 논리적으로 다시 생각해봅시다. 보이드를 죽인 살인범이 자정에서 아침 7시 사이에 루시를 죽이고, 루시의 아파트로 올라가 필름을 찾아 여기저기를 뒤졌다?"

한나는 잠자코 있으라는 신호로 안드레아를 쿡 찔렀다. 오늘 아침에 둘이 함께 루시의 아파트에 있었다는 사실을 알게 하고 싶지 않았다.

"그게 아니에요. 범인은 루시를 죽이자마자 도망쳤을 거예요. 주변에서 인기척이 나 당황했을지도 모르죠. 그 후에 다시 와서 필름을 찾은 거예요."

"아니, 그걸 어떻게……?"

그때 빌이 마이크의 옆구리를 찔렀고, 마이크는 하던 말을 멈추었다.

"물어보면 안 되는 겁니까?"

"네, 그냥 내 의견을 있는 그대로 받아줘요, 마이크."

마이크에게는 자세한 얘기를 듣고 싶은 표정이 역력했지만, 나름대로 호기심을 잘 다스리고 있는 듯했다.

"그럼, 범인이 언제쯤 필름을 찾으러 돌아왔는지 알고 있습니까?"

"오늘 아침 7시 45분 이후일 거예요, 그리고……."

한나는 안드레아를 돌아보았다.

"베라가 열쇠를 줬을 때가 몇 시였지?"

"9시, 계단을 오르기 전에 손목시계를 봤었거든."

"뭔가 생각났어."

빌이 깜짝 놀란 표정으로 한나를 돌아보았다.

"네가 루시의 필름을 갖고 있다는 걸 범인이 알고 있다면 어쩌지? 그러니까 루시가 죽기 전에 범인에게 뭔가 말했을지도 모르잖아, 그러면 넌 큰 위험에 빠진 거야!"

"진정해, 빌."

빌을 안심시키기 위해 미소를 지어 보이며 한나가 말했다.

"내가 필름을 갖고 있는 걸 범인은 몰라."

"확실합니까?"

마이크의 음성도 무척 염려스럽게 들렸다.

"그래요, 범인은 자신이 필름을 찾아서 모두 망가뜨렸다고 생각할 거예요. 필름을 모두 뽑아놓았거든요. 올라가 보면 알 거예요."

"잠깐만."

빌의 표정이 다시금 혼란스러워졌다.

"범인이 정말 자신이 정확한 필름을 찾았는지 확인해기 위해 루시의 필름을 현상해보지 않았을까?"

"개인 암실을 갖고 있는 것이 아니라면 불가능해. 생각해봐, 빌. 자신의 범죄 현장이 찍힌 필름을 어떻게 레이크 에덴 약국 같은 곳에 맡기겠어?"

"좋은 지적이군요."

마이크가 말했다.

"또 다른 퍼즐 조각도 갖고 있는데, 보고 싶어요?"

"보고 싶으냐고 물었습니까?"

마이크가 한나의 말 중에서 단어 하나를 끄집어냈다.

"또 다른 사진인가요?"

한나는 그에게 마지막 사진을 건네주었다.

"노먼이 확대 현상한 거예요. 범인이 팔을 들고 있는데, 소맷자락에 달린 커프스단추가 달빛에 반짝여서 다른 부분들보다 눈에 띄죠."

마이크는 잠시 사진을 들여다보더니 빌에게 건네주었다.

"말머리군, 앤틱 같은데요."

"희귀한 거예요."

안드레아가 알려주었다.

"오늘 오후에 엄마 집에서 엄마가 갖고 있는 앤틱 카탈로그를 찾아봤는데, 마지막 남은 세트가 무려 7천 달러에 팔렸다더라구요."

한나는 깜짝 놀라 안드레아를 쳐다보았다.

안드레아가 그런 것까지 알아본 줄은 몰랐다.

"언제 그럴 시간이 있었어?"

"존과 웬디가 농장을 구매한 뒤에(buy the farm는 '죽다'란 뜻의 속어)."

"그렇게 말하지 마."

한나가 웃기 시작했다.

"특히 살인범이 마을을 어슬렁거리고 있는 이 상황에 말이야."

마이크도 웃음을 터뜨렸고, 빌과 안드레아도 뒤를 이었다.

시원한 웃음소리와 함께 긴장도 스르륵 풀려버렸다. 모두들 두 건에 달하는 살인사건의 잔혹함을 머릿속에서 밀어내려 애쓰고 있었다.

그때 골목 입구에서 나이트 박사님의 익스플로러가 보였다. 눈부신 헤드라이트 불빛은 여기서 얼마 떨어지지 않은 곳에서 끔찍한 살인이 벌어졌다는 사실을 각인시켜 주었고, 그들의 웃음도 즉시 사라져버렸다.

"한 가지 또 알아야 할 것이 있어요."

마이크가 경찰차에서 내리기 전에 한나가 재빨리 입을 열었다.

"잠시만 기다려요."

마이크가 차 문을 열며, 빌에게도 내리라고 손짓을 했다.

"여기 있어요, 박사님과 얘기를 나눈 후에 다시 올 테니."

"무슨 얘길 하려고?"

다시 단 둘이 남자 안드레아가 한나에게 물었다.

"새로운 정보."

한나가 말했다.

루디의 수요일분 아웃테이크를 혼자 검토하기엔 역부족이었다. 이미 4시간이 훌쩍 넘어 버렸으니 말이다.

"마이크가 오는 대로 얘기해줄게."

그 정도 대답에도 안드레아는 만족한 듯 미소를 지었다.

"언닌 정말 대단해. 빌과 마이크가 알아야 할 것들만 얘기해주고, 나머지는 굳이 거짓말할 필요도 없이 쏙 뺐잖아. 언닌, 정말이지……, 아, 무슨 적당한 표현이 없을까?"

"교묘하게 빠져나갔다고?"

"바로 그거야, 교묘하게 빠져나갔어. 그리고 제대로 먹혀들었고. 그거 알아, 언니? 이런 말 하면 어떨지도 모르겠지만, 언니에게도 부동산 중개인 소질이 다분한 것 같아."

"행복하지 않아, 언니?"

눈 덮인 도로를 달리며 학교로 향하는 트럭 안에서 안드레아가 한나에게 물었다.

"행복?"

"그래, 진짜 탐정 노릇을 할 수 있도록 마이크가 허락해줬잖아, 아웃테이크를 볼 수 있도록."

"그래."

트럭은 학교 주차장으로 들어섰다.

한나는 마이크와 빌이 다른 속셈이 있어 허락해준 것일지도 모른다는 말로 안드레아의 들뜬 기분을 가라앉히고 싶지 않았다.

아웃테이크를 보는 동안에는 KCOW의 제작트럭에서 엔지니어와 함께 꼼짝없이 갇혀 있어야 하니 적어도 그 시간 동안은 한나와 안드레아가 안전하다고 생각했을 것이다. 이건 분명 마이크의 생각일 거야. 아니, 어쩌면 한나가 너무 냉정하게 생각하는 것일지도 모르지만.

"정말 나도 같이 아웃테이크 봐도 돼?"

"괜찮아, 트레시가 나온 장면도 있을 거야. 메이슨 킴벌이 마음에 드는 장면이 있으면 녹화 떠준다고 했어. 정말 친절하지?"

"그래."

그때 불현듯 메이슨의 커프스단추가 생각났고, 한나는 말머리 커프스단추에 대해 엘런에게 물어봤는지 메이슨에게 확인하자고 머릿속으로 메모해 두었다.

헛수고가 될지도 모르겠지만, 알아본다고 해서 해될 건 없으니 말이다. 이미 팔렸다고 해도 값비싼 것이니, 보석상이 누구에게 팔았는지 기록을 남겨놓았을 수도 있다. 갈 길이 멀긴 하지만, 전혀 불가능한 것은 아니다.

"빌이 그러는데 두 시간은 더 걸릴 거래."

안드레아가 말했다.

"끝나면 데리러 오겠대. 늦게 끝났으면 좋겠다, 비디오를 끝까지 보고 싶거든."

"아마 그렇지 않을까?"

한나는 건물을 돌아 제작트럭 옆에 트럭을 세웠다.

"좋아, 안드레아. 나가자. 뒤에서 쿠키 꾸러미 좀 갖고 내려. 끼니를 걸렀더니 배가 고파 죽을 지경이야."

"이런."

코코아 스냅 꾸러미는 모두 빈 것들뿐이었다.

"내가 먹은 게 마지막이었나 봐. 근처 가게에서 먹을 것 좀 사올까?"

한나는 잠시 생각했다. 근처 가게까지 적어도 15분은 걸릴 터였다. 게다가 지금은 11시, 거의 문 닫을 시간이었다.

"됐어, 설마 몇 시간 더 굶는다고 죽겠어? 나중에 집에 가서 아무거나 집어 먹지, 뭐."

"모이쉐."

"뭐?"

"언니가 집에 돌아가자마자 제일 먼저 집는 건 모이쉐잖아. 문을 열자마자 언니 팔에 폴짝 뛰어오르는 게 정말 귀여워. 오늘은 하루 종일 집을 비웠으니, 더 반가워하겠는걸?"

"모이쉐가 반가워하는 건 크런치가 가득 담긴 사료그릇이야."

한나가 말했다.

물론 그렇게 말하는 자신도 그 말을 전부 믿진 않았다. 모이쉐는 정말로 한나를 보고 싶어하는 것 같았기 때문이다. 그 사실이 한나를 기분 좋게 했다.

한나와 안드레아는 철제 계단을 올라 트럭 문을 노크했다. 안에서 들려오는 소리가 점점 가까워지더니 이내 문이 열리고, 너저분한 수염에 긴 머리를 말총마냥 질끈 묶고, 왼쪽 귀에 다이아몬드 귀걸이를 한 남자가 나타났다.

"한나 스웬슨?"

엔지니어가 물었다.

"네, 루디의 수요일분 아웃테이크를 봐도 좋다고 메이슨 킴벌이 허락했어요. 여긴 내 동생 안드레아인데, 절 도와줄 거예요."

"그렇군요."

엔지니어는 안드레아를 슬쩍 쳐다보더니 미소를 지었다.

"어서 들어와요. 난 PK라고 해요."

한나는 PK가 무엇을 뜻하는 걸까 궁금했다.

하지만 그런 건 중요하지 않았다. 한나와 안드레아는 PK의 안내를 따라 복도를 지나 트럭의 제일 끝방으로 갔다.

PK가 문을 열더니 안으로 들어가라고 손짓했다.

"여기가 바로 메이슨의 편집실이에요. 여길 사용하라고 하더군요. 내가 테이프를 가져올 테니 앉아 있어요."

인상적인 공간이었다. 동굴처럼 협소한 방에는 두 개의 회전의자와 테이블 하나가 놓여 있었고, 한쪽 벽에는 TV가, 그리고 그 옆으로는 발 달린 협탁 위에 VCR이 놓여 있었다.

"나쁘지 않네."

회전의자에 앉으며 안드레아가 말했다.

"벽지를 발랐다면 훨씬 더 좋았을 텐데. 그래도 아늑하네."

"아늑하다고?"

황량한 벽을 쳐다보며 한나가 되물었다.

"아늑하다는 건 사라사 커튼과 곰 인형을 떠올리게 하는 표현인데."

"부동산 업계에서는 달라. 작은 방은 아늑하다고 하고, 큰 방은 널찍하다고 하지. 주방은 식도락가의 꿈이라고 부르고."

얼마 후 PK가 테이프가 한 개씩 담긴 검정색 상자 네 개를 들고 들어왔다. 일반 VCR용 테이프보다 컸다. 이게 바로 루디가 얘기했던 4/3인치 테이프로군.

PK는 상자 하나를 열더니 테이프를 꺼내 VCR에 집어넣었다.

"리모콘을 어떻게 작동시키는지 알려줄게요. VCR은 사용해봤죠?"

"네."

한나가 대답했다.

"하지만 제가 갖고 있는 건 4/3인치용 VCR이 아니에요."

"그래도 리모콘 작동은 똑같아요. 테이프 사이즈만 틀릴 뿐이죠."

"우리 집에도 VCR이 있어요."

안드레아가 옆 회전의자에 앉는 PK를 바라보며 미소 지었다.

또 한 명의 남자가 넘어가겠군. 딱 붙는 검정색 바지에 분홍 스웨터를 입은 안드레아의 매력적인 모습에 넘어가지 않을 남자는 없었다.

"그럼, 금방 배울 수 있겠네요."

PK는 안드레아가 볼 수 있도록 리모콘을 꺼내들었다.

"이게 재생 버튼이구요, 정지, 빨리감기, 되감기, 일시정지, 정지프레임(수 초 간격으로 정지된 화면을 보내주는 기능), 그리고 이건 탐색 버튼이에요."

한나는 속으로 빈정거렸다.

VCR작동이라면 늘 빌에게 맡기곤 하는 안드레아였다. 리모콘을 손에 쥐어본 적도 없을 것이다. 하지만 안드레아는 열심히 고개를 끄덕였고, 그런 모습에 PK는 만족했다.

"가운데 있는 원형 버튼만 만지지 말아요."

PK가 경고했다.

"테이프를 검토하는 데는 필요없는 기능이니까요. 타임코드에 대해서는 알아요?"

안드레아는 고개를 저으며 한나를 쳐다보았다.

"언니는?"

"메이슨이 말해줬어. 테이프를 복사하고 싶은 부분이 있으면 타임코드를 적어놓아야 한다던데?"

"좋아요."

PK는 안드레아에게서 시선을 떼고 한나를 쳐다보았다.

"타임코드는 화면 아래쪽에 나타나는 숫자들이에요. 카메라가 자동으로 기록하는 것들이죠. 처음에는 좀 혼란스럽겠지만, 금방 알게 될 겁니다."

PK가 테이프를 틀었고, 학교 전경이 화면에 나타났다.

화면 아래쪽에는 PK가 말한 대로 숫자들이 보였고, 초 단위는 너무 빨리 지나가 거의 읽지 못할 정도였다.

"원하는 장면을 찾았으면, 일시정지 버튼을 눌러요. 그리고 되감기를 해서 원하는 장면에 멈추게 한 다음 타임코드를 적는 거예요."

"알았어요, 할 수 있겠어요."

한나가 말했다.

"처음 숫자를 적는 거죠?"

"네, 그리고 마지막도요. 타임코드를 적은 종이를 테이프와 함께 내게 주면 돼요. 그래야 어떤 장면을 원하는 건지, 시간 분량은 얼마나 되는지 알 수 있거든요."

PK가 한 번 더 시범을 보인 후 안드레아에게 리모콘을 건네주었다.

"메이슨의 사무실에서 펜과 노트를 가지고 올게요."

"고마워요."

안드레아가 미소로 그를 올려다보았다.

"귀찮게 해드려서 미안해요."

PK가 방을 나가자마자 한나는 안드레아에게 말했다.

"귀찮게 해드려서 미안하다고?"

"뭔가 말해야 했어."

안드레아가 어깨를 으쓱했다.

"친절하게 잘해주잖아."

"지나치게 친절한 건지도 모르지. 게다가 넌 아부까지 했어."

"난 원래 그래, 빌도 괜찮다고 그랬어. 아부를 한다고 해서 이상한 사이로 발전한다거나 하는 건 아니니까. 그리고 그렇게 해야지 내가 원하는 걸 얻을 수 있어."

그런 식으로는 생각해본 적이 없는 한나였지만, 적어도 지금 이 순간의 안드레아는 무척 진솔해 보였다.

"좋아, 네가 PK에서 얻고자 하는 게 뭔데?"

"커피. 몇 번만 더 웃어주고 내가 얼마나 추운지 슬쩍 흘려주면, 곧 우리 앞에 커피를 대령할 걸."

아웃테이크를 살펴보는 일은 처음엔 흥미진진했다. 특히 친구들의 모습이 비칠 때는 더더욱. 한나와 안드레아는 한 손에 펜을 쥔 채 시선을 모니터에 고정했다.

하지만 금방 지루해져 버리고 말았다. 카메라가 그야말로 구성을 위한 화면들만 찍어서 들리는 소리라곤 시끄러운 소음밖에 없었기 때문이었다. 간간이 루디가 사람들에게 카메라 앞에서 어떻게 하라고 알리는 소리가 들리긴 했지만, 단지 그뿐 카메라에 대고 직접적으로 얘기를 하는 사람은 아무도 없었다.

루디의 카메라가 수요일 아침 레이크 에덴 호텔을 떠나 조단 고등학교 강당으로 들어오는 참가자들의 차를 잡는 동안 안드레아는 참을 수 없다는 듯이 긴 하품을 했다.

"전부 차야, 언니. 멀리 잡아서 운전자가 누군지도 모르겠고."

"안 그래도 메이슨이 지루할 거라고 했어."

한나가 말했다.

"언니도 그렇게 말했지, 그래도 이 정도로 지루할 줄은 몰랐어."

한나는 타임코드를 흘끗 보았다.

"3시간하고 30분째야."

"이 부분은 그냥 빨리 돌리면 안 돼?"

"그러지 않는 편이 좋을걸. 그러다 중요한 걸 놓칠 수도 있잖아."

안드레아는 PK가 가져다준 커피를 홀짝이며 말했다.

"언니 말이 맞아. 에버리 씨가 운전한 차가 어느 거지?"

"짙은 파란색 포드. 하지만 그는 용의선상에서 이미 지웠잖아."

"우리가 그랬나?"

"그래, 보이드가 살해당했을 당시 그는 호텔 파티장에 있었다고 샐리와 딕이 증언해줬어. 혹시 몰라서 럿지 씨 부부에게도 확인해봤는데, 확실해."

"좋아, 그가 보이드를 죽이지 않았다고 쳐. 하지만 그렇다고 해도 루시를 죽이지 않았으리라는 법은 없잖아. 어쨌든 루시가 그도 협박했을 테고, 루시를 죽인 범인은 피해자 중 한 명일 가능성이 크니까 말이야. 피해자들이 증거를 되찾는 것은 물론 심지어 그녀를 죽이려고 했을 수 있어. 필름과 사진을 갖고 있는 게 우리라는 걸 모르고 말이야."

한나는 고개를 저었다.

안드레아의 생각은 정확하지 않았다.

"범인이 망가뜨린 필름은 어떻게 설명할 건데? 왜 다른 피해자가 그걸 망가뜨렸겠어?"

"나도 모르지."

안드레아는 잠시 생각에 잠겼다.

"루시가 다른 피해자들을 더 이상 협박하지 못하게 하려고 그랬는지도 모르잖아."

"범인이 아파트로 올라갔을 때 루시는 이미 죽은 뒤였어. 죽은 사람이 어떻게 다른 피해자를 협박할 수 있겠어?"

"그렇구나."

안드레아는 눈을 비볐다.

"보이드를 죽인 사람과 루시를 죽인 사람이 같은 사람인 게 확실해?"

"그럼."

"루시가 가지고 있던 또 다른 협박 사진들을 피해자들에게 돌려주지 않아도 될까?"

"응."

한나는 단호했다.

"피해자들은 이미 충분한 고초를 겪었어. 범인이 그들 중에 있지 않다는 건 잘 알고 있잖아."

안드레아는 수긍이 되지 않는다는 표정이었다.

"어째서?"

"우선 클레어는 아니야, 사진 속 사람은 남자였으니까. 그리고 바스콤 시장도 아니야. 그는 사진 속 남자보다 키가 작거든. 에버리 씨에겐 알리바이가 있어. 그러니 그들 중 누구도 범인이 될 수 없지."

"언니가 틀렸어, 노먼이 있잖아. 물론 그가 보이드나 루시를 죽였으리라고는 생각하지 않지만, 그래도 용의선상에서 지울 수는 없어."

"그래, 맞아. 하지만 노먼의 증거는 이미 그에게 돌려줬어. 그러니 루시를 죽이고 아파트를 뒤질 이유가 없다고. 그것도 우리가 이미 뒤졌다는 걸 알고 있는 데 말이야. 게다가 범인의 커프스단추를 확대해준 것도 노먼이야. 만약 그 단추가 노먼의 것이었다면 확대할 방법이 있다는 걸 알려주지 않았을 거야."

"언니 말이 맞아. 너무 피곤해서 제대로 생각이 안 돼."

안드레아가 깊은 한숨을 쉬었다.

"커피를 좀 더 마셔."

한나는 PK가 가져다준 커피 주전자를 집어 안드레아의 잔에 커피를 따라주었다.

"이 커피는 꼭 타르(석탄, 목재를 건류하여 얻은 검은색의 기름 같은 액체) 같아."

안드레아가 얼굴을 찡그렸다.

"내 인스턴트커피보다 더 하잖아."

"그래도 마셔두면 정신이 좀 날 거야. 집중해, 참가자들이 학교 앞에 주차하는 장면이야."

두 자매는 참가자들이 강당으로 들어가고 그 가족들이 차를 주차장에 주차시키는 장면을 열심히 지켜보았다. 허브가 참가자들의 이름표를 확인하고 명단에 서명을 부탁하는 장면과 주방설비가 갖춰진 곳으로 통하는 문을 열어주는 장면도 포함되어 있었다.

"소용없어, 언니."

안드레아가 한숨을 쉬었다.

"모두 여자야. 보이드를 죽인 범인은 남자였잖아."

"맞아, 이 부분은 빨리 돌리자. 남자가 보이면 바로 얘기해."

"알았어."

안드레아의 음성은 도통 기운이 없었다. 사실 한나도 마찬가지였다. 범인의 커프스단추를 발견할 가능성이 매우 희박하다는 사실을 한나도 잘 알고 있었지만, 그래도 테이프를 끝까지 보지 않고서는 마음이 놓이지 않았다.

"정신 차려, 안드레아. 관람객들 장면이 나오면 트레시가 찍힌 부분도 나올 거야. 너도 찍혔을 거고."

"아, 잊어버리고 있었어. 고마워, 언니. 열심히 볼게."

안드레아는 금세 기운을 차렸고, 한나는 웃음을 감추려 입술을 깨물었다. 트레시나 안드레아가 나오는 장면을 보려면 적어도 2시간은 더 있어야 했다. 그래도 그 사실을 굳이 안드레아에게 알릴 필욘 없겠지.

"도와줘서 고마워, 안드레아."

정지 버튼을 누르며 한나가 안드레아에게 굿나잇 인사를 했다.

"아침에 전화할게."

"8시 전엔 하지 마."

"당연하지. 너한테 아침 일찍 전화한 사람이 어떻게 됐는지 잘 알고 있는 걸."

안드레아는 잠시 멍하더니 마지못해 미소를 지으며 말했다.

"루시를 말하는 거라면, 아주 못됐어, 언니."

"나 못된 건 나도 알아. 어서 집에 가, 안드레아. 난 2시간은 더 있어야 할 것 같아."

"행운을 빌어."

안드레아는 문 쪽으로 걸어가다 말고 뒤를 돌아보며 물었다.

"가는 길에 먹을 것 좀 사다줄까? 근처에 햄버거 가게가 있는데."

한나는 강한 유혹을 느꼈다.

기름진 햄버거와 밀크셰이크, 양파링이 한나의 머릿속에서 빙글빙글

춤을 추며 군침을 돌게 했지만 지칠 대로 지친 안드레아의 얼굴을 보니 차마 입이 떨어지지 않았다.

"괜찮아, 집에 갈 때까지 참을 수 있어."

"그럼, 나중에 봐."

안드레아가 나가자, 한나는 다시 재생버튼을 눌렀다.

그녀의 뱃속은 한바탕 난리를 치고 있었다. 엎친 데 덮친 격으로 화면 속 장면은 샐리의 뷔페 테이블이었다. 접시 한가득 담긴 버섯요리는 한나를 거의 아사 직전으로 몰고 갔다.

샐리는 자신만의 방법으로 버섯요리에 소시지와 치즈를 곁들이는데, 기가 막힐 정도로 맛이 좋았다. 한나의 뱃속에서 드디어 천둥이 치기 시작했고, 그녀는 재빨리 커피를 한 모금 삼켰다. 하지만 끼니를 때우기엔 역부족이었다. 샐리가 구운 연어를 나르는 것을 돕는 한 사내의 옷소매에서 무언가 반짝인 것은 그때였다.

일시정지 버튼을 누르는 한나의 가슴은 콩닥콩닥 뛰었다. 테이프를 천천히 되감던 한나는 그것이 남자의 소매에 달려 있던 단순한 단추였다는 사실을 깨닫고는 한숨을 내쉬며 다시 테이프를 재생시켰다.

중요한 장면을 이미 놓쳐버린 것이라면 테이프를 다시 한 번 봐야겠지만, 정말이지 두 번 다시 보고 싶지 않았다. 뷔페 장면이 나오는 동안 한나는 네 번이나 일시정지 버튼을 눌렀다.

첫 번째는 관절염을 예방해주는 구리로 된 팔찌였고, 두 번째는 푸른색 코트에 달린 금단추였으며, 세 번째와 네 번째는 손목시계였다. 커프스단추는 그 어디에도 보이지 않았다.

그 후로 시간은 마치 달팽이가 기어가듯 천천히 지루하게 흘러갔다.

화면은 강당으로 들어오는 한 대의 차량을 비추고 있었다. 한나는 차와 커프스단추는 관련이 없을 거라는 생각에 테이프를 빨리 감았다. 참가자가 차에서 내려 강당으로 들어가는 장면은 특별할 게 없었다.

한 무리의 참가자들이 강당 안으로 모습을 감추자 루디의 카메라는 다시 주차장으로 들어오는 관람객들을 비추었다. 하지만 이번에는 무척 흥미로운 장면들이어서 애써 졸음과 싸우지 않아도 되었다. 바로 엄마와 캐리 부인이 들어오고 있었기 때문이다. 캐리 부인이 차를 주차시키는 장면을 보며 한나는 씩 웃었다.

주차 공간이 충분한데도 캐리 부인은 한 번에 주차하지 못해 차를 몇 번이나 앞뒤로 움직여야 했던 것이다. 다음은 빌의 차였다. 한나는 타임코드를 적어놓기 위해 일시정지 버튼을 눌렀다. 안드레아는 평소처럼 매혹적이었고, 트레시는 루디의 카메라를 향해 얼굴 한가득 미소를 짓고 있었다. 양쪽으로 빌과 안드레아의 손을 맞잡은 트레시는 신이 난 듯 폴짝폴짝 입구로 뛰어갔다.

오늘 밤 적어도 한 가지 수확은 있군. 이 부분을 복사해주면 분명 안드레아가 좋아할 것이다. 트레시가 등장한 부분의 타임코드를 적은 한나는 다시 테이프를 재생시켰고, 또 다른 관람객들의 도착에 집중했다.

베티 잭슨의 소형 혼다가 주차장으로 들어왔고, 그녀가 차 밖으로 모습을 보일 때까지 한나는 화면을 열심히 지켜보았다. 능숙하게 차에서 미끄러지듯 내리는 베티의 모습에 한나는 내심 감탄스러웠다. 베티처럼 큰 체구의 사람에겐 분명 어려운 일일 것이다.

한나의 아래층 이웃인 필과 수 플랏닉 부부의 모습도 보였다. 케빈을 데리고 오지 않은 걸 보니 수의 어머니 집에 맡겼거나 베이비시터를 부른 모양이었다. 버티의 미용실에서 바로 달려온 듯 스카프로 우아하게 머리를 감싼 버티 스트롭의 언니들 모습도 보였고, 정복을 한 그랜트 서장과 부인을 동반한 바스콤 시장의 모습도 볼 수 있었다.

학교로 들어오는 레이크 에덴 사람들 모두 즐거운 표정이었다. 미네소타 시내에서 온 듯한 낯선 사람들도 몇몇 보였는데, 자세히 봐도 커프스단추 같은 건 없었다. 이제 루디의 카메라는 마지막 입장객을 따라 강당 로비를 비추고 있었다.

클레어는 마지 비즈먼과 얘기를 나누면서 몇 걸음 옆에 떨어져 있는 바스콤 시장과 부인을 애써 외면하고 있었다. 그 장면을 지켜보며 한나는 한숨을 내쉬었다. 일주일 전에 이 테이프를 봤다면, 조금도 이상하다고 생각하지 않았을 것이다.

작은 단서 하나가 상황을 바라보는 관점을 크게 변화시키곤 한다. 클레어와 바스콤 시장의 관계를 알고 있는 지금 한나의 눈에는 죄책감 때문에 서로의 시선을 피하는 그들의 표정을 역력하게 느낄 수 있었다.

그때 뒤쪽에서 두 명의 모습을 보였다. 바로 보이드 왓슨과 그의 누나인 메리안이었다. 보이드는 뒤늦게 들어온 코울타스 신부님과 얘기를 나누었고, 메리안은 자신의 친구들을 발견하고는 그들을 향해 손을 흔들었다. 한나는 보이드의 모습을 자세히 살폈지만, 평소와 다른 점은 없었다. 메리안을 돌아보는 그는 편안한 미소를 짓고 있었다. 몇 시간 뒤에 죽음을 맞이할 사람으로는 보이지 않았다.

다음 장면은 카메라가 무대 뒤를 찍고 있었다. 한나가 주방설비 쪽으로 걸어가는 모습이 담겼다. 조명 빛 아래 그녀의 머리카락은 주황색으로 불타고 있었고, 뒷모습이 생각보다 커보였다. 한나는 이 모습이 그저 아웃테이크로 남겨진 것에 대해 하늘에 감사하고는 운동을 해서 5kg는 더 빼야겠다고 결심했다.

뉴스 데스크 뒤에 자리를 잡는 뉴스 진행자들의 모습도 비춰졌다. 디-디 휴즈와 레인 필립스는 말다툼을 벌이고 있었는데, 표정만으로도 상황을 어느 정도 짐작할 수 있었지만, 불행히도 소리는 들리지 않았다. 다시 루디의 카메라는 디저트 접시에 케이크를 잘라 담고 있는 한나를 잡았다. 다행히 그렇게 뚱뚱해 보이지는 않았다.

한나는 다행이라는 생각에 한숨을 쉬었다. 첫 번째 장면은 루디가 카메라 앵글을 잘못 잡은 탓이니, 다이어트를 할 필요까진 없겠다. 분장실에서 메이크업을 받고 있는 사람들과 함께 트레시의 모습이 보였다.

카메라는 어여쁜 조카의 모습을 머리부터 발끝까지 잡고 있었다. 한나는 안드레아를 위해 재빨리 타임코드를 적었다. 숫자를 적는 한나에게선 절로 안도의 한숨이 나왔다. 이제 한 시간만 더 보면 된다.

"한나?"

자신을 부르는 소리에 한나는 뒤를 돌아보았다.

문가에 PK가 서 있었다.

"네?"

"혼자 있어도 괜찮으면, 잠깐 나가서 간식 좀 사오려고 하는데요."

"네, 괜찮아요."

한나가 그를 안심시켰다.

"조카가 나온 장면을 몇 개 찾았거든요."

"그럼, 가기 전에 타임코드 적은 걸 내게 줘요. 내가 동생분을 위해 테이프를 복사해놓을게요. 한나는요? 뭐 필요한 것 없어요?"

"안드레아에게만 해주면 될 것 같아요."

"그게 아니라 간식 사러 나가는 길에 말이에요."

"오, 그렇군요."

한나는 미소를 지었지만, 이내 다이어트 생각이 떠올랐다. 그녀는 지갑에서 5달러를 꺼내 그에게 건네주었다.

"다이어트 콜라 큰 거랑 남은 돈으로 몽땅 초콜릿 바를 사다주세요."

"초콜릿 바와 다이어트 콜라요?"

흥미롭다는 듯 PK가 되물었다.

"초콜릿에서 엔도르핀을 좀 섭취해야 할 것 같아서요."

한나가 자신있게 설명했다.

"칼로리야 어쩔 수 없지만."

PK는 눈만 깜빡일 뿐 아무 대꾸도 하지 않고 손을 흔들며 사라졌다.

혼자 남게 되자 트럭 안은 왠지 낯설고 황량하게 느껴졌다. 한나는 다시 테이프에 집중해보려 했지만, 좀처럼 쉽지가 않았다. 밖에는 매서운 바람이 불고 있었고, 철제 벽은 돌풍에 덜커덕 소리를 내고 있었다.

쉽게 겁을 먹거나 하지 않지만, 문득 살인범이 자신의 커프스단추를 찾기 위해 한나가 이곳에서 혼자 아웃테이크를 살펴보고 있다는 사실을 알게 된다면 어떻게 될까 생각하니 온몸에 소름이 끼쳤다.

보이드는 우발적인 범행인 것 같았지만, 루시를 살해한 방법은 극도로 냉정하고 계산된 듯 보였다. 한나가 자신을 바짝 뒤쫓고 있다는 사실을 알게 된다면, 그녀가 혼자 남기를 기다렸다가…….

한나는 범인이 그렇게 자세히 알고 있을 리 없다고 스스로에게 끊임없이 되뇌며 마음을 진정시키려 애썼다. 한나가 아웃테이크를 살펴보고 있다는 사실을 아는 건 여섯 사람밖에 없었다.

우선 보이드가 누구와 얘기를 나눴는지 알아보려는 줄 알고 있는 메이슨 킴벌, 한나의 진짜 의도를 알지 못하는 그로서는 누군가에게 사실을 전달했을 리가 없다. 그리고 얼마의 분량이 실제 전파를 타게 되는지 궁금한 마음에 아웃테이크를 보려는 줄 알고 있는 루디, 트레시가 나온 장면을 찾는 줄 아는 PK가 있다.

안드레아와 빌도 알고 있지만, 둘 다 집으로 돌아가 곤히 자고 있을 테니 누군가에게 얘기했을 리가 없다. 마이크도 알고 있지만, 그라면 안심해도 좋았다. 마이크에게서 정보를 빼낼 수 있는 사람은 아무도 없으니까. 한나는 뒤로 물러앉아 리모콘을 집었다.

'안전하다, 걱정할 필요가 없다. PK가 준 강한 커피와 지나친 상상 탓에 긴장한 것뿐이다.'

다시 재생버튼을 누르고 화면에 뜬 타임코드를 적으며 한나는 긴 한숨을 내쉬었다. 이제 한 시간이면 된다.

심사위원석에 앉아 있는 자신의 모습을 클로즈업한 화면을 바라보며 한나는 신음소리를 냈다. 조명 아래에서 그녀의 머리카락은 산만하게 흩어져 보였다. 하지만 이내 화면은 또 다른 심사위원들을 비췄고, 다른 이들의 모습에 한나는 이내 안심이 되었다. 역시 영화배우의 피는 타고나는 것이다.

그때 보이드의 모습이 잡혔고, 한나는 화면에 좀 더 가까이 다가가 그의 얼굴을 꼼꼼히 살폈다. 그는 심사위원으로 선발된 것에 매우 흥분한 듯 긴장한 모습이라곤 전혀 찾아볼 수 없었으며, 두려움의 기미는 조금도 보이지 않았다. 카메라는 서로 이야기를 나누고 있는 한나와 보이드의 비공식적인 장면을 담았다.

한나는 화면 속에서 보이드에게 어떻게 점수를 매기는지 설명하는 자신의 목소리를 희미하게나마 들을 수 있었다. 화면 속의 보이드는 무척 혈기왕성해 보였다.

물리치려 해도 슬픈 생각이 드는 건 한나도 어쩔 수 없었다. 비록 다니엘에게 폭력을 휘두른 나쁜 사람이었다고 해도 보이드는 정말 참혹하게 죽었다. 그의 생명을 앗아간 사람은 마땅히 붙잡혀 벌을 받아야만 했다. 이제 루디의 카메라는 마지막으로 디저트를 손보고 있는 참가자들에게로 돌아갔다.

레몬 타르트를 만든 참가자가 앞뒤로 왔다 갔다 하며 디저트의 모양을 가늠하고 있는 모습에 한나는 슬쩍 미소를 지었다. 그녀는 반듯한 조각을 접시 위에 담고 깨끗한 타월로 접시의 가장자리를 닦아낸 다음 뒤로 물러나 깊은 심호흡을 했다.

얼마나 긴장하고 있는지 한눈에도 알 수 있었다. 이때는 그녀가 우승을 차지해 결선에 진출하게 되리라는 것을 아무도 몰랐을 것이다. 다음 장면에서 한나는 폭소를 터뜨렸다.

하트 씨가 바닥에 떨어뜨린 컨닝페이퍼를 줍는 흔치 않은 장면이었다. 정말이지 아부와는 거리가 먼 장면이었기에 이내 루디의 음성이 들려왔다.

"이 장면은 쓰지 마. 그랬다간 모두 잘릴 테니까."

그때 무대 연출자가 참가자들에게 앞으로 나가라는 손짓을 했고, 루디의 카메라는 재빨리 디저트 접시를 심사위원들에게 가져가는 참가자들의 모습을 잡았다. 심사위원들이 심사를 하는 동안에도 루디의 카메라는 쉴 새 없이 돌아가고 있었다.

루디도 큰 화면에 재생되는 영상들을 찍어보면 어떨까 하는 생각이 불현듯 한나의 머리를 스쳐 지나갔다. 그러면 셰익스피어의 〈한여름 밤의 꿈〉에 나오는 극중극, 피라무스와 티스베와 같은 영상이 완성될 텐데. 하지만 루디는 특이한 방종의 길을 택하기보다는 관람객들을 화면에 담는 데 몰두했다.

에버리 씨가 등장하는 화면에는 약하게 배경음악이 깔렸다. 그는 무척 불안해 보였는데, 한나는 그 이유를 알 것 같았다. 제레미 럿지 씨를 뇌물로 매수하려던 것을 루시에게 들켜버렸기 때문일 것이다. 메리안이 보이드의 옆 자리에 앉는 장면도 나왔다. 그녀는 심사위원으로 선출된 보이드를 자랑스럽다는 듯 흐뭇한 눈빛으로 바라보고 있었다.

한겨울 감기에 콜록거리는 기침 소리를 제외하고 관람객들은 쥐죽은 듯 조용했고, 모두들 큰 화면만을 뚫어져라 응시하고 있었다. 그때 갑자기 어디선가 쿵 소리가 들렸다.

한나는 화면 앞으로 바싹 다가앉았다. 하지만 루디의 테이프는 아무 이상 없이 돌아가고 있었다. 순간 또 한 번 '쿵' 소리가 났고, 한나는 일시정지 버튼을 눌렀다.

소리는 테이프에서 나는 것이 아니었다. 트럭 밖 주차장에 누군가 있다. 자리에서 뛸 듯이 일어선 한나의 심장은 마구 쿵쾅거렸다.

누군가 제작트럭에 억지로 들어오려 하고 있었고, 한나에게는 무기가 필요했다. 한나는 제일 먼저 눈에 띄는 것을 잡았다. 골프채 무게 정도의 접힌 스탠드를 질질 끌며 한나는 복도를 지나 문으로 향했다.

문은 잠겨 있었지만, 그다지 안전해 보이진 않았다. 영화에서 본 대로 손잡이 밑에 의자를 가져다 받치려는 찰나에 문이 열렸다.

이제 의자 같은 건 소용이 없어져 버린 것이다. 밀물처럼 밀려오는 공포를 애써 외면하며 한나는 힘들게 침을 삼켰다. 그녀는 경계심에 가득 찬 귀로 철제 계단을 밟아 올라오는 발걸음 소리를 들으려 애썼지만, 들리는 소리라고는 매섭게 몰아치는 겨울바람 소리뿐이었다.

한나는 다리가 부들부들 떨려 좀처럼 움직일 수가 없었다. 문 저편에는 살인범이 문을 뚫고 들어올 채비를 하고 있는지도 모른다. 몇 분간 아무 일도 일어나지 않자 한나는 조용히 문으로 다가갔다. 만약 살인범이 강제로 밀고 들어올라치면 순순히 당하지는 않겠다는 각오였다.

한나는 온몸을 떨고 서서는 두 손에 스탠드를 꽉 쥐고, 이 소리가 부디 바람에 흔들리는 쓰레기통 뚜껑 소리이기만을 간절히 기도했다.

하지만 한나는 알고 있었다, 그렇지 않다는 사실을.

무슨 일이 일어나기만을 계속 기다리고 있을 수만은 없었다.

왜 PK에게 혼자 있어도 괜찮다고 했을까? 같이 가겠다고 그를 따라 나섰어야 했다. 제작트럭을 잠그고 같이 갔다면, 지금쯤 편의점 계산대 앞에서 다이어트 콜라와 초콜릿 바 값을 계산하고 있었을 것이 아닌가.

익숙한 편의점 장면대신 한나는 지금 홀로 보이드 왓슨의 머리를 부숴버리고, 루시의 뒷머리를 총으로 날려버린 살인범과 대면해야 하는 상황에 놓여 있었다. 온갖 생각들로 한나의 마음은 어지러웠다.

도움을 청해야 한다. 하지만 전화기는 창문 바로 아래 탁자 위에 놓여 있었고, 게다가 베니치아 풍 블라인드 밑으로 살짝 틈이 나 있었다. 전화기를 사용하다가 살인범의 눈에 띌 수 있다. 살인범에게 창문 틈으로 한나를 죽이는 일쯤은 식은 죽 먹기일 것이다.

생각에 잠긴 한나는 문 옆 스위치를 내려 불을 껐다. 어두운 것이 그녀에게는 유리할지도 모른다. 그런 다음 탁자 쪽으로 기어가 수화기를 들고 911을 눌렀다. 하지만 수화기에서는 아무런 신호음도 들리지 않았다. 거센 바람에 제작트럭까지 연결된 전화선이 끊어진 모양이었다.

아까보다 더 무서운 생각이 든 한나는 떨리는 손으로 수화기를 제자리에 갖다놓았다. 어쩌면 살인범이 일부러 전화선을 끊어놓은 것일 수도 있다. 심장은 미친 듯이 쿵쾅거렸다. 한나는 창가로 다가가 틈으로 살짝 밖을 내다보았다.

바람에 날리는 눈발 외에는 움직이는 것이라곤 없었다. 바람에 트럭의 철제 벽이 마구 덜커덩거리고 있었다. 그 소리는 '위대한 왕 헨리 8세'에서 앤 볼린의 머리를 치기 전에 울리던 북소리를 생각나게 했다. 그런 생각들이 한나를 더욱 움츠러들게 할 뿐이었다.

한나는 애써 머릿속에서 영상을 지웠다. 벽을 덜컥거리게 하는 건 그저 바람일 뿐이다. 그때 한나는 세찬 바람이야말로 이득이란 생각이 들었다. 이렇게 추운 날 밖의 온도는 영하를 밑돌 것이 분명하니, 살인범은 두터운 털장갑을 꼈을 것이다. 하지만 총을 쏘려면 장갑을 벗어야 할 테니, 벗는 동안 몇 초는 벌 수 있을 것이다. 몇 초라고 해도 생사가 갈릴 수 있는 시점이라고 봤을 땐 매우 중요하다.

한나는 움직임을 찾아 창밖을 살펴보았다. 살인범이 밖에서 오래 머물면 머물수록 더 추워지겠지? 자동차 시동소리도 들리지 않는 것으로 보아 따뜻한 차 안에 앉아 트럭을 향해 총구를 겨누고 있는 것 같진 않았다. 머리 위로는 가로등이 핑크빛이 도는 주황색 섬광을 반짝이며 주차장을 비추고 있었다.

그 불빛에 쌓인 눈이 마치 편의점에서 파는 오렌지 맛 슬러시처럼 알록달록하게 빛났다. 눈 덮인 아스팔트 위에는 PK의 차가 주차되어 있던 흔적이 여전히 남아 있었으며, 한나의 트럭은 애플캔디의 붉은 빛보다 더 짙은 주황색 빛을 뿜내며 바로 옆에 있었다.

한나는 문득 차 뒤편 스페어타이어와 함께 싣고 다니는 쇠지레가 생각났다. 분명 알루미늄 스탠드보다 더 강력한 무기가 되어줄 터였지만, 위험을 감수하면서까지 밖으로 나가고픈 맘은 없었다.

길게 봤을 때는 그냥 여기에 있는 편이 나았다. 길게 봤을 때란 표현을 다시 떠올리며 한나는 눈을 껌뻑였다. 지금 살인범은 먼 거리에서 트럭을 향해 총을 쏠 준비를 하고 있는 게 아닐까? 그러면 철제 책상 밑에 숨어 제발 책상이 총알을 모두 막아주기를 간절히 바라고 있어야 하지 않을까? 하지만 살인범이 마음껏 총을 쏘지는 못할 것이다.

학교 주변에는 주택들이 많아 총소리가 들리면 주민들이 곧바로 경찰에 신고를 할 테니 말이다. 살인범은 분명 총알 한 방에 모든 걸 해결하려 할 테니, 무슨 수를 써서라도 트럭 안으로 들어오려 할 것이다.

눈 한 번 깜빡이지 않고 창밖을 내다보았더니 눈이 조금씩 시큰거렸다. 그때 어떤 생각이 한나의 머릿속을 스쳐 지나갔다. 살인범의 차는 어디 있을까? 한나의 트럭 반대편 부근에 주차했을 텐데.

만약 차를 발견하게 되면 번호판의 번호를 적어서 남길 생각이었다. 그래야 후에라도 마이크와 빌이 범인을 잡을 수 있게 되지 않겠는가, 만약 한나가……. 이쯤에서 생각을 멈춘 한나는 앞으로 일어날 수 있는 최악의 상황에 대해 더 이상 떠올리지 않기로 했다. 그런 생각들은 그녀를 더 지치게 만들 뿐이었다.

한나는 여전히 손에 스탠드를 쥔 채 다른 편 벽 쪽으로 다가간 다음, 팩스와 복사기가 놓여 있는 캐비닛 위로 올라가 창밖을 살펴보았다. 그곳에도 역시 아무것도 없었다. 완벽하게 고요했고, 주차장은 개미 그림자도 보이지 않았다. 분명 살인범이 차를 몰고 왔을 텐데, 만약…….

한나의 시선이 다니엘의 집이 있는 학교 건너편 길가로 옮겨갔다. 그곳에는 몇 대의 차가 주차되어 있었지만, 번호판은 너무 멀어 보이지 않았다. 차들은 눈에 덮여 그저 한 덩어리의 눈 뭉치 같아 보였다.

살인범은 저곳에 차를 세웠을 수도 있다. 집들은 모두 불이 꺼져 있었다. 다니엘의 이웃주민들은 모두 잠이 들었을 것이다. 게다가 오늘 밤처럼 세찬 바람이 부는 날에는 차의 시동소리를 들을 수 있는 사람은 아무도 없다.

아니면 강당 앞, 관람객들을 위해 비워놓은 공간에 주차했을 수도 있다. 학교에는 야간 경비원이 없었다. 착하고 성실한, 무엇보다 학교를 아끼고 사랑하는 조단 고등학교 학생들에게 기물파손이란 있을 수 없는 일이었기 때문에 야간 경비원이 필요 없었다.

그때 한나가 방금 전까지 있었던 벽 쪽에서 다시 한 번 '쿵' 소리가 들렸고, 그녀는 깜짝 놀라 펄쩍 뛰어내린 다음 맞은편 창밖을 내다보았다. 거대한 물체가 한나의 트럭 뒤로 막 사라지고 있었다.

개인가? 아니다, 개치고는 너무 컸다. 두터운 털 코트를 입은 사내가 트럭을 한 번 치고는 도망간다? 누군가에게 들킬지 않을까 두려워하면서? 가능한 얘기이긴 하지만……. 또 한 번의 돌풍이 트럭을 휘감자 또다시 '쿵' 하는 소리가 들렸다. 누군가가 엄청난 힘으로 한나의 트럭을 치고 있는 것 같았다.

살인범이 트럭으로 들어오려고 하는 건가? 내가 거기에 숨어 있는 줄 알고? 결국 트럭에 내가 없다는 걸 알게 되면 다시 이쪽으로 오겠지? 두 번째로 들려오는 쿵 소리는 처음 것보다 컸다. 마치 성난 짐승이 으르렁대는 소리처럼 들렸다.

그때 한나의 트럭 뒤쪽에서 헤드라이트가 비쳤다. 환한 헤드라이트 불빛은 주차장 전체를 비추고도 남았다. 그녀의 트럭 옆에서 나타나는 거대한 흑곰의 모습에 한나는 놀란 입을 다물지 못했다. 불빛에 흑곰은 잠시 멈칫하더니 한나가 알고 있는 상식보다 더 빨리 달아났다. 한나는 흑곰이 운동장 옆 숲 속 덤불로 사라지는 것을 바라보다 이내 풀썩하고 의자에 주저앉고 말았다.

"한나?"

그때 노크소리가 들렸다.

"문 열어봐요, 한나. 마이크예요."

"나가요."

아직 후들거리는 다리로 한나는 문을 열어주었다.

문 앞에는 왠지 안심이 되는 핑크빛이 도는 주황색 불빛 속에서 마이크가 서 있었다. 한나는 자기도 모르게 두 팔로 마이크의 목을 꽉 끌어안았다.

"헤이, 저기 당신 어머님이 나오네요. 정말 아름다우시군요."

화면을 가리키며 마이크가 말했다.

"그렇게 생각한다니 다행이네요. 그걸 아는 게 매우 중요하거든요."

한나는 씩 웃었다.

둘은 사이좋게 초콜릿 바를 나누어 먹으며 대회장을 떠나는 사람들의 모습을 담은 루디의 화면을 지켜보고 있었다.

"왜 그렇죠?"

마이크는 의아한 표정으로 한나를 쳐다보았다.

"딸이 나이 들어 어떤 모습일지 궁금하면 그 엄마를 만나보라는 말이 있거든요."

한나는 마이크를 슬쩍 곁눈질했다.

어색해하는 그의 모습을 보니 한나의 말에 맞장구를 쳐야 할지 말아야 할지 고민하는 듯했다. 한나의 짓궂은 미소가 더 환해지더니 그의 팔을 토닥이며 말했다.

"신경 쓰지 말아요, 그냥 농담해본 거니까. 안드레아나 미셸은 엄마를 닮았지만, 난 아니에요."

"맞아요, 하지만 당신도 아름다워요. 그저 어머님을 닮지 않았을 뿐이죠."

이젠 한나가 어색해져 버렸다. 칭찬을 들으려고 한 말이 아니었지만, 엄마는 어렸을 때부터 세 딸들에게 남자에게 칭찬을 들었다면 반드시 고맙다는 인사를 하고 더 이상은 얘기하지 말라고 가르쳤다.

"고마워요."

한나는 뭔가 더 얘기하고 싶은 충동을 가까스로 참았지만 둘 사이의 침묵이 너무 어색해 결국 입을 열고 말았다.

"그리고 곰을 쫓아준 것도 고마워요. 그 녀석, 진짜 무서웠거든요."

"그 곰은 암컷이었어요. 하긴 워낙 크고 굶주려 있었으니까 겁먹을 만했지요. 덩치도 큰 것이 굶주리기까지 했다니, 그야말로 최악의 조합 아니겠어요?"

"굶주려요?"

대화의 새 줄기를 잡은 한나가 되물었다.

"어떻게 알았어요?"

"이맘때면 대부분의 곰들은 겨울잠에 들어가요. 뭔가에 깬 녀석이 먹을 걸 찾아 마을까지 내려온 거죠. 이미 카페의 쓰레기통을 뒤졌더군요. 거리 여기저기에 쓰레기들이 널려 있었거든요. 식사를 마쳤으니 디저트를 먹으러 갔겠구나 생각했죠."

"디저트요?"

"당신 트럭 말입니다. 안에서 쿠키 냄새가 났을 테니까요."

"흠, 사실을 알았으면 무척 실망했겠는데요? 안드레아가 이미 다 먹어치웠거든요."

그때 화면에 뭔가가 비쳤고, 한나는 재빨리 리모콘을 집었다.

"잠깐만요, 마이크. 뭔가 보였어요."

한나는 테이프를 되감아 저속재생으로 다시 보았다. 하지만 이번에도 아니었다. 그저 남자의 코트 소매에 달린 단추가 반짝 빛을 낸 것뿐이었다.

"저기 보이드 왓슨이 나오는군요."

마이크가 의자 가장자리에 걸터앉으며 말했다.

보이드는 한 손에 한나가 준 케익 상자를 들고 차 있는 곳으로 와 메리안에게 상자를 맡긴 후, 차문을 열고 다시 상자를 건네받은 다음 조수석 문을 열어 메리안이 차에 탈 때까지 기다렸다. 메리안이 차에 오르자 보이드는 조수석 문을 닫고 차를 돌아 운전석에 올라탔다.

"매너가 좋군요, 그렇죠?"

마이크의 눈썹이 치켜드렸다.

"당연히 그래야죠. 사람들이 지켜보고 있으니까."

한나의 음성에서 경멸감이 묻어나는 건 어쩔 수 없었다. 보이드가 공공장소에서는 다니엘에게 한없이 친절했던 걸 한나도 잘 알고 있었기 때문이다.

"메리안은 모르겠죠?"

마이크가 물었다.

"네."

마이크가 뭘 묻는 건지 한나는 알고 있었다.

"설사 사실을 말해준다 해도 확실한 증거를 내보이지 않는 이상 메리안은 믿지 않을 거예요. 증거를 보여도 분명 다니엘이 맞을 만한 짓을 했기 때문에 그랬을 거라고 사람들에게 얘기하고 다닐 거라구요."

"몹쓸 세상이로군요."

"전부 그렇지는 않죠."

한나가 고개를 저었다.

"좋은 사람들도 많아요. 아무래도 당신은 경찰이다 보니 그런 걸 많이 보지 못할 거예요. 경찰 일이라는 게 좋은 일보다는 나쁜 일과 관련이 더 많잖아요."

마이크는 한나를 바라보더니 이내 미소를 지었다.

"난 당신 같은 사람이 필요해요, 한나. 긍정론자요."

"어쩌면요."

한나도 미소 지었다.

"이제 초콜릿 바가 한 개밖에 남지 않았다는 사실도 난 무척 긍정적으로 봐요."

마이크는 테이블 위에 달랑 한 개 남은 초콜릿 바를 재빨리 입으로 가져갔다.

"너무 긍정적으로만 봤군요, 내가 이미 먹었습니다."

"오, 그렇다면."

한숨을 내쉬던 한나에게 좋은 생각이 하나 떠올랐다.

"테이프를 다 보는 대로 코너 테번에 가는 건 어때요? 거기 스테이크와 계란요리가 진짜 맛있어요. 게다가 24시간 영업이구요. 굶주린 곰에게서 날 구해준 보답으로 아침식사를 대접할게요."

"솔깃한데요. 아름다운 여성에게서 아침식사 대접을 받아본 지가 언제인지 기억도 안 나는군요. 이대로 계속 간다면, 나도 곧 당신을 따라 긍정론자가 되겠어요."

"당신 말이 맞아요."

만족감에 가득 찬 눈빛으로 스테이크 조각을 썰며 마이크가 말했다.

"여기 스테이크, 정말 맛있군요. 내가 주문한 그대로 요리했어요."

그의 포크에 가득 꽂힌 고기 덩어리를 바라보던 한나는 입을 꾹 다물었다. 바싹 구운 스테이크를 그렇게 잘 먹는 사람은 처음 보았다.

한나의 스테이크는 피가 비칠 정도로 덜 익힌 것이고, 그게 한나가 좋아하는 것이었다. 한나가 스테이크를 주문하는 방법은 항상 똑같다.

'한쪽은 30초, 다른 한쪽도 30초만 구워주세요. 만약 그게 힘들다면, 생고기랑 성냥 한 갑을 갖다주세요.'

"얘기 좀 해요, 마이크."

토스트 가장자리로 접시에 묻은 계란 노른자를 닦아내며 한나가 말했다.

"이번 사건에 대해 알고 있는 게 있어요."

마이크가 먹던 것을 꿀꺽 삼키더니 눈썹을 치켜뜨고 말했다.

"경찰차에서 얘기해줬던 것 말고 더요?"

"네, 얘기해줄 테니 제발 날 공무집행방해로 고소하지 않겠다고 약속해줘요."

마이크는 잠시 생각에 잠겼다.

"좋습니다, 그에 대해선 일절 말하지 않을게요. 무엇입니까?"

"얘기하자면 길어요. 그러니 계란이 식기 전에 어서 아침부터 먹어요. 그런 후에 당신이 알아야 한다고 생각하는 건 모두 얘기해줄게요."

마이크가 포크를 내려놓더니 한나를 쳐다보았다.

"내가 알아야 한다고 생각하는 거요?"

"맞아요. 매우 비밀스러운 이야기이기도 하고, 이중 일부는 사건과는 전혀 상관없을 수도 있어요. 그러니 그저 내가 하는 말을 있는 그대로 믿어야 해요, 알았죠?"

마이크는 다시 포크를 집어들어 필요 이상으로 힘차게 고기를 찔러 댔다. 고기를 씹고 삼키며 생각에 잠겨 있던 마이크는 이내 한숨을 내쉬며 대답했다.

"알았어요, 한나. 썩 맘에 드는 건 아니지만, 당신 말대로 할게요."

다음날 아침 6시, 어김없이 알람시계는 울려댔다. 한나는 데굴데굴 굴러 알람을 껐다. 눈뜰 필요가 없는 동작이었다. 그런 다음 다시 원래 자리로 데굴데굴 굴러와 이불을 눈 밑까지 덮고 다시 잠이 들었다.

잠시 후, 뭔가가 한나의 볼을 두드렸다. 마침 식인 딱따구리가 나오는 꿈에 시달리고 있던 참이었다. 커다란 날개의 빨간머리 딱따구리가 루시의 차고 주변을 돌며 안으로 들어오려 하고 있었다.

한나는 깜짝 놀라 잠에서 깼고, 바늘처럼 날카로운 딱따구리의 부리를 피하기 위해 손을 휘휘 저었다. 하지만 딱따구리라고 생각했던 것은 한나를 깨우기 위해 그녀의 얼굴을 톡톡 건드리고 있었던 모이쉐였다.

자신의 노력에 아랑곳없이 무례하게 군 한나에게 단단히 삐쳐버린 듯 모이쉐는 건너편 탁자로 훌쩍 뛰어가 그녀를 비난하듯 쳐다보았다.

"미안, 모이쉐."

침대에 일어나 앉으며 한나가 중얼거렸다.

탁상시계를 쳐다본 한나의 얼굴이 이내 찌푸려졌다, 6시 30분.

늦잠을 자고 말았다. 부디 누군가 아침이 오는 걸 금지해줄 법안을 통과시켜주기를 빌 뿐이다. 20분 후, 한나는 샤워와 옷 입기를 마치고 주방 탁자 앞에 앉아 두 잔째 커피를 마시고 있었다. 모이쉐는 사료그릇을 잔뜩 채워준 것으로 한나를 용서해준 듯 큰소리로 가르랑거리며 크런치를 오물거렸다. 한나는 창밖을 내다보았다.

아침 6시 50분, 하늘은 아직 한밤중처럼 어두웠다. 일년 중 낮 시간이 가장 짧은 때였다. 12월 21이면 태양이 빛나는 시간은 고작 9시간밖에 되지 않으니 레이크 에덴 사람들은 모두 출퇴근길에 헤드라이트를 켜야만 했다. 하루 종일 주방에 앉아 북부지방의 밤과 낮에 대해 생각하고 있을 수만은 없었다. 한나는 남은 커피를 모두 마신 다음 의자에서 일어났다. 그만 일하러 나가봐야 한다.

한나는 출근길에 오늘 밤은 카메라 앞에서 어떤 디저트를 선보여야 할까 생각해보기로 하고, 안드레아에게도 전화를 걸어 어젯밤 코너 테번에서 마이크에게 했던 이야기를 일러주어야겠다고 생각했다. 한나가 파카를 입고, 차 열쇠를 집으려는데 전화벨이 울렸다. 엄마가 틀림없다. 전화를 받을까, 아니면 이미 집에서 나온 척 할까? 사실 마이크나 빌일 수도 있다. 아니면 수많은 사람들 중 한 명일 수도 있고. 한나는 자동응답기가 받도록 내버려두었다. 이내 메시지가 흘러나오고 엄마의 목소리가 울려 퍼졌다.

"한나? 아직 집에 있으면 전화 좀 받거라. 굴스 팀에 대해 해줄 말이 있단다."

한나는 재빨리 전화기로 달려갔다. 굴스는 조단 고등학교 미식축구 팀의 이름이었다. 엄마가 말해준다는 얘기가 스테로이드를 복용한 선수에 대한 것일 수도 있다.

"저 여기 있어요, 엄마."

몸을 뒤틀어 파카를 벗은 다음 의자에 걸쳐 놓으며 한나가 대답했다.

엄마 사전에 간략한 통화란 없었다, 그러니 통화 내내 파카를 입고 있었다간 열기 때문에 탈진해 버리고 말 것이다.

"굴스 팀이 왜요?"

"메이슨 킴벌이 해준 일 말이다, 정말 훌륭하지 않니?"

"네, 그래요."

한나는 싱크대에서 다시 컵을 집어 커피를 한 잔 따랐다. 엄마에게서 정보를 얻어내려면 꽤 많은 시간과 인내가 필요할 듯했다.

"메이슨이 뭘 했는데요?"

"시간이 별로 없는 거 안다, 얘야. 그러니 짧게 얘기하마."

엄마가 약속했다.

"고마워요, 엄마."

'그걸 이제 아셨어요?' 라고 말하고 싶은 걸 참으며 한나가 말했다.

"어젯밤에 캐리와 함께 호텔에서 열린 파티에 갔었는데, 거기서 메이슨을 만났단다. 그나저나 샐리의 뷔페는 정말 훌륭하더구나."

"네, 그래서 메이슨이 뭐요?"

"코치를 잃은 선수들이 얼마나 침울해하고 있는지 얘기해줬단다. 길 서마가 코치 역할을 대신하고 있지만, 미식축구에 대해서는 잘 모른다더라. 너도 길을 알지?"

한나는 커피를 한 모금 마셨다.

"네, 알아요. 메이슨이 또 뭐라고 했는데요?"

"그래서 학교가 새 코치를 고용할 때까지 대신 전문코치를 알아봐주기로 했단다."

346

"정말요? 학교가 전문코치를 쓸 만큼 재정적 여유가 있는 줄 몰랐는데요?"

한나는 깜짝 놀랐다.

"물론 그렇지 않지. 그래서 내가 메이슨을 훌륭한 사람이라고 한 거란다. 글쎄, 자기 돈으로 전문코치를 알아봐주겠다고 했다지 뭐냐."

"정말 멋지네요."

한나는 잠시 생각에 잠겼다가 이내 얼굴을 찡그렸다.

"근데 메이슨이 왜 그런 생각을 한 걸까요?"

"예전부터 조단 고등학교 미식축구에 관심이 있었다더라. 아들도 굴스 팀에 있지 않니, 크렉 킴벌이라고, 알지?"

크렉을 생각해내는데 꽤 시간이 걸렸다. 그래, 크렉이라면 선수들이 먹을 쿠키를 사러 카페에도 들린 적이 있었다.

"물론 알죠, 착한 청년 같던데요."

"그래, 메이슨 말로는 왓슨 코치의 죽음으로 크렉이 매우 슬퍼한다더구나. 게다가 다음주에 열릴 리틀 폴스 플라이어와의 경기를 관전하러 올 대학 스카우트들 일도 굉장히 걱정을 많이 하고 있다더라. 길이 경기 전략을 잘못 세울까 봐 팀을 맡아줄 전문코치를 고용한 거란다."

한나는 미소를 짓기 시작했다. 드디어 그림이 잡히는 듯했다.

"크렉은 미식축구 특기 장학생 자리를 노리고 있었고, 메이슨은 크렉을 코트에서 돋보이게 하고 싶어했다?"

"내 말이 바로 그거란다."

한나는 어쩔 수 없다는 듯이 웃었다. 엄마는 그런 얘길 한 적이 없었다. 물론 20분의 여유가 더 있었더라면 엄마 입에서 나왔을지도 모르겠지만.

"크렉이 뛰어난 선수예요?"

"지금은 그렇지, 작년에는 늘 벤치 신세만 지더니 최근 들어 실력이 부쩍 좋아졌다는구나. 올해 굴스 팀의 스타야."

한나의 직감이 경고의 벨을 울려대기 시작했다.

'스테로이드는 선수의 역량을 상승시켜준다.'

"크렉의 실력이 왜 그렇게 좋아진 걸까요?"

"메이슨 말로는 여름 동안 캠프를 보냈었단다. 주에서 20명만 참가할 수 있는 캠프였는데, 코치진이 아주 우수했다더구나. 선수 한 명당 개인 지도자가 한 사람씩 붙어서 가르친다는데, 참가자들 대부분이 대학팀에서 이름을 날리고 있다더라."

한나의 의심이 힘을 잃었다. 여름 캠프라면, 충분히 가능한 일이다.

"꽤 비싼 캠프였을 것 같은데요."

"그랬겠지. 메이슨이 액수를 말하진 않았지만, 그만한 가치는 있었다고 하더라. 기술면에서라기보다는 자신감 면에서 도움이 많이 됐다고 하더구나. 몇 주 전 경기에서도 개인 득점 최고 기록을 올렸다더구나. 이젠 다른 선수들도 크렉을 팀 주장으로 선출해 매번 조언을 구한대."

"얘기해줘서 고마워요, 엄마."

한나는 노트에 크렉의 이름을 적었다. 그와도 얘기를 좀 해봐야겠다. 트렉이 그의 팀원들 중 누군가가 스테로이드를 복용하고 있다는 걸 알고 있다면, 한나에게 얘기해줄지도 모른다. 특히 스테로이드를 상습적으로 복용하는 것이 얼마나 위험한 일인지를 설명한다면 말이다.

"이제 그만 나가봐야겠어요, 엄마. 늦었거든요."

"한 가지 더 있단다. 파티장에서 로드 메칼프도 만났는데, 루시가 내 앤틱 보석 수집에 대한 기사를 쓰고 싶어한다고 하더라. 오늘 낮 11시에 사진을 찍으러 오겠다고 했는데, 어떤 보석을 내놓으면 좋을지 모르겠구나. 파란색 벨벳 위에……."

"그럴 필요 없어요, 엄마. 루시는 오지 않아요."

한나가 끼어들었다.

"네가 그걸 어떻게 아니?"

한나는 한숨을 내쉬었다.

이 얘기는 정말이지 하고 싶지 않았는데, 엄마가 가지고 있는 보석을 모두 내놓고 오지도 않을 사람을 기다리도록 내버려둘 순 없었다.

"죽었으니까요."

"죽어?"

"네, 엄마. 루시도 살해당했어요."

"하지만 라디오 뉴스에선 그 얘기가 없었는데! 계속 듣고 있었거든. 근데 그걸 네가 어떻게 알았니, 혹시……."

엄마가 갑자기 말을 멈췄다.

'드디어 올 것이 왔군.'

"한나? 설마, 너 또……?"

엄마는 쉰 목청을 가다듬더니 망설이듯 물었다.

"그런 거니?"

"불행하게도 그래요, 엄마. 어젯밤에 제가 루시를 발견했어요."

"한나! 제발 시체 사냥꾼 같은 짓 좀 그만두거라!"

"시체 사냥꾼 같은 게 아니에요, 엄마. 일부러 시체를 찾아 돌아다니는 게 아니라구요."

자신의 태도가 지나치게 방어적이었다는 걸 깨달은 한나는 진정하려고 애썼다.

"그냥 일이 그렇게 됐어요. 전 경찰에 신고할 수밖에 없었다구요."
"진심이란 걸 안단다. 하지만 네가 조금 더 조심했으면 좋겠구나."
한나는 터지는 웃음을 어찌할 수 없었다.
'시체를 찾는 일에 조심할 게 무엇이 있을까?'
"웃을 일이 아니야."
엄마가 한나를 꾸짖었다.
"알아요."
한나는 몇 번의 기침소리로 애써 웃음을 감췄다.
"엄마 말이 맞아요. 더 이상 시체를 발견하지 않도록 조심할게요."
"착하구나. 그래, 어떻게 된 일인지 얘기 좀 해보렴."
"지금은 시간이 없어요, 엄마. 자세한 걸 알고 싶으시면 라디오를 들으세요. 곧 전파를 탈 테니. 전 카페에 나가야 해요."

엄마가 뭐라고 하기도 전에 한나는 전화를 끊고 심호흡을 했다.

그때 모이쉐가 자신을 똘망똘망한 눈으로 바라보는 것을 깨닫고는 주방으로 가 크런치를 더 부어주었다. 그런 다음 다시 파카를 입고 차고 열쇠를 집고, 차 열쇠가 주머니에 있는 것을 확인했다.

"이따 보자, 모이쉐."

그리고는 다시 전화벨이 울릴까 봐 얼른 집을 나섰다. 차고로 내려가는 한나의 얼굴에 차가운 바람이 밀려들었다. 계단은 눈에도 쉽게 미끄러지지 않았다. 이렇게 건축해준 미네소타 건축회사에 감사해야 할 일이었다.

　계단 위로는 지붕이 얹혀 있었는데, 여름에는 비를 막아주고 겨울에는 눈을 막아주었다. 가지고 나온 쓰레기를 버린 다음 한나는 트럭의 선을 뽑아 범퍼에 감았다. 그리고는 운전석에 올라타 시동을 켜고, 헤드라이트를 킨 후 아파트를 빠져나왔다.

　올드 레이크 로드를 돌아 시내로 운전하며 한나는 크렉 킴벌에 대해 생각했다. 도와주는 척하며 접근하면 될 것이다. 다른 선수의 스테로이드 복용 사실을 알면서도 어쩌면 좋을지 몰라 혼자 고민하고 있다면 어른의 도움을 흔쾌히 받아들일 것이다.

　마이크는 어떻게 하면 좋을까? 한나는 얼굴을 찡그렸다. 크렉 킴벌과 얘기하려는 걸 마이크도 알게 된다면, 함께 따라나서려고 할 것이다. 마이크는 좋은 사람이지만, 분명 한나의 수사를 막으려 할 것이다.

　마이크는 레이크 에덴의 새 주민일 뿐만 아니라 경찰이다. 크렉이 경찰 앞에서 스테로이드에 대한 얘기를 털어놓을 리 만무하다. 역시 크렉과는 혼자 얘기해보는 게 좋겠다. 필요하다면 나중에 마이크를 부르자.

　그때 차 한 대가 빠른 속도로 한나의 트럭을 추월하더니 앞질러갔다. 플로리다 번호판을 달고 있는 것을 보아하니 눈 덮인 길을 어떻게 운전해야 하는지 전혀 모르는 사람이 분명했다. 그 차를 쫓아가 욕을 퍼붓고 싶은 마음이 간절했지만, 그러려면 시간이 걸리고, 한나에게는 시간이 없었다. 쿠키를 먹으면 기분이 좀 나아질 거야.

　한나는 뒤로 손을 뻗었지만, 이내 어젯밤에 안드레아가 모두 먹어치웠다는 사실을 기억했다. 최악의 날이 되겠군. 잠은 두어 시간밖에 못 자고, 지각까지 한데다가 아침부터 엄마 전화를 받았고, 도로에서는 사고가 날 뻔한 것은 물론 히터는 오늘도 변함없이 시체 콧김보다도 못한 바람을 뿜어내고 있었다. 게다가 쿠키까지 없다니! 유난히 태양빛에 약한 체질만 아니라면 당장이라도 하와이행 비행기표를 타고 날아가 해변에서 여유로운 한 주를 보내고픈 마음이었다.

"안녕, 한나."

뒷문으로 들어서는 한나를 향해 리사가 햇살만큼 환한 미소를 반겨주었다. 리사의 미소를 보니 한나의 기분도 조금 밝아졌다.

"코트 벗어요. 내가 커피를 따라줄게요."

"쿠키는?"

옷고리에 코트를 벗어 걸며 한나가 물었다.

"초콜릿칩 쿠키는 아직 따뜻해요. 몇 개만 먹어볼래요?"

"몇 개보다 더 줘."

작업대 아래에서 의자를 꺼내며 한나가 대답했다.

"우선 네 개부터 시작할까."

리사는 제빵뿐만 아니라 서빙에도 아주 능숙했다.

뜨거운 커피와 함께 쿠키를 먹으며 한나는 미소를 지었다.

초콜릿이 아침 식사의 필수 메뉴였다면, 사람들이 신경질적인 아침을 보내지 않아도 됐을 텐데.

"오늘 밤 방송에 무슨 디저트를 선보일지 생각해보라고 하셨죠?"

리사가 일깨워주었다.

"쿠키는 어때요? 아직 만들어보지 않은 메뉴인데다가 한나는 쿠키로 유명하잖아요."

한나의 눈썹이 치켜 올려졌다.

"리사 말이 맞아! 어떤 쿠키를 구우면 좋을까?"

"당밀 쿠키요. 모두 좋아하는 쿠키고, 또 오븐에서 갓 나왔을 때 외양이 무척 먹음직스럽잖아요."

"완벽해. 그럼, 반죽 좀 만들어줄래? 해야 할 일이 좀 있거든."

리사가 의미심장한 미소를 지으며 말했다.

"어젯밤에 이미 반죽해서 냉장실에 넣어놨어요. 오늘 아침에 시험 삼아 구워보기도 했고요."

"내가 제안을 받아들이지 않았으면 어쩌려고?"

"다른 쿠키를 굽자고 했으면, 냉동실에 얼려두었다가 크리스마스 파티 때 쓰려고 했죠. 빨갛고 푸른 얼음장식을 곁들이면 모양이 꽤 훌륭하거든요. 마치 화환처럼 말이에요."

한나는 눈을 깜빡였다.

레이크 에덴 커뮤니티 센터로부터 쿠키 120개를 주문받은 사실을 까맣게 잊고 있었다. 하지만 리사는 그걸 기억하고 있었다. 그녀는 늘 계획에 따라 제빵을 하고 항상 조수 이상의 몫을 해낸다.

'그래, 지금이야말로 리사에게 동업을 제안할 때야.'

"오늘 밤 만들 디저트 재료 준비해놓을게요. 문 열기 전에 시간이 많이 있거든요. 커피 더 드실래요? 갖다 드릴게요."

"괜찮아, 내 다리도 멀쩡하다구."

한나가 씩 웃으며 말했다.

하지만 홀로 통하는 회전문을 빠져나온 한나는 그만 깜짝 놀라고 말았다. 리사는 제빵만 끝내놓은 것이 아니라, 테이블 세팅과 카운터 뒤의 쿠키 세팅, 메뉴판에 오늘의 쿠키를 적어놓은 것은 물론, 크리스마스 장식까지 모두 마쳐놓았던 것이다.

'그래, 동업이다.'

한나는 테이블 중앙을 장식한 솔방울과 막대사탕을 집어들며 결심했다. 벽에는 크리스마스 양말이 걸려 있었고, 정문에 화환이 걸린 것은 물론, 홀 구석에는 크리스마스트리까지 놓여 있었다.

'이 정성과 노력을 어떤 보너스로 보답해야 좋을지 모르겠군.'

한나는 크리스마스트리에 가까이 다가갔다가 이내 고개를 저었다.

크리스마스트리는 말 그대로 완벽했다. 트리는 조그마한 전구와 쿠키 모양의 장식들로 꾸며져 있었다.

"놀라게 해드리고 싶었어요."

리사가 문가에 서서 행복한 미소를 지었다.

"먼저 물어봤어야 했지만, 요즘 너무 바쁘신 것 같아서요. 귀찮게 해드리고 싶지 않았어요. 마음에 드세요?"

"농담해? 정말 너무 멋져, 특히 크리스마스트리 말이야. 저 쿠키 장식 진짜야?"

리사가 고개를 끄덕였다.

"네, 공작책을 보고 셸락(바니시(수지(樹脂)) 따위를 녹여 만든 반투명의 액체)의 원료)으로 만들었어요. 몇 년은 간다더라구요."

"그럴 만하겠어."

한나가 장식해놓은 쿠키를 집어들며 말했다.

"돌처럼 딱딱해."

"그럼, 물어보지 않고 홀을 장식한 거 화 내지 않을 거죠?"

"당연히 안 내지. 오히려 감동했어. 카페가 이렇게 멋져 보이긴 처음인걸. 작년에는 그저 장식등만 걸어놨던 게 전부였거든."

다시 한 번 홀을 둘러보며 한나는 리사의 재능에 대해 생각했다.

그녀는 신뢰할 수 있고 점잖을 뿐만 아니라 제빵 솜씨도 훌륭했고, 손님들 접대에도 능숙했으며, 쿠키 장식은 한나보다도 뛰어났다. 게다가 크리스마스 맞이 카페 장식도 프로처럼 해냈다. 다른 누군가가 리사의 재능을 깨닫고 그녀를 탐내기 전에 내가 먼저 선수를 쳐야 한다.

한나는 리사에게 다가가 말했다.

"정말 잘 했어, 동업자."

리사는 어리둥절한 표정을 지었다. 제발 자신이 맞게 들은 것이기를 간절히 바라는 것 같기도 했다. 하지만 뭔가 두려운 듯 한참을 망설이다가 이내 리사가 입을 열었다.

"지금 동업자라고 하셨어요?"

"그래, 동업자."

한나는 다시 한 번 말해준 뒤 미소를 지었다.

"대부분의 일을 도맡아 해주고 있는 지금 상황에서 이게 내가 리사에게 해줄 수 있는 최선이야. 기타 자세한 사항은 호위 레빈을 불러서 크리스마스 전에 서류를 작성하도록 하자. 널 놓치고 싶지 않아, 리사."

리사는 고개를 저었다.

"그럴 일은 절대 없을 거예요. 전 여기서 일하는 게 좋은걸요. 절 붙잡아 두시기 위해서라면 그러실 필요 없어요."

"그게 아니야, 리사."

한나는 문득 리사를 골려주고 싶은 마음이 생겼다.

"동업을 제안하는 사람에게 그렇게 말하는 건 좋지 않아요. 그냥 '고맙지만 사양할게요.'나 '받아들일게요.' 둘 중 하나를 말해야지."

고개를 끄덕이는 리사의 두 눈이 반짝였다.

"그 말이 맞아요, 한나. 받아들일게요."

조단 고등학교의 비서인 샤롯 로스코에게 전화를 건 다음 한나는 학교로 향했다. 전화 한 통으로 한나는 두 가지 사실을 알게 되었다.

마이크가 이미 샤롯에게 굴스 팀의 선수명단을 팩스로 받아본 사실과 크렉이 8시 45분부터 9시 40분까지 도서관에서 영문학 과목의 중간고사 준비를 한다는 사실이었다. 방문객들을 위해 비워둔 교사용 주차자리에 트럭을 세우며 한나는 문득 오늘 밤 디저트 재료를 가져오는 것을 깜빡했다는 걸 깨닫고는 얼굴을 찡그렸다.

왜 항상 이렇게 뒤늦게 기억하곤 하는 걸까? 리사가 시험 삼아 구운 당밀 쿠키는 훌륭했고, 그걸로 크렉을 설득해보자고 결심한 한나였다. 학교 입구에는 노란색 학교 버스가 세워져 있는데, 안에는 초등학교 학생들과 선생님, 그리고 세 명의 학부모가 타고 있었다. 아마 야외로 현장학습이라도 나가는 모양이었다.

낮게 내려진 차창 사이로 아이들이 쿠키 언니를 향해 손을 흔들었다. 한나도 애서 당밀 쿠키를 코트 안에 감추며 아이들에게 손을 흔들어주었다. 쿠키를 좀 더 많이 준비해올 걸 후회하면서.

수업이 막 시작한 터라 학교 로비는 매우 조용했다. 학교 냄새는 언제나 똑같다. 사람의 따뜻한 체온과 분필 향이 뒤섞여 나는 냄새. 한나는 항상 이 냄새가 좋았다. 두뇌가 깨어나는 듯한 기분이 든다고 할까.

356

한나는 복도를 따라 교장실을 지나며 샤롯에게 손을 흔들어 보였지만 뭔가를 찾고 있는 듯 캐비닛에 코를 박고 있던 샤롯은 한나를 보지 못했다. 학교 뒤편에 자리한 도서관은 고등학교와 초등학교를 연결해 주는 다리 역할을 했다. 초등학교 4학년 시절, 도서관을 자주 들락거렸던 기억이 난다. 도서관이야말로 어린 한나가 제일 좋아하는 곳이었고, 한나의 담임이었던 패리 선생님은 한나가 숙제를 훌륭하게 해올 때마다 마음껏 도서관에 들어가도록 허락해주었던 것이다.

도서관의 중앙은 한나가 기억하고 있는 그대로였다. 바뀐 것이라곤 한나의 졸업 후에 새로 생긴 컴퓨터실뿐이었다. 방 곳곳에 놓여 있는 긴 오크 재 책상들을 둘러보던 한나의 눈에 책 더미 속에 파묻혀 있는 크렉의 모습이 들어왔다. 다행히도 그는 혼자였다. 친구들 무리에서 그를 홀로 끌어내려 애쓸 필요가 없어졌으니 이 얼마나 감사한 일인가.

"안녕, 크렉."

한나가 부드럽게 말을 건넸다.

"시간 좀 낼 수 있을까?"

"물론이죠."

크렉은 한나의 등장에 내심 놀란 듯 했지만 이내 한나를 위해 의자를 빼주었다. 여전히 얼굴에 미소를 머금은 채 한나는 의자에 앉았다. 칭찬의 말부터 시작하는 것이 좋겠다.

"득점 신기록 수립한 거 축하해. 여기 당밀 쿠키 좀 가져왔는데."

"고마워요, 스웬슨 누나."

크렉은 꾸러미를 받아 들며 멋쩍은 듯 웃었다.

"우리 팀 경기에 오셨는 줄 몰랐어요."

"기회가 있을 때마다 가지."

한나는 거짓말을 조금 보탰다. 미식축구에는 별 관심이 없는 한나였다. 고등학교 때도 마찬가지였다. 가장 마지막으로 본 경기는 12년 전에 열렸던 것이었다.

"굴스 팀에 대해 얘기해볼 게 있어서 왔어, 크렉."

"좋아요."

크렉은 보던 페이지 사이에 연필을 끼워놓고는 책을 덮었다.

한나는 잠시 망설였다.

크렉은 궁금하다는 듯한 눈빛으로 한나를 바라보더니 말했다.

"죄송한데요, 시간이 많지 않아서요. 시험 준비를 해야 하거든요."

"영문학이지?"

"네, 맞아요. 어떻게 아셨어요?"

"로스코 부인에게 전화해서 네 시험 시간표를 알아봤지. 범위가 어떻게 되는데?"

"19세기 영국 시요."

크렉이 얼굴을 찡그리며 대답했다.

"내가 도와줄 수도 있겠는데?"

한나는 의자를 크렉에게로 가까이 하며 말했다.

"내 전공분야거든, 대학에서 영문학을 전공했어."

"그래요?"

크렉은 새롭다는 듯 한나를 쳐다보았다.

"그럼, 어……, 잘 알겠네요, 그……, 바이런에 대해?"

"바이런 경 말이지? 가장 유명한 시로는 '차일드 해럴드의 편력'(영국의 시인 G.G.바이런의 서사시)이 있지. 소녀들이 바이런을 쫓아다니는 동안 그는 시상을 찾아 절뚝거리는 다리로 호숫가를 서성였지."

크렉의 눈썹이 치켜드렸다.

"바이런 경이 절름발이였다고요?"

"그래."

'선생 노릇에 아주 소질이 없는 건 아닌 모양인데.'

"태어날 때부터 불구였지. 하지만 그런 건 아무런 장애도 되지 못했어. 그를 쫓아다니던 팬들이 상당했다고 하니까."

"락 스타처럼 말이죠?"

"그렇다고 볼 수 있지. 그는 결혼해서 딸 하나를 낳고는 곧 이혼해서 영국을 떠났어. 그리고는 그리스에서 열병에 걸려 죽었지."

"열병이요?"

"그래, 그 당시에는 감기나 독감 같은 것에도 사람들이 많이 죽었으니까. 지금과 같은 약품이 없었거든."

크렉은 깜짝 놀란 듯했다. 아무래도 그의 영문학 교사는 이런 생생한 배경들을 학생들 머릿속에 불러내는 데는 실패한 모양이었다.

"아스피린도요?"

"기껏해야 버드나무 껍질 정도였지. 당시엔 사람이 아파도 마땅히 치료해줄 의사가 없었거든. 그저 저절로 낫길 기다리거나 죽어야 했지."

"여기에는 그런 얘기들이 없어요."

크렉이 영문학 책을 두드리며 말했다.

"그저 바이런 경의 삶은 영화처럼 흥미진진했다고만 쓰여 있어요."

"나도 알아."

한나가 강조해서 말했다.

그녀 역시도 단순한 연대표는 별 도움이 되지 않았었다.

"내가 얘기해준 일화들을 많이 알고 있으면, 기억하기가 더 쉽단다."

크렉이 앞으로 몸을 기대며 물었다.

"그럼, 혹시……, 셸리와 키츠에 관한 얘기도 알고 있어요?"

"당연하지."

한나는 크렉의 책을 펼쳐 범위 내에 있는 시의 제목을 살폈다.

"콜러릿지, 워즈워스, 그리고 사우시에 대한 얘기도 해줄 수 있어."

크렉은 의심스러운 듯 한나를 쳐다보았다.

"그 시인들에 대한 건 이미 다 읽었어요. 지루하기만 하던걸요."

"그거야 시인들의 사생활을 모르니 하는 얘기지. 콜러릿지는 프랑스 혁명 때 적극적으로 나섰단 이유로 가문에서 파문당했고, 워즈워스는 술과 마약에 찌들어 살았지. 그리고 사우시는 정신병에 걸려 죽고 말았어. 그렇게 지루하지만은 않지?"

"그러네요!"

크렉이 고개를 끄덕였다.

한나는 가방에서 펜을 하나 꺼냈다. 어젯밤 PK가 빌려준 펜인데, 돌려준다는 걸 그만 깜빡 잊고 말았다. 하지만 문제될 건 없었다. 크렉과의 일이 끝나는 대로 제작트럭에 들려 돌려주면 될 테니까.

"좋아, 크렉. 이렇게 하자."

한나는 자신이 세운 계획을 펼쳐보였다.

"펜을 꺼내고, 노트를 펼쳐. 그럼 네 책에 나와 있는 시에 대해 전부 알려줄게."

"좋아요, 하지만 제가 필기에 능숙하지 않다는 걸 아셔야 해요."

"전부 받아 적을 필요 없어."

한나가 크렉을 안심시켰다.

"그저 기억을 떠올리게 할 것들만 적어."

"예를 들면요?"

"바이런 경을 적고 밑줄을 쳐. 그런 다음 '열광적인 팬, 절름발이, 그리고 그리스에서 죽다.' 같은 것만 적어놓는 거야. 내가 시범을 보여줄게. 종이 하나만 줘봐."

"여기요."

크렉은 새 페이지를 찢어 한나에게 건네주었다.

"그럼, 굴스 팀은 어쩌고요? 우리 팀에 대해 물어볼 게 있다면서요."

"그건 네 시험공부가 끝난 다음에 하자."

한나는 자신이 올바른 일을 하고 있다고 굳게 믿었다. 게다가 크렉을 도와주면 한나에 대한 호감도 점점 커질 것이다.

"그럼, 존 키츠부터 시작해볼까? 그는 시인이라기보다는 외과의에 가까웠던 거 아니?"

한 손에 펜을 쥔 채 바싹 다가앉은 크렉은 당밀 쿠키도 잊어버리고 말았다.

한나는 미소를 지었다.

쿠키단지에서 소규모 영문학 스터디를 꾸려나가 보는 것도 좋을 듯싶었다.

당밀 쿠키

오븐은 예열해두지 마세요. 반죽은 굽기 전에 충분히 숙성되어야 합니다.

재료

녹은 버터 1과 1/2 / 백설탕 2컵 / 당밀 1/2컵 / 소금 1티스푼

베이킹소다 4티스푼 / 시나몬 3티스푼 / 육두구 1티스푼

밀가루 4컵(체질할 필요 없습니다) / 거품 낸 달걀 2개(포크로 저으세요)

만드는 법

1. 전자렌지에 버터를 녹여 설탕과 당밀을 넣은 뒤 섞습니다. 그런 다음 약간 식힌 후 거품 낸 달걀과 베이킹소다, 소금, 시나몬, 그리고 육두구를 넣는데, 재료를 하나씩 넣을 때마다 잘 섞어줍니다. 밀가루를 한 컵 분량으로 덜어 조금씩 넣어 반죽해줍니다.(반죽이 조금 딱딱한 감이 있을 거예요)

2. 반죽 위를 잘 덮어준 다음 냉장고에서 적어도 2시간 정도 보관합니다.(밤새 넣어두면 더 좋습니다)

3. 오븐은 176℃로 예열하고, 틀은 오븐 중앙에 놓습니다.

4. 호두 크기로 반죽을 떼어 설탕을 담은 그릇 위에 굴려준 다음, 기름칠 한 쿠키 틀에 올려놓습니다. 그런 다음 틀에서 굴러 떨어지지 않도록 살짝만 눌러줍니다.

5. 10분~12분 정도 구우세요. 다 구워졌으면 2분 정도 내버려 두었다가 틀에서 꺼내 충분히 식힙니다.

6. 당밀 쿠키는 냉동도 잘됩니다. 쿠킹호일로 돌돌 말아서 냉동실에 넣어보세요. 3개월 이상 보관해도 문제없답니다. (장기간 보관하고 싶으면, 아예 냉동실 문을 잠가 버리는 게 좋을 겁니다)

아버지가 좋아하셨던 쿠키에요. 일요일 아침이면
늘 이 쿠키를 구워달라고 하셨죠. 그러면 아침 신문과 함께
쿠키를 드시곤 하셨어요. 엄마도 역시 당밀 쿠키를 좋아한답니다.
초콜릿이 들어가지 않았는데도 말이죠.

한나는 고개를 도리질하며 건물 옆을 돌았다. 크렉의 중간고사 결과는 훌륭할 것이다. 100% 확신할 수 있었다. 하지만 그에게서 얻어낸 것이라곤 아주 보잘 것 없었다.

스테로이드 복용에 대해 얘기를 꺼내자 우리의 의리 많은 팀 주장께선 무척 염려스럽고 초조한 표정으로 스테로이드 복용에 대해서는 들은 것도, 의심하고 있는 것도 없다고 대답했다. 하지만 크렉의 눈빛에는 몹시 당황한 기색이 역력했다. 크렉은 분명 어느 선수가 스테로이드를 복용했는지 알고 있었다.

하지만 한나에게 사실대로 털어놓지 않을 것이다. 언제나 의리가 우선일 테니 말이다. 제작트럭에는 쪽지가 붙어 있었다. 한나는 좀 더 자세히 보기 위해 계단 위로 올라갔다. 쪽지에는 〈스텝 회의-곧 돌아오겠음〉이라고 쓰여 있었다.

한나는 혹시 누군가가 모임에 이미 다녀와 놓고는 잊어버리고 쪽지를 떼지 않은 것이 아닐까 하는 생각에 문을 두드려보았지만, 아무 대답도 들리지 않았다. 벌써 두 번이나 실패했다. 한 번은 크렉의 일이 그랬고, 다른 한 번은 펜을 돌려주는 일이 그러했다.

펜은 그냥 허브에게 맡기는 편이 좋겠다. 그러면 허브가 제작트럭 팀원 중 한 명에게 전해줄 것이고, 결국 펜은 원주인인 PK에게로 돌아갈 것이다. 한나는 펜을 꺼내어 쪽지를 쓰기 시작했다.

이 펜은 분명 메이슨 킴벌이 단편 다큐멘터리 최우수상을 탔을 때의 상품이다. 그러니 소홀히 다뤄 잃어버리게 하고 싶지 않았다. 크렉 킴벌을 생각하며 한나는 한숨을 내쉬었다. 트럭 앞의 쪽지를 미리 알았더라면 펜을 크렉에게 전해주는 거였는데. 그러면 크렉이 아버지에게 전해줄 수 있지 않았는가.

하지만 어찌 보면 그 방법은 그다지 현명하지 않다. 만약 야간 근무 엔지니어가 자기 펜을 마음대로 다른 사람에게 빌려줬다는 사실을 알게 된다면, PK의 입장이 난처해질 수도 있다. 최선의 방법은 직접 PK에게 펜을 돌려주고, 그걸 PK가 메이슨에게 전해주는 것이다. 한나는 쪽지를 다시 한 번 쳐다보았다.

곧 돌아오겠음은 몇 분이 될 수도 있지만, 몇 시간이 될 수도 있다. 하지만 그렇게까지 기다리고 있을 순 없었다. 차라리 오늘 밤 대회 때 PK를 만나 전해주는 것이 낫겠다. 발길을 돌린 한나는 눈 덮인 주차장을 가로질러 자신의 트럭으로 돌아왔다. 정신없는 아침을 보낸 한나의 머릿속은 어질어질했다. 지금 한나에게 가장 절실한 것은 쿠키단지의 쿠키였다.

"그래서 크렉이 뭐래?"

작업대 위로 몸을 기대며 안드레아가 물었다.

그녀는 지난밤에 제작트럭에서 헤어진 이후로 한나에게 무슨 일이 있었는지 알고 싶어 점심시간을 이용해 찾아온 것이었다.

한나는 곰 사건은 물론, 트레시의 영상을 찾은 얘기며, 크렉 킴벌과의 이야기까지 모두 털어놓았다.

"아무것도."

"질문에 대답하려 하지 않았단 말이야?"

"아니, 대답했어. 하지만 별로 말해준 것이 없어. 스테로이드 같은 약물을 복용하고 있는 선수에 대해서는 금시초문이라고 했거든."

안드레아가 어깨를 으쓱했다.

"그렇게 말할 줄 알았어. 크렉은 팀원들 아니었으면 그렇게 유명한 선수가 되지도 못했을 걸? 언니가 보기엔 크렉이 사실을 알고 있는데 말하지 않는 것 같았어?"

"그래, 물론 그게 얼마나 심각한 일인지는 아는 것 같았어. 미식축구 캠프에서 스테로이드에 대해 배웠다고 했거든. 당사자인 팀원에게 가서 사실을 얘기하고 빨리 도움을 받을 수 있도록 조치하려는 것 같았어. 우리에게는 모두 도움이 안 되는 일들이지만."

"마이크는? 명단을 보고 뭣 좀 알아냈을까?"

이제 한나가 어깨를 으쓱해 보일 차례였다.

"모르겠어, 코너 테번에서 같이 아침을 먹은 후론 만나지 못했거든."

"아침식사?"

안드레아가 날카로운 시선으로 한나를 쳐다보았다.

"마이크랑 같이 밤을 보냈단 말이야?"

안드레아가 묻는 게 무엇인지 잘 알고 있는 한나는 웃음을 터뜨렸다.

"그래, 하지만 네가 생각하는 그런 거 아니야. 테이프를 다 보고난 뒤에 스테이크와 계란요리를 먹었고, 집으로 돌아갔지……, 물론 각자."

"오."

안드레아는 살짝 실망한 듯했다.

"이제 뭐 할 거야?"

"집에 가서 모이쉐 밥 주고, 오늘 밤에 입을 의상을 가져와야지. 운이 좋으면 한 시간 정도 낮잠을 잘 수 있을지도 모르고."

"살인범은 어쩌고?"

"기다리라고 해, 아이디어도 다 떨어졌어. 이렇게 피곤한 상태로는 아무것도 못해. 배터리 좀 충전해야지."

"좋아, 그럼 난 루시의 이웃들에게 가서 광고지를 돌릴래. 지난번에도 그렇게 해서 좋은 정보를 얻었잖아."

"너만이 가능한 일이지."

한나는 자리에서 일어나 파카를 가지러 옷고리 쪽으로 갔다.

너무 지친 나머지 옷소매에 팔을 넣는 데만 해도 몇 번을 허둥댔다.

"새로 알게 된 게 있으면 집으로 전화해."

"낮잠 자려던 거 아니었어?"

"맞아."

한나가 크게 하품을 했다.

"하지만 새로운 이야기라면 기꺼이 일어나주지."

한나가 눈을 떴을 때는 오후 3시 15분이었다. 90%는 충전이 된 듯 한결 좋아진 기분으로 한나는 주방으로 가 커피를 올려놓고 테이블 앞에 앉아 커피가 주전자로 똑똑 떨어지는 것을 지켜보았다.

사료그릇으로 다가간 모이쉐는 크런치가 수북이 쌓인 것을 보고 사뭇 놀란 듯했다. 녀석은 크런치보다 한나와 함께 낮잠을 자는 것을 택했었다.

"아침이 아냐, 모이쉐. 오후라고."

한나가 말했다.

모이쉐는 헷갈린다는 듯 머리를 들어 한나를 올려다보았고, 한나는 웃음을 터뜨렸다.

"관두자, 시간이란 참으로 어려운 개념이지. 나도 잘 모르는 걸."

한나는 막 끓기 시작한 커피를 한 컵 따라 따스한 김을 마음껏 들이마셨다. 부족했던 10%가 마저 채워지는 듯한 느낌이었다. 아침에 일어나 마시는 따뜻한 커피만큼 좋은 것도 없다. 물론, 지금은 오후지만.

컵을 세 잔째 비우고 난 후에야 비로소 나머지 일과를 소화해낼 용기가 생기기 시작했다. 사실 그렇게 많은 일과가 남아 있진 않았다. 주방 창밖으로 비치는 하늘은 벌써 어둑어둑해지고 있었다.

"다시 나가봐야겠어, 모이쉐."

한나의 말에 마치 신호라도 보낸 듯 전화벨이 울렸다.

'엄마? 안드레아? 마이크?'

자동응답기가 받게 내버려두고 싶었지만, 호기심에 못 이겨 수화기를 들고 말았다.

"한나?"

메이슨 킴벌의 목소리였다.

"문제가 생겼어요. 예정보다 빨리 와줄 수 있겠어요?"

"알았어요, 무슨 일인데요?"

"오늘 밤 뉴스 진행방식을 조금 바꾸려고 하는데, 그것 때문에 상의할 게 있어요."

"몇 시까지 가면 될까요?"

"가능한 빨리요. 오늘 밤에 입을 의상도 갖고 와요. 디-디의 이동 의상실에서 갈아입으면 되니까요."

한나는 시계를 쳐다보았다. 3시 30분이었다.

"지금 바로 나갈게요. 카페에 들러서 재료만 가지고 바로 갈게요. 아마 4시 15분까지는 도착할 거예요."

"좋아요, 무대로 바로 와요. 마침 아무도 없으니 카메라 앵글 시험을 해봐야겠어요."

한나는 전화를 끊자마자 서둘러 집을 나섰다. 다행히 차가 막히지 않아 한나는 빠른 시간 안에 카페에 도착할 수 있었다.

3시 45분, 한나는 바람처럼 카페에 들어가 재료를 챙긴 다음 회전문을 통해 리사에게 자신이 왔음을 알렸다.

"안녕, 리사."

한나는 솔방울로 장식한 화환이 걸린 거울을 통해 리사를 바라보며 말했다.

"멋진데."

"고마워요, 한나. 아버지가 노인 센터의 만들기 시간에 만드신 거예요. 오래 계실 거예요?"

한나는 고개를 저었다.

"아니, 금방 다시 나가봐야 해. 메이슨이 의논할 일이 있다고 좀 더 일찍 오라잖아. 오늘 밤에 쓸 재료를 가지러 왔어."

"싱크대 옆 카운터에 있어요. 상자만 들고 가면 돼요. 내가 반죽을 가지고 갈게요. 아버지도 그릇 정도는 들 수 있으시니까요."

"오늘도 오셔?"

"드리블로 씨는 일이 있어서 안 된다고 하셨고, 대신 비즈먼 부인이 아버지와 함께 있어주시겠다고 하셨어요. 내가 한나를 돕는 동안에요."

"정말?"

한나는 놀란 기색을 내보이지 않으려 애쓰며 말했다.

비즈먼 부인이라면 친구들과 어울리기를 더 좋아하는 줄 알았는데.

"허브가 부탁했나 봐요. 아버지가 허브에게 대회에 꼭 가고 싶다고 말씀하셨대요."

한나는 미소를 지었다.

리사를 위해 어머니께 부탁할 정도면 허브와의 사이가 꽤 많이 진전된 모양이었다.

"대회가 끝난 다음에는 다같이 호텔 파티에 가기로 했어요. 아버지는 비즈먼 부인에게 춤을 청하시겠대요. 아직은 상당히 잘 추시거든요. 아버지가 청하면 거절하지 않기로 비즈먼 부인에게 얘기해두겠다고 허브가 약속했어요."

평범하지 않은 더블데이트 장면을 머릿속에 그려보며 한나는 더 크게 미소 지었다.

"이제 그만 가봐야겠어, 리사. 이따가 학교에서 봐. 내가 나간 다음에 마이크에게서 전화가 오면, 지난밤에 했던 얘기 이상으로는 더 알아낸 게 없다고 얘기해줘."

"그럴게요."

리사는 뒤로 물러서 솔방울 화환을 조금 매만졌다.

"빨간 벨벳 리본을 달아줄까 봐요."

"장식이라면 리사가 전문가잖아. 리본을 달 거면 계산대에서 돈 꺼내서 사. 영수증 받아서 카운터 밑에 있는 세금 상자에 넣어두고."

"빨간 벨벳 리본도 세금이 공제되나요?"

"스탠 크래머가 우리 카페를 맡고 있잖아. 무적의 스탠이라면 불가능한 게 없지."

학교 주차장에 들어서며 한나는 손목시계를 내려다보았다.

마치 기적처럼 생각했던 것보다 10분이나 일찍 도착했다. 메이슨을 만나기 전에 PK에게 펜을 돌려줄 시간이 있겠다. 제작트럭 옆에 차를 세우는데, 철제 계단 옆에 담배를 피우고 있는 PK의 모습이 보였다.

한나는 창문을 내리고 그를 불렀다.

"어젯밤에 빌려줬던 펜 가져왔어요. 잠깐만 기다려요, 금방 줄게요."

PK는 한나의 트럭으로 다가왔다. 뒷좌석에 있는 의상은 메이슨과 얘기가 끝난 후에 가져가기로 하고, PK가 재료 상자를 들어주었다. 그리고 둘은 함께 제작트럭으로 걸어갔다.

"들어와도 되지만, 전 금방 다시 나가봐야 해요."

PK는 철제 계단에 상자를 내려놓은 다음 열쇠로 문을 열며 말했다.

"방송국에 뭘 좀 가지러 가야 해요. 이 상자, 무대까지 날라다 주고 갈까요?"

"괜찮아요. 저 혼자 할 수 있어요. 그럼 펜은 메이슨의 사무실에 두면 되나요?"

"네, 책상 위에 연필꽂이가 있을 거예요. 나오기 전에 문 잠그는 것만

잊지 말아요."

"그럴게요."

PK가 계단을 내려올 수 있도록 옆으로 자리를 비키며 한나가 약속했다. 그리고는 자신의 차로 향하는 PK를 향해 손을 흔들어준 다음 문을 열고 제작트럭 안으로 발을 들여놓았다. 메이슨의 사무실은 트럭의 제일 뒤편인 복도 끝에 자리하고 있었다.

루디의 아웃테이크를 보았던 방을 지나 굳게 닫힌 메이슨의 사무실 문 앞에 선 한나는 안에 아무도 없다는 걸 알면서도 혹시나 하는 마음에 문을 두드렸다. 역시나 답이 없자 한나는 문을 열고 안으로 들어갔다. 사무실은 한나가 생각했던 것보다 작았다.

그저 선반이 딸린 책상 하나와 회전의자, 그리고 그림 한 장 걸려 있지 않은 벽. 한나는 왜 아무도 상사의 방을 장식해주지 않았을까 문득 궁금했지만, 이곳이 제작트럭이라는 사실을 새삼 깨달았다. 그림 같은 걸 걸었다가는 요동치는 트럭 때문에 금방 떨어져 깨져버리고 말 것이다. 하지만 메이슨의 책상 위에는 사진액자가 놓여 있었다. 갖고 있던 펜을 연필꽂이에 꽂으며 한나는 사진을 살펴보았다.

트럭이 이동할 때는 서랍에 넣고 다니는 모양이었다. 대회 동안은 계속 주차장에만 머물러 있으니 서랍에서 꺼내놓은 모양이었다. 황금색 액자 속 사진에는 열 살은 어려보이는 엘런이 카메라를 향해 웃고 있었다. 또 최근에 찍은 듯 보이는 메이슨과 크렉의 사진도 있었다. 아버지와 아들이 함께 은 트로피를 손에 쥐고는 자랑스럽고 행복하다는 듯 미소 짓고 있었다.

한나는 잠시 사진을 들여다보았다. 엄마가 얘기했던 시상식 때 사진인 모양이었다. 크렉이 득점 신기록을 세웠다던 그날.

크렉은 미식축구팀 유니폼을 입고 있었고, 메이슨은 흰색 셔츠에 푸른색 외투……. 메이슨의 소맷자락에서 빛나는 무언가를 발견한 한나는 입을 떡 벌리고 말았다. 트로피를 들어올리느라 젖혀진 메이슨의 소맷자락에는 커프스단추가 달려 있었다.

사진을 더 가까이 들여다보던 한나는 커프스단추에 다이아몬드 눈을 한 말머리가 새겨져 있다는 사실을 깨닫고 말았다. 한나는 그 자리에 돌처럼 굳었다. 뜻밖의 사실에 다리는 후들후들 떨렸고, 심장은 쿵쾅쿵쾅 뛰었다. 커프스단추에 대해 메이슨이 했던 얘기는 거짓말이었다.

모두 그의 것이었다. 그리고 그건 바로 그가 살인범이라는 것을 뜻했다. 그때 밖에서 트럭 쪽을 향해 가까워지는 발걸음 소리가 들렸다.

누군가 오고 있다. 메이슨의 사무실에서 빨리 나와야 한다. 모든 사실을 한나가 알았다는 걸 메이슨이 알게 해선 안 된다.

하지만 한나는 완전히 공포에 사로잡힌 나머지 몇 초간은 꼼짝도 할 수 없었다. 그러나 이내 메이슨의 사무실을 벗어나 복도를 따라 전화기가 있는 PK의 책상으로 달려갔다. 마이크에게 전화를 걸어 메이슨 킴벌이 범인이었다는 사실을 알릴 참이었다.

수화기를 막 집어들었을 때 계단을 올라오는 무거운 발소리가 들렸다. 그리고 문이 벌컥 열렸다. 메이슨이었다.

얼굴 가득 미소를 띤 그의 등장에 한나는 그만 손가락의 감각을 잃고 수화기를 떨어뜨리고 말았다.

"여기 있었군요, 한나."

소름끼치는 미소로 메이슨이 말했다.

"우리, 약속을 한 걸로 알고 있는데요?"

한나는 심호흡을 했다.

어떻게든 이 상황을 헤쳐 나가야 한다.

한나가 사실을 알게 됐단 걸 메이슨은 모르고 있을 것이다.

그저 스스로 겁을 먹은 것뿐이다.

"맞아요. 어서 가요, 메이슨."

한나는 그를 지나쳐 문으로 향했다.

"어젯밤에 PK에게 빌렸던 펜을 돌려주려고 들렀어요. 잊지 말고 문도 잠가야죠."

메이슨은 아무 말도 하지 않았지만 문 손잡이를 잡는 한나는 등 뒤로 느껴지는 그의 존재감만으로도 소름이 끼쳤다.

빨리 밖으로 나가야 한다. 트럭 안에서는 단 둘이지만, 주차장에는 다른 사람들이 있을지도 모른다.

한나는 손이 떨려 손잡이를 제대로 돌릴 수 없었다. 다시 한 번 시도 했지만, 역시나 실패였다.

그러자 메이슨이 한나의 허리 앞으로 손을 뻗었다.

한나는 외마디 소리가 나오려는 것을 가까스로 참았다.

"내가 할게요."

메이슨이 말하고는 손잡이를 돌려 문을 열었지만 그녀를 밖으로 나가게 해주는 대신 한 팔로 문을 가로막고 서서 한나를 정면으로 쳐다보며 물었다.

"왜 그렇게 손을 떨죠?"

"추워서요."

한나는 생각나는 대로 말했다.

결코 무서워서라고는 말할 수 없었다.

"제 트럭에 히터가 고장이 났거든요."

메이슨이 다시 한 번 미소를 지으며 말했다.

"아주 좋았어, 한나. 하마터면 믿을 뻔했군."

"뭐라고요?"

한나는 무슨 말인지 모르겠다는 표정을 지어보이며 되물었다.

"결국 알아낸 거지? 당신 표정에 모두 써 있어."

한나의 마음에서 희망이 죽어가고 있었다.

하지만 그녀는 끝까지 포기하지 않고 말했다.

"알아내다니, 뭘요, 메이슨?"

"게임을 하기엔 이미 너무 늦었어."

메이슨이 냉혹한 웃음을 터뜨렸다.

"나한테 커프스단추에 대해 물었을 때, 당신이 루시가 찍은 사진을 봤다는 걸 알았지. 그래도 설마 커프스단추와 나를 연관지을 수 있으리라고는 생각하지 않았어, 증거가 없으니까. 하지만 오늘 오후 크렉이 내게 당신이 스테로이드에 대해 물었다고 해서, 당신이 조만간 사실을 알게 되리란 걸 깨달았지. 가엾은 한나, 안됐지만 이만 죽어줘야겠어."

한나는 목구멍까지 차오르는 공포감을 없애려 무겁게 침을 삼켰다.

"당신은 날 죽이지 못해요. PK가 곧 돌아올 거라고요."

"아니, 그는 오지 않아. PK가 떠나는 것을 보고 들어온 거거든. 하지만 당신 말이 맞아, 한나. 지나가는 사람이 총소리를 들으면 안 되지."

메이슨은 한나의 팔을 잡았다.

"이리 와, 주방 세트장으로 가자고. 오늘 밤 뉴스 스튜디오에서 당신 시체가 발견되면, 시청률이 엄청나게 오를 거야."

한나는 꼼짝하지 않으려 버텼지만, 메이슨의 힘도 만만치 않았다.

하지만 순순히 물러날 한나가 아니었다.

그를 제치고 문만 닫을 수 있다면, 바로 마이크에게 전화를 걸 텐데.

"좋아, 한나."

메이슨이 주머니에서 권총을 꺼내 한나의 옆머리에 대고 장전했다.

"정 원한다면, 여기서 죽여주지."

메이슨의 말은 진심이었다.

그의 굳은 표정이 모든 걸 말해주고 있었다.

그래, 여기서 죽느니 조금이라도 시간을 벌어보는 것이 좋겠어. 주방 세트장까지 따라가는 동안 빠져나갈 방법이 생각날지도 몰라.

"알겠어요, 메이슨. 따라갈게요."

장전된 총을 바로 앞에 두고 말다툼을 벌이고 싶은 생각은 없었다.

계단을 내려가는데 PK가 놓아두고 간 재료 상자가 눈에 띄었고, 한나는 문득 좋은 생각이 떠올랐다. 상자를 그대로 두고 간다면 PK가 돌아와 상자를 보고는 주방 세트까지 가지고 올 것이다. 그러면 한나를 구해줄 수 있을지도 모르지.

"이게 뭐야?"

메이슨이 발로 상자를 툭툭 찼다.

한나는 거짓말을 할까 생각했지만 그럴 필요가 없다고 생각해 솔직하게 말했다.

"재료 상자예요."

"이것도 가져가."

메이슨이 명령했다.

하지만 이내 마음을 바꿔 말했다.

"아니, 그냥 두는 게 좋겠어. 안에 뭐가 들었지?"

"버터, 설탕, 계란, 당밀, 밀가루, 소다, 그리고 양념들이요."

한나는 재료들을 열거했다.

"상자를 들어."

한나는 상자를 들었지만, 안을 들여다보고는 한숨을 내쉬었다.

리사가 모든 재료를 꼼꼼하게 포장해놓았던 것이다. 당밀이라도 메이슨의 얼굴에 뿌릴 수 있다면 좋으련만 당밀 역시 포장 용기에 깔끔하게 담겨져 있었다.

"걸어."

메이슨은 주머니를 통해 한나에게 총구를 겨누며 걷게 했다.

마치 사형수가 된 듯한 기분으로 걸어가던 한나는 강당에 허브가 있다는 사실을 떠올렸다. 메이슨이 눈치채지 못하는 사이에 허브에게 신호를 보내어 빌과 마이크에게 연락을 취하게 한다면 어떨까?

메이슨이 강당 문을 열고 안으로 한나를 밀어 넣는 순간에도 그녀의 생각은 멈추지 않았다. 하지만 허브는 없었다. 텅 빈 의자들만이 가득한 강당의 풍경은 한나의 희망을 저버렸다. 예상했어야 했던 일이었다.

PK의 경우와 마찬가지로 허브 역시 메이슨이 미리 손을 써서 어디론가 보냈을 것이다.

"이건 별로 좋은 생각이 아니에요, 메이슨."

나름대로 사려 깊은 음성으로 한나가 말했다.

어떻게든 시간을 벌어야만 한다. 그래야 허브나 PK가 돌아와 한나를 구해줄 수 있을지 모르고, 마이크가 리사와 연락이 닿아 한나의 경로를 추적해올 수도 있다. 아니면 퍼비스 씨가 무대를 확인하러 올지도 모르고, 어쨌든 그 어느 누구라도 등장할 가능성이 있다. 그리고 반드시 한나가 살아 있는 동안 일어나야 한다.

"아니, 이건 아주 좋은 생각이야. 아무도 우릴 방해하지 않을 거야."

메이슨은 강당 문에 걸린 표지판을 가리켰다.

거기에는 검정색의 굵은 글씨로 〈닫혔음―출입을 금함〉이라고 적혀 있었으며, 그 밑에는 메이슨의 글씨로 〈한나―4시 45분에 스텝 회의가 있어요. 그러니 5시에 제작트럭에서 봐요.〉라고 쓰여 있었다.

"당신의 시체가 발견되면, 사람들은 당신이 표지판을 무시하고 상자를 세트장에 가져다 두러 안으로 들어갔다고 생각하겠지. 범인이 그런 당신을 쫓아와 죽였을 거라고 말이야."

메이슨이 빼기듯 말했다.

한나의 마음이 공포심에 조금씩 흐려가기 시작했다. 하지만 정신 차려야 한다. 메이슨을 막을 수 있는 무슨 방법이 있을 것이다.

"당신은 바보예요, 메이슨. 당신이 스텝 회의에 나타나지 않은 걸 모두들 의심스럽게 생각할 거라구요."

"난 회의에 참석할 거야. 지금이 4시 35분이니까, 아직 10분 정도 여유가 있지. 당신 하나 죽이는데 시간이 뭐 그리 오래 걸리겠어? 이제 문 열어, 한나. 난 바쁘다구."

상자로 메이슨을 내려칠까 생각해봤지만, 아무리 해도 그가 방아쇠를 당기는 속도보다 빠를 것 같지 않았다.

한나는 문을 열고 강당으로 들어섰다. 그리고는 무대를 향해 의자 사이를 걸어갔다.

"먼저 올라가."

메이슨이 총구로 한나의 등을 밀었다.

한나는 계단을 통해 그녀가 세 번이나 선 적이 있던 주방 세트장으로 올라갔다. 마침 카운터에는 루디의 카메라가 놓여 있었다.

'내가 죽더라도 마이크와 빌이 볼 수 있도록 증거를 남겨야 한다. 우연을 가장해 녹화 플레이 버튼을 누르는 거야.'

"아이쿠!"

한나는 바닥에 깔린 선에 걸려 넘어지는 척했고, 그 바람에 들고 있던 상자는 허공으로 날았다. 메이슨의 시선이 상자에 꽂히는 동안 한나는 카운터를 붙잡는 척하면서 카메라의 버튼을 눌렀다. 메이슨이 다시 한나를 돌아봤을 때, 그녀의 손은 다시 가지런히 모아져 있었다.

메이슨은 총으로 방향을 가리키며 말했다.

"전부 상자에 주워 담아. 서둘러."

한나는 시키는 대로 무릎을 꿇고 앉아 상자에 재료들을 주워 담았다.

막 밀가루를 줍는데, 증조할머니가 늘 머리맡에 밀가루를 두고 주무시던 일이 떠올랐다.

누군가 집에 침입했을 때를 대비해서라고 했던가? 한나가 아는 한 증조할머니가 그 밀가루를 사용한 적은 한 번도 없지만, 그래도 무방비로 있는 것보다는 나았다. 고작 밀가루 같은 것으로 총을 막을 수는 없겠지만, 만약의 경우를 대비해 한나는 밀가루를 제일 위에 올렸다.

'정 방법이 떠오르지 않을 땐 이거라도 사용해보자. 하지만 무엇보다도 시급한 일은 메이슨에게 계속 말을 시키는 것이다, 물론 쉽지 않겠지만.'

"궁금한 것이 있어요, 메이슨."

"뭐지?"

메이슨이 싱크대 옆의 카운터를 가리켰고, 한나는 카운터에 상자를 내려놓고는 밀가루가 담긴 통의 뚜껑을 느슨하게 돌려놓았다.

"처음부터 왓슨 코치를 죽일 생각이었나요?"

"그랬다면 총을 가지고 갔겠지."

메이슨이 얼굴을 찌푸리며 말했다.

"그가 크렉에게 근신처분을 내리지 않기만을 바랐을 뿐이야."

"하지만 싸움이 그렇게 해서 커진 것이라면, 왜 경찰에 알리지 않았죠? 자기방어로 형을 면했을 수도 있었을 텐데요."

"그러면 왜 싸움을 했는지도 얘기해야 했겠지. 난 그럴 수 없었어. 좋은 대학팀에 들어가기만 하면 프로팀에 들어가는 건 그야말로 보장되는 셈이지. 하지만 크렉이 스테로이드를 복용했다는 사실을 알게 되면, 운동 특기 장학생 자리는 물 건너가는 거야."

"장학금을 수여하기 전에 약물 테스트를 하지 않나요?"

한나는 손을 뒤로 한 채 밀가루 용기를 집었다, 완벽한 순간이 오기만을 기다리며.

"물론이지. 하지만 결과는 깨끗할 거야. 내가 구해준 스테로이드는 최신품이라 테스트에도 반응하지 않아. 크렉이 부작용에 대해 그렇게 걱정하지만 않았어도 모든 게 다 완벽했을 거라고. 바보같이 왓슨 코치에게 달려가 사실을 모두 얘기하고, 도와달라고 청하지만 않았어도."

한나는 구역질이 날 것 같았다.

아들에게 강제로 스테로이드를 복용하게 하고, 그 아들이 도움을 요청하러 찾아간 사람을 죽이기까지 하다니.

하지만 지금의 한나는 극도로 무기력했다. 어쨌든 계속 말을 시켜야만 한다.

"그럼, 루시도 스테로이드에 대한 걸 알았나요?"

"당연히 아니지. 왓슨 코치를 죽인 순간, 비밀 유출구는 틀어 막힌 거였어."

한나는 몸을 떨었다.

보이드 왓슨을 좋아하진 않았지만, 그래도 그는 살아 숨쉬는 인간이었다. 인간을 마치 하찮은 사물대하듯 얘기하다니.

"그럼, 루시는 왜 죽인 거죠?"

"내게 와서 왓슨 코치와 함께 찍힌 사진을 갖고 있다고 얘기했거든."

메이슨은 매우 즐거워 보였다.

"그녀가 날 협박하려 했었다면 믿겠어?"

한나는 고개를 끄덕여야 할지, 저어야 할지 갈피를 잡을 수 없었다. 그녀는 반응을 보이는 대신 또 다른 질문을 했다.

"루시가 정말 사진을 갖고 있었어요?"

"누가 알겠어? 미처 필름을 현상할 시간이 없었다고만 들었을 뿐이야. 필름을 아예 넘기겠다고 하더군."

"하지만 넘어가지 않았군요."

"당연하지, 마침 갖고 있던 열쇠꾸러미에 아파트 열쇠도 같이 있었어. 다음날 바로 가서 모든 필름을 없앴지."

"왜 그녀를 죽인 후에 하지 않았죠? 그 사이에 누군가가 그녀의 집에 가 필름을 현상했을 수도 있잖아요."

"누가?"

아주 재미난 농담거리를 즐기기라도 하듯 메이슨이 씩 웃었다.

"루시는 친구가 없어. 그녀를 찾아오는 사람도 없다구. 그래서 난 루시가 사라졌다는 걸 알아차리는데 꽤 많은 시간이 걸릴 것이라고 생각했지. 그 사이에 난 일을 마무리 지으면 되는 거야. 시간이란 말이 나와서 하는 말인데, 당신, 내 시간을 너무 많이 소모하고 있어."

한나는 다른 질문을 생각해보려 애썼지만, 아무것도 떠오르지 않았다. 메이슨은 계획대로 한나를 죽이고 말 것이다.

"저 바닥 보이나?"

메이슨이 파란색 플라스틱 장판이 깔려 있는 무대 바닥을 가리켰다.

"퍼비스는 무대 바닥 관리에 상당히 까다롭지. 그래서 얼룩을 남기지 않을 작정이야. 어때 상당한 배려 아닌가?"

한나는 부르르 떨었다.

어떤 얼룩을 말하는 것인지 잘 알고 있었다. 피 얼룩, 바로 한나의 피 얼룩을 말하는 것이었다.

뭔가 계속 말해야만 한다.

한나는 머릿속에 떠오르는 대로 입을 뗐다.

"바닥 걱정은 하면서 리사 걱정은 안 하는군요. 리사가 내 시체를 발견했을 때 놀랄 것을 생각해봐요."

"어쩔 수 없지."

메이슨이 어깨를 으쓱했다.

"리사에게는 안된 일이지만 말이야. 언제나 밝고 착한 아이라 나도 그녀를 좋아해. 하지만 지금 나에게는 시청률이 더 중요해."

한나는 분노가 솟아올랐다.

메이슨은 악마였다.

재료 상자 안에 권총이라도 들어 있다면, 당장 꺼내들어 그의 눈앞에 대고 방아쇠를 당겼을 것이다. 하지만 한나가 갖고 있는 것이라곤 밀가루 용기뿐이었다.

"늦어지고 있어."

메이슨이 손목시계를 내려다보며 말했다.

한나는 이때가 기회라고 생각했다.

"이제 두 번 다시 그 맛대가리 없는 쿠키는 구울 수 없을 거야. 이제 때가……."

한나는 메이슨이 고개를 들 때를 기다려 그의 얼굴에 밀가루를 부었다. 그는 소리를 지르며 두 손을 눈으로 가져갔고, 한나는 앞으로 달려

들어 총을 들고 있는 그의 팔을 붙들었다.

메이슨은 강하게 버텼지만, 한나는 죽을힘을 다해 덤볐다.

그는 자신의 아들에게 스테로이드를 먹였고, 보이드 왓슨과 루시를 살해했으며, 카메라 앞에서 한나의 시체를 발견하게 될 가련한 리사는 안중에도 없이 시청률만 신경 썼을 뿐만 아니라 한나의 쿠키를 맛대가리 없다고 말했다. 어느 것이 한나를 가장 화나게 하는지는 알 수 없었지만, 어쨌든 한나는 미친 듯이 분노하고 있었다.

몸싸움은 끝없이 계속되었다. 메이슨은 어떻게 해서든 총을 비틀어 빼내서 한나를 겨냥하려 했지만, 한나도 지금까지 꾸준히 보아두었던 범죄 영화에서 배운 대로 무릎으로 힘차게 남자의 급소를 찼다.

예상치 못한 가격에 메이슨이 절절매는 동안 한나는 몸무게를 보태 있는 힘껏 그를 누른 다음 그의 손목을 오븐 손잡이에 내리쳤다. 메이슨의 얼굴이 하얗게 질렸다, 당황하고 있는 게 분명했다.

한나는 내리치고, 또 내리쳤다.

세 번째 내리쳤을 때 드디어 그의 손에서 권총이 떨어졌다.

메이슨은 고통에 소리를 질렀지만, 한나는 자신을 죽이려고 했던 남자에게서 그 어떤 동정심도 느끼지 않았다. 그는 바닥을 구르며, 손목을 부여잡고 신음소리를 냈다.

그러는 동안 한나는 재빨리 권총을 집어 그의 뒷머리를 겨누었다.

"조금이라도 움직였다간 끝장이야."

한나가 경고했다.

"내가 사람 죽이는 걸 겁낼 거라곤 생각하지 마."

"한나! 괜찮아요?"

마이크의 목소리였다.

한나는 고개를 들자, 마이크와 빌이 통로를 따라 이쪽으로 달려오는 모습이 보였다. 드디어 기다리던 구세주가 나타난 것이다.

하지만 한나는 메이슨의 뒷머리에서 총구를 떼지 않았다.

"한나?"

마이크가 계단 위로 올라왔고, 한나는 애써 미소를 지었다.

"난 괜찮아요. 단지 메이슨에게 큰 문제가 닥쳤을 뿐이죠. 그가 보이드를 죽이고, 루시도 죽였어요. 자백도 모두 비디오테이프에 녹화해 뒀어요."

"뭘 했다고요?"

마이크가 한나에게 달려오며 말했다.

"나중에 얘기해줄게요."

한나는 메이슨의 뒷머리에 총구를 더 바짝 갖다대었다.

"나마저 불법을 저지르기 전에 이 사람부터 내 눈 앞에서 치워줘요."

한나는 반죽을 굴려 리사가 들고 있는 설탕 그릇에 넣었다. 겉은 무척 차분했지만, 속은 여전히 충격에서 벗어나지 못하고 있었다.

증조할머니의 밀가루 방어법으로 메이슨의 위협을 가까스로 벗어나 목숨을 건진 한나였다. 하지만 지금은 그런 생각을 할 때가 아니다.

빨리 쿠키 틀에 반죽을 넣고 오븐에 구워야 한다.

"괜찮아요?"

쿠키 틀에 반죽을 넣고, 틀에서 떨어지지 않도록 일일이 납작하게 눌러주는 한나를 향해 리사가 속삭였다.

"괜찮아."

한나도 속삭이며 대답했다.

"안색이 아직도 안 좋아요. 이거 내가 들고 갈까요?"

"아냐, 나도 할 수 있어."

옛 영화의 격언을 읊으며 한나가 미소 지었다.

"쇼는 계속 되어야 하잖아."

오븐을 열고 두 개의 당밀 쿠키 틀을 집어넣은 다음 몸을 일으켜 세운 한나의 눈에 노란색 범죄현장 테이프가 둘러쳐진 네 번째 주방 세트장이 눈에 띄었다. 그랜트 경찰서장은 대회를 예정대로 진행하는 대신 사건이 일어났던 주방 세트만은 사용하지 못하도록 했다.

하지만 최종결선에 올라온 사람은 수요일, 목요일, 그리고 금요일 우승자, 이렇게 세 명뿐이었기 때문에 그렇게 크게 문제될 건 없었다. 네 번째 주방 세트에는 아직도 밀가루가 여기저기 흩어져 있어, 볼 때마다 끔찍한 기억을 불러일으켰다.

아찔한 생각에 한나는 카운터에 몸을 기댔다. 밀가루 뚜껑을 열어놓지 못했더라면, 혹은 메이슨이 제작트럭에서 그냥 한나를 죽여 버렸다면, 아니면……

'나중에.'

한나는 스스로에게 말했다.

'나중에 생각하자. 지금은 쿠키 만드는 일에만 집중하는 거야.'

윙고 존스가 스포츠 뉴스를 전하는 동안 한나는 관객석을 쳐다보았다. 저 멀리로 로드 부인과 함께 앉아 있는 엄마의 모습이 보였다. 마지 비즈먼과 리사의 아버지는 엄마보다 몇 줄 앞에 앉아 있었다.

범죄현장 테이프가 둘러쳐진 곳은 관객들 시야보다 아래에 있어 아무도 두 시간 전에 이곳에서 무슨 일이 있었는지 알지 못했다. 경찰에서도 내일 아침까지 사실을 비밀에 부치기로 했다. 내일 아침이 되면 한나는 또다시 마을의 명사가 되겠지. 하지만 한나는 범죄 해결의 명사가 되는 것보다 쿠키 언니로서의 명성을 쌓는 일이 더 좋았다.

메이슨은 부러진 손목 치료가 끝나자마자 감옥에 갇혔다. 루디의 카메라에 있던 녹화 테이프는 마이크가 수거해 법정에서 증거물로 제출할 계획이었다. 재판이 끝나면 메이슨은 남은 평생을 아무도 해할 수 없는 철창 안에서 보내야 할 것이다.

레인 필립스가 기상예보를 전하는 동안 오븐의 알람이 울렸다. 한나는 오븐에서 틀을 꺼내어 리사에게 가져갔다. 리사는 틀을 받아들여 선반 위에 올렸다. 모든 것이 차질 없이 진행되고 있었다.

이제 남은 일이라곤 뉴스 팀에게 쿠키를 가져가는 것과 대회 심사를 하는 것뿐이다. 그것이 끝나면 오늘의 이 섬뜩한 하루도 끝이다.

한나는 파란색의 빈 화면을 열심히 가리키고 있는 레인 필립스를 쳐다보았다. 파란색 화면에 무엇이 떠있는지는 오직 가정에서 TV를 보고 있는 사람들만이 알 수 있을 것이다.

내일의 날씨는 분명 때때로 눈발이 흩날리며 춥겠지. 미네소타의 겨울은 늘 똑같다. 항상 춥고 눈이 내린다.

리사가 한나에게 다가와 등을 두드렸다.

"한나는 우리의 히어로예요. 한나가 아니었으면 범인을 잡지 못했을 거예요."

"헤로인이지."

리사의 표현을 바로잡아준 뒤 한나는 생각에 잠겼다.

리사의 말은 사실이다. 보이드의 살인현장의 사진을 찾아낸 것은 한나였다. 만약 그 필름을 노먼에게 맡겨 현상하지 않았다면, 루시의 다른 필름들과 함께 메이슨의 손에서 영영 사라져버렸을지도 모른다.

레인 필립스가 계속해서 기상 소식을 전하는 동안 한나는 안드레아와 함께 발견했던 다른 단서들에 대해서도 생각했다.

칼릭 부인이 빌이나 마이크에게 얘기하지 않았던 세 번째 차에 대한 사실은 안드레아가 알아냈다.

그리고 다니엘은 보이드에게 걸려왔던 전화에 대해 중요하지 않다고 생각해 빌과 마이크에게 얘기하지 않았을 뿐더러 노먼은 루시의 협박 사실을 경찰에 알리지 않았다.

노먼이 그것을 한나에게만 얘기했던 것은 한나가 아무에게도 말하지 않을 거라고 믿었기 때문이었다. 마이크와 빌은 보이드가 가졌던 학부모 면담에 대해 아는 것이 전혀 없었으니 길 서마에게 그것에 대해 물어보지 않았던 것은 당연했다.

마이크와 빌이 제 때 강당에 도착해 메이슨을 체포한 것은 순전히 운이었다. 한나가 미리 그들에게 범죄 장면의 사진을 보여주면서 스테로이드에 대한 길의 얘기를 전해준 덕분에 마이크와 빌은 아침에 굴스 팀 선수들을 모두 만났고, 크렉의 실력이 이번 여름을 계기로 부쩍 좋아졌다는 얘기를 듣게 되었다.

그래서 마이크와 빌은 메이슨에게 크렉에 대해 물어볼 것이 있어 학교로 왔고, 굳게 잠긴 제작트럭 옆에 한나의 트럭이 주차되어 있는 것을 보았고 혹시 메이슨을 봤는지 한나에게 물어보려고 강당으로 들어왔던 것이다.

결국 메이슨을 체포한 마이크와 빌은 훌륭한 경찰이었지만, 단서 조각들을 모아 퍼즐을 완성하는 데에는 한나와 안드레아의 힘이 컸다.

"괜찮아요?"

"응, 괜찮아."

한나는 리사를 향해 환하게 웃어 보였다.

마이크의 수사에 참견하기로 한 것은 참 잘한 선택이었던 것 같다. 그렇지 않았더라면 메이슨은 계속해서 크렉에게 스테로이드 복용을 강요하며 아들의 미래를 망치려 했을 것이다.

"이제 시간 됐어요, 한나."

리사가 이쪽을 향해 신호를 보내는 루디를 가리키며 말했다.

루디가 뉴스와 디저트 경연대회의 총책임을 맡게 되었고, 무대 연출자는 제작트럭에서의 업무를 맡게 되었던 것이다.

한나는 쿠키 접시를 들고 리사를 향해 윙크를 했다.

모든 게 준비되었다.

디-디 휴즈가 한 번만 더 칼로리에 대한 얘길 꺼낸다면, 디-디의 이동식 의상실에서 발견한 반쯤 먹고 남은 초콜릿 크림에 대한 얘기로 보복하고 말 테다.

 레이크 에덴 호텔 바는 사람들로 발 디딜 틈이 없었다. 최종 쫑파티는 그야말로 성공리에 이뤄지고 있었다. 하트랜드 제분회사의 디저트 경연대회 우승자는 중앙 테이블의 가운데 자리를 차지하고 앉았다.

 그녀는 대회 첫날 레몬 타르트를 만들었던 숙녀였는데 모두들 그녀가 만든, 입에 군침을 돌게 하는 애플파이가 오늘 대회의 최종 우승 디저트로 뽑았다.

 파티가 시작되자마자 하트 씨는 레이크 에덴을 앞으로 열릴 디저트 대회장으로 영구히 결정하겠노라고 선언했다. 지금 그는 바스콤 시장, 로드 메칼프와 함께 바의 끝에 앉아 있었는데, 분명 어떻게 하면 대회를 멀리까지 홍보할 수 있을까에 대해 의논하고 있는 듯했다.

 클레어 로저스는 리버렌드 크누드슨, 그리고 그의 할머니와 함께 테이블에 앉아 있었다. 한나는 파티가 시작되기 전에 클레어를 한쪽 구석으로 불러 루시가 갖고 있던 사진과 필름을 건네주었다.

 리버렌드는 물론 프리실라도 재미난 대화에는 영 재주가 없는 사람들이었다. 아마도 클레어는 대화에 집중하지 못하고, 자신이 저지른 불륜에 대해 참회하고 있을 것이 분명했다. 그래도 어쨌든 예전보다는 훨씬 행복한 얼굴이었다. 시장과의 관계도 정리된 것이 확실했다.

에버리 씨 부부는 다른 대회 참가자들과 함께 있었다. 한나가 루시의 사진과 함께 돈을 돌려주었는데, 에버리 부인은 그 돈을 자선단체에 기부하겠다고 말했고, 에버리 씨도 그에 반대하지 않았다. 에버리 부인은 남편의 손을 다정하게 잡아주었는데, 아마 모든 걸 용서한 모양이었다. 에버리 씨는 두 번 다시 같은 실수를 반복하지 않을 것이다.

다니엘은 여전히 병원에 있었다. 한나는 파티에 오는 길에 병원에 들렀다. 루시가 갖고 있던 사진들은 모두 폐기처분했기 때문에 보이드에 관한 다니엘의 비밀 역시 영원히 가려질 수 있게 되었다. 굴스 팀 선수들은 여전히 보이드를 영웅처럼 생각하고 있었다.

한나는 4인용 테이블에 홀로 앉았다. 마이크와 노먼은 샐리가 거창하게 준비한 뷔페 테이블에 음식을 가지러 가고 없었다. 한나는 샐리의 주방에서 자신이 직접 구운 바 쿠키를 가져와 맛을 보았다, 그야말로 바(철창) 뒤에 갇힌 메이슨 킴벌을 생각하면서.

완벽하게 탄생된 바 쿠키에 한나는 '초콜릿 하이랜더 쿠키 바'라는 이름을 붙였다. 이 쿠키는 크림이 곁들어진 바삭바삭한 쿠키에 진한 초콜릿 토핑을 입혀 아주 맛있었다. 한나는 쿠키단지의 메뉴에 이것도 새롭게 포함시키기로 했다.

샐리의 라자냐를 접시에 덜고 있는 노먼과 마이크는 큰소리로 웃고 있었다. 그들을 바라보며 한나도 미소 지었다. 아무리 봐도 둘은 정반대였다. 마이크는 어느 로맨틱 영화에서라도 주인공 역을 맡을 수 있을 만큼 잘 생겼지만, 노먼은 그렇지 못하다. 노먼의 매력은 외모에서 나오는 것이 아니기 때문이다.

하지만 노먼을 볼 때마다 훤한 이마가 눈에 띄는 것은 어쩔 수가 없었다. 마이크는 속이 울렁거릴 만큼 섹시한 데 비해 노먼은 마치 곰인형처럼 안정적이고 편안하다. 마술사라도 되어 두 사람의 장점이 한 데 섞인 남자를 만들어낼 수 있다면, 기꺼이 엄마의 조언을 따라 오늘 밤에라도 결혼할 것이다.

"안녕, 한나."

리사가 빈 접시를 들고 한나에게 다가왔다.

"아빠와 비즈먼 부인이 바 쿠키를 좀 더 가져다 달래요. 다 떨어졌거든요."

"주방에 있어, 마음껏 가져가."

리사는 주방으로 향했고, 한나는 와인을 한 모금 마셨다.

와인은 마이크가 자신의 수사를 도와준 것에 대해 감사하는 의미로 특별히 준비한 것이다. 값비싸고 훌륭한 와인이었지만, 그래도 한나는 그녀의 초록색 병 와인이 더 좋았다.

그때 허브가 두리번거리며 한나에게 다가왔다.

"리사는 어디 있어요? 방금 그녀의 아버지가 어머니께 춤을 청하셨는데, 이 장면을 리사가 놓치면 안 될 것 같아서요."

"금방 올 거예요, 쿠키를 가지러 주방에 갔거든요."

한나는 그가 떠나지 못하도록 팔을 붙잡았다.

"잠깐만 앉아 봐요, 허브. 부탁할 게 있어요."

허브는 의자를 하나 당겨와 앉았고, 한나는 그에게 몸을 가까이 가져가며 속삭였다.

"요즘도 카우보이 모임 나가요, 허브? 총쏘기 대회도 하는?"

"시간 날 때마다 가요, 왜요?"

"나도 총 쏘는 걸 좀 배우고 싶어서요, 가르쳐줄 수 있어요?"

"문제없죠, 일요일에 나와 같이 나가요. 호신용 권총 사두게요?"

"그건 아니구요."

한나는 주변을 둘러보았다. 다행히 아무도 엿듣고 있지 않았다.

"내가 메이슨을 어떻게 제압했는지 리사가 얘기했어요?"

"네."

"그러니까 이런 거예요, 허브. 총을 어떻게 쏘는지는 나도 알아요. 아버지가 가르쳐주셨거든요. 이건 총 때문이 아니라 그러니까, 어……."

"어떻게 사용하는지 모르는군요?"

허브가 끼어들었다.

"바로 그거예요. 물론 방아쇠가 어디에 붙어 있는지 정도는 알아요. 그건 아마 바보도 알 걸요. 그런데 방아쇠를 당기기 전에 뭘 어떻게 해야 하는지 몰라요."

"갖고 있는 총들 중에서 하나를 가지고 와서 알려줄게요. 기본만 알면 쉬워요. 리사도 가르쳤는데, 지난번 카우보이 모임 총쏘기 대회에서 이등을 했어요."

"훌륭하네요."

한나는 미소 지었다.

리사에게 한나가 알지 못하는 또 다른 재능이 숨겨져 있었다니.

허브가 자리를 뜨자 노먼이 테이블로 돌아왔다. 자리에 함께 앉아 대회에 출품할 실내 디자인에 대한 이야기를 나누고 있는데, 마이크가 돌아왔다.

"안녕, 마이크."

한나는 마이크에게 미소를 보낸 다음 다시 노먼에게로 고개를 돌려 그의 질문에 대답했다.

"욕실이 적어도 3개는 돼야 하지 않을까 싶어요. 하나는 침실에, 또 하나는 아이들 방 사이에, 그리고 다른 하나는 손님들을 위해 아래층에다 만들어야죠."

"지하실에도 하나 만들면 어때요? 레크리에이션 방 옆에다 말이죠. 계단 밑에 자리하도록."

"그거 좋은 생각이네요."

한나도 동의했다.

그리고는 마이크를 쳐다보았다.

그는 충격어린 눈빛으로 한나를 바라보고 있었다.

"왜요, 마이크?"

"노먼과 함께 집을 구입하기로 한 건가요?"

"아뇨, 실내 디자인을 함께 하고 있는 겁니다."

노먼이 나서서 말했다.

그리고는 입술을 굳게 다물고 아무 말도 하지 않았다.

한나는 둘을 번갈아가며 바라보았다.

노먼의 눈빛에는 알 수 없는 승리감이 어려 있었다.

진땀을 흘리는 마이크의 모습을 은근히 즐기고 있는 듯했다. 반면 마이크는 새벽녘에 목장의 말을 훔쳐간 도둑놈을 잡으러 따뜻한 잠자리에서 기어 나온 목동과 같은 표정을 하고 있었다.

상황이 더욱 악화되기 전에 한나가 나서서 뭔가 설명을 해야 할 것 같았지만 오늘 그녀는 이미 지칠 대로 지친 상태였다.

생사를 넘나든 경험을 한 한나로서는 마이크와 노먼의 대립 같은 건 대수롭지 않게 느껴졌다.

"뭐 하고 싶은 말이 있습니까, 노먼?"

마이크가 호전적인 어투로 물었다.

"아뇨. 당신은요, 마이크?"

한나는 애써 자리를 지키지 않았다.

안드레아라면 이런 상황에서 어떻게 해야 할지 잘 알고 있겠지만, 한나는 질투심에 불타는 두 남자 사이에서 더 이상 머뭇거리지 않기로 했다. 이내 자리에서 일어나 그들을 바라보며 말했다. .

"이만 가야겠어요. 집에서 침대를 데워놓고 날 기다리는 누군가가 있거든요."

마이크는 깜짝 놀라 한나를 쳐다보았다.

노먼의 표정도 마찬가지였다.

잠시 동안 두 사람은 말이 없었다.

한나는 소리 내어 웃고 싶은 충동을 느꼈다.

"그게 누구죠?"

침묵을 깨뜨리며 매우 화가 난 표정으로 노먼이 물었다.

"네, 누굽니까?"

마이크도 똑같은 질문을 했다. 둘 다 결코 행복한 표정은 아니었다.

문득 한나는 어린 시절 장난이 떠올랐다.

'한 번 맞춰보세요.'

하지만 실제로 말하진 않았다. 질문에 꼭 대답해야 할 필요성을 느끼지 않았다.

한나는 단지 다정하게 웃으며 문을 향해 걸었다. 하지만 양심이 걸음을 내딛는 그녀를 자꾸만 붙들었다.

한나는 걷다 말고 뒤를 돌아보며 말했다.

"모이쉐요, 그럼 누군 줄 알았어요?"

한나는 다시 가던 걸음을 옮겼다.

마치 영화 속 케서린 햅번의 뒷모습처럼 말이다.

초콜릿 하이랜더 쿠키바

오븐은 176℃로 예열합니다. 틀은 오븐 중앙에 놓습니다.

재료

소금 1/4티스푼 / 밀가루 1/2컵 / 팬 위에 뿌릴 설탕가루 1/3컵

밀가루 2컵(체질할 필요 없습니다) / 백설탕 1컵 / 베이킹파우더 1티스푼

설탕가루 1/2컵(덩어리가 없도록 잘게 부숩니다)

거품 낸 계란 4개 / 차게 식힌 녹인 버터 1컵

초콜릿 칩 2와 1/2컵(녹기 전에 측량하세요)

만드는법

1-1. 녹인 버터 1/2컵에 설탕과 소금을 넣습니다. 그리고 밀가루를 넣고 잘 반죽합니다. 기름칠 한 9×13 크기의 팬에 반죽을 넣어 골고루 폅니다.

1-2. 1-1를 176℃의 오븐에서 15분 동안 굽습니다. 바삭바삭하게 구워진 반죽을 오븐에서 꺼냅니다. (아직 오븐을 끄지 마세요!)

2. 녹인 버터에 계란과 백설탕을 넣습니다. 그리고 베이킹파우더, 소금, 밀가루를 넣고 잘 반죽합니다.

3. 초콜릿칩을 중탕이나 전자렌지를 사용하여 녹입니다. (녹은 후에도 모양을 유지하고 있을 수 있으니 잘 저어주어야 합니다) 그릇에 녹인 초콜릿칩을 붓고 잘 섞어줍니다.

4. 방금 구운 반죽 위에 3을 부어줍니다. 그리고 다시 오븐에 넣어 25분간 굽습니다. 그런 다음 오븐에서 꺼내어 설탕가루를 뿌려줍니다.

5. 잘 식힌 다음 브라우니 사이즈의 바 모양으로 잘라줍니다. 냉장고에 넣어둔 다음에 잘라도 좋지만, 그렇게 되면 너무 딱딱해져 자르기 힘들지도 모릅니다.

안드레아 말로는 하나만 먹어도 배가 부르다는군요.
하지만, 쫑파티 때 세 개나 먹었어요.

딸기 쇼트케이크 살인사건

2006년 7월 5일 초판 발행
2012년 10월 20일 중쇄 발행

지은이 　조앤 플루크
옮긴이 　박영인
펴낸이 　이경선
펴낸곳 　해문출판사

등　록 　1978년 1월 28일 제3-82호
주　소 　서울시 서초구 서초동 1328-11 도씨에빛 2차 1420호
전　화 　325-4721(대표)
팩　스 　325-4725

값 12,000원

ISBN 978-89-382-0411-0
ISBN 978-89-382-0400-4(세트)

※ 잘못 만들어진 책은 구입하신 곳에서 바꾸어 드립니다.

국립중앙도서관 출판시도서목록(CIP)

```
딸기 쇼트케이크 살인사건 / 조앤 플루크 지음 ; 박영
인 옮김. -- 서울 : 해문출판사, 2006
  p. ;   cm. --  (Cozy mystery)

원표제: Strawberry shortcake murder
원저자: Joanne Fluke
ISBN  978-89-382-0411-0 04840 : ₩12000
ISBN  978-89-382-0400-4(세트)

843-KDC4
813.54-DDC21                          CIP2006001408
```